NORA ELIAS

Die Frauen der Familie Marquardt

Informationen zu Nora Elias sowie zu weiteren Titeln der Autorin finden Sie am Ende des Buches.

Nora Elias

Die Frauen der Familie Marquardt

Roman

GOLDMANN

Sollte diese Publikation Links auf Webseiten Dritter enthalten, so übernehmen wir für deren Inhalte keine Haftung, da wir uns diese nicht zu eigen machen, sondern lediglich auf deren Stand zum Zeitpunkt der Erstveröffentlichung verweisen.

Dieses Buch ist auch als E-Book erhältlich.

Verlagsgruppe Random House FSC® N001967

1. Auflage
Originalausgabe August 2018
Copyright © 2018 by Wilhelm Goldmann Verlag, München,
in der Verlagsgruppe Random House GmbH,
Neumarkter Str. 28, 81673 München
Dieses Werk wurde vermittelt durch die Literarische Agentur
Thomas Schlück GmbH, 30827 Garbsen
Umschlaggestaltung: UNO Werbeagentur München
Umschlagfoto: Frauen: Vintage Germany
Köln: Hulton Archive/getty images
Ornament: FinePic®, München
Redaktion: Regine Weißbrod
BH · Herstellung: kw
Satz: Uhl + Massopust, Aalen
Druck und Bindung: GGP Media GmbH, Pößneck
Printed in Germany
ISBN: 978-3-442-48653-3
www.goldmann-verlag.de

Besuchen Sie den Goldmann Verlag im Netz

Für meine Schwestern

For there is no friend like a sister
In calm or stormy weather;
To cheer one on the tedious way,
To fetch one if one goes astray.

Christina Rossetti

Personen

Familie Marquardt
Caspar Marquardt, Kölner Kaufhausbesitzer
Louisa Marquardt, seine Tochter
Sophie Marquardt, seine Tochter
Mathilda Lanters, seine uneheliche Tochter
Max Dornberg, Sohn seiner Cousine

Personal des Kaufhauses
Heinrich Falk, Dekorateur
Magda Harrenheim, Vorzimmerdame
Wilhelmina Haas, Verkäuferin in der Damenabteilung
Fritz Hoffmann, Einkaufsleiter
Oskar Schmitz, Personalleiter
Carl Reinhardt, Finanzverwalter
Anette Kruse, Verkäuferin in der Damenabteilung
Johanna Sandor, Erste Verkäuferin in der Damenabteilung
Marie Schwanitz, Verkäuferin in der Damenabteilung
Hans Walther, Vorarbeiter im Lager
Paul, Kellner

Sonstige
Arjen Verhoeven, Kaufmann aus Amsterdam
Johann von Beltz, Kölner Adliger

Nina von Beltz, seine Ehefrau
Blanche Briand, Sophies beste Freundin
Dorothea Tiehl, Louisas beste Freundin
Erich, Lakai

TEIL I

»Es war ein riesiger Jahrmarkt;
das Geschäft schien vor Überfülle bersten
und seinen Überfluss auf die Straße
ausschütten zu wollen.«

Emile Zola,
Das Paradies der Damen

1

April 1908

Das Kaufhaus Marquardt hatte eben seine Pforten geöffnet, als Louisa Marquardt erfuhr, dass man sie vom Thron stieß.

»Das kann doch unmöglich dein Ernst sein!«

»Mäßige dich«, sagte ihr Vater, der neben ihr auf der Empore unter dem Kuppeldach stand und gänzlich ungerührt schien, während er den Besucherstrom beobachtete. Sie wusste jedoch angesichts des leichten Zuckens in seinem Unterkiefer, dass ihn die Sache keineswegs so kaltließ, wie es den Anschein machte. Gleichzeitig wurde seine Entschlossenheit dadurch umso deutlicher.

»Aber Papa...«

Er hob nur leicht die Hand, gebot ihr zu schweigen. Widerwillig verstummte sie, richtete ihren Blick auf das Erdgeschoss des Kaufhauses, wo Pförtner die Flügeltüren für die Kunden aufhielten und sich das Licht der Kronleuchter funkelnd auf Marmor und Glas brach. Geschwungene Treppen, auf die die ersten Kundinnen plaudernd zustrebten, führten hinauf zu den Emporen mit dem Geländer aus schmiedeeisernen Balustraden. Abrupt wandte Louisa sich ab und ging – so gemessen es ihr möglich war – in die Modeabteilung für Damen. Dort tat sie einige tiefe Atemzüge, um ihr aufgewühltes Inneres zur Ruhe kommen zu lassen. Die irritierten Blicke der Angestellten ignorierte sie geflissentlich.

»Louisa?« Mathilda, eine junge Verkäuferin und lange Zeit ein vor seinen Töchtern gehütetes Geheimnis von Caspar Marquardt, kam auf sie zu. »Ist dir nicht wohl?«

Anstelle einer Antwort schüttelte Louisa nur vage den Kopf. Sie war sich, und das war ihr Fehler gewesen, ihrer Sache zu sicher gewesen. Schon in Kürze würde jeder wissen, dass Louisa Marquardt keine Alleinerbin mehr war.

»Er hat es dir erzählt?«

Einen Moment lang war Louisa irritiert, dann flammte der so mühsam unter einem Firnis von Fassungslosigkeit und Beherrschung gezügelte Zorn in ihr auf. »Du hast davon gewusst?«

»Es war keine leichte Entscheidung, das musst du ihm glauben.«

»Ach, es war ja klar, dass du ihn in Schutz nimmst. Weiß Sophie es womöglich auch?«

»Du weißt doch, dass dergleichen sie nicht interessiert.« Mathilda berührte ihren Arm, eine flüchtige Geste, die Trost spenden sollte.

Louisa hingegen war nicht in Stimmung, getröstet zu werden. Dergleichen wäre nur nötig, wenn sie sich mit der Situation abfinden würde, was sie nicht zu tun gedachte. Sie hatte nicht all die Jahre hart gearbeitet und jede Aussicht auf eine gewinnbringende Ehe ausgeschlagen, damit sie am Ende mit leeren Händen dastand.

»Was willst du jetzt tun?«, fragte Mathilda.

»Ich weiß es nicht«, musste Louisa gestehen.

»Fräulein Lanters«, kam es von einer Verkäuferin, »wurde der nachtblaue Seidenbrokat nicht schon geliefert?«

Mathilda wandte sich um. »Ja, gestern.«

»Hier ist er aber nicht. Und die Kundin kommt in einer halben Stunde.«

»Ist gut, ich kümmere mich darum.« Mathilda lächelte entschuldigend. »Tut mir leid, wir reden später, ja?«

»Ja, sicher.« Louisa verließ die Abteilung und hörte noch, wie Mathilda jemanden hinunter zur Warenannahme schickte.

Auf der Treppe ins Erdgeschoss kamen ihr Damen entgegen, plaudernd, lachend. »Guten Morgen, Fräulein Marquardt«, begrüßte man sie, und Louisa setzte sich die Maske freundlicher Gelassenheit auf, während sie zurückgrüßte. Es war an ihr, insbesondere den weiblichen Kunden zu zeigen, dass sich die Tochter von Caspar Marquardt persönlich um alle Belange kümmerte.

Wer jedoch scherte sich an diesem Tag um ihre eigene Zufriedenheit? Während sie durch die Abteilungen im Erdgeschoss ging, mal hier, mal da nach dem Rechten sah, zuckte ihr Blick immer wieder zur Treppe, und sie rang mit sich, hochzugehen und ihren Vater zur Rede zu stellen. Die Geschäftsräume lagen im dritten Obergeschoss, und ohne Zweifel saß Caspar Marquardt bereits an seinem schweren, auf Hochglanz polierten Schreibtisch aus Nussbaumholz, um sich den Angelegenheiten des Tages zu widmen. Ob er auch nur einen Gedanken daran verschwendete, was er gerade im Begriff war, seiner ältesten Tochter anzutun? Oder saß er einfach nur da, zufrieden, weil er die Lösung für ein drängendes Problem gefunden hatte, das nach Louisas Dafürhalten allein in seiner Sicht der Dinge bestanden hatte?

Aber ihm nun eine Szene zu machen, wäre unklug und nicht zielführend. Sie würde hierbleiben, wo sie gebraucht wurde, und ihm nicht durch eine vermeintliche Pflichtvergessenheit noch Munition in die Hand geben, ihn gar in seinem Entschluss bestätigen. Es blieb ihr nichts anderes übrig, als sich bis zum Abend zu gedulden, indes der Sturm, der in ihr tobte, ein stetes Summen in ihren Ohren verursachte. Heute Abend, dachte sie, heute Abend. *Und dann wollen wir ja mal sehen.*

»Nein, mitternachtsblau. Das hier ist der falsche.« Mathilda stand im Hinterhof vor der Warenannahme und ging die Listen durch, blätterte zur nächsten Seite und wurde fündig. »Hier!« Sie hielt dem Lagerarbeiter die Liste entgegen. »Von Herrn Walther abgezeichnet.«

»Vielleicht hat er ja die Warennummern vertauscht«, mutmaßte der Mitarbeiter, klang jedoch wenig überzeugend. Wäre Herrn Walther eine derartige Nachlässigkeit zuzutrauen, hätte er es mitnichten zum Leiter der Warenannahme gebracht.

»Also gut.« Mathilda sah sich um, als bestünde die Möglichkeit, den Seidenbrokat inmitten dieser Mengen an Kisten und Ballen zu entdecken. »Sehen Sie zu, dass er auftaucht, ich versuche, die Kundin so lange hinzuhalten.«

»Aber Fräulein Lanters, wo soll ich denn suchen?«

»Was fragen Sie mich das?« Abrupt drehte Mathilda sich um und eilte zurück ins Kaufhaus, nickte im Vorbeigehen Louisa zu, die sich bei den Kurzwaren mit dem Abteilungsleiter, dem Rayonchef, unterhielt. Diese schenkte Mathilda nur einen knappen Blick. Sie nahm ihr ganz offensichtlich übel, dass ihr Vater sie, Mathilda, in seine Pläne eingeweiht und die geschwiegen hatte. Tagsüber konnten sie sich aus dem Weg gehen, aber es würde zweifellos kein sehr erbaulicher Abend werden.

In der Damenabteilung trat Mathilda mit einem freundlichen Lächeln auf die wartende Kundin zu. »Es kam offensichtlich im Lager zu einer Verwechslung, aber ich habe einen Mitarbeiter beauftragt, den Brokat umgehend zu holen.«

Die Frau, eine Baronin von Hardtheim, nickte mit einer Miene, als habe sie in eine Zitrone gebissen. »Und wie lange werden Sie mir dafür meine Zeit stehlen?«

»Natürlich werden wir uns beeilen. Darf ich Ihnen in der Zwischenzeit einen Kaffee servieren lassen?«

»Ah, versuchen Sie, mir jetzt auf diese Weise das Geld aus der Tasche zu ziehen?«

Mathilda behielt ihr freundliches Lächeln bei. »Der Kaffee geht selbstverständlich aufs Haus.«

»Sie haben mich angerufen und mir mitgeteilt, mein Brokat sei da, obwohl Sie ihn offenkundig noch nicht gesehen haben. Und nun soll ich meine Zeit mit Kaffeetrinken verschwenden und mir derweil womöglich noch ein paar Kleider aufschwatzen lassen?«

»Der Stoff steht auf der Liste im Wareneingang, ich bedaure die Verzögerung, aber hätte ich gewusst …«

»Hätte *ich* gewusst, wie man hier mit gut zahlenden Kunden umgeht, wäre ich lieber zu Tietz gegangen.«

Dann geh doch. Mathilda nickte verständnisvoll. »Ich verstehe Ihren Ärger.«

»Das bezweifle ich, sonst stünden Sie nicht dort und ich hier.« Damit wandte sich die Dame ab und ließ Mathilda einigermaßen sprachlos zurück.

»Die Gnade der hohen Geburt«, spöttelte eine der umstehenden Verkäuferinnen.

»Nicht einmal das«, sagte eine zweite. »Sie hat den Baron von Hardtheim geheiratet, mehr nicht.«

»Fräulein Lanters.« Der Lagerarbeiter eilte mit einem in Papier eingeschlagenen Ballen in die Abteilung. »Wir haben ihn gefunden.«

Mit einer knappen Handbewegung deutete Mathilda auf das Nebenzimmer. »Legen Sie ihn dort ab. Danke.« Sie schluckte ihren Ärger hinunter, setzte erneut ihr freundliches Lächeln auf und ließ den Blick durch die Abteilung schweifen, um sich zu vergewissern, dass die übrigen Kundinnen zufrieden waren.

Sie wollte sich eben dem Lager zuwenden, als ihre Aufmerksamkeit von einem Mann gefesselt wurde, der neben einer der marmornen Säulen stand und die Abteilung mit unverhohlenem Interesse beobachtete. Hochgewachsen, elegant gekleidet und von jener weltmännischen Ausstrahlung, die klar sagte, in welche Kreise er gehörte. Da ihn keine Frau begleitete und sein Gebaren auch nichts von jener anrüchigen Aufmerksamkeit hatte, die Männer gelegentlich in Damenabteilungen führte, ließ seine Anwesenheit aus Mathildas Sicht nur einen Schluss zu.

Als ihre Blicke sich trafen, lächelte sie ihn an, was er mit einem Anflug überraschter Erheiterung erwiderte, dann trat sie auf ihn zu. »Ah, Sie sind schon da? Mein Vater hat Sie angekündigt.«

»Ich bin entzückt. Allerdings wüsste ich nicht, warum er das hätte tun sollen.«

Irritiert krauste Mathilda die Stirn. »Sie sind nicht…«

»Ich befürchte, nein. Arjen Verhoeven, zu Ihren Diensten, meine Dame.«

Mathilda spürte, wie ihr das Blut ins Gesicht stieg, bemühte sich jedoch, kein weiteres Zeichen der Verlegenheit zu zeigen. »Und womit können wir Ihnen helfen, Herr Verhoeven?«

»Ich lote die Konkurrenz aus.«

»Was Sie nicht sagen.«

»Sie können noch das eine oder andere lernen, was den Umgang mit dieser Art schwieriger Kundin angeht, aber ansonsten war das gar nicht mal so übel.«

»Ach, tatsächlich?« Nun war die Röte, die ihr in die Wangen kroch, nicht Verlegenheit, sondern Ärger geschuldet. »Nun, da Sie Ihre Meinung kundgetan haben, darf ich Sie bitten zu gehen. Als Mann haben Sie in einer Damenabteilung mitnichten etwas zu suchen.«

»An der Höflichkeit arbeiten wir aber noch, nicht wahr? Immerhin könnte ich mich als zahlender Kunde entpuppen.«

Mathilda rang um Fassung. »Also gut. Möchten Sie etwas für Ihre Frau oder Verlobte?«

»Keines von beidem. Das war ein reizender Versuch festzustellen, ob ich gebunden bin. Nicht gerade neu, aber charmant.«

Während Mathilda noch nach einer Antwort suchte, die vernichtend genug war, ihn in die Schranken zu weisen, fuhr er fort: »Lassen Sie sich niemals von einem männlichen Kunden derart in Verlegenheit bringen, meine Liebe. Aber wie gesagt, Sie sind noch jung, Sie lernen es.« Ein Lächeln echter Belustigung spielte um seine Mundwinkel, dann neigte er grüßend den Kopf und drehte sich um.

Einen Moment lang sah Mathilda ihm nach, wie er in nonchalanter Gelassenheit die Treppe hinaufschritt, dann wandte sie sich abrupt ab. Und nun erst kamen ihr all die schlagfertigen Antworten in den Sinn, die sie ihm auf seine Unverschämtheit hätte geben können.

In einem Bureau mit hohen Panoramafenstern herrschte Caspar Marquardt über seine persönliche Welt des Luxuskonsums. Als Junge hatte er mit einem Bauchladen begonnen und später ein Geschäft für Kolonialwaren eröffnet. Das lief so gut, dass er zunächst das Warensortiment vergrößerte, dann in großzügigere Räumlichkeiten zog und schließlich alles auf eine Karte setzte und ein Warenhaus in der Schildergasse eröffnete, das sich einer starken Konkurrenz stellen musste. Man hatte ihm nahegelegt, es mit einem anderen Standort zu versuchen, aber wo gab es mehr Kunden aller Schichten als hier, im leicht verführbaren Herzen der Stadt?

Caspar hatte reich geheiratet – ja, dieser Aspekt überwog die Liebe durchaus, daraus machte er keinen Hehl –, und seine Frau hatte ihm zwei reizende Töchter geboren: Louisa und Sophie. Und dann war da noch Mathilda, das Kind seiner wahrhaft großen Liebe. Sie hatte vor vier Jahren im Alter von fünfzehn in seinem Warenhaus als Verkäuferin angefangen, und als ihre Mutter ein Jahr darauf gestorben war, hatte Caspar die Vaterschaft öffentlich anerkannt, und Mathilda war in die prachtvolle Marquardt-Villa am Sachsenring gezogen – zum Unmut seiner Ehefrau, die diesen Umstand jedoch nur um ein Jahr überlebte. Caspar hätte gerne gesagt, dass er ihr Dahinscheiden bedauerte, aber das Einzige, was Bedauern in ihm auslöste, war, dass dies nicht schon zu Lebzeiten von Mathildas Mutter geschehen war und ihnen ein ehrbares Zusammenleben ermöglicht hatte. Seinen beiden älteren Töchtern zuliebe war jedoch kein schlechtes Wort bezüglich ihrer Mutter über seine Lippen gekommen, dabei hatte sie ihm wahrlich Anlass genug geboten.

Mit Louisa verstand Mathilda sich hervorragend, beide waren »vom selben Holz«, wie man so sagte. Sophie war zurückhaltender und hatte ein wenig Zeit gebraucht, ihre dünkelhafte Distanz abzulegen und Mathilda wie ihresgleichen zu behandeln. Im Grunde genommen konnte Caspar sich als glücklichen Mann bezeichnen. Wäre da nicht, ja, wäre da nicht die Tatsache, dass er keinen Erben hatte.

Louisa mochte sich in dieser Rolle sehen – und nichts lag ihm ferner, als sie zu enterben, sie würde ihren Teil bekommen –, aber als Haupterbin seines stetig wachsenden Konsumimperiums sah *er* sie nun wahrhaftig nicht. Sobald sie heiratete, würde der gesamte Besitz an ihren Mann fallen, und mochte Caspar noch so auf der Hut sein – *Mitgiftjäger* stand den Männern mitnichten auf die Stirn geschrieben, und allein die Vorstellung, irgendein Habenichts könne sich mit Caspars Arbeit schmücken, trieb diesen nun, mit fortschreitendem Alter, zu raschem Handeln. Mochte Louisa toben – und Caspar kannte sie gut genug, um das gemeinsame Abendessen jetzt schon zu fürchten –, seine Entscheidung war gefallen.

Ein Rest Unbehagen blieb, aber den konnte Caspar ignorieren, und so wandte er sich wieder seinen Unterlagen zu. Es war ihm jedoch nicht vergönnt, sich diesen länger als eine halbe Stunde zu widmen, denn Olga Wittgenstein, die vor einiger Zeit beschlossen hatte, neben seinen Töchtern die vierte Frau in seinem Leben zu werden, trat in sein Bureau und flötete ein »Guten Morgen«. Dass sie sich mittlerweile nicht mehr von seiner Sekretärin anmelden ließ, fand Caspar beunruhigend, dass sie nun nicht einmal anklopfte, sondern einfach eintrat, alarmierend. Offenbar war ihre Beziehung aus ihrer Sicht bereits weiter gediehen als aus seiner. Allerdings mochte er sie irgendwie, und so ließ er sie – vorerst – gewähren.

»Ich dachte mir, wir nehmen ein spätes Frühstück ein«, sagte sie.

»Eigentlich habe ich zu tun.«

»Du hast immer zu tun«, tat sie seinen Einwand ab. »Ich habe vor, ein Vermögen in deiner Damenabteilung zu lassen. Man sagte mir, es seien neue Dessous eingetroffen«, fügte sie hinzu, als sei dieses Vorhaben ein Anreiz, sofort aufzustehen und mit ihr frühstücken zu gehen. Offenbar hatte sie das Anliegen, ihm den gewünschten Erben auf herkömmlichem Weg zu beschaffen, noch nicht aufgegeben. Und es amüsierte ihn, dass sie glaubte, mit der Aussicht auf hübsche Wäsche ein Lockmittel dafür zu schaffen, als sei er ein grüner Bengel. Dabei war es nicht so, dass sie ihn nicht ansprach, sie war eine hübsche Frau in den besten Jahren, stilvoll und elegant. Nicht zu alt für Kinder – und gerade das schreckte ihn ab, denn er wollte damit nicht wieder von vorne anfangen –, aber auch nicht mehr so jung, dass er sich neben ihr wie ein alter Gockel vorkam.

»Also gut.« Er erhob sich, obwohl ihm klar war, dass sie den Erfolg auf die Anspielung mit den Dessous schieben würde.

An der Tür ließ er ihr höflich den Vortritt. »Frau Harrenheim«, sagte er an seine Sekretärin gewandt, »ich bin für gut eine Stunde im Café.«

»Ist gut, Herr Marquardt.«

Das Café befand sich im zweiten Obergeschoss des galerieartig angelegten Kaufhauses.

Ein Kellner näherte sich beflissen. »Guten Morgen, Herr Marquardt.«

»Guten Morgen, Paul.«

»Ihr Lieblingsplatz ist besetzt. Soll ich den Herrn an einen anderen Tisch bitten?«

»Einen zahlenden Kunden? Gott bewahre. Wir setzen uns dort ans Fenster.«

»Sehr wohl, Herr Marquardt.« Der Kellner begleitete sie, rückte Olga den Stuhl zurecht und zog sich zurück.

Caspar warf einen Blick auf seinen Lieblingsplatz, den schönsten Platz im Raum, halb verborgen von der marmornen Säule und hohem Farn, der eine Illusion von Privatheit vermittelte. Wenn er wusste, dass er hierherkam, ließ er den Tisch reservieren. Der Mann, der dort saß, blickte auf, lächelte und neigte den Kopf, wirkte gar, als müssten sie sich kennen. Caspar erwiderte den stummen Gruß, bemerkte einen Anflug von Erheiterung auf dem Gesicht des jungen Mannes, als habe jemand einen Witz gemacht, den außer ihm niemand verstand. Seltsamer Geselle. Caspar wandte sich wieder Olga zu, die die Karte studiert und sich rasch entschieden hatte. Vermutlich ein Kaffee, wie immer. Aber es war eine Art Ritual, dass sie jedes Mal vorher in die Karte sah.

»Ich erwarte heute Besuch«, erzählte er ihr in Plauderstimmung.

»Ah ja? Wen?« Sie neigte den Kopf und gab dem Kellner damit zu verstehen, dass er sich nähern durfte.

»Meinen Erben.«

Da Paul in eben diesem Moment an den Tisch trat, musste sie die Contenance wahren, und es war schon beinahe zum Lachen, wie mühsam sie sich beherrschte, das Lächeln nicht vom Gesicht rutschen zu lassen.

Kaum hatte der Kellner sich umgedreht, gab sie auch schon jede Verstellung auf. »Du scherzt, hoffe ich.«

Natürlich konnte sie nichts anderes denken, als dass eine andere Frau erfolgreich gewesen war, wo sie versagt hatte.

»Nein.« Diesen kleinen Anflug perfiden Vergnügens angesichts ihres nur schlecht verborgenen Entsetzens konnte er sich nicht versagen.

»Und«, er bemerkte die Schluckbewegung ihrer Kehle, »und wo hat er vorher gelebt?«

»In Frankfurt.«

Sie nickte, langsam schien sie sich wieder zu fassen. »Wie reizend für dich. Wie alt ist er?«

»Er dürfte an die dreißig sein, ich habe vergessen zu fragen.«

Jetzt wirkte sie regelrecht entgeistert. »Du hast ihn gerade erst ausfindig gemacht?«

»Nein. Er ist der Sohn einer Cousine meines Vaters. Entfernt verwandt sozusagen, der nächste männliche Abkomme.«

Ihre Brust hob und senkte sich in einem tiefen Atemzug. »Ich verstehe.« Die Erleichterung war unübersehbar, aber es hatte sich dennoch eine leise Vorsicht in ihren Blick geschlichen. »Und was ist mit Louisa?«

Da war er wieder, dieser Stich des Unbehagens. »Louisa hat in dieser Angelegenheit nichts zu sagen.«

»Aber sie ist deine älteste Tochter.«

»Eine Tochter, ganz recht.«

»Und du willst sie einfach übergehen?«

»Hier wird niemand übergangen, meine Liebe. Aber du kennst die Regeln.«

Olga nickte nur. Der Kaffee wurde serviert, und sie nahm die Tasse, nippte geziert daran und stellte sie mit einem leisen Klirren zurück auf die Untertasse. »Wie hat sie reagiert?«

»Sie hatte noch nicht die Gelegenheit zu reagieren. Der Sturm wird wohl heute Abend entfesselt.«

»Dann bekommt dein junger Erbe ja gleich den richtigen Eindruck von eurem Familienleben.«

Er schenkte ihr ein angedeutetes Lächeln. »Ich bin nicht so verrückt, ihn heute Abend an unseren Tisch zu setzen. Er wird zunächst in einem Hotel wohnen.«

»Aber vorher kommt er hierher?«

»Ja, um sich vorzustellen. Als ich ihn zuletzt gesehen habe, war er noch ein kleiner Junge.«

»Und da willst du ihm das alles hier überlassen?«

»Wenn ich ihn für tauglich befinde, ja.«

»Was, wenn er Louisa zuerst begegnet?«

»Da sie ihn nicht kennt, habe ich da keinerlei Bedenken. Und überhaupt – was soll sie schon machen?«

Louisa ging langsam durch das Kaufhaus, betrachtete es, als sähe sie es zum ersten Mal, um abzuschätzen, wie es auf jemand Fremden wirken mochte. Versuchte, sich den Eindruck vorzustellen, während in ihrem Hinterkopf die Worte lauerten: All das wird dein. Vehement schob sie den Gedanken von sich. Niemals, dachte sie, niemals wird all das dein, wer auch immer du sein magst.

Über dem Erdgeschoss wölbte sich hoch oben eine Kuppel, ein Kunstwerk aus buntem Glas und Stahl. Eine breite Treppe in der Mitte des Raumes führte auf eine Plattform und teilte sich dann in zwei Treppen, die rechts und links zu den Emporen im ersten und zweiten Obergeschoss führten, von fein ziselierten Balustraden eingefasste Galerien.

Louisa kannte jede der fünfzig Abteilungen auf den mehr als elftausend Quadratmetern Verkaufsfläche, wusste, wer von den knapp sechshundert Angestellten wo arbeitete, und kannte die wichtigsten persönlich mitsamt Familien. Kurzum, all das konnte sich dieser Emporkömmling wohl mitnichten einfach so über Nacht aneignen.

Es war schwer, den ganzen Tag die Contenance zu wahren, freundlich zu bleiben, so zu tun, als sei alles wie immer. Da sie sich von Mathilda verraten fühlte – immerhin hätte diese wenigstens eine Andeutung machen können – ging sie erst nach der Mittagszeit essen, um sicher zu sein, ihrer Halbschwester nicht über den Weg zu laufen. Nachmittags kam Sophie – zwei Jahre jünger als Louisa und ein Jahr älter als Mathilda – ins Warenhaus, um ihrer liebsten Beschäftigung nachzugehen: das Geld ihres Vaters auf Umwegen zurück in seine Taschen fließen zu lassen.

Sophie indes ließ sich nicht so leicht täuschen wie die Kunden und bemerkte den Zorn unter der dünnen Tünche von Gelassenheit. »Was ist dir denn über die Leber gelaufen?«

Offenbar wusste sie tatsächlich nichts. »Ach, frag nicht.«

Und Sophie wäre nicht Sophie, würde sie dergleichen Angelegenheiten länger als einen Augenblick ihrer Zeit schenken. Ihr Wesen erlaubte ihr kein Verharren bei den Sorgen anderer, und so glomm zwar Neugierde in ihren Augen auf, aber da kein sensationelles Geheimnis zu erwarten war, insistierte sie nicht. »Ich…« Sie stockte, sah an Louisa vorbei, und ihr Blick nahm jenen Ausdruck beifälliger Anerkennung an, die besagte, dass ein ansehnliches Exemplar männlicher Gattung in heiratsfähigem Alter in der Nähe war. »Er wirkt ein wenig verloren, nicht wahr?«, sagte sie in einem Ton, als sei sie nur zu bestrebt, dem Abhilfe zu schaffen.

Obwohl es sie nicht interessierte, drehte Louisa sich ebenfalls um. »Ja, nicht schlecht«, urteilte sie. Und er wirkte tatsächlich, als wolle er sich erst einmal orientieren, sah hoch zum Kuppeldach, ließ den Blick über die Emporen und hernach langsam über das Erdgeschoss gleiten, bis er an den Schwestern hängen blieb. Ja, dachte Louisa, er sah nicht übel aus. Dunkles Haar, dunkle Augen, weltgewandtes, elegantes Auftreten. Jetzt umspielte ein kleines Lächeln die Mundwinkel des Mannes, aber noch ehe er etwas sagen konnte, ging Sophie bereits auf ihn zu. »Können wir Ihnen helfen?«

»Sie arbeiten hier?«, fragte er erstaunt.

»Nein, wir gehören sozusagen zum Inventar. Sophie Marquardt.« Sie reichte ihm die Hand, die er ein wenig überrumpelt ergriff.

»Das trifft sich ja gut. Ich möchte zu Caspar Marquardt. Ihr Vater, nehme ich an?«

Jetzt hatte er Louisas Aufmerksamkeit. Konnte das wahr sein? »Ja, ganz recht.« Sie trat nun ebenfalls hinzu. »Louisa Marquardt. Mit wem habe ich das Vergnügen?«

»Max Dornberg.«

Louisa schenkte ihm ein entzückendes Lächeln. »Es tut mir leid, aber Sie haben ihn verpasst, er musste leider schon früher gehen.« Sie spürte Sophies erstaunten Blick, ging jedoch nicht darauf ein.

»Tatsächlich?« Der Mann sah in Richtung des Lifts, schien unschlüssig. Er würde doch wohl nicht so dreist sein... Dann jedoch wandte er sich wieder ihr zu und hob in einer Geste des Bedauerns die Schultern. »Nun gut. Richten Sie ihm bitte aus, dass ich morgen früh bei ihm vorspreche?«

»Aber natürlich«, antwortete Sophie strahlend, ehe Louisa etwas sagen konnte.

Er neigte lächelnd den Kopf. »Dann einen schönen Tag noch, die Damen. Wir werden uns ja in Kürze wiedersehen.«

»Ich freue mich darauf«, kam es von Sophie, während Louisa ihm mit einem freundlichen Lächeln zunickte.

Sie sahen ihm nach, wie er auf den Ausgang zuging, dann wandte Sophie sich an Louisa. »Wo ist Papa denn?«

»In seinem Bureau.«

Sophie krauste die Stirn. »Aber du hast doch gesagt...«

»Ja, ich weiß. Du hast wirklich keine Ahnung, nicht wahr? Er hat es in der Tat nur Mathilda erzählt.«

»Wer hat Mathilda was erzählt?«

Louisa sah sich um, vergewisserte sich, dass kein Lauscher in der Nähe war. »Er wird Papas Erbe.« Louisa ließ die Worte schicksalsschwer in den Raum fallen.

Ihre Schwester jedoch wirkte unangemessen begeistert. »Ach was? Heißt das, dieser hübsche Kerl wohnt dann bei uns?«

»Sophie!«

Da kam dieser offenbar ein ganz anderer Gedanke. »Plant Papa, dich mit ihm zu verheiraten?«

Hitze stieg Louisa in die Wangen. »Rede keinen Unsinn!« So weit hatte sie noch gar nicht gedacht. Ihr Vater würde doch wohl nicht... Nein, würde er nicht, beschied sie sich im Stillen.

»Und was erhoffst du dir davon, ihn wegzuschicken? Spätestens morgen wird er wieder hier erscheinen.«

»Ach, ich weiß auch nicht. Es war ein spontaner Einfall.«

Sophie war anzusehen, was sie davon hielt, aber Louisa erwartete auch gar nicht, dass sie es verstand.

»Papa wird auf ihn warten«, sagte Sophie.

»Das ist anzunehmen.«

»Und was gewinnst du dadurch?«

Einen Aufschub? Einen kleinen Anflug von Genugtuung? Louisa zuckte mit den Schultern. Vermutlich wollte sie ihren Vater auch einfach nur provozieren.

Sophie seufzte. »Ach, Louisa, du bist immer so vernünftig, und dann dieser kindische Impuls.«

»Ich arbeite hart, und ich bin die Älteste. Ich lasse mich nicht verdrängen.«

Wieder dieses nachsichtige Seufzen. »Dann«, sagte Sophie sanft, »heirate ihn. Oder sieh zu, dass du ihn auf geschicktere Weise loswirst als gerade eben.«

Wenngleich Mathilda nicht in Armut aufgewachsen war – ihr Vater hätte das niemals zugelassen –, fiel es ihr schwer, den Wohlstand, in dem sie nun lebte, mit jener souveränen Selbstverständlichkeit anzunehmen, wie ihre Schwestern das taten. Die elegante Villa am Sachsenring mit ihren Giebeln, Erkern, dem kleinen Türmchen, dem säulenbestandenen Eingang und den Balkonen war seit drei Jahren ihr Zuhause, und doch dachte sie bei dem Wort »Zuhause« immer noch an das Häuschen in Deutz, das sie mit ihrer Mutter bewohnt hatte, mit einem lauschigen Garten, der in den der Marquardt'schen Villa vermutlich zehnmal gepasst hätte. Sie hatten eine Zugehfrau gehabt, ansonsten hatte ihre Mutter den Haushalt allein geführt.

An Personal, das allein dazu da war, einem jeden Wunsch zu erfüllen, hatte Mathilda sich erst einmal gewöhnen müssen. Ebenso daran, dass die Hausangestellten es als Affront betrachteten, wenn man die Dinge selbst in die Hand nahm.

»Möchte Fräulein Mathilda damit sagen, mein Pudding schmecke ihr nicht?«, hatte die Köchin in bebender Entrüstung gefragt, nachdem Mathilda in der Küche erschienen war, um sich welchen zu kochen. Ihr Vater hatte die Wogen geglättet und der Köchin versichert, es handle sich um ein Missverständnis. Mathilda erklärte er später, gute Köche seien schwer zu finden, und man müsse stets auf der Hut sein, dass sie einem nicht abgeworben wurden. »Daher«, so erklärte er, »sollte man sich tunlichst hüten, ihren Zorn zu erregen, indem man sich selbst in die Küche stellt und kocht.«

In dem weiblich dominierten Haushalt waren Zornausbrüche von Frauen für Caspar Marquardt ein Minenfeld, das er stets sorgsam zu umgehen suchte. An diesem Abend jedoch war jeder behutsame Vorstoß vergebens.

»Ich kann deinen Unmut verstehen«, sagte er, nachdem das Essen aufgetragen worden war. »Wahrhaftig. Aber...«

»Unmut?«, fiel Louisa ihm ins Wort. »*Unmut?*«

»Ich meinte ...«

»Und dass du es verstehst«, rief Louisa, »möchte ich doch bezweifeln.«

»Unterbrich mich nicht ständig!«

Louisa biss sich auf die Unterlippe, die Wangen gerötet vor Wut, die Hände auf dem Tisch geballt.

»Aber«, fuhr ihr Vater fort, »du weißt, wie die Situation aussieht. Du bist eine Frau.«

Mathilda seufzte. So stellte ihr Vater sich die Entschärfung der Situation vor? Sie tauschte einen kurzen Blick mit Sophie, die nur die Augen verdrehte.

»Das war Marie Curie auch«, antwortete Louisa mit sichtlich erzwungener Ruhe.

Jetzt blitzte Belustigung in den Augen ihres Vaters auf. »Wenn du es als Professorin an die Sorbonne geschafft hast, können wir uns gerne noch einmal darüber unterhalten.«

Louisa öffnete eben den Mund zu einer Erwiderung, aber Sophie war schneller, und offensichtlich hatte sie vor, ein wenig Öl ins Feuer zu gießen. »Wo wird er eigentlich sitzen?«

Caspar Marquardt sah sie an. »Wie bitte?«

»Er wird doch sicher irgendwann auch hier wohnen. Ich meine, als dein Erbe? Und dann wird er mit uns zusammen essen. Also, wo wird er sitzen? Auf Louisas jetzigem Platz am anderen Ende des Tisches?«

»Niemals!«, kam es von Louisa, die nach dem Tod ihrer Mutter den Platz der Hausherrin eingenommen hatte.

»Darüber habe ich mir noch keine Gedanken gemacht«, antwortete ihr Vater.

»Heißt das, du ziehst es in Erwägung, mich selbst in unserem Haus von ihm ersetzen zu lassen?«

»Kein Mensch ersetzt dich. Und nun schweig.«

»Warum? Damit du dich besser fühlst?«

Als Caspar Marquardt mit der Hand auf den Tisch schlug, fuhren alle drei auf. »Verdammt noch mal! Schweig!«

»Ist das alles, was du dazu zu sagen hast?«

»Momentan ja. Du änderst nichts an meiner Entscheidung, gleich, wie du dich hier gebärdest. Also lass es jetzt gut sein.«

Louisa biss sich auf die Lippen, und einen Augenblick lang wirkte es, als sei sie den Tränen nahe.

»Warum hast du ihn eigentlich nicht mitgebracht?«, fragte Sophie rasch, als wolle sie einer Antwort Louisas zuvorkommen. »Vielleicht möchten wir ihn ja gerne kennenlernen, so als Ziehbruder.«

Ihr Vater sah sie an, schien auszuloten, ob sie ihn provozieren wollte oder es ernst meinte, und entschied sich dann für Letzteres. »Er wurde offenbar aufgehalten. Außerdem möchte ich erst einmal mit ihm sprechen und ihn mir ansehen, ehe ich die Sache offiziell mache. Danach lernt ihr ihn natürlich kennen.«

Von Louisa kam dieses Mal kein Widerspruch. Vielleicht sah sie ein, dass sie in dieser Angelegenheit so nicht weiterkam. Möglicherweise wurde ihr auch bewusst, dass es besser war, seinen Gegner zu kennen. Bei dem Thema fiel Mathilda etwas anderes ein. »Papa, kennst du einen Arjen Verhoeven?«

Ihr Vater schien erleichtert über den Themenwechsel. »Nein. Wer soll das sein?«

»Er war heute im Kaufhaus und sagte etwas davon, er wolle die Konkurrenz beobachten oder so.«

Ihr Vater wirkte skeptisch. »Ah ja? Und damit kam er zu dir? In die Damenabteilung?« Offenbar dachte er, der Mann habe eher auf eine etwas bizarre – und anrüchige – Art mit ihr anbändeln wollen.

»Na ja … Er war ein wenig dreist.«

»Inwiefern?«

»Er glaubte, er könne mir Ratschläge geben, wie ich mit Kunden umgehen sollte.«

Caspar Marquardt nickte, dann schien ihm ein Gedanke zu kommen. »Wie sah er aus?«

»Blond, hochgewachsen, schlank. Sehr elegant gekleidet.«

Einen Moment lang runzelte ihr Vater die Stirn. »Ich glaube, er ist mir heute im Café auch aufgefallen. Er hat mich auf eine seltsame Art angesehen, so, als kenne er mich und amüsiere sich darüber, dass ich ihn nicht zuordnen konnte. Dreist, wie du schon sagtest. Wenn er noch einmal in die Damenabteilung kommt, alarmiere den Sicherheitsdienst.«

Sophie nippte an ihrem Glas. »Warum hast du mir eigentlich als Einziger nichts erzählt?«

»Das war keine Absicht, Liebes, sondern hat sich so ergeben.«

»Wer wusste es als Erste?«

Caspar Marquardt, der den nächsten Streit auf sich zukommen sah, schloss für einen Moment die Augen. »Mathilda.«

»Warum?«

»Weil es das Kaufhaus betrifft, und damit hast du ja ohnehin direkt nichts zu tun. Ich hatte auch nie den Eindruck, dass dich die Belange interessieren.«

Sophie spießte ein Stück kalten Braten auf, kaute eine Weile schweigend, nippte erneut an ihrem Glas und nickte. »Also gut. Ich werde es nicht persönlich nehmen.«

»Dazu besteht auch kein Anlass«, entgegnete ihr Vater.

»Und immerhin bin ja nicht ich diejenige, die hier enterbt wird.«

»Hier wird niemand enterbt.«

»Ach nein?«, kam es angriffslustig von Louisa.

»Sieht er gut aus?«, fragte Sophie, ehe ihr Vater etwas sagen konnte.

Den irritierte diese Frage nun sichtlich. »Das weiß ich nicht. Als ich ihn das letzte Mal gesehen habe, war er ein Kind.«

»Ich hoffe, er sieht gut aus«, entgegnete Sophie.

»Warum?«

Ein Lächeln spielte um ihren Mund. »Na, wenn er doch hier wohnt.«

Caspar Marquardt verengte die Augen, taxierte sie und schien dann doch nicht so recht zu wissen, was er sagen sollte. Offenbar ging ihm jetzt erst auf, dass zu der Problematik, den Familienzuzug Louisa schmackhaft zu machen, eine gänzlich anders geartete hinzukam – eine, die womöglich noch sehr viel gefährlicher war als ein kleiner Riss im Hausfrieden.

Mathilda fragte sich, ob das einfach nur Taktik war oder ob sie wirklich die Fühler ausstreckte, bei Sophie wusste man das nie so recht.

»Wie geht es Olga?«, fragte sie. Das zumindest war ein

Zankapfel, den sich die drei Schwestern einvernehmlich teilten. »Ich habe sie heute recht früh im Kaufhaus gesehen.«

»Wir waren frühstücken«, antwortete ihr Vater. »Es geht ihr gut.«

»Na, da sind wir ja alle glücklich«, ätzte Louisa.

»Hast du ihr von dem neuen Erben erzählt?«, wollte Sophie wissen.

»Ja, heute Morgen.«

»Hmhm.« Sophie lehnte sich zurück und verschränkte die Arme vor der Brust. »Dann hast du es sogar Olga noch vor mir erzählt?«

Für einen Moment schloss Caspar Marquardt erneut resigniert die Augen. »Es ergab sich einfach so.«

»Ich verstehe.«

Ihr Vater winkte den Lakaien herbei. »Erich, du kannst abräumen.«

»Sehr wohl, gnädiger Herr.«

Louisa erhob sich, und ihre Schwestern taten es ihr gleich. »Gute Nacht, Papa.« Mit einem knappen Nicken in seine Richtung verließ sie den Raum.

Sophies »gute Nacht« fiel etwas gnädiger aus, aber ganz offenkundig war sie nicht versöhnt damit, dass ihr Vater selbst Olga vor ihr in seine Pläne eingeweiht hatte.

»Gute Nacht, Liebes«, antwortete er.

Mathilda zögerte. Er tat ihr leid, wie er da einen Moment lang allein am Tisch saß und sich schließlich erhob, um den Abend, wie stets, in der Bibliothek mit einer Zigarre und einem Buch ausklingen zu lassen. »Gute Nacht, Papa«, sagte sie sanft.

Er lächelte sie an. »Wenigstens du bist mir nicht böse?«

»Nein, warum sollte ich? Was aber nicht heißt, dass ich Louisa nicht verstehen kann, aber das habe ich dir gestern ja bereits gesagt.«

»Ja, das hast du. Aber du kennst meine Gründe.«

»Das heißt nicht, dass ich sie gutheiße.« Für Mathilda änderte sich nichts, sie würde auch unter Max Dornberg im Kaufhaus arbeiten, bis sie irgendwann heiratete. Und als verheiratete Frau wäre ihr das Arbeiten ohnehin verwehrt, der Neuzugang nahm ihr nichts weg.

Sie verließ das Esszimmer und holte Sophie auf der Treppe ein. »Findest du es nicht auch seltsam, dass unser neuer Familienzuwachs Papa einfach so versetzt hat?«

Sophie sah sich rasch um. »Hat er nicht«, antwortete sie. »Er ist nur zuerst Louisa begegnet.«

*

Max Dornberg empfand es als etwas befremdlich, dass ihm weder abgesagt noch ein neuer Termin vereinbart worden war. Das sprach entweder für eine gewisse Überheblichkeit des reichen Herrn, für Nachlässigkeit oder schlicht eine schlechte Kinderstube. Nach allem, was Max von seiner Mutter über den Mann gehört hatte, tendierte er zu Ersterem. Er hatte den Abend in seinem Hotelzimmer verbracht – wenigstens das zu reservieren hatte Caspar Marquardt nicht versäumt – und erwartet, wenn schon nicht am selben Abend, dann zumindest am kommenden Morgen eine Nachricht vorzufinden, die das Versäumnis erklärte. Entsprechend übel gelaunt war er, als er nach dem Frühstück aufbrach, um Caspar Marquardt einen erneuten Besuch abzustatten.

Mit forschem Schritt trat er durch die geöffneten Türen in das Kaufhaus, hatte an diesem Morgen jedoch keinen Blick für jene verschwenderische Pracht, die ihn am Tag zuvor so beeindruckt hatte. Er wandte sich an einen der beiden Pförtner. »Wo finde ich Herrn Marquardt?«

»Sein Bureau ist im dritten Obergeschoss. Zum Aufzug geht es geradeaus durch, gnädiger Herr. Einmal durch den Verkaufsraum, dann laufen Sie direkt darauf zu. Oder aber Sie nehmen die Treppen.«

Max dankte knapp und ging zum Aufzug. Wenn der alte Mann dachte, er könne mit ihm umspringen wie mit einem bedürftigen Verwandten, war er bei ihm an den Falschen geraten. Es war ja nicht so, als habe er sich darum gerissen hierherzukommen. Tatsächlich war er sich derzeit nicht einmal sicher, ob er überhaupt bleiben sollte.

Eine junge Frau in weinroter Uniform stand im Lift und fragte ihn, in welche Etage er wolle.

»Drittes Obergeschoss.«

»Sehr wohl, der Herr.« Unter anderen Umständen hätte Max ihr keckes Lächeln entzückend gefunden.

Mit einem leisen »Pling« öffneten sich die Türen schließlich wieder, und Max trat in einen mit einem orientalisch anmutenden Läufer belegten langen Korridor entlang der Balustrade. »Wie komme ich zu Herrn Marquardts Bureau?«

»Geradeaus durch und dann rechts, dort sitzt seine Vorzimmerdame. An der müssen Sie erst vorbei.« Wieder dieses Lächeln, dann schlossen sich die Türen.

Der dicke Läufer dämpfte Max' Schritte. Er ging an Türen aus dunklem Holz vorbei, neben denen kleine, bronzene Namensschilder angebracht waren. Personalleiter, Finanzverwalter, Einkaufsleiter. Den Vorraum zu Caspar Marquardts Bureau betrat man durch einen offenen Türbogen und fand sich direkt vor dem Schreibtisch einer Frau mittleren Alters wieder, die kurz den Blick hob, »einen Moment« sagte und an einem Text weiterschrieb, der offenbar wichtiger war, als es jeder Besuch um diese Tageszeit sein konnte.

»Entschuldigen Sie bitte«, sagte Max, der nicht gewillt war zu warten. »Ich bin ...«

»Max Dornberg?« Die Frau blickte erneut auf, und es war ganz offensichtlich, dass ihr Urteil nicht zu seinen Gunsten ausfiel.

»Ganz recht.«

»Sie sind einen Tag zu spät, da macht es gewiss nichts aus, noch einen Moment zu warten. Herr Marquardt möchte den Brief in zehn Minuten zum Abzeichnen auf seinem Tisch haben.«

In Max brodelte es. Er deutete mit dem Kinn auf die einzige Tür. »Ist er dort drin?«

»Ja, wo denn sonst? Oder denken Sie, ich verstecke ihn im Aktenschrank?«

Max ging an dem Schreibtisch vorbei zur Tür, und mit einer Schnelligkeit, die er der Frau nicht zugetraut hätte, war sie auf den Beinen und an ihm vorbei. »Sie können da nicht einfach rein.«

»Dann melden Sie mich an, unverzüglich.«

Die Frau maß ihn, schien auszuloten, wie ernst es ihm war, und öffnete schließlich die Tür. »Max Dornberg«, sagte sie, und im nächsten Moment war dieser bereits an ihr vorbei.

»Danke«, sagte der Mann hinter dem Schreibtisch. »Sie können gehen.« Er maß Max mit einem Blick, der sich nicht von dem der Frau unterschied. »Wie erfreulich, dass du heute den Weg zu mir findest«, sagte Caspar Marquardt, »nachdem du es gestern offenbar nicht einmal für nötig hieltest, dein Fernbleiben zu entschuldigen. Hattest du einen Unfall? Das wäre die einzige Begründung, die ich in dem Fall gelten lassen würde.«

»Wie bitte?«

Caspar Marquardt verengte die Augen. »Nicht nur unzuverlässig, sondern auch begriffsstutzig?«

Er würde nicht bleiben, so viel war klar. Aber eine Antwort würde dieser überhebliche Wichtigtuer trotzdem erhalten. »Ich komme extra aus Frankfurt hierher«, sagte Max und trat an den Schreibtisch, so dass der Mann zu ihm aufblicken musste. »Dann muss ich mir hier sagen lassen, dass du nicht da bist, und anstatt, dass du dich dafür entschuldigst, was das Mindeste wäre, hast du die Nerven, mir Vorwürfe zu machen?«

»Was meinst du damit, ich sei nicht hier gewesen? Ich war morgens im Café zum Frühstück, das hätte meine Vorzimmerdame dir gesagt, wenn du bei ihr erschienen wärst. Den restlichen Tag war ich im Bureau und habe auf dich gewartet. Also erzähl mir keine Märchen.«

Max runzelte die Stirn.

»Und jetzt setz dich. Dieses Gehabe kenne und beherrsche ich schon ein paar Jährchen länger als du. Solange du wie ein Bittsteller vor mir stehst, ist es gleich, ob ich zu dir aufsehen muss. Überlegen ist der, der hinter dem Schreibtisch sitzt.«

Ein wenig perplex ließ Max sich auf einem der Besucherstühle nieder.

»So, und nun hör auf mit dem Geflunker und sag mir, warum du nicht gekommen bist.«

»Ich war hier, und deine Tochter hat mir gesagt, du seist nicht da.«

»Meine Tochter?«

»Ich bin den beiden begegnet, als ich das Kaufhaus betreten habe. Sie dachten offenbar, ich sei ein Kunde, und haben nach meinen Wünschen gefragt.«

»Verstehe.« Caspar Marquardt lehnte sich in seinem wuchtigen Schreibtischstuhl zurück und legte die Fingerspitzen aneinander. »Darf ich raten, welche dich weggeschickt hat? Die Dunklere der beiden.«

»Ganz recht.«

»Na, da hat Louisa dich schön zum Narren gehalten.« Ein spöttisches Lächeln erschien auf Caspar Marquardts Lippen. »Ich hoffe, du hast daraus gelernt, bei einem Geschäftstermin grundsätzlich und immer persönlich vorzusprechen. Wenn ich nicht da bin, weiß meine Vorzimmerdame in der Regel Bescheid.«

Da Max nicht recht wusste, wie er sich da herausreden sollte, nickte er nur. Im Grunde genommen stimmte das natürlich, aber die junge Frau war sehr überzeugend gewesen, und warum hätte er Caspar Marquardts Tochter misstrauen sollen? »Aus welchem Grund hat sie das getan?«, fragte er schließlich.

»Sie hielt sich bisher für die Haupterbin.«

»Du hast deine Tochter zu meinen Gunsten enterbt?«

»Nein, sie bekommt ihr Erbe. Aber nicht in der Form, wie sie sich das vorgestellt hat.«

Nun, dass das für einen gewissen Unmut sorgte, konnte

Max durchaus verstehen. Allerdings hatte sie ihn dastehen lassen wie einen Trottel.

»Aber gut«, sagte Caspar Marquardt, »reiten wir nicht länger als nötig auf der ganzen Angelegenheit herum.« Er erhob sich. »Komm, ich mache dich jetzt offiziell mit meinen Töchtern und den wichtigsten Angestellten bekannt. Danach unterhalten wir uns in Ruhe bei einer Tasse Kaffee.«

Max nickte und stand ebenfalls auf. Er ließ Caspar Marquardt den Vortritt und folgte ihm hinaus auf den Korridor.

»Wie geht es deiner Mutter?«, fragte Caspar Marquardt im Plauderton.

»Gut. Sie lässt schön grüßen.«

»Wir haben uns lange nicht gesehen. Irgendwie läuft man sich nur noch bei Hochzeiten und Beerdigungen über den Weg. Bedauerlich.«

Anstatt zum Aufzug schlug Caspar Marquardt den Weg zur Treppe ein. »Im zweiten Obergeschoss befinden sich unter anderem ein Café, ein Restaurant und ein Feinkostgeschäft. Außerdem betreibe ich hier weiterhin eine Abteilung mit Kolonialwaren, eine persönliche Liebhaberei, um nie zu vergessen, wie ich angefangen habe.«

Max kannte die Geschichte natürlich, immerhin war Caspar Marquardt der Einzige in der Familie, der es wirklich zu etwas gebracht hatte. Das brachte ihm Bewunderung, aber auch viel Neid ein, und der eine oder andere eingeheiratete männliche Verwandte nannte ihn schlicht den »Geldsack«. Im Grunde genommen hatte Max ein gänzlich anderes Bild von ihm gehabt. Er wusste nicht recht, was er erwartet hatte, aber diesen distinguiert wirkenden Herrn in seinem gut sitzenden Maßanzug sicher nicht. Außerdem war er deutlich jünger als erwartet.

Sie nahmen die nächste Treppe. »Hier befindet sich die Damenabteilung«, erklärte Caspar Marquardt. »Du wirst das alles noch detailliert kennenlernen, aber ich möchte dich nun meiner jüngsten Tochter vorstellen, die hier die Verkaufsleiterin ist.«

Dass Caspar Marquardts drittes Kind nicht von seiner Ehefrau stammte, war in der Familie bekannt, ein Fehltritt, über den sich die Frauen weitaus mehr aufregten als die Männer. Diese schienen Caspar seine Untreue eher nachzusehen als die Tatsache, dass er es zu Reichtum gebracht hatte.

»Mathilda, das ist Max Dornberg, Greta Dornbergs Sohn. Du erinnerst dich an sie von Tante Hannelores Beerdigung?«

Zwischen dieser Frau und den beiden vom Vortag bestand nicht die geringste geschwisterliche Ähnlichkeit. Sie war blond, hatte blaue Augen und war auf eine recht gefällige Art hübsch, die auf Max eher reizlos wirkte. Dafür hatte sie eine warmherzige Ausstrahlung, die es wiederum schwermachte, sie nicht zu mögen.

Sie lächelte ihn an und gab ihm die Hand. »Es freut mich sehr.« Ihr Händedruck war erstaunlich fest.

»Ganz meinerseits.«

»War es eine angenehme Reise?«

»Durchaus, ja.« Max sah sich in der Abteilung um, die das Flair mondäner Eleganz versprühte. Kleider waren um Puppen drapiert, zarte, pastellfarbene Nachmittagskleider, aufsehenerregende Abendroben, schlichtere Kleider für den Alltag. Ehe er jedoch dazu kam, alles genauer in Augenschein zu nehmen, setzte Caspar Marquardt seine Führung fort.

»Wir sehen uns beim Mittagessen«, verabschiedete er sich von seiner Tochter. An Max gewandt sagte er, als sie außer Hörweite waren: »Was meine, hm, besonderen familiären Umstände angeht, ist der Tratsch vermutlich zu dir durchgedrungen?«

»Falls du von Mathilda sprichst, ja.«

»Leider war ich gebunden, als ich ihre Mutter kennenlernte, und eine Scheidung kam schlechterdings nicht infrage.«

Natürlich nicht. Max kannte die Regeln.

»Nun gut, dann muss ich ja nichts mehr weiter erklären.« Sie gingen die Treppen hinunter ins Erdgeschoss. »Louisa leitet keine der Abteilungen, sondern ist sozusagen Ansprechpartnerin für alle Belange. Meist ist sie hier unten.«

Max entdeckte sie noch vor Caspar Marquardt. Sie stand im Gespräch mit einem Kunden, blickte auf, bemerkte die beiden und schenkte ihnen ein Lächeln, das nichts war als Spott und Hohn. Ihr musste bewusst sein, dass ihr gestriges Manöver durchschaut war, und offenbar gefiel ihr die Vorstellung, ihn zum Narren gemacht zu haben. Ja, dachte er, genieß den Triumph, meine Schöne, das war vorerst dein letzter. Er erwiderte das Lächeln freundlich und ging an Caspar Marquardts Seite auf die junge Frau zu. Die wechselte noch kurz ein Wort mit dem Kunden und kam ihnen entgegen.

»Guten Morgen, Papa«, sagte sie und wandte sich dann an Max. »Herr Dornberg, wir hatten ja bereits das Vergnügen.«

»Darüber sprechen wir noch«, sagte ihr Vater. »Abgesehen davon besteht zu so viel Distanz kein Anlass, immerhin ist Max ein Verwandter.«

Sie jedoch behielt ihr Lächeln bei. »Aber natürlich.« Ihr Blick wanderte zu Max. »Hattest *du* gestern noch einen netten Tag?«

Max neigte den Kopf. »Durchaus, ja.«

»Das ist erfreulich.«

Diese junge Frau musste nach ihrer Mutter kommen, denn Max konnte nicht viel von ihrem Vater in ihr entdecken. Dunkles Haar, graublaue Augen und eine aufregende Ausstrahlung. Unter anderen Umständen verspräche das ein vortreffliches Vergnügen.

»Du bist amüsiert?«, fragte sie.

»Nein, nur erfreut, deine Bekanntschaft zu machen.« Er nickte ihr zu. »Wir bekommen sicher noch die Gelegenheit zu ausgiebigeren Gesprächen.«

»Na, ich kann es kaum erwarten.«

Caspar Marquardt räusperte sich. »Nun gut. Ist Sophie heute hier?«

»Das weiß ich nicht, aber ich vermute, es kann nicht lange dauern.«

»Wenn du sie siehst, schick sie zu mir, wir sind in der nächsten Stunde im Café.«

Louisa neigte den Kopf. »Wie du wünschst, Papa.« Damit wandte sie sich ab und ging.

»Charakterlich eine Marquardt durch und durch«, sagte ihr Vater. »Bedauerlich, dass sie kein Mann ist.«

»Ist er schon da?«

Louisa legte die neuen Knöpfe zurück in die Auslage und sah ihre Schwester an. Sie tat erstaunt. »Zwei Tage hintereinander hier? Das ist ja selbst für dich ungewöhnlich.«

»Ach, nun komm, sag schon.«

»Ja, er ist da. Papa sagt, sie sind im Café. Die nächste halbe Stunde zumindest noch.«

»Hat Papa etwas gesagt wegen gestern?«

»Nein, das kommt sicher noch.«

»Und war unser Familienzuwachs beleidigt?«

»Nein, zumindest wirkte es nicht so. Kann aber sein, dass er nur das Gesicht wahren wollte.« Louisa musterte sie. »Du hast dich ganz schön in Schale geworfen.«

Ihre Schwester drehte sich mit einer verspielten Bewegung einmal um die eigene Achse. »Ich wollte es eigentlich gar nicht kaufen, aber das Muster ist famos.«

Es war in der Tat ein hübsches Kleid, blass geblümte, pastellgrüne Seide, eine Farbe, die hervorragend mit Sophies Teint harmonierte und ihre honigfarbenen Augen und Haare zur Geltung brachte. »Dann hoffe ich, unser lieber Anverwandter weiß deine Mühen um seine Gunst zu schätzen.«

»Also ich plane natürlich nicht, ihn zu heiraten, keine Sorge.«

Louisa hob die Brauen. »Umso besser. Wenn er dein kleiner Zeitvertreib wird, wird Papa zusehen, dass er ihn schnell wieder loswird.«

»Die Sache ist ein zweischneidiges Schwert. Wenn er bleibt, sind wir vielleicht Olga los. Geht er, wird sie weiterhin versuchen, Papa zu umgarnen und ihm einen Erben unterzuschieben.«

»Ach, ein Säugling, Sophie. Bis der alt genug ist, um etwas zu sagen zu haben, fließt viel Wasser den Rhein runter. Falls es überhaupt ein Junge wird und kein weiteres Mädchen.«

Sophie zuckte die Schultern. »Wie auch immer. Ich gehe jetzt zu Papa und schaue mir den hübschen Kerl aus der Nähe an.« Sie warf Louisa eine Kusshand zu und ging zur Treppe.

Zerstreut wandte sich Louisa wieder der Auslage der Knöpfe zu, fuhr mit den Fingern darüber und seufzte. Im Grunde genommen gab sie sich kämpferischer, als ihr zumute war. Die Wut, die am Vortag so jäh in ihr aufgeflammt war, zerfiel langsam und wich einer irritierenden Ratlosigkeit. Seit ihrem sechzehnten Lebensjahr arbeitete Louisa im Kaufhaus ihres Vaters, stets in dem Bewusstsein, sich beweisen zu müssen. Natürlich wusste sie, dass sie ihren Platz als Haupterbin würde aufgeben müssen, wenn ihr Vater einen Sohn bekäme, aber mit zunehmendem Alter war diese Sorge immer geringer geworden, denn Caspar Marquardt hatte des Öfteren betont, kein weiteres Kind mehr aufziehen zu wollen. Damit, dass er praktisch einen Fremden – Familie oder nicht – ihr vorzog, hatte sie niemals gerechnet.

Ein kleiner Hoffnungsfunke hatte noch in ihr gekeimt, dass Max Dornberg eine Enttäuschung für ihren Vater sein würde, aber der Frankfurter Kaufmann schien ganz nach dessen Geschmack. Auch über seine geschäftlichen Fähigkeiten hatte Caspar Marquardt sich vermutlich vorher ausgiebig informiert, sonst hätte er ihn nicht eingeladen. Hinzu kam ein weltmännisch elegantes Auftreten, das – Louisa konnte es bei allem Groll nicht leugnen – nur zu gut in dieses Kaufhaus passte. Sie musste nur an Max Dornbergs überlegenes Lächeln denken, damit der Zorn erneut in ihr aufflammte. Er wusste ebenso gut wie sie, dass sie im Grunde genommen chancenlos war.

Einer Frau standen nicht viele Möglichkeiten offen. Blieb sie unverheiratet, war sie auf ihre Verwandten angewiesen, heiratete sie, hatte sie kein Recht, ihren Namen zu behalten oder ohne Erlaubnis ihres Ehemanns eine Arbeit anzunehmen. Nicht einmal ihren Wohnsitz durfte sie wählen, und in allen Angelegenheiten hätte ihr Mann das letzte Wort. Auch ihr Vermögen ging in seinen Besitz über, was wohl der Hauptgrund für die Entscheidung ihres Vaters gewesen war. Andererseits – wenn das Kaufhaus ihr gehörte, gab es keinen Grund zu heiraten, sie wäre finanziell unabhängig. Aber davon wollte ihr Vater nichts wissen. Sophies Tändeleien gingen ihm schon gehörig gegen den Strich, und jeder der höchst annehmbaren Heiratsanträge, den sie zurückwies, war ein Ärgernis für ihn.

»Fräulein Marquardt?«

Louisa sah von den Knöpfen auf. »Ja, was gibt es?«

Annemarie Wetzel, eine junge Verkäuferin, die im letzten Jahr eingestellt worden war, stand vor ihr, die Wangen erhitzt. »Wieso wurde ich in die Kurzwarenabteilung versetzt?«

»Die Entscheidung hat der Personalleiter getroffen.«

»Aber ich wollte in die Modeabteilung.«

»Das wollten zwei weitere Damen ebenfalls, und Herr Schmitz hat sich für Fräulein Schwanitz entschieden.«

Louisa bemerkte die Schluckbewegung an der Kehle der jungen Frau und die nur mühsam beherrschte Starre in ihrer Haltung. »Warum?«

»Das müssen Sie ihn fragen, er hat mir seine Gründe nicht mitgeteilt.«

»Fräulein Lanters war zufrieden mit meiner Arbeit.«

»Das mag sein, aber Fräulein Lanters hat das nicht zu entscheiden.«

Annemarie Wetzel wandte kurz den Blick zur Treppe, dann sah sie Louisa wieder an. »Ich habe Fräulein Schwanitz vor einigen Tagen gesehen, wie sie mit Herrn Schmitz im Restaurant gesessen hat.«

Louisa hob die Brauen. »Möchten Sie wirklich diese Art von Beschuldigungen aufs Tapet bringen?«

Die junge Frau biss sich auf die Lippen.

»Gehen Sie und fragen Sie ihn nach den Gründen. Allerdings tun Sie das erst in Ihrer Pause, und bis dahin werden Sie hier bei den Kurzwaren bedienen.« Louisa winkte die Leiterin der Abteilung herbei. »Annemarie Wetzel wird Sie ab heute hier unterstützen.«

Die ältere Dame, eine erfahrene Angestellte seit dem ersten Tag des Kaufhauses, nickte und erfasste vermutlich mit einem Blick, wie widerstrebend die Jüngere ihre Stelle antrat. Dementsprechend fiel das Lächeln – ansonsten stets sonnige Herzlichkeit – aus. »Gut, dann kommen Sie mit, Fräulein Wetzel. Ich zeige Ihnen alles.«

Obwohl sich eine Etage höher die begehrtesten Abteilungen befanden – Mode aus Paris, feine Düfte aus dem Orient, Gold- und Juwelenschmuck – war Louisa am liebsten hier unten. Hier betraten die unterschiedlichsten Menschen das Kaufhaus, ehe sie sich auf die einzelnen Etagen verteilten. Es glich einem Basar, auf dem die Ehefrau des Hutmachers neben der eines Bankiers stand und feine Lederhandschuhe begutachtete, Knöpfe für das neue Kleid oder Gardinen für den Salon. Louisa mochte die Atmosphäre dieser kuppelgekrönten Verkaufsfläche, genoss es, den Kopf in den Nacken zu legen, während die Menschen wie ein Farbenmeer um sie wogten, ihr Blick an den Emporen vorbei zu dem Spiel des Lichts auf dem Kunstwerk aus Glas wanderte. Und wieder nahm dieses überwältigende Verlustgefühl ihr fast den Atem.

»Ist er schon da?«

Louisa drehte sich um. »Oh, guten Tag, Olga.«

Olga Wittgenstein hatte sich, ebenso wie Sophie, herausgeputzt, wenngleich aus gänzlich anderen Motiven. Noch war Louisa sich nicht sicher, wen sie weniger in der Familie haben mochte, entschied jedoch, dass von Olga gerade keine unmittelbare Gefahr ausging. Erst einmal musste sie diesen Max Dornberg loswerden, ehe sie ihre Bemühungen, Olga zu vergraulen, fortsetzte. »Sie sind im Café.«

»Wie ist er so?«

Louisa zuckte mit den Schultern.

»Dir muss es doch auch gegen den Strich gehen, dass er hier ist, oder nicht?«, fragte Olga.

»Na, was denkst du wohl?« Für einen Moment konnte man sogar vergessen, dass Olga ebenso wenig gewollt war, und dafür hatte nicht nur Louisa ihre Gründe. Sophie fürchtete um ihre Freiheit, wenn sie eine Stiefmutter bekam, die ihr Leben womöglich auf eine Art gängeln würde, wie ihr Vater das nicht tat. Und Mathildas Tage im Hause Marquardt wären wohl gezählt, wenn Olga das Zepter in die Hand bekäme. Natürlich würde ihr Vater sie nie auf die Straße setzen, aber wenn Olga ihr das Leben ausreichend zur

Hölle machte, würde sie vermutlich freiwillig gehen. Daher verbot es sich im Grunde genommen, dass Louisa – wenn auch nur vorübergehend – gegen Max Dornberg auf Olgas Seite stand.

Olga sah zur Treppe und krauste die Stirn. »Wer hätte gedacht, dass ich einmal mit einem Mann um deinen Vater konkurrieren muss?«

Obwohl Louisa nicht danach war, musste sie lachen.

»Guten Morgen, Fräulein Marquardt«, begrüßte einer der jungen Kellner Sophie.

»Guten Morgen. Ist mein Vater noch da?«

»Auf seinem üblichen Platz, gnädiges Fräulein.«

Sophie neigte dankend den Kopf und ging weiter. Da saß er auf seinem Lieblingsplatz, zusammen mit dem jungen Mann vom Vortag. »Guten Morgen, Papa«, sagte sie und hatte prompt die Aufmerksamkeit beider Männer, die sich höflich erhoben.

»Guten Morgen, mein Liebes«, sagte Caspar Marquardt. »Max, das ist meine Tochter Sophie. Sophie, Max Dornberg.«

Der junge Mann reichte ihr die Hand. »Es freut mich sehr.«

Der Kellner eilte herbei und rückte ihr einen Stuhl zurecht und fragte, ob sie etwas wünsche.

»Eine Tasse Kaffee, bitte«, sagte sie, während sie sich setzte. Sie legte ihr Täschchen auf dem Tisch ab und wandte sich an Max Dornberg. »Ich hoffe, du bist nicht nachtragend.«

Er lächelte. »Keineswegs.«

»Sehr gut. Ich meine, es war zwar nicht meine Schuld, aber mitgefangen, mitgehangen, nicht wahr?«

»So drastisch würde ich es nicht ausdrücken.«

Sophie erwiderte sein Lächeln. »Das ist reizend von dir. Und? Zeigt Papa dir heute alles, und morgen fängst du dann offiziell hier an? In welcher Funktion überhaupt?«

»Zunächst in keiner offiziellen«, erklärte ihr Vater an Max' Stelle. »Ich weise ihn ein, danach wird er mein Stellvertreter.«

»Anstelle von Louisa, ja?«

»Louisa war nie meine Stellvertreterin.«

»Offiziell nicht, aber inoffiziell hat jeder ihre Weisungen befolgt.«

Ihr Vater taxierte sie. »Das wird man auch weiterhin tun.«

»Vorausgesetzt Max ist nicht anderer Meinung als sie.«

Wenn die Kiefermuskeln hervortraten, wie bei ihrem Vater in diesem Moment, rang er sich die Ruhe nur mit äußerster Selbstbeherrschung ab.

»Ich trete nicht in Konkurrenz zu deiner Schwester«, sagte Max, ehe Caspar Marquardt antworten konnte. »Ich bin mir sicher, wir finden einen Weg der Einigung.«

»Ganz recht«, fügte ihr Vater hinzu. »Und nun wäre ich dir dankbar, wenn du die Belange des Kaufhauses mir überlässt. Sonst hat es dich ja auch recht wenig geschert, möchte ich meinen.«

Der Kellner erschien mit dem Kaffee und enthob so Sophie von einer entsprechenden Antwort. Dass ihr Vater ihr so über den Mund fuhr – noch dazu in Gegenwart eines praktisch Fremden – verärgerte sie, was ihm klar sein musste, wenn er ihren Blick richtig deutete. Sie rührte Sahne in den

Kaffee und hob die Tasse an die Lippen, wobei sie Max über den Rand hinweg ansah.

Ihr Vater richtete sich alarmiert auf. »Was sind deine Pläne für heute?«, fragte er.

»Ach, ich weiß nicht so recht. Vielleicht besuche ich eine Freundin.«

»Ist das eines der Kleider, die ich aus Paris mitgebracht habe?«

Sophie sah an sich hinab, als sei ihr entfallen, was sie trug. »Ja.«

»Sehr hübsch.«

Mit einem Lächeln nahm sie das Versöhnungsangebot an. Immerhin, das musste sie sich eingestehen, hatte sie ihn vorher mit Absicht provoziert.

»Guten Morgen«, trällerte eine bekannte Stimme, und Sophie verdrehte die Augen.

»Olga, meine Liebe.« Ihr Vater erhob sich, Max tat es ihm gleich, während Sophie nur aufblickte. Caspar Marquardt machte sie und den jungen Mann miteinander bekannt, dann wies er auf den freien Stuhl zu seiner Linken. »Setz dich doch. Hast du schon gefrühstückt?«

»Ja. Aber eine Tasse Kaffee wäre mir recht.«

»Wie du wünschst. Paul?« Caspar Marquardt winkte den Kellner heran und gab die Bestellung auf. Über den Tisch hinweg warf Olga Sophie einen kühlen Blick zu und wandte sich dann mit einem Lächeln an Max Dornberg.

»Ist es Ihre erste Reise nach Köln?«

»Nein, ich war als Kind einmal hier mit meinen Eltern. An viel erinnere ich mich allerdings nicht mehr, nur daran, dass meine Eltern mich den Dom hochgeschleppt haben.«

»Der Ausblick war es sicher wert.«

»Dafür war ich noch zu klein, und meine Mutter weigerte sich, mich hochzuheben. Vermutlich befürchtete sie, ich könnte abstürzen.«

Wer Olga kannte, konnte in ihrer Mimik lesen wie in einem Buch. Und jetzt besagte ihr Gesichtsausdruck: wie bedauerlich. Obwohl Sophie Louisas Sorgen verstehen konnte und sie sich einen Spaß daraus machte, ihren Vater damit zu ärgern, war ihr Max doch die liebere Alternative zu Olga, die ihr noch vor wenigen Wochen zu verstehen gegeben hatte, mit dem Müßiggang und der Geldverschwendung ohne Sinn und Verstand sei Schluss, wenn *sie* erst hier das Sagen habe.

Olga war die Witwe eines Industriellen, den sie als sogenanntes spätes Mädchen kennengelernt und der bereits erwachsene Kinder gehabt hatte – was der Grund gewesen war, mit Olga kein weiteres zeugen zu wollen. Das Erbe ging fast gänzlich an seine Kinder, und Olga bekam eine monatliche Rente sowie eine kleine, wenn auch recht hübsche Wohnung. Nun streckte sie die Fühler nach Caspar Marquardt aus – offenbar war es ihr Schicksal, nur an Männer mit erwachsenen Kindern zu geraten, die kein weiteres Mal Vater werden wollten. Ein männlicher Erbe jedoch war das Einzige, was Olga einen sicheren Platz in der Erbfolge verschaffen würde. Ihre Brüder würden sich zwar um sie kümmern, aber irgendwie war das auch demütigend, stets als die kinderlose Tante mitversorgt zu werden. Als Mutter eines Erben hätte sie zumindest etwas Vorzeigbares im Leben erreicht.

Um nicht länger mit ihr an einem Tisch sitzen zu müssen, trank Sophie rasch ihren Kaffee aus und erhob sich. »So,

Papa, dann will ich jetzt mal zusehen, dass ich dein Geld unter die Leute bringe.« Die kleine Spitze konnte sie sich nicht verkneifen, und während ihr Vater nachsichtig nickte, sah Olga sie aus leicht verengten Augen an.

Max hingegen neigte mit einem verschwörerischen Lächeln den Kopf. »Nur nicht am falschen Ende sparen.«

Sophie lachte, warf Olga eine Kusshand zu und verließ das Café.

»Hast du ihn kennengelernt?«, fragte Louisa.

»Na ja, kennengelernt ist zu viel gesagt.« Mathilda hängte ein Kleid aus cremegelber Seide auf einen Bügel. »Papa hat ihn mir vorhin vorgestellt, wir haben nur ein paar Worte gewechselt. War er verärgert wegen gestern?«

»Papa oder dieser Dornberg?«

»Letzterer. Papa vermutlich ohnehin.«

»Kann gut sein, anzumerken war es ihm nicht.«

Mathilda nickte. »Alles andere wäre wohl unsouverän gewesen. Wenn er hier in einer derart hohen Position bestehen möchte, darf er sich keine Blöße geben.« Sie wusste noch nicht, was sie von der ganzen Situation halten sollte, denn ihr war Max Dornberg lieber als Olga, wenngleich sie Louisas Standpunkt verstehen konnte.

»Olga ist übrigens auch gekommen«, sagte Louisa, als habe sie ihre Gedanken gelesen. »Sie sitzt mit Papa, Dornberg und Sophie im Café.«

»Sie empfindet ihn vermutlich ebenso als Bedrohung wie du.« Mathilda hängte ein weiteres Kleid über einen gefütterten Satinbügel und musterte ihre Schwester aufmerksam. Bei allem Verständnis für Louisa konnte Mathilda jedoch nicht leugnen, dass sie die Beweggründe ihres Vaters verstand. Mochte Louisa jetzt auch darauf beharren, unverheiratet zu bleiben, niemand – auch sie selbst nicht – konnte ahnen, ob sie sich nicht doch irgendwann verliebte. Und dann fiel ihr Erbe in den Besitz ihres Ehemanns – Grund genug für so manchen Heiratswilligen, sich alle zehn Finger nach der bisherigen Haupterbin zu lecken. Und dass diese darüber hinaus nicht gerade unansehnlich war, war eine reizvolle Dreingabe, so dass nicht nur Reichtum, sondern auch sinnliches Vergnügen lockte.

Behutsam drapierte Mathilda ein Kleid aus rosa Duchesse, überspannt mit gleichfarbigem Seidencrêpe, dekoriert mit Rosengirlanden und grüner Blattstickerei auf einer Schaufensterpuppe. Einen Schritt weiter ein ähnliches Arrangement in Smaragdgrün, verziert mit Margeritenzweigen, die auf der rechten Brustseite von einer Diamantnadel gehalten wurden. Besonders hübsch war eine Abendrobe mit Volants aus breitem, plissiertem Chiffon. Es gab Kleider mit Blütenkelchen, Staubfäden aus Gold und Silber, Perlen und Juwelensplittern, verführerische Peignoirs, duftig leichte Negligés, Schnürmieder, die die Figur betonten, und kokette Jupons. Während die Mode Paris folgte, blieben die Reisekostüme der englischen Mode treu, schlicht, zweiteilig und einfarbig. Die einfachen Straßenkleider wirkten schlank in der Silhouette, waren gemustert und mit Bändern verziert. Vervollständigt wurde die Garderobe mit kleinen Hüten und Kunstblumen. Sportkleider unterschieden sich nach wie vor kaum von den Gesellschaftskleidern, waren mit Pelzbesatz und Spitzenärmeln geschmückt und wurden mit Hut getragen. Das einzige Zugeständnis war der etwas kürzere Rock. Mathilda stellte diese stets ein wenig abseits aus, da sie – nach ihrem Dafürhalten – eigentlich zu den Sportwaren gehörten, aber davon wollte man hier nichts wissen.

Sophie erschien in der Damenabteilung. »Sieh nur, Mathilda«, sagte sie. »Steht es mir nicht blendend?« Sie vollführte eine Pirouette.

»Ja, sehr hübsch, in der Tat.«

»Ich habe es ihr verkauft«, sagte die Erste Verkäuferin, Johanna Sandor, die jetzt zu Mathilda trat und Sophie mit Kennerblick musterte. »Ich habe gleich gesagt, es würde ihr hervorragend stehen.«

»Das tut es«, bestätigte Sophie. »So gut, dass ich mir die anderen Kleider aus Paris auch gerne ansehen möchte.«

Mathilda und Louisa tauschten einen Blick.

»Fräulein Sandor«, sagte Sophie, »wären Sie so freundlich?«

»Natürlich, gnädiges Fräulein.«

Während die Verkäuferin ging, um einige Kleider herauszusuchen, wandte sich Sophie ihren Schwestern zu. »Mir gefällt er, muss ich gestehen. Tut mir leid, Louisa, aber er ist mir deutlich lieber als Olga.«

»Im schlimmsten Fall haben wir beide am Hals«, prophezeite Louisa düster.

»Max' Anwesenheit macht es für mich aber nicht schlimmer.« Sophie beäugte das Kleid, das Mathilda gerade aufgehängt hatte.

Louisa atmete tief ein und stieß die Luft mit einem Seufzer wieder aus. »Also gut, ich gehe nach unten. Wer weiß, wie lange es dauert, ehe Papa mich hier rauswirft.«

»Du weißt genau, dass er das nie tun würde«, widersprach Mathilda.

»Weiß ich das tatsächlich?«

Mathilda sah ihr nach, als sie zur Treppe ging, und kam sich bizarrerweise vor, als habe sie sie im Stich gelassen.

»Die beruhigt sich schon wieder«, sagte Sophie. »Eines Tages wird sie heiraten, und dann hat sie eh andere Sorgen.«

In Sophies Welt mochte das tatsächlich so sein. Mathilda entgegnete nichts darauf, sondern nahm die Liste mit den Wareneingängen zur Hand und ging ins Lager hinter dem Verkaufsraum, wo Stoffballen lagen und Kleider in verschiedenen Größen an langen Stangen hingen. Auf der Verkaufsfläche hatten sie von jedem Kleid nur eins repräsentativ ausgestellt und holten bei Bedarf die entsprechende Größe aus dem Lager. Auf diese Weise konnten sie den Platz optimal nutzen. Die schönsten Kleider wurden an Puppen gezeigt, damit sie ihre Wirkung auf die Kundinnen bereits entfalten konnten, wenn diese die Abteilung betraten. Es gab Ständer mit Kleidern, die auf Satinbügeln hingen, von hochwertig und teuer bis hin zu einfacheren und preisgünstigeren Modellen.

Während Mathilda im Lager die Listen abhakte – nach dem Vorfall am Tag zuvor überprüfte sie nun lieber selbst, ehe die Kundinnen benachrichtigt wurden –, hörte sie, wie der Dekorateur sich mit einer Verkäuferin unterhielt. Mathilda hielt inne und lauschte. Sie hatte ihm schon das eine oder andere Mal zur Hand gehen dürfen, und die kreative Arbeit machte ihr großen Spaß. Vor einigen Wochen hatte sie überlegt, ob sie ihren Vater bitten sollte, sie zu versetzen, aber sie traute sich nicht so recht. Hier war sie die Verkaufsleiterin, der Dekorateur würde in ihr lediglich eine Assistentin sehen. Sie hatte ihm zur Hand gehen und auch einige

Vorschläge einbringen dürfen, aber grundsätzlich ließ er sich nicht dreinreden. Das konnte Mathilda einerseits verstehen, andererseits hätten seine Schaufensterdekorationen durchaus einen kleinen Schliff vertragen können.

Mathilda legte die fertigen Listen in das Regal über dem Sekretär und ging zurück in den Verkaufsraum. In der Nähe der Umkleidekabine ließ sich Sophie zwei Kleider zeigen, während eine weitere Verkäuferin eben aus der Abteilung für Accessoires passende Hüte brachte und danach wieder losgeschickt wurde, um Handschuhe zu holen.

Eine junge Frau stand vor einem Kleid, biss sich unschlüssig auf die Lippen, streckte die Hand aus, berührte die blassblaue Seide und zog sie dann wieder zurück, als habe sie etwas Ungehöriges getan. Da alle Verkäuferinnen im Gespräch waren, ging Mathilda auf sie zu.

»Guten Tag. Kann ich Ihnen helfen?«

Die Frau wirkte erschrocken. »Oh, ja. Ich meine, nein, ich wollte nur ...«

Mathilda lächelte ermutigend. Sie musterte die junge Frau nun genauer, erkannte, dass deren Kleidung teuer und hochwertig war, und musste ihren ersten Eindruck, die Frau sei so zurückhaltend, weil sie nicht über die Mittel für ein teures Kleid verfüge, korrigieren.

»Ich möchte ein Kleid kaufen«, sagte die Frau nun, und das Blut stieg ihr in die Wangen.

»Ein Kleid für welchen Anlass?«

Die Wangen der Frau wurden noch dunkler. »Hm, einfach ein Kleid eben.«

Mathilda nickte. »Möchten Sie damit nachmittags Besuche bei Ihren Freundinnen machen? Oder suchen Sie etwas

Elegantes für den Abend? Ist es ein Kleid, in dem Sie Gäste empfangen? Oder möchten Sie damit in die Oper?«

Die Frau wirkte, als würde sie am liebsten die Flucht ergreifen. »Gäste empfangen«, sagte sie rasch.

»Für den Nachmittag?«

»Ja«, kam es unsicher.

Mathilda behielt ihr freundliches Lächeln bei. »Also gut. Das hier, das Sie sich gerade angesehen haben, wäre schon mal geeignet. Sagen Sie mir, welche Größe Sie tragen? Dann hole ich es aus dem Lager, und Sie können es anprobieren.«

Die Frau nannte ihre Größe, und Mathilda kehrte zurück ins Lager. Mit geübtem Blick griff sie auf Anhieb nach der richtigen Größe und nahm das Kleid eben vom Bügel, als Anette Kruse, die Sophie bediente, in das Lager trat und ein weiteres Kleid holte.

»Keine leichte Aufgabe, ja?«, bemerkte Mathilda mit einem angedeuteten Lächeln.

»Meine Lippen sind versiegelt.« Anette Kruse sah hinaus und wandte sich dann wieder Mathilda zu. »Bedienen Sie Frau von Beltz?«

»Frau von Beltz?«

»Die Brünette in dem grünen Kleid, die dort steht wie bestellt und nicht abgeholt.«

»Ja, ich hole gerade dieses Kleid für sie. Sie kennen sie?«

Anette Kruses Lippen wurden für einen Moment zu einem schmalen Strich, dann nickte sie. »Noch vor einem Jahr wäre eine wie sie hier des Ladens verwiesen worden.«

»Warum? Hat sie gestohlen?«

»Viel schlimmer. Sie war eines dieser käuflichen Mädchen.«

Mathilda sah erneut hinaus, wo sich die junge Frau gerade ein weiteres Kleid ansah, sich dann die Arme um den Oberkörper schlang, als friere sie. »Tatsächlich?«

»Ja. Könnte man nicht glauben, unscheinbar, wie sie ist. Hat sich dann Herrn von Beltz geangelt. Na ja, gibt ja durchaus ein Armutszeugnis für seinen Umgang ab, nicht wahr?« Ehe Mathilda etwas entgegnen konnte, fuhr sie fort: »Auf jeden Fall hat er bereits zwei Söhne in ihrem Alter. Die sind natürlich außer sich. Vermutlich hat sie es auf das Erbe abgesehen.«

»Wie alt ist der Mann denn?«

»Ende vierzig.«

»Na ja, das ist ja nun nicht so alt, dass ein baldiges Ableben zu befürchten ist. Vielleicht liebt sie ihn ja.«

Anette Kruse zuckte die Schultern. »Ich weiß auch nur, was man sich so erzählt. Und so gut sieht er wahrlich nicht aus, dass man ihm in Liebe verfallen könnte.«

Mathilda entgegnete nichts darauf, sondern verließ mit dem Kleid das Lager. »So, da ist es«, sagte sie zu der jungen Frau, die immer noch die Arme um den Körper geschlungen hatte. »Möchten Sie es direkt anprobieren?«

»Ja«, kam es nach kurzem Zögern. »Das wäre sehr freundlich.«

»Folgen Sie mir bitte.« Mathilda ging ihr voran zu den Umkleidekabinen, wo Sophie gerade die beiden Verkäuferinnen an den Rand der Verzweiflung trieb, wenngleich diese das gekonnt überspielten.

»Mathilda«, rief sie. »Schau mal. Soll ich lieber das pastellblaue Kleid nehmen oder das hier in Blassrosa?«

»Nimm beide«, antwortete Mathilda, da sie wusste, dass Sophie auf genau diesen Rat wartete.

»Das dachte ich auch schon.«

Mathilda zwinkerte ihr zu und überließ es den beiden Verkäuferinnen, weitere passende Hüte und Handschuhe zu holen. Sie zog einen Vorhang aus rotem Samt zur Seite und ließ die junge Frau dahintertreten. »Brauchen Sie Hilfe beim Umkleiden?«

»Nein, ich bin gewohnt, es selbst zu tun«, antwortete die Frau und biss sich sofort auf die Lippe, als habe sie etwas Ungehöriges preisgegeben.

Mathilda nahm einen Bügel und hängte das Kleid an einen Haken. Der Raum bot ausreichend Platz, sich umzukleiden, die Kleider ordentlich aufzuhängen, zudem einen Spiegel und einen satinüberzogenen Hocker. Sie zog den Vorhang zu und beobachtete ihre Schwester, die eben einen Sommerhut aufprobierte.

Sechs Verkäuferinnen unterstanden Mathilda, alle gekleidet in Taubenblau. Mathilda trug ein ähnliches Kleid, das jedoch vorne vom Hals bis zur Taille in besticktem Weinrot abgesetzt war. Noch bis vor einem Jahr hatte sie als normale Verkäuferin gearbeitet, bis sich die damalige Verkaufsleiterin in den Ruhestand verabschiedet hatte. Caspar Marquardt hatte die Stelle unter den Mitarbeiterinnen ausgeschrieben und die Wahl seinem Personalleiter überlassen, der mit allen Frauen Gespräche geführt hatte. Aber man konnte es drehen und wenden, wie man wollte, Mathildas Wahl hatte bei einigen Mitarbeiterinnen zu Unmut geführt. Dabei war Mathilda gut in dem, was sie tat, das wusste sie, und das musste jeder, der ehrlich war, ebenfalls anerkennen. Sie arbeitete meist länger als alle anderen und hatte nicht ein einziges Mal in all den Jahren ihre Position zu ihrem Vorteil genutzt. Abgesehen davon, dass damals, als sie hier begonnen hatte, noch niemand wusste, wer sie eigentlich war. Inzwischen kam sie mit allen so weit gut aus, und es gab nur noch zwei Verkäuferinnen, die ihr nicht wohlgesinnt waren.

Der Vorhang wurde beiseitegeschoben, und die junge Frau trat zögerlich aus dem Umkleideraum. »Es passt ganz gut, nicht wahr?«, fragte sie.

Mathilda besah sich das Kleid von allen Seiten. »Ja, es sitzt hervorragend.« Die Frau hatte genau die richtige Figur für dieses Kleid, eine kluge Wahl. »Möchten Sie noch weitere Modelle sehen?«

»Nein, ich bleibe bei diesem hier, denke ich.«

»Ist gut. Wenn Sie sich umgezogen haben, verpacke ich es und gebe es an die Kasse.«

Die Frau wirkte, als wolle sie etwas sagen, nickte dann jedoch. Jetzt wurde auch Sophie aufmerksam, und sie krauste die Stirn, wirkte, als überlege sie, woher sie sie kannte. Als Mathilda mit dem verpackten Kleid auf den Armen die junge Frau zur Kasse begleitete, bemerkte sie, dass ihr Blicke folgten und einige Damen die Verkaufsgespräche unterbrachen, um ihnen nachzusehen.

Mathilda ging zur Kasse, gab die Schachtel dort ab und lächelte die junge Frau an. »Ich hoffe, es war alles zu Ihrer Zufriedenheit.«

»Ja, Sie waren sehr freundlich, vielen Dank.«

Ein Mann näherte sich ihnen. »Na, mein Liebes, du bist schon fertig? Ich dachte immer, ihr Frauen könntet euch stundenlang mit dem Einkauf schöner Dinge befassen.«

Die junge Frau lächelte. »Ich habe sehr schnell ein schönes Kleid gefunden.«

»Nur eins?« Der Mann wandte sich an Mathilda.

»Ja...« Wieder wirkte die Frau zögerlich.

»Wurdest du nicht aufmerksam bedient?«

»Oh doch«, sagte sie eilig.

Der Mann sah Mathilda an. »Johann von Beltz, mein Fräulein. Meine Ehefrau wird demnächst noch einmal kommen. Präsentieren Sie uns bitte eine komplette Garderobe vom Morgenkleid bis zur Abendrobe.«

»Sehr gerne.«

»Ihr Name ist?«

»Mathilda Lanters.«

Der Mann nickte. »Ah, die Tochter von Herrn Marquardt, ja? Nun, meine Liebe«, er lächelte seine Frau an, »da bist du ja in den besten Händen.« Er wandte sich wieder an Mathilda. »Wir kommen am Donnerstag in der ersten Maiwoche. Das gibt Ihnen sicher Zeit genug, etwas Hübsches zu finden, nicht wahr? Und die dazu passenden Accessoires bitte auch.«

»Ich werde mich persönlich darum kümmern.«

Frau von Beltz lächelte nun ebenfalls, wirkte jedoch dabei wie ein Kind, dem die Aufmerksamkeit peinlich ist. »Haben Sie vielen Dank.«

Mathilda bestätigte, dass es ihr ein Vergnügen gewesen sei, verabschiedete sich und ging zurück in die Damenabteilung.

»Ich dachte mir schon, dass ich sie von irgendwoher kenne«, sagte Sophie. »Sie war auf einer Soirée, und eine Freundin hat mir gesagt, sie sei einmal eine Prostituierte gewesen.«

»Kann schon sein«, antwortete Mathilda vage.

»Man muss sich das mal vorstellen.« Eine weitere Verkäuferin trat hinzu. »Da stehen Bankiersgattinnen und anständige Bürgerstöchter neben einer derartigen Frau und werden gleichrangig mit ihr behandelt. Und man kann sie nicht einmal des Hauses verweisen, ohne Herrn von Beltz zu beleidigen.«

»Offenbar rutscht bei manch altem Mann der Verstand in andere Regionen«, sagte Anette Kruse kichernd.

»Ich muss doch sehr bitten.« Johanna Sandor warf ihr einen strengen Blick zu. »Eine solche Sprache dulde ich hier nicht.«

»Entschuldigen Sie bitte.«

Eine der beiden Verkäuferinnen, die Mathilda nicht ausstehen konnten, hatte das Gespräch ebenfalls gehört, und der Blick, den sie Mathilda zuwarf, war spöttisch und sogar ein wenig herablassend. Als wolle sie sagen: Deine Mutter war ja auch eine von dieser Art.

2

Mai 1908

Max hatte bisher für eine Handelsgesellschaft gearbeitet, die Industriegüter in die Kolonien brachte – ein gänzlich anderes Metier. Buchhaltung und Organisation jedoch waren Zahlen, und die beherrschte er in jedem Bereich des Lebens. Diese Welt des Luxus und feinsinnigen Geschmacks war ihm bislang nur als Konsument bekannt gewesen, und es war ein seltsames Gefühl, hier nun die Fäden zu ziehen.

Bisher hatte er seine Tage damit verbracht, die Geschäftsabläufe kennenzulernen, und sich durch Dokumente gearbeitet. Unmittelbar neben Caspar Marquardts Räumen war ihm ein Bureau zur Verfügung gestellt worden, allerdings ohne eigene Vorzimmerdame. Die Töchter des Hauses traf er nur im Vorbeigehen, wenn er durch das Kaufhaus ging.

Derzeit wohnte er noch im Hotel, aber Caspar Marquardt hatte bereits seinen Umzug ins Familienhaus vorbereitet. Er würde dort einen kleinen Wohnbereich aus Schlafzimmer, Salon und Esszimmer zur Verfügung gestellt bekommen, der ursprünglich für den erhofften Sohn und Erben gedacht gewesen war. Später, wenn dieser heiratete und die Ehefrau die neue Hausherrin würde, hatte Caspar Marquardt geplant, dort mit seiner Frau einzuziehen und den Ruhestand zu genießen. Max befürwortete das behutsame Vorgehen, mit dem sein Verwandter ihn in die Familie einführte. Was Mathilda und Sophie anging, hatte er recht wenig Bedenken, aber Louisa würde nicht klein beigeben, das war unverkennbar, wann immer sie sich begegneten. Sie wirkte kühl und distanziert und beobachtete ihn, als wolle sie ihn ausloten. Der erste Punkt war an sie gegangen, und noch ließ Max ihr diesen kleinen Triumph.

Ihn faszinierte diese Welt, auf die er nun so einen neuen Blick bekam. Die Vorzüge für die Kunden kannte er bereits, die breiten Gänge, die schön geschwungenen Treppen, Aufzüge, das erfreuliche Ambiente von Luxus und das Gefühl, ohne Kaufzwang den ganzen Tag zwischen Waren aus aller Welt verbringen zu dürfen. In den Firmenbüchern las er, dass auch für die Angestellten gut gesorgt wurde. Es gab Sozialleistungen, eine betriebliche Kranken- und Altersversorgung sowie die Möglichkeit zur Weiterbildung durch Fortbildungsschulungen. Sogar eine personaleigene Bibliothek wurde im Souterrain angeboten.

Nachdem er mehr als zwei Wochen nahezu ausschließlich im Bureau verbracht hatte, stand ihm nun der Sinn danach, das Kaufhaus im Detail zu erkunden. Er ging in Caspar Marquardts Arbeitszimmer – inzwischen durfte er dies ohne vorherige Anmeldung –, und so begleitete ihn nur ein strenger Blick der Vorzimmerdame.

»Wie kommst du voran?«, fragte Caspar ihn, als er das Bureau betrat.

»Gut, ich bin mit den Büchern so weit fertig und würde mir nun gerne das Kaufhaus ansehen.«

Caspar lehnte sich zurück und faltete die Hände vor dem Bauch. »Ja, tu das. Soll ich dich begleiten?«

»Nein, brauchst du nicht, ich möchte mir erst einmal alles einfach ansehen.«

»Dieser Blick von außen ist immer gut, das eröffnet neue Perspektiven.«

»Du sagst es.« Max verließ das Bureau wieder, zwinkerte der Vorzimmerdame zu und ging zum Aufzug.

»Guten Tag, Herr Dornberg, wo soll es hingehen?«

»Guten Tag.« Max erwiderte das Lächeln der jungen Liftführerin. »Bitte ins Erdgeschoss.«

»Sehr wohl, der Herr.«

Die Türen glitten zu, und der Aufzug fuhr abwärts. Kurz darauf betrat Max jenen Bereich des Kaufhauses, in dem das Leben von den Eingangstüren her in den Raum pulsierte. Geplauder erfüllte die Gänge zwischen den Verkaufstischen, hier und da schwappte in diesem wogenden Meer aus Farben ein Lachen auf. Max ließ das auf sich wirken. Licht brach sich auf Spiegel, Glas und Marmor – ein Palast des Handels. Langsam ging er durch den Verkaufsraum, beobachtete die Leute, hielt ab und zu inne, um Verkaufsgesprächen zu lauschen, und versuchte, sich die Reihenfolge der Abteilungen zu merken. Später würde er dann jeder Abteilung die entsprechenden Namen zuordnen. Man hatte ihn natürlich bereits den versammelten Mitarbeitern bekannt gemacht, so dass er stetig gegrüßt wurde, ohne dass er hätte benennen können, wer den Gruß sprach.

Ein Disput bei den Handschuhen weckte sein Interesse, und er trat näher. Die Verkäuferin, eine rothaarige Frau um die zwanzig, war in eine hitzige Diskussion mit einem älteren Mann und dessen Begleiterin verwickelt.

»So hat man mich mein Lebtag noch nicht beleidigt«,

schimpfte diese, und der Mann legte die Hand an ihren Rücken, als müsse er sie stützen.

»Was ist passiert?«, fragte Max.

Das Paar blickte ihn an, als wolle es fragen, was er sich erdreiste, sich einzumischen, aber die Verkäuferin schien froh über sein Auftauchen zu sein. »Die Dame möchte die Ware auf ihr Kundenkonto anschreiben lassen.«

Max sah das Paar an und dann wieder die Verkäuferin. »Das wird hier im Haus gemacht, nicht wahr?«

»Ja, aber die letzte Rechnung ist bereits überfällig, und wir zweifeln an der Zahlungsfähigkeit.«

Der Mann lief rot an. »Das ist eine Unverschämtheit.«

Einige umstehende Kunden zeigten unverhohlenes Interesse an dem Disput, andere waren stehen geblieben und besahen sich sehr ausgiebig die Auslagen. Max wollte etwas sagen, als er Louisas Stimme hörte.

»Was ist hier los?«

»Guten Tag, Fräulein Marquardt«, sagte der Mann. »Meine Frau möchte mehrere Paar Handschuhe kaufen, was ihr hier gerade verwehrt wird.«

»Ihr Konto«, fügte die Verkäuferin hinzu, »ist bereits seit mehreren Monaten belastet, ohne ausgeglichen zu werden.«

Louisa streifte Max mit einem raschen Blick, dann wandte sie sich an das Paar. »Vielleicht handelt es sich um ein Missverständnis?«

»Wir gleichen die Rechnung in den nächsten Tagen aus«, sagte der Mann.

»Ich bin mir sicher«, sagte Max, ehe Louisa antworten konnte, »dass sich dergleichen auch diskreter regeln lässt, ohne die Kunden öffentlich bloßzustellen.«

»Die Diskussion habe nicht ich begonnen«, verteidigte sich die Verkäuferin. »Ich habe nur gesagt, die Rechnung muss zuerst ausgeglichen werden.«

»Sind Sie für die Kassenbücher zuständig?«

»Nein, aber an der Kasse liegt ein entsprechender Vermerk, das habe ich gesehen, als ich die Ware dort abgegeben habe.«

Der ältere Mann schien nach Worten zu suchen, und seine Begleiterin war, wenn möglich, noch röter geworden.

»Der Vermerk ist nichtig«, sagte Max. »Schreiben Sie alles an, was die Herrschaften zu kaufen wünschen.«

»Sehr wohl, Herr Dornberg.« Die Verkäuferin wirkte unsicher und sah Louisa an.

»Mit Verlaub«, sagte diese, »das hast nicht du zu entscheiden.«

»Doch, das habe ich.« Max wandte sich an das Paar. »Ich entschuldige mich für den peinlichen Vorfall. Es war wohl in der Tat ein Missverständnis.«

»Vielen Dank«, antwortete der Mann. Er berührte den Arm seiner Frau, nahm den Kassenzettel entgegen.

»Für gewöhnlich handhaben wir das anders«, wagte die Verkäuferin zu sagen.

»Ja, es war offensichtlich, wie Sie das handhaben.«

Louisa taxierte ihn. »Mein Vater und unser Finanzverwalter haben feste Vorgaben gemacht, was die Zahlungsfähigkeit der Kunden angeht.«

»Das mag alles seine Berechtigung haben, aber da die Angelegenheit nicht diskret geregelt wurde und der dabei entstehende Schaden vermutlich in keinem Verhältnis zur offenen Rechnung steht, war dies die einzige Möglichkeit, die Sache in Ordnung zu bringen.«

In Louisa schienen widerstreitende Gefühle zu ringen, aber schließlich nickte sie. »Er hat recht, das war indiskret. Wenn Sie künftig dergleichen Probleme haben, kommen Sie bitte und sprechen mit mir, ehe es hier einen derartigen öffentlichen Auftritt gibt.«

Die Verkäuferin sah sie unsicher an. »Herr Marquardt hat gesagt, unser Ansprechpartner ist ab jetzt Herr Dornberg, und Sie stünden ihm beratend zur Seite.«

Louisa presste die Lippen zusammen. Dann jedoch schien sie sich zur Ruhe zu zwingen, und sie nickte. »Ja, ganz recht.« Sie wandte sich ab und ging.

»Sollen wir nicht darüber sprechen?«, fragte Max, der ihr gefolgt war.

»Was sollte es da zu besprechen geben? Du warst, was die Kunden anging, im Recht, ich nicht.«

»Du warst auf Seiten eurer Verkäuferin.«

»Ja, sie ist neu, und mir ist daran gelegen, das Personal an uns zu binden. Das geht nicht, wenn man es bloßstellt.«

»Ach, aber die Kunden dürfen bloßgestellt werden?«

»Die Kunden haben ihre Rechnung nicht beglichen, und sie wissen, dass das Voraussetzung ist, um weiterhin auf Rechnung zu kaufen.«

»Darauf weist man sie aber nicht öffentlich hin.«

»Ich sagte ja bereits, das war ein Fehler.«

»Ihr schreibt die Kunden an, wenn die Rechnung überfällig ist, ja?«

»Ja, unser Finanzverwalter übernimmt das.«

Louisas Haltung war sehr gerade, die Schultern so starr,

dass es ihren Bewegungen etwas Eckiges verlieh. Es wirkte, als ringe allein das Gespräch mit ihm ihr viel Beherrschung ab.

»Trinken wir einen Kaffee zusammen?«

Sie drehte sich um und sah ihn an, die Brauen kaum merklich gehoben. »Möchtest du dich beliebt machen?«

Er hatte es tatsächlich als Friedensangebot gemeint, nun jedoch überlegte er es sich anders. »Nein, nur die Fronten klären.«

Einen Moment lang schien sie unschlüssig, dann hob sie mit einer leichten Bewegung die Schultern. »Von meiner Seite aus muss nichts geklärt werden.«

»Na, dann ist ja alles bestens.«

Ohne ihm einen weiteren Blick zu gönnen, wandte sie sich ab und ging auf die Treppe zu. Max sah ihr einige Lidschläge lang nach, dann setzte er seinen Gang durch die Abteilungen fort.

Der Mai war Sophies liebster Monat, und sie verbrachte viel Zeit damit, in der Sonne spazieren zu gehen, sich mit Freundinnen zu Kaffee und Kuchen zu treffen und Gartenpartys zu feiern – eine hervorragende Einstimmung auf ihren Geburtstag im Hochsommer.

An diesem Tag jedoch wusste sie nichts Rechtes mit sich anzufangen. Sie verbrachte viel Zeit damit, eine Garderobe auszusuchen, frühstückte ausgiebig und sah dann einen langen Tag vor sich, den es mit Unterhaltung zu füllen galt. Am frühen Vormittag verließ sie das Haus und trat auf die Straße, der das milchige Licht der Sonne einen weichen Schimmer verlieh. Der Sachsenring gehörte zu den Ringen, die die ehemalige Stadtmauer umgaben. Es waren die

Prachtstraßen Kölns, von Bäumen gesäumte Boulevards mit wundervollen Gartenanlagen und herrschaftlichen Häusern. Eine verschwenderische Fülle verschiedener Stilepochen, hier trafen Gotik und Renaissance auf Klassizismus.

Da ihr Vater mit der Kutsche ins Kaufhaus gefahren war und Sophie keine Lust hatte, eine Droschke anzuhalten, ging sie zu Fuß in die Stadt. Das leicht Dunstige gab dem Tag etwas Unwirkliches, und Sophie spürte eine Trägheit, die sie um diese Uhrzeit selten überkam. Dennoch widerstrebte es ihr daheimzubleiben, wo sie sich über kurz oder lang zu Tode langweilen würde. Zu Fuß waren es gute zwanzig Minuten bis zur Hohen Straße, dort würde sie sich die Zeit schon zu vertreiben wissen.

Arbeiten zu gehen wie ihre Schwestern war ihr nie in den Sinn gekommen, das Kaufhaus interessierte sie nur insoweit, als dass es ihr diesen aufwendigen Lebensstandard ermöglichte. Ohnehin konnte sie nicht verstehen, warum Louisa mit so viel Leidenschaft daran hing. Sie würde ein großzügiges Erbe erwarten, zudem würde keine der Marquardt-Töchter einen armen Mann heiraten. Wenn sie erst Ehefrau und Mutter war, würde ihr keine Zeit mehr bleiben, um arbeiten zu gehen, und überhaupt – welcher Mann arbeitete unter einer Frau, die ein Unternehmen leitete? Welcher Ehemann ließ seine Frau derart über ihn hinauswachsen? Mochte Sophie auch vom Kaufmännischen keine Ahnung haben, so kannte sie die Männer.

Da sie zügig ging, erreichte sie die Hohe Straße bereits eine Viertelstunde später und tauchte ein in die pulsierende Einkaufsmeile. Rechter Hand lag das Haus Wrede, ein Eckhaus mit aufwendiger Werksteinfassade, in dessen Erdgeschoss sich die Hof-Apotheke Heinrich befand. Im selben Gebäude gab es ein Geschäft für Zigarren und darüber ein Zahn-Atelier. Unmittelbar neben der Apotheke lag am Wallraffplatz das dreihundert Jahre alte Haus »Zum Einhorn«. Die Straße war belebt von Fußgängern, Herren mit Spazierstöcken, Damen mit prächtigen Hüten, einfachen Dienstmädchen und Botenjungen. Frauen standen in Gruppen zusammen und plauderten, Droschken bahnten sich den Weg durch die Menge, hier und da war ein Warnruf zu hören, wenn die Passanten den Pferden nicht schnell genug Platz machten. Und all das säumten die offenen Pforten zu Geschäften und Cafés, deren verführerische Auslagen zum Innehalten einluden.

Die »Königin-Augusta-Halle« erinnerte an die Passagen in Paris, modern und weltstädtisch. Es gab das Geschäftshaus Cords für Damenkleiderstoffe, dessen zweistöckige Fassade aus Glas und feiner Schmiedearbeit, die in einem grazilen Abschluss aus Sandstein endete, an einen Schmuckgarten erinnerte. Unmittelbar daneben lag die vor viereinhalb Jahren erbaute Passage von Leonard Tietz, die bis zur Straße An St. Agatha verlief. Sophie schlenderte langsam weiter, blieb zwischendurch an den Auslagen verschiedener Geschäfte stehen, erreichte das Ende der Straße, überlegte kurz, ob sie in die Schildergasse einbiegen und das Kaufhaus ihres Vaters aufsuchen sollte, entschied sich dann jedoch dagegen und ging wieder zurück. Selbst das Einkaufen erschien ihr an diesem Tag öde und langweilig.

Auf der Ecke Hohe Straße und Wallraffplatz, gegenüber dem Haus Wrede, stand das Stollwerck-Haus, eine Einkaufspassage, die am Siebenundzwanzigsten des Vormonats eingeweiht worden war. Siebzehn Läden befanden sich im Erdgeschoss des turmgekrönten Gebäudes mit der aufwendigen Fassade aus Muschelkalkstein und Granit, die mit zahlreichen Bildhauerarbeiten geschmückt war. Sophie beschloss spontan, den Geschäften einen Besuch abzustatten, und war im Begriff, die Straße zu überqueren, als ein Automobil viel zu schnell um die Ecke fuhr. Ein trötendes Geräusch ertönte, und erschrocken hielt Sophie inne, während der Wagen abrupt abbremste, jedoch immer noch genug Fahrt hatte, um sie zu touchieren. Sie verlor das Gleichgewicht und stürzte. Sofort kamen Menschen über die Straße zu ihr geeilt, und sie hörte, wie eine Tür mit metallenem Geräusch zugeschlagen wurde, dann kam ein Mann um das Automobil herum und ging vor ihr in die Hocke, die Augen erschrocken geweitet.

»Haben Sie sich etwas getan?«

Ein älterer Mann half Sophie auf die Beine, während eine Frau ihre Tasche aufhob und sie ihr reichte. »Danke«, sagte Sophie mit zittriger Stimme und strich sich den Straßenstaub von der Kleidung.

»Watt fahrt ihr dann och esu ene decke Waare, wenn 'er nit domet ömjonn künt?«, fragte ein Mann.

»Diese Unvernunft!«, kam es von einem weiteren Mann.

»Hätten beinoh dat jung Mamsell üvverfahre«, sagte die Frau, die Sophies Tasche aufgehoben hatte.

»Verbedde sullt mer de Motorkutschen«, rief ein alter Mann. »Hann ich vun Anfang ahn jesaat.«

»Es tut mir wirklich furchtbar leid«, antwortete der junge Fahrer. »Entschuldigen Sie bitte vielmals.«

Mittlerweile hatte sich der Verkehr gestaut, und ein

Droschkenkutscher rief: »Sid esu jood, und doot endlich dä Waare do foot.«

Der junge Mann bat mit einer Geste um Geduld und wandte sich erneut Sophie zu. »Darf ich das wiedergutmachen?«

Sophie verengte die Augen. »Woran dachten Sie?«

»Eine Einladung zum Kaffee?«

Nun lächelte sie spöttisch. »Sie glauben, dass ich mit Ihnen in dieses Gefährt steige?«

»Das würde ich mir niemals anmaßen.«

»Fahr endlich die Karre da weg!«, schrie jemand.

»Entschuldigen Sie mich einen Moment«, bat der Mann. »Laufen Sie nicht weg, ja?«

»Ich überlege es mir.«

Der Mann stieg in den Wagen, startete den Motor und fuhr los.

»Traue Se däm Lump nit. Sujet kenne m'r«, sagte eine ältere Frau.

»Dropjänger!«, bestätigte eine weitere.

Sophie beobachtete, wie der Fahrer rangierte, um das Automobil zu parken. Hernach stieg er aus, überquerte im Laufschritt die Straße und kam zurück zu ihr. »Ich habe mich noch nicht vorgestellt. Arjen Verhoeven.«

Verhoeven? Wo hatte sie den Namen nur schon gehört? Dann fiel es ihr ein. »Waren Sie vor kurzem im Kaufhaus meines Vaters und haben meine Schwester belästigt?«

Den Gesichtern der Umstehenden war anzusehen, dass sich nun auch das letzte Vorurteil bezüglich des Rasers – er war mindestens zwanzig Kilometer in der Stunde gefahren – und Draufgängers bestätigt hatte.

»Ihres Vaters?«

»Caspar Marquardt. Ich bin Sophie Marquardt.«

Jetzt lächelte der Mann erfreut. »Tatsächlich? Die junge Dame war Ihre Schwester? Wenn sie sich belästigt gefühlt hat, bedaure ich das zutiefst. Ich habe das leerstehende Gebäude schräg gegenüber dem Ihres Vaters gekauft.«

»Kaufhaus Verhoeven aus Amsterdam?«, mischte sich ein Mann ein.

»Ganz recht, es gehört meinem Vater. Ich eröffne hier eine Niederlassung.«

Das versprach, interessant zu werden. »Sie dürfen sich mit einem Kaffee entschuldigen«, sagte Sophie und neigte huldvoll den Kopf.

»Mit dem allergrößten Vergnügen.«

Es kam nicht selten vor, dass Louisa als eine der Letzten noch im Kaufhaus war. Sie mochte die abendliche Ruhe, wenn die Kunden und Angestellten gegangen waren, wenn alles ordentlich verräumt war und das Haus im Dunkeln lag, nur erhellt von einzelnen Lampen, die in den Obergeschossen noch brannten, weil dort die Reinigungskräfte beschäftigt waren. Louisa legte den Kopf zurück und sah hoch zur Glaskuppel, deren Farben einen bläulichen Stich bekamen vom spätabendlichen Dunkel.

Langsam ging sie zum Aufzug und drückte den Knopf für das oberste Stockwerk. Ihr Vater war bereits gegangen, zusammen mit Mathilda. Meist ging Louisa abends noch prüfend durch alle Abteilungen, machte sich Notizen zur Dekoration, wenn diese bereits zu lange stand und geändert werden sollte, oder sie überlegte, welche Neuerungen eingeführt werden könnten. An Tagen, an denen ihr Vater abends noch im Haus war, setzte sie sich gelegentlich zu ihm und sprach über das Warenhaus, über die Möglichkeiten, die es bot, über Mitarbeiter und die Erweiterung von Abteilungen.

Nun allerdings wusste sie, dass ihr Vater ihr noch nie den Rang eingeräumt hatte, den Max nun so selbstverständlich einnahm. Das Arbeitszimmer neben dem seinen war ihr nie angeboten worden, und das Einzige, was sie vom Rang her über die Angestellten erhob, war die Tatsache, dass sie Caspar Marquardts Tochter war und lange als Alleinerbin gegolten hatte. Sie ärgerte sich immer noch über den Zwischenfall bei den Handschuhen. Natürlich wusste sie, dass es nicht richtig gewesen war, so etwas öffentlich auszudiskutieren, aber sie hatte instinktiv für die Angestellte Partei ergriffen und Max widersprochen, weil eben alles an ihm sie zum Widerspruch reizte.

Die Aufzugtüren öffneten sich, und Louisa trat in den schwach erleuchteten Gang, der zu den Bureauräumen führte. Anstatt in das Arbeitszimmer ihres Vaters ging sie an dem verwaisten Tisch der Empfangsdame vorbei direkt in Max' Bureau, dessen Tür halb offen stand. Sie machte Licht und sah sich um, betrachtete die Kommode, die Regale, in denen nur wenige Bücher standen, den Schreibtisch, der wiederum beinahe überquoll vor Ordnern und Dokumenten. Es war ein kleiner, gemütlicher Raum mit holzgetäfelter Decke, der von dem großen Schreibtisch beherrscht wurde, vor dem zwei Besucherstühle aus dunklem Holz und dunkelgrünem Leder standen.

Louisa sah sich die Dokumente an, Aufstellungen von Kosten mit Kürzeln und langen Zahlenkolonnen. Das meiste waren Geschäftsaufstellungen und Rechnungsbücher, und ihr wurde klar, wie wenig sie eigentlich darüber wusste. Ihr Augenmerk hatte stets auf anderen Dingen gelegen. Sie kannte das Haus in- und auswendig, jede Abteilung, jeden Mitarbeiter, nahezu sämtliche Waren sowie deren Verkaufspreis. Aber sie hatte keine Ahnung vom Einkaufspreis, von den Gehältern oder dem Jahresabschluss. Es gab Mitarbeiter für die Finanzen, und es war ihr nie in den Sinn gekommen, dass sie all das beherrschen musste. Sie hatte natürlich kein Studium absolviert wie Max, nicht einmal eine kaufmännische Ausbildung genossen. Alles, was sie über die Vorgänge im Kaufhaus wusste, hatte sie sich aus Büchern der hauseigenen Bibliothek angelesen.

Hätte ihr Vater jemals geplant, ihr die Stellung einzuräumen, von der sie geglaubt hatte, sie irgendwann zu erlangen, hätte er sich darum gekümmert, dass sie all das lernte, was dazu notwendig war. Das wurde ihr erst jetzt so richtig bewusst, als sie in diesem Bureau stand, das Max so selbstverständlich zur Verfügung gestellt wurde. Sie nahm einen Stapel zusammengehefteter Dokumente zur Hand und las die Aufstellungen aus dem Wareneingang, versuchte, aus den Abkürzungen und Zahlen schlau zu werden. Frustriert legte sie die Papiere wieder auf den Schreibtisch, drehte sich um und fuhr zusammen, als sie aus den Augenwinkeln eine Gestalt wahrnahm.

»Du bist noch hier?«, war alles, was ihr zu fragen einfiel, als sie Max am Türrahmen lehnen sah.

Der wiederum sah offenbar keinen Anlass, das Offensichtliche zu bestätigen. »Suchst du etwas Bestimmtes?«

»Nein, ich schaue mir nur dein Bureau an.«

»Und meine Unterlagen.«

»Bei denen es sich mitnichten um Geheimnisse handelt. Empören könntest du dich nur, wenn ich private Briefe gelesen hätte.«

»Ich empöre mich nicht.«

Sie senkte den Blick erneut auf die Unterlagen, schob sie zusammen und sah dann wieder Max an, der immer noch schweigend im Türrahmen lehnte. »Mein Vater wird sich erst von deinen Qualitäten überzeugen wollen.«

»Er wäre kein guter Geschäftsmann, wenn er das nicht täte.«

»Warum lehnst du das Erbe nicht ab?«

»Warum sollte ich das tun?«

»Weil es mir zusteht. Ich bin seine älteste Tochter, und ich habe hart dafür gearbeitet. Mag sein, dass du besser in Mathematik bist, aber das ist auch keine Kunst, da man dich ein kaufmännisches Studium hat absolvieren lassen, während ich Rechnen lediglich in der Schule gelernt habe. Aber ich kenne das Kaufhaus in- und auswendig. Ich sehe nicht ein, dass das weniger wert sein soll, nur, weil ich eine Frau bin.«

Er antwortete nicht sofort. »Ich habe die Regeln nicht gemacht«, sagte er schließlich. »Und wenn ich das Erbe ausschlage, wird dein Vater einen anderen Weg finden. Vielleicht wählt er jemanden aus, den er für fähig erachtet, und zwingt dich dazu, denjenigen zu heiraten.«

»Das würde er niemals tun.«

»Ich vermute, noch vor einem Jahr hättest du dasselbe über eine mögliche Enterbung gesagt. Wobei – er enterbt dich ja nicht wirklich, es ist nur nicht das, was du erwartet hast.«

Louisa verschränkte die Arme vor der Brust, drehte sich

von ihm weg und ging zum Fenster, um in die Finsternis zu blicken, die ihr Spiegelbild verzerrt zurückwarf.

»Isst du mit mir im Hotel zu Abend?«, fragte Max, und sie wandte sich zu ihm um.

»Ich kann doch nicht mit dir in dein Hotel gehen.«

Sein Lächeln bekam etwas spöttisch Anzügliches. »Ich verspreche dir, dass das Hotelrestaurant gänzlich ungeeignet ist, dich um deine Tugend fürchten zu lassen.«

Das Blut stieg ihr in die Wangen. »Die Gefahr bestünde nicht einmal, wenn du der letzte heiratsfähige Mann der Stadt wärest. Aber ich möchte nicht, dass es zu Gerede kommt.«

»Keine Sorge, ich lasse deinem Vater vom Hotel aus eine Nachricht zukommen, das wird jeden Anflug eines Gerüchts im Keim ersticken.«

Sie zögerte, suchte nach Spott in seinen Worten.

»Ich bin dir auch nicht mehr böse, weil du mich zum Narren gehalten hast«, sagte er, als bekümmere sie das.

»Dazu gehören immer zwei, nicht wahr?«

Jetzt lachte er. »Touché.«

Sein unbeschwertes Lachen gab den Ausschlag, und Louisa schüttelte den Kopf. Sie konnte nicht mit einem Mann essen gehen, der mit so leichter Hand das nahm, was ihr gehörte, und bar aller Sorgen mit ihr plauderte, während eine solche Verzweiflung sie niederdrückte. »Tut mir leid«, antwortete sie. »Aber ich muss nach Hause.«

*

Mathilda hatte einen kompletten Tag damit zugebracht, eine Garderobe zusammenzustellen, von der Wäsche übers Morgen- bis hin zum Abendkleid mitsamt Accessoires. Sie hatte ihren Vater nach Herrn von Beltz gefragt, und er hatte ihr erzählt, dass dieser eine Frau von zweifelhaftem Ruf geheiratet habe. »Man erzählt sich, sie habe ihn verführt, um an sein Erbe zu kommen. Aber nach allem, was ich von gemeinsamen Bekannten weiß, liebt er sie wohl aufrichtig, und sie scheint diese Gefühle zu erwidern.«

Was *seine* Gefühle anging, so waren diese offensichtlich, als Herr von Beltz seine junge Ehefrau zu Mathilda begleitete. Er war aufmerksam und von einer überaus galanten Höflichkeit. »So, dann lasse ich die Damen mal alleine«, sagte er und verabschiedete sich von seiner Frau mit Handkuss, ehe er sich an Mathilda wandte. »Was das Finanzielle angeht, setze ich nach oben keine Grenze. Dafür wünsche ich, dass keine Wünsche offen bleiben und meine Ehefrau zuvorkommend beraten wird.«

»Selbstverständlich.« Mathilda lächelte die junge Frau an, die das Lächeln scheu erwiderte. »Kommen Sie, ich habe schon einiges vorbereitet.« Sie führte Nina von Beltz zu einem Ständer, an dem bereits allerlei Kleider hingen. Die Wäsche war auf einem fahrbaren Tisch angeordnet, und für die Hüte hatte Mathilda sich stilisierte Köpfe aus der entsprechenden Abteilung geliehen. Sie fuhr eine Stellwand vor, um für die nötige Diskretion zu sorgen, während sie die Unterwäsche zeigte, denn es kam immer wieder vor, dass Frauen von ihren Männern begleitet wurden, wenn sie die Abteilung betraten. »Die Wäsche ist aus feiner Seide mit Brüsseler Spitze.« Sie zeigte Frau von Beltz auserlesene Teile in den Farben Cremeweiß, Zartrosa und Schwarz. »Herr Marquardt hat sie über eine Einkäuferin aus Paris bezogen, er war selbst da, um die beste Qualität auszusuchen.«

»Das ist wirklich alles sehr hübsch.« Nina von Beltz ließ die Seide durch die Finger gleiten, besah sich jedes Stück und legte es behutsam zurück. »Ich würde am liebsten alles nehmen.«

Mathilda neigte den Kopf, wartete.

»Mein Mann ist sehr großzügig, und es ist wohl auch eine Art von Überheblichkeit, dies beständig auszuschlagen, nicht wahr?«

Darauf wusste Mathilda zunächst nichts zu antworten. »Er hofiert Sie«, sagte sie dann. »So, wie ein guter Ehemann das tun sollte.«

»Ich komme mir immer furchtbar unbescheiden vor, als würde ich seine Großherzigkeit ausnutzen. Dabei macht es ihm so viel Freude, mir Wünsche zu erfüllen.«

Es war nicht selten, dass Frauen beim Einkauf ins Plaudern gerieten, aber eheliche Details waren dabei in der Regel nicht Gegenstand des Gesprächs.

Nina von Beltz sah Mathilda an. »Ich vermute, Sie wissen über mich Bescheid, nicht wahr? Sie alle tun es, das merke ich daran, wie man mich ansieht und dann schnell wegschaut, wenn ich es bemerke. Die Leute können mich nicht schneiden, weil sie meinen Ehemann sonst beleidigen würden, daher beschränken sie sich auf Glotzen und Reden.«

Mathilda biss sich kurz auf die Unterlippe. »Ich habe Gerüchte gehört und meinen Vater gefragt«, gestand sie. »Aber ich nehme mir nicht heraus zu urteilen.«

»Jeder urteilt doch in gewisser Weise, nicht wahr? Das ist normal. Jedes Mal, wenn ich ein schönes Kleid kaufe oder ein Schmuckstück geschenkt bekomme, halten mir seine Söhne vor, ich würde ihr Erbe aufbrauchen, ehe sie dazu kämen, es anzufechten. Als läge Johann bereits unter der Erde.« Sie fuhr mit den Fingern über die bordeauxrote Seide einer Abendrobe.

»Es steht mir nicht zu, Ihnen diesbezüglich Ratschläge zu erteilen«, entgegnete Mathilda zögernd, »aber wenn ich an Ihrer Stelle wäre, würde ich erst recht alles kaufen, wonach es mich verlangt. Die Leute, die Ihnen schlecht gesinnt sind, werden Sie auch mit noch so viel Bescheidenheit nicht für sich einnehmen, also können Sie das Leben auch einfach genießen.«

Nina von Beltz stieß ein leises Lachen aus. »Ja, so könnte man es sehen, nicht wahr?« Sie wandte sich erneut dem Kleid zu. »Ich würde es gerne anprobieren.«

»Sehr gerne.« Mathilda führte sie in die Kabine. »Brauchen Sie Hilfe?«

»Nein, das schaffe ich schon allein. Vielen Dank.«

Während Mathilda vor dem roten Brokatvorhang wartete, dachte sie über die Worte der jungen Frau nach. Die Ehefrau ihres Vaters, Alma Marquardt, hatte Mathilda das Leben recht schwergemacht und deren Mutter stets als Frau von loser Moral bezeichnet, eine Frau, die keine Skrupel kannte, einer Ehefrau den Mann abspenstig zu machen. Dabei war Mathildas Mutter nie eine jener leicht zu habenden Frauen gewesen, und Caspar Marquardt hatte lange um sie werben müssen, ehe sie sich auf ihn einließ. Kurz darauf wurde sie schwanger und verlor ihre Stelle, aber ihr Geliebter kümmerte sich um sie, mietete ein kleines Haus für sie und sorgte dafür, dass es ihr und ihrem Kind an nichts fehlte.

Überdies war er ein ständiger Gast im Haus, und Mathilda hatte erst mit zwölf erfahren, dass er eine offizielle Familie hatte und sie ein vor seinen Töchtern gehütetes Geheimnis war. Er war ein Mann, dem sah man dergleichen nach, und sein Geld und Ansehen wiederum sorgten dafür, dass man Mathilda den Makel ihrer unehelichen Geburt nicht spüren ließ. Ihre Mutter hingegen hatte es diesbezüglich nicht ganz so einfach gehabt, wenngleich niemand wagte, sie öffentlich zu brüskieren.

Das Rascheln des Vorhangs riss Mathilda aus ihren Gedanken, und sie drehte sich um, als Nina von Beltz aus der Kabine trat. Das Kleid saß gut, und die Farbe schmeichelte ihr.

»Wie gefällt es Ihnen?«, fragte Mathilda.

»Es ist recht hübsch, nicht wahr?«

»Ja, das ist es in der Tat.«

Mathilda führte die junge Frau zu einem Spiegel, der aus drei verstellbaren Segmenten bestand, so dass sie sich von allen Seiten betrachten konnte. »Das passende Kleid für eine abendliche Gesellschaft.«

Nina von Beltz drehte sich ein paarmal, schien unschlüssig, obschon es ihr gefiel. »Gut, ich nehme es.«

Sie zog das Kleid aus, und während Mathilda es verpackte, probierte sie das nächste an. So ging es in einem fort bis mittags, und am Ende hatte sie mehrere Garnituren Wäsche in verschiedenen Farben, zwei schlichte Tageskleider, zwei Nachmittagskleider, die für Besuche und Gartenfeste geeignet waren, das bordeauxrote Kleid und eine dunkelgrüne Abendrobe, die aufwendig bestickt war. Außerdem passende Hüte und seidene Schals sowie Handschuhe. Als sie den Stapel an Schachteln in allen Größen sah, lachte sie hilflos. »Grundgütiger, das ist doch viel zu viel.«

»Keineswegs«, hörten sie eine Männerstimme sagen. Johann von Beltz war gerade rechtzeitig aufgetaucht, um jeden Gedanken daran, sich von einem dieser Warenstücke zu trennen, im Keim zu ersticken. »Wie ich sehe, hast du den Vormittag genossen.«

»Ja, es war sehr nett.«

»Ist es möglich, alles bis morgen zu liefern?«, wandte Herr von Beltz sich an Mathilda.

»Ja, ich kümmere mich sofort darum.«

»Haben Sie vielen Dank, auch für die freundliche Aufmerksamkeit meiner Ehefrau gegenüber. Freundlichkeit scheint ein rares Gut in unseren Zeiten zu werden.«

»Das habe ich gerne getan«, versicherte Mathilda. »Ich habe eine Aufstellung der Ware gemacht. Soll ich sie direkt auf Ihr Kundenkonto schreiben?«

»Nein, geben Sie nur her, ich begleiche das direkt. Vom Anschreiben halte ich nichts.« Er nahm den Zettel an sich. »Ich bin gleich wieder da, mein Liebes«, sagte er zu seiner Frau und ging zur Kasse.

Nina von Beltz sah Mathilda an, schien mit sich zu ringen, öffnete den Mund, als wolle sie etwas sagen, schloss ihn wieder. »Ich war keine Prostituierte«, kam es schließlich kaum hörbar. »Ich hatte es nur nicht leicht im Leben.«

»Sie müssen sich vor mir nicht rechtfertigen.«

»Ich weiß, aber Sie sind so reizend, und ich möchte nicht, dass Sie etwas Falsches von mir denken. Mich wollte nie jemand, schon als Kind nicht. Und nun ist Johann da und überschüttet mich mit seiner Großherzigkeit. Ich frage mich immer, womit ich das verdient habe. Manchmal habe ich Angst, dass alle in mir das sehen, was ich in Wirklichkeit bin, und dass auch Johann mich irgendwann als Hochstaplerin enttarnt. Vielleicht ist es besser, diesen schönen Traum zu beenden, ehe er zerbricht und das Erwachen noch schmerzhafter wird.«

Mathildas Augen weiteten sich, aber ehe sie dazu kam zu antworten, war Herr von Beltz zurück.

»Komm, meine Liebe.« Er reichte ihr den Arm, und sie schob die Hand darum, ließ sich von ihm fortführen.

Nachdenklich sah Mathilda ihr nach, dann drehte sie sich mit einem Seufzer um und begann aufzuräumen.

»Unglaublich«, hörte sie eine der Verkäuferinnen sagen, »dass da wirklich ein ganzer Vormittag draufgeht, um eine Hure einzukleiden.«

Mit einem Ruck drehte Mathilda sich um, wollte sehen, wer das gesagt hatte, und sah Wilhelmina Haas feixend dastehen.

»Helma, dergleichen möchte ich nicht hören«, sagte sie.

»Warum, wenn's doch die Wahrheit ist?«

»Hier werden keine Kunden geschmäht, gleich welcher Herkunft.«

Ein höhnisches Lächeln verzerrte den Mund der jungen Frau. »Und, Mathilda? Rennen Sie jetzt zu Ihrem Papa, damit der mich abmahnt?«

Mathilda faltete einen Schal zusammen und legte ihn sorgsam auf den zierlichen Tisch vor der Umkleidekabine. »Während der Arbeitszeit bin ich für Sie Fräulein Lanters. Und nein, ich werde nicht zu Herrn Marquardt gehen, denn abmahnen kann auch ich Sie, wenn ich das für angebracht halte.«

Wilhelmina schien mit sich zu ringen, ob sie es wagen

konnte, eine entsprechende Antwort zu geben, und entschied sich zu schweigen.

»Gut«, sagte Mathilda. »Damit wäre das ja geklärt. Und nun schicken Sie Fräulein Sandor hierher, damit sie für mich übernimmt, ich gehe in die Mittagspause.«

Verhoeven – Caspar verstand selbst nicht, dass bei dem Namen nicht sofort ein Alarmglöckchen angeschlagen hatte. Er kannte den alten Verhoeven als skrupellosen Geschäftsmann, und nach allem, was man so hörte, stand ihm der junge in nichts nach, wenngleich er dies charmant zu überspielen wusste und, wie man so schön sagte, Schlag bei den Frauen hatte. Das wiederum sorgte dafür, dass sämtliche Alarmglocken schrillten, als ihm von Bekannten zugetragen wurde, dass Sophie wenige Tage zuvor mit dem jungen Mann im Café Bauer gesehen worden war. Weder davon noch von dem Unfall, der dem vorausgegangen war und natürlich über Getratsche den Weg ins Kaufhaus gefunden hatte, hatte Sophie erzählt, und das machte Caspar misstrauisch.

»Über die genauen Pläne ist noch nicht viel bekannt«, sagte sein Finanzberater, Carl Reinhardt, ein Mann in seinem Alter. »Es heißt, das Kaufhaus entspräche im Wesentlichen dem in Amsterdam, auf eine Art, die es hier konkurrenzfähig werden lässt. Das Haus ist größer als deins, vermutlich plant er mehr Abteilungen und niedrigere Preise.«

Caspar runzelte die Stirn. »Welchen Gewinn macht er, wenn er uns unterbietet?«

»Das kommt darauf an, wo er die Ware bezieht. Und die Verhoevens haben viel Kapital. Selbst wenn er anfangs Verluste macht, weil er uns unterbietet, so gewinnt er einen großen Kundenkreis und kann dann behutsam die Preise anheben. Wenn er nur noch minimal unter unseren bleibt, wäre das immer noch Anreiz genug, bei ihm zu kaufen.«

Bis dahin dauerte es wohl noch mindestens ein Jahr, Zeit genug, entsprechend zu reagieren. »Können wir mit den Preisen runtergehen?«

»Dauerhaft nicht.«

»Und kurzfristig?«

»Das wäre möglich. Allerdings brauchen wir Kapital, um mögliche Verluste abzufangen.«

Caspar tippte mit seinem Stift nachdenklich auf die lederne Schreibunterlage. »Gut, ich werde darüber nachdenken.« Er lehnte sich zurück und griff nach den Unterlagen für die Bank, die er noch durchgehen musste. »Wie macht sich Herr Dornberg?«

»Bisher sehr gut.«

»Und meine Tochter?« Er musste nicht erwähnen, welche. Dass sie Max an seinem ersten Tag zum Narren gehalten hatte, hatte er ihr nicht zum Vorwurf gemacht, im Grunde genommen nötigte ihm die Vehemenz, mit der sie ihre Stellung verteidigte, sogar Respekt ab. Bedauerlich, dachte er erneut, dass sie kein Mann war.

»Abgesehen von der Auseinandersetzung bei den Handschuhen gab es keine weiteren Vorfälle. Allerdings habe ich nicht den Eindruck, dass zwischen den beiden Harmonie herrscht.«

»Das war auch nicht zu erwarten. Aber sie wird sich über kurz oder lang damit abfinden.« Caspar warf einen raschen Blick auf die Uhr. »Wann ist mein Termin mit der Bank?«

»Morgen früh um acht.«

»Gut.« Caspar stand auf, um seinen täglichen Rundgang durch das Kaufhaus zu machen und Präsenz zu zeigen.

Während er mit dem Aufzug ins Erdgeschoss fuhr, dachte er über die Möglichkeiten der Preissenkung nach. Kaufhäuser hatten inzwischen eine enorme Einkaufsmacht, sie machten den Zwischenhandel überflüssig, ermöglichten einen hohen Umsatz in kurzer Zeit und konnten die Waren entsprechend zu niedrigen Preisen anbieten. Doch natürlich waren Grenzen gesetzt, wenn man wirtschaftlich arbeiten wollte.

Caspar war in Zeiten aufgewachsen, die als Durchbruch der bürgerlichen Gesellschaft galten. So wie die moderne Industrie neben die alten Gewerbeformen trat, mischten sich auch die sozialen und gesellschaftlichen Gruppen. Neben das Städtebürgertum, das an Traditionen und vertrauten Geschäftsformen festhielt und der risikoreichen industriellen Entwicklung lange skeptisch gegenüberstand, trat das Bildungs- und Wirtschaftsbürgertum, das sich die städtischen Vorrechte durch Leistung sicherte. Zu diesen gehörte Caspar, der in bescheidenen Verhältnissen aufgewachsen war und schon im Schulalter beschlossen hatte, dass das nicht alles sein konnte im Leben.

Durch Industrie- und Finanzwesen gelang Menschen wie ihm mittlerweile der Aufstieg innerhalb der sozialen Hierarchien der früheren Klassengesellschaft. Sie machten dem alten Hoch- und Geldadel die Positionen innerhalb der Gesellschaft streitig und führten ein Leben, das nicht weniger prachtvoll und luxuriös war. Für Caspar war das ein großer Schritt nach oben gewesen, seine Töchter wuchsen in diesen

Verhältnissen ganz selbstverständlich auf. Max hingegen war noch auf dem Weg gewesen, sich dorthin zu arbeiten. Blieb zu hoffen, dass er sich der Rolle, die Caspar ihm zugedacht hatte, als würdig erwies.

Caspar ging durch das Kaufhaus, grüßte die Angestellten, wechselte mal hier und mal dort ein paar freundliche Worte, unterhielt sich mit dem Leiter der Abteilung für Haushaltswaren, sah sich die neuste Lieferung Porzellan an – früher ein Luxusgut. Als Caspar Porzellan erstmals ins Sortiment aufgenommen hatte, war es günstig erworbener Ausschuss gewesen, der insbesondere für weniger wohlhabende Familien interessant gewesen war. Inzwischen bezog er feines Porzellan aus verschiedenen Teilen der Welt und konnte das günstigste zu Preisen anbieten, die sich nicht von denen zu Beginn unterschieden, während mit dem teuersten auch die Kunden mit extravaganten Wünschen auf ihre Kosten kamen.

Er genoss es, in den Vormittagsstunden durch das Kaufhaus zu schlendern, die emsige Geschäftigkeit um sich, die erwartungsvolle Spannung der Kunden zu sehen. Das hatte – obschon es den Anschein hektischer Betriebsamkeit vermittelte – eine beruhigende Wirkung auf ihn. Es zeigte, dass die Welt, die er sich aufgebaut hatte, funktionierte. Als er das erste Obergeschoss betrat, war es jedoch mit der Ruhe vorbei, denn Louisa und Max hatten sich für ihren nächsten Disput offenbar die Abteilung für Damenbekleidung erkoren. »Was ist hier los?«

Louisa wandte sich um, die Wangen gerötet. »Papa, erklär ihm, dass er mich nicht öffentlich zu maßregeln hat wie ein Kind.«

»Hast du das getan?«, fragte Caspar, an Max gewandt.

»Ich bedaure, dass sie diesen Eindruck gewonnen hat.«

»Worum geht es?«

»Es wurde gestohlen«, erklärte Louisa.

Caspar spürte, wie ihm das Blut aus dem Gesicht wich. »Wie bitte?«

»Eine Kundin beklagt, dass ihr die Geldbörse entwendet wurde, während sie sich umgekleidet hat.«

»Aber die Verkäuferin, die sie bedient hat«, wandte Max ein, »sagte, sie habe die ganze Zeit neben der Kabine gestanden, und niemand sei hineingegangen. Daraufhin hat die Kundin sie des Diebstahls beschuldigt.«

Caspar sah sich um. »Wo ist die Kundin?«

»Die Kundin wollte zur Polizei«, erklärte Max, »und Mathilda ist in ihrer Pause in die Stadt gegangen. Fräulein Sandor hat mich holen lassen, während gleichzeitig Louisa gekommen ist.«

»Und da steht ihr hier herum und streitet euch, statt einzugreifen? Ihr lasst sie einfach zur Polizei gehen?«

»Ich wollte sie aufhalten«, verteidigte Louisa sich, »aber sie ist wie eine Furie an mir vorbei.«

Max hob begütigend eine Hand. »Ich bezweifle, dass sie tatsächlich zur Polizei geht. Ich denke, der Diebstahl hat gar nicht stattgefunden. Dass ihre Geldbörse weg ist, hat sie erst beim Bezahlen bemerkt. Sie wollte das Kleid anschreiben, aber da sie kein Kundenkonto hat, hätte sie bar bezahlen müssen. Daraufhin dann die Geschichte mit der Geldbörse.«

»Das ist eine unglaubliche Unterstellung«, fauchte Louisa. »Niemand hat die Kabine betreten.«

Caspar bemerkte mit einigem Unbehagen, dass der Streit,

obschon in gemäßigter Lautstärke, den Kundinnen nicht verborgen blieb. Er hoffte, dass zumindest der Gegenstand der Auseinandersetzung nicht öffentlich zur Sprache kam. Dass man sich herumerzählte, ein Dieb gehe im Kaufhaus um, hätte ihm gerade noch gefehlt. Er bedeutete ihnen, ins Lager zu gehen. »Wenn hier jemand etwas stehlen wollte«, überlegte er, als sie außer Hörweite der Verkäuferinnen und Kundinnen war, »warum dann nicht aus einer der Abteilungen? Warum geht man das Risiko ein und stiehlt die Geldbörse aus der Umkleidekabine?«

»Die Kundin selbst wird wohl eine Diebin sein, die sich ein teures Kleid ergaunern wollte«, mutmaßte Max.

»Das ist ungeheuerlich«, rief Louisa. »Du kannst nicht einfach dergleichen Verdächtigungen anstellen. Stell dir vor, unsere Kundinnen erfahren davon, dass sie bei einem Einkauf einer solchen Tat verdächtigt werden. Ich wollte ihr nach, aber Max hat mich daran gehindert und gesagt, ich würde noch mehr Aufmerksamkeit auf die Sache ziehen, als wenn ich sie einfach laufen lasse.«

»Damit hat er nicht unrecht«, musste Caspar einräumen, und Louisa sah ihn an, als habe er sie verraten – wieder einmal. »Hör zu, Liebes. Ich weiß, du hast nur das Beste für das Kaufhaus im Sinn, und ...«

»Sprich nicht so salbungsvoll mit mir, als sei ich nicht ganz gescheit.« Louisas Augen waren schmal vor Zorn. »Ihr wisst beide, dass ich sicher nicht lautstark zeternd hinter ihr hergelaufen wäre. Aber selbst wenn an der Sache nichts dran war, sie nicht zahlen wollte oder ihre Börse daheim vergessen hat, wäre es besser gewesen, sie nicht in einem so offensichtlichen Zorn hinauslaufen zu lassen.«

»Schon gut, ich entschuldige mich«, antwortete Max in einem Ton, der klarmachte, dass es ihm nur um ein Ende der Diskussion ging.

Louisa gab lediglich ein sarkastisches »Ha!« von sich und wandte sich ab, um die Abteilung zu verlassen.

Als sie außer Hörweite war, sah Caspar Max nachdenklich an. »Ein klein wenig mehr Fingerspitzengefühl im Umgang mit ihr. Sie weiß mit den Leuten umzugehen. Du darfst ihr nicht das Gefühl geben, dass sie hier nicht mehr gebraucht wird. Sie kennt das Kaufhaus besser als du, da sind ihre aus dem Gefühl heraus getroffenen Entscheidungen nicht unbedingt schlechter als deine rationalen Überlegungen.«

Max nickte nur, und Caspar zog seine Taschenuhr hervor. Olga hatte sich zum Mittagessen angekündigt, vorher wollte er allerdings noch mit Mathilda sprechen. Da er der Frau nicht zur Polizei nacheilen konnte – die Wache lag ebenfalls in der Stiftgasse, daher war sie vermutlich längst da –, beschloss er, die Sache zunächst auszusitzen. Möglicherweise geschah ja überhaupt nichts.

Es war ein Jammer, dachte Olga Wittgenstein, dass Caspar Marquardt so schwer ins Bett zu kriegen war, ansonsten wären ihre und seine Probleme bald gelöst, ohne dass es dafür diesen Emporkömmling aus Frankfurt gebraucht hätte. Ein so gestandener Mann, und dann diese Unfähigkeit, die einfachste Lösung zu erkennen – eine, die darüber hinaus noch das Vergnügen körperlicher Liebe versprach. Olga fragte sich, ob er seit dem Tod seiner Frau tatsächlich enthaltsam lebte oder aber nur sehr diskret war. Vermutlich waren seine

Töchter darüber hinaus nicht eben hilfreich, was einen Platz Olga Wittgensteins im Hause Marquardt anging.

Aus Louisas Sicht war ein Sohn eine Bedrohung für sie als Alleinerbin, aber das Thema konnte man nun getrost als erledigt betrachten, selbst wenn Olga kinderlos blieb. Dabei wünschte Olga sich Kinder, hatte sich schon immer welche gewünscht, was ihr ihr verstorbener Ehemann verwehrt hatte, indem er diese abscheulichen Gummidinger verwendet hatte, die ihr das Gefühl gaben, jemand stochere mit einem Besenstiel in ihr herum. Sie sollte seinen Kindern eine Mutter sein und ihm nicht noch weitere aufbürden. Das alles hatte Olga sich anders vorgestellt, vor allem angesichts dessen, dass seine Kinder sie ebenso wenig gemocht hatten wie die Caspars es taten.

Sie war es leid, auf der Schattenseite des Lebens zu stehen, ohne zu wissen, wie um alles in der Welt sie dorthin gelangt war. Ihre Eltern gehörten zur gutbürgerlichen Mitte, sie waren weder im Geld geschwommen, noch hatten sie gedarbt. Olga war gut erzogen, kultiviert, konnte tanzen, Unterhaltungen führen und sah – das konnte sie gänzlich unvoreingenommen von sich behaupten – gut aus. Sie mochte nicht dem Ideal der klassischen Schönheit entsprechen, dafür war ihr Mund eine Spur zu groß und ihre Gesichtszüge nicht von jenem Gleichmaß, das dem Ideal entsprach, aber gerade das, so hatte ihr vorheriger Ehemann ihr gesagt, mache den Reiz aus. Zudem hatte sie schönes Haar, üppig und mit der Farbe von Karamell. Trotz aller Vorzüge hatte es jedoch in der Blüte ihrer Jugend nie einen ernsthaften Bewerber um sie gegeben.

Als schließlich die letzte ihrer Freundinnen verheiratet gewesen war, hatte sich der Zustand des Wartens in eine Art panisches Suchen verwandelt. Ein sitzengebliebenes Mädchen – das war das gesellschaftliche Ende. Dem Spott und Mitleid preisgegeben, die arme Tante, die man den Töchtern als mahnendes Beispiel vorhielt. Schließlich hatte der Industrielle Rainer Wittgenstein um sie angehalten, ein Witwer mit erwachsenen Kindern, der über ausreichend Charakter und Geld verfügte, um nicht als Notlösung für ein spätes Mädchen gesehen zu werden. Das Geld blieb ihr nach der Eheschließung erhalten, der Charakter schwand bereits in der Hochzeitsnacht. Seine Kinder, die sie von Anfang an hassten, sorgten dafür, dass auch die Tage nicht erquicklicher waren als die Nächte.

Nach dem Tod ihres Mannes kam dann der nächste Schlag, als ihr bewusst wurde, dass die so unverhofft erlangte Freiheit mitnichten bedeutete, ihre Stellung zu behalten. Sie war versorgt, mehr nicht. Das Haus musste sie räumen, kaum, dass ihr Mann unter der Erde lag. Seine vier Kinder ließen am kommenden Morgen alles, was ihr gehörte, in Koffer packen und in die Halle stellen, so dass Olga nach dem Frühstück direkt in ihre eigene Wohnung umziehen konnte.

Auf einer Soirée lernte sie dann Caspar Marquardt kennen und verliebte sich in ihn. Er war vierzehn Jahre älter als sie, was im akzeptablen Rahmen war. Zudem war sie mit ihren fünfunddreißig Jahren durchaus noch in einem Alter, ein oder zwei Kinder zu bekommen, und so hatte sie beschlossen, sich dieses Mal von niemandem vertreiben zu lassen, erst recht nicht von seinen Töchtern. Mit Louisa käme sie irgendwie klar, die hätte schlicht keine Wahl, wenn erst ein Sohn da wäre. Sophie war ein verwöhntes Kind, aber auch wenn das einige Kämpfe versprach, so machte sich Olga recht wenig Sorgen, was sie anging. Mit Mathilda sah es schon anders aus. Nichts war gefährlicher als der Schatten einer verstorbenen großen Liebe. Olga würde niemals den Fehler machen, sich offen gegen Mathilda zu stellen, denn nichts würde Caspar mehr abschrecken. Dennoch musste sie ihren Einfluss schwächen, denn Mathilda war diejenige, die sie am vehementesten ablehnte. Vermutlich, weil sie ahnte, dass es für sie keinen Platz mehr im Haus und im Kaufhaus gab, falls Olga einen Sohn bekam und ihren Vater überlebte.

Da sie es klug anfangen musste, würde sie sich nicht so entschieden gegen Max Dornberg stellen und Caspar somit zu verstehen geben, dass sie seine Wahl für fragwürdig hielt. Sie würde ihm einen Vorschlag unterbreiten, der ihm zeigte, dass sie – im Gegensatz zu Louisa – seine Wahl unterstützte. Als sie das Kaufhaus an diesem Nachmittag betrat, diese verschwenderische Überfülle, tat sie das mit dem überwältigenden Wunsch, dass dies eines Tages alles ihres sein würde.

»Ein Ball?« Während Louisa die Stirn runzelte, klatschte Sophie vor Freude in die Hände.

»Das ist ja großartig.«

»Und es war Olgas Idee?«, fragte Mathilda argwöhnisch.

»Ganz recht.« Ihr Vater bedeutete dem Lakaien, das Abendessen auftragen zu lassen. »Als eine Art Willkommen für Max. Und bei der Gelegenheit kann man auch gleich den Umzug in unser Haus veranlassen.«

Louisa verging bereits der Appetit, noch ehe sie den ersten Löffel Suppe zum Mund geführt hatte.

»Ich habe gehört«, fuhr ihr Vater übergangslos fort und wandte sich an Sophie, »es gab vor drei Tagen einen Zwischenfall vor dem Stollwerck-Haus.«

Sophie krauste einen Moment lang die Stirn, obwohl Louisa ihr ansah, dass sie sich nur zu gut erinnerte. »Ähm, ja. Ein Mann ist zu schnell um die Kurve gefahren, war keine große Sache.«

»Hmhm. Und hernach hast du dich veranlasst gesehen, mit ihm ins Café zu gehen?«

»Haben die Leute wieder geredet, ja?« Sophie seufzte ein wenig übertrieben. »Er hat sich bei mir entschuldigt, indem er mich zu einer Tasse Kaffee eingeladen hat. Ganz unverfänglich.«

»Aber du wusstest, wer er war?«

»Er hat sich mir vorgestellt, ja.«

»Ich hoffe, du fraternisierst nicht mit der Konkurrenz.«

Sophie hob überrascht die Brauen. »Hättest du auch etwas dagegen einzuwenden, wenn mich ein Tietz-Erbe umwerben würde?«

»Das ist etwas anderes. Hermann Tietz ist ein respektabler Kölner Geschäftsmann.«

Das war Sophie lediglich ein Schulterzucken wert. »Es ist ja nichts passiert. Wir haben nur Kaffee getrunken.«

Um Sophie war bereits seit ihrer Einführung in die Gesellschaft ein regelrechter Wettstreit entbrannt, und ein Arjen Verhoeven würde die Konkurrenz vermutlich noch einmal beflügeln. Ihrem Vater konnte das im Prinzip nur recht sein, er machte sich ohnehin bereits Sorgen, weil keine seiner Töchter auch nur im Geringsten an einer Ehe interessiert schien. In dieser Hinsicht könnte ihn Sophie möglicherweise am ehesten zufrieden stellen, allerdings zeigte die in der Regel immer gleich an mehreren Männern zugleich Interesse, was im Grunde genommen so viel hieß wie, ihr gefiel keiner ausreichend für eine Ehe.

Nach dem Abendessen ging Louisa in die Bibliothek und sah sich in jener Ecke um, für die sie sich bisher nicht interessiert hatte. Hier verwahrte ihr Vater Bücher über Betriebsführung, Finanz- und Rechnungswesen. Sie zog eines hervor, schlug es auf und las die erste Seite. Der Verfasser des Werkes ging bereits von einem gewissen Grundwissen aus, über das Louisa nicht verfügte, daher stellte sie es enttäuscht wieder zurück. Im Grunde genommen wusste sie, dass es sinnlos war, denn auch, wenn sie plötzlich mit detaillierten kaufmännischen Kenntnissen glänzen könnte, änderte sich nichts, denn es war ihr Geschlecht, das ihr Vater zum Ausschlusskriterium machte.

Ihre Hoffnung, dass Max sich als unfähig erweisen würde, war – bisher zumindest – gescheitert. Er mochte nicht die geringste Ahnung von dem Kaufhaus haben, aber er war ein Kaufmann, und da brachte man ihm schon ein gewisses Vertrauen entgegen. Die Selbstverständlichkeit, mit der das Personal seine Weisungen befolgte und hinnahm, dass er sie ersetzte, war für Louisa unfassbar, und sie fragte sich, ob es umgekehrt genauso gewesen wäre. Nein, gab sie sich unmittelbar selbst die Antwort, das würde man nicht. Eine Frau konnte durch einen Mann ersetzt werden, ohne dass man das infrage stellte, aber wenn man einem Mann eine hohe Stellung entzog und dafür eine Frau hinstellte, würde das

das Personal in Verwirrung stürzen, und man würde auch weiterhin den Mann als Ersten ansprechen, ehe man sich an die Frau wandte. Das war die bittere Wahrheit.

Köln war die modernste Stadt Preußens, die Stadt der Revolution, und sie lebten in Zeiten, in denen nicht mehr der Name und die Herkunft allein eine Rolle spielten, sondern das Können. Aber offenbar galt all das nur für Männer. Mit all den Veränderungen, dem Großmachtstreben, der Bedeutung von Industrie und Handel ging ein zunehmendes Erstarken rigider patriarchalischer Strukturen einher. Louisa wurde bei dem Gedanken daran von einer solchen Wut gepackt, dass sie am liebsten sämtliche Bücher aus den Regalen gezogen und zu Boden geschleudert hätte. Sie stemmte die Hände gegen die Regalbretter und kämpfte mit den Tränen.

Die Tür wurde geöffnet und leise wieder geschlossen, aber Louisa drehte sich nicht um, auch nicht, als sich Schritte näherten, verharrten, als sei ihre Schwester – ihr Vater schritt anders aus – unsicher, ob sie sie ansprechen sollte oder nicht.

»Was, denkst du, beabsichtigt Olga?«, fragte Mathilda schließlich.

Louisa würgte den Kloß in der Kehle hinunter und drehte sich um. »Sich einschmeicheln bei Papa, was denn sonst?«

Mathilda sah an ihr vorbei zu den Büchern. »Denkst du, das Lesen dieser Werke ändert etwas?«

»Nein. Hätte Vater gewollt, dass ich das alles kann, hätte er es mich lernen lassen.«

»Papa hat Angestellte für diese Dinge.«

»Ja, die hat er wohl«, murmelte Louisa. Sie lehnte sich mit dem Rücken an das Regal und verschränkte die Arme vor der Brust. »Papa wird ihn erst fortschicken, wenn er sich als völlig unfähig erweist, was die Belange des Kaufhauses angeht.«

»Dann zeig ihm doch einfach, dass du die besseren Ideen hast.«

Louisa nickte vage und beobachtete Mathilda dabei, wie sie ein Buch als Abendlektüre aus einem der Regale zog. »Ich versuch's«, sagte sie schließlich.

3

Juli 1908

Die Kolonialwaren, das hatte Max inzwischen begriffen, lagen Caspar Marquardt besonders am Herzen, wenngleich auch eher aus nostalgischen denn aus wirtschaftlichen Gründen. Verkauft wurden Produkte aus den deutschen Kolonien in Afrika, wie Kakao, Kaffee, Schokolade, Gebäck mit Kokosnuss, Erdnussöl und Rohtabak. Außerdem gab es afrikanischen Schmuck, Schnitzereien und exotische Bilder sowie Accessoires. Man konnte Matten aus Palmbast erwerben, Raubtierfelle und Elfenbein. Das Bestreben, Deutschland eine Weltmacht werden zu lassen, schlug sich auch im Handel nieder. Man brachte Afrika hierher, jeder, der es sich leisten konnte, mochte Teil von etwas Großem werden. Caspar Marquardt hatte sogar einen Verkäufer aus den Kolonien eingestellt, so dass die Käufer tatsächlich das Gefühl bekamen, einen Teil Afrikas zu betreten.

Stück für Stück hatte Max sich mit dem Kaufhaus vertraut gemacht, kam morgens als einer der Ersten und ging als Letzter. Inzwischen kannte er sich recht gut aus, wusste die Namen der wichtigsten Mitarbeiter, fand sich in den Abteilungen zurecht und kannte die Bilanzen auswendig. Aber nicht nur das Kaufhaus, auch Köln gefiel ihm. Es war schillernd und weltoffen, eine Stadt der Eisenbahnen und Dampfschiffe, der Bankhäuser, Aktionäre und des Handels.

Bis vor nahezu hundert Jahren hatte Köln unter französischer Herrschaft gestanden, und diese hatten hier die erste Industrie- und Handelskammer Deutschlands gegründet sowie die Gewerbefreiheit eingeführt, was für den Kapitalismus – und somit für Menschen wie Max – von enormem Vorteil war.

»Herr Dornberg.« Der Vorzimmerdame, Frau Harrenheim, gelang es stets, jedes Wort an ihn wie einen Vorwurf klingen zu lassen. »Herr Marquardt hat mir aufgetragen, Sie an die Geschäftsbesprechung zu erinnern.«

»Ich habe es nicht vergessen. Danke.«

»Sie beginnt in zehn Minuten.«

»Ich weiß.«

»Der Weg in das Besprechungszimmer dauert drei Minuten.«

»Dann habe ich ja noch sieben.«

»Herr Marquardt schätzt es, wenn alle sich fünf Minuten vorher einfinden.«

Max zählte innerlich von zehn rückwärts, dann lächelte er. »Ich werde in zwei Minuten losgehen. Vielen Dank.«

Frau Harrenheim zog sich zurück, lehnte die Tür jedoch nur an, offenbar, weil sie glaubte, eine geschlossene Tür gaukle vor, er könne noch ein wenig arbeiten, ehe er losging. Max lehnte sich zurück und wartete allein aus Prinzip drei Minuten, ehe er sich erhob und den Raum verließ. Ihn traf ein kühler Blick, den er geflissentlich ignorierte.

Ging die alte Schreckschraube wirklich mit einer Uhr durch den Korridor und maß die Zeit? Er betrat als Erster den Raum, den ein rechteckiger Tisch beherrschte, an dem zwölf Leute Platz fanden. An der Wand hing ein Bild des Kaufhauses, das ein unbekannter Künstler gemalt hatte.

Kurz darauf trat Louisa ein in Begleitung ihres Vaters. Caspar Marquardt legte einen Stapel Pappordner auf einen Platz am Kopfende des Tisches, und Louisa ließ sich wortlos auf dem Stuhl zur Rechten nieder.

»Liebes«, sagte ihr Vater. »Da Max in Zukunft als mein Vertreter fungieren wird, halte ich es für angebracht, wenn er dort sitzt.«

Mit versteinertem Gesicht erhob Louisa sich, und im selben Moment traten Herr Reinhardt, der Finanzverwalter, und Herr Schmitz, der Personalleiter, ein. Es folgten fünf weitere leitende Angestellte, und man grüßte einander mit Handschlag, dann ließen sich alle an dem Tisch nieder. Caspar Marquardt gegenüber am Fußende saß Herr Schmitz, der in seiner Abwesenheit die Leitung des Kaufhauses übernahm. Louisa setzte sich neben Herrn Reinhardt, der zur Linken ihres Vaters Platz genommen hatte.

Caspar Marquardt verteilte die Mappen, und es stellte sich heraus, dass er eine zu wenig hatte. »Verzeihung, Liebes, aber ich wusste nicht, dass du dich heute zu uns gesellst.«

»Das macht nichts«, antwortete Louisa.

Herr Reinhardt legte die Mappe so hin, dass sie hineinsehen konnte, aber es war offensichtlich, dass sie mit den Monatsabschlussberichten nicht viel anfangen konnte. Sie runzelte konzentriert die Stirn, während sie las. Max senkte den Blick und überflog die Seiten rasch. Er hatte das alles schon gelesen und frischte lediglich sein Gedächtnis auf. Hernach sprachen sie die einzelnen Bereiche durch, rechneten Gewinne und Verluste auf und notierten, welche Abteilungen im ersten Halbjahr am rentabelsten gewesen waren.

»Mir geht Folgendes durch den Kopf«, sagte Caspar Marquardt. »Wie Sie wissen, möchte das Kaufhaus Verhoeven schräg gegenüber eine Niederlassung eröffnen, und nach allem, was ich bisher in Erfahrung bringen konnte, werden sie zunächst mit deutlich günstigeren Preisen locken. Meine Frage ist, wie wir gegenhalten können.«

»Wir können«, sagte Herr Reinhardt, »über gezielte Werbung kurzzeitig die Preise senken, sollten den Verlust aber anderweitig ausgleichen können. Und ich empfehle das Vorgehen auch nicht für alle Abteilungen, sondern nur für die verkaufsstärksten.«

»Andererseits fließen dann wiederum Kosten in die Werbung«, warf Max ein.

»Es ist zudem die Frage, wie man sich präsentiert«, kam es von Herrn Schmitz. »Zunächst sollten wir weg von den altbackenen Schaufensterdekorationen.«

»Also ich muss doch sehr bitten!«, rief Herr Falk, dem die Dekoration des gesamten Kaufhauses oblag.

»Bitte, meine Herren«, sagte Caspar Marquardt begütigend. »Ich brauche eine genaue Aufstellung über das Budget, das uns für Werbung zur Verfügung steht.«

»Wie sieht es mit einer Erweiterung des Sortiments aus?«, warf Louisa ein.

Ihr Vater sah sie an. »Woran dachtest du?«

»Eine Abteilung für Kindermode.«

Caspar Marquardt wirkte skeptisch. »Und wo genau?«

»Wir verkleinern die Damenabteilung. Ich bin mir sicher, das rentiert sich, gerade, weil viele Frauen bei der Gelegenheit auch für ihre Kinder einkaufen würden.«

»Mode für junge Mädchen gibt es bereits«, wandte Herr Reinhardt ein.

»Ja, aber nicht für Kinder. Und für Jungen überhaupt nicht.«

»Aber die Damenabteilung zu verkleinern«, sagte Max, »halte ich für unrentabel. Dafür wirft sie zu viel ab.«

»Ich spreche ja auch nicht davon, das Sortiment zu verkleinern, es geht mir nur um die Verkaufsfläche.«

»Warum nicht die Herrenabteilung verkleinern?«, fragte Herr Falk.

»Männer kaufen anders ein. Dort würde die Kinderabteilung nur dann genutzt, wenn jemand gezielt dorthin ginge. Aber bei den Damen würde sie gewiss rege frequentiert.«

»Eine Kinderabteilung bei den Damen unterzubringen brächte zu viel Unruhe hinein«, widersprach Max. »Ich würde dort überhaupt nichts ändern. Außerdem ist eine neue Abteilung zunächst wieder mit Kosten verbunden, und wenn wir Rabattaktionen machen, können wir nicht gleichzeitig Geld für eine weitere Abteilung investieren.« Max musste nicht in die Runde sehen, um zu wissen, dass die anderen seiner Meinung waren.

»Aber es könnte sich lohnen.«

»Hast du konkrete Zahlen, was das einbringen könnte? Und was wir zunächst investieren müssen, ehe Gewinne eingefahren werden?«

Sie musste passen.

»Damit wäre das vom Tisch«, sagte ihr Vater. Begütigend fügte er hinzu: »Vorerst zumindest.« Er kam zu weiteren Punkten auf der Tagesordnung, und Louisa senkte den Blick. Es war ihr anzusehen, dass sie nur blind auf den Zettel starrte, und einen Moment lang tat sie Max leid. Sie blieb jedoch während der gesamten Besprechung auf ihrem Platz sitzen, wenngleich sie schwieg und ganz offensichtlich in eigene Gedanken versunken war. Sie gab sich jedoch nicht die Blöße, sich zu erheben und zu gehen, nachdem ihr Vorschlag ohne jede weitere Diskussion abgelehnt worden war, das rang ihm durchaus Respekt ab.

Wieder die Zahlen. Dabei hatte Louisa gewusst, worum es ging, und als die Gewinne und Verluste zusammengefasst diskutiert wurden, hatte sie all dem auch folgen können, hier war sie auf sicherem Terrain gewesen und kannte sich aus. Nach der Besprechung verließ sie mit den anderen den Raum und fuhr mit dem Aufzug ins erste Obergeschoss. In der Damenabteilung beobachtete sie aus der Distanz die Kundinnen und ließ die Blicke über die Verkaufsfläche gleiten.

»Bist du mir böse?«

Sie fuhr herum. »Himmel!«, rief sie. »Warum schleichst du dich so an?«

»Ich wollte dich nicht erschrecken.«

Einen Moment lang taxierte sie ihn, dann wandte sie sich ab. »Kein Problem.«

»Du bist mir also böse.«

Nach einigem Zögern drehte sie sich wieder zu ihm um. »Du warst herablassend.«

»Nein, ich habe gefragt, wie du dir die Finanzierung vorstellst, und du wusstest es nicht.«

»Du weißt genau, dass ich von der konkreten Finanzierung nicht viel Ahnung habe. Das heißt nicht, dass mein Gespür fürs Geschäft falsch ist.«

»Gespür allein reicht nicht.«

»Du führst dich auf, als gehöre dir das alles bereits.«

»Nein, ich mache die Arbeit, für die dein Vater mich eingestellt hat. Noch gehört mir gar nichts. Aber ich habe in meiner derzeitigen Position ein Mitspracherecht, und das nutze ich.«

»Um mich vor allen zu demütigen.«

Max lächelte spöttisch. »Ich habe mit dir geredet, wie ich es mit jedem Angestellten getan hätte, der einen unausgegorenen Vorschlag unterbreitet. Oder möchtest du, dass ich künftig bei Geschäftsbesprechungen Rücksicht auf deine weibliche Empfindsamkeit nehme? Oder behutsam mit dir umgehe, weil du die Tochter deines Vaters bist?«

Louisa spürte, wie ihr das Blut ins Gesicht stieg. »Natürlich nicht«, war alles, was ihr dazu einfiel.

»Na also.«

Sie biss sich auf die Unterlippe und schwieg. Er traute es ihr nicht zu, das tat keiner von ihnen, sonst hätten sie den Vorschlag zumindest überdacht. Man hörte sich ihre Idee aus Höflichkeit an, mehr nicht. Wobei die anderen vermutlich vage geäußert hätten, dass man es sich überlegen würde, um sie nicht zu verletzen. Man hätte sie nicht gleichwertig behandelt, und das zumindest hatte Max getan, das musste sie bei aller Abneigung anerkennen. Aber gut, in seiner Position war es vermutlich leicht, gönnerhaft zu sein.

Sie drehte sich abrupt ab und verließ die Abteilung.

»Wo gehst du hin?«, fragte er, während er ihr folgte.

»Ich muss noch etwas erledigen. Lass dich nicht aufhalten.« Eilig schlug sie den Weg zum Aufzug ein und bemerkte erleichtert, dass Max in der Schmuckabteilung zurückgeblieben war und ihr nachsah. Kurz erwiderte sie den

Blick, dann glitten die Aufzugtüren zu, und sie fuhr nach oben.

Carl Reinhardt sah sie erstaunt an, als sie sein Bureau betrat. Er war ein Freund ihres Vaters, so lange sie sich zurückerinnern konnte, und sie hatte ihn immer gemocht, was auf Gegenseitigkeit beruhte. Seine Ehe war kinderlos, und so verwöhnte er die Töchter seines Freundes mit Geschenken zu Geburtstagen und Weihnachten und hatte die Patenschaft für Sophie übernommen.

»Was gibt es?«, fragte er, als sie ihm gegenüber vor dem Schreibtisch Platz nahm.

»Kannst du mir einen Finanzplan erstellen?«, fragte sie. Wenn sie unter sich waren, duzte sie ihn.

»Woran dachtest du konkret?«

»Ob sich eine Kinderabteilung lohnen würde.«

Er schraubte den Füller zu, mit dem er bis zu ihrem Eintreten in ein dickes Buch geschrieben hatte. »Dafür bräuchte ich konkrete Pläne. Kosten für die räumliche Umgestaltung, Listen mit Preisen möglicher Lieferanten, Kosten für die Werbung, Kosten für alle anfallenden Details.«

Louisa zog die Brauen zusammen. »Wo bekomme ich die Kosten dafür her?«

»Lieferantenlisten kannst du anfragen, dafür musst du die Kataloge für Kindermode durchsehen. Was die Räumlichkeiten angeht, sprich mit unserem Dekorateur. Kosten für Werbung kann ich erfragen, wenn du mir sagst, was du planst.«

Das machte die Zahlen weniger abstrakt, und Louisa nickte. »Ich kümmere mich darum. Danke.«

»Nichts zu danken, meine Liebe. Setz dich nur durch. Die Idee ist nicht so schlecht, wie man dir weismachen möchte.

Aber du brauchst einen Plan. Und der sollte von dir kommen.«

Sie nickte.

»Dein Vater hat sich die Entscheidung nicht leichtgemacht.«

Langsam erhob sie sich und strich ihr Kleid glatt. »Das ändert nichts daran, zu wessen Gunsten diese gefallen ist, nicht wahr?«

»Habt ihr euch gestritten?« Mathilda drapierte ein Kleid aus Seide mit Brüsseler Spitze um eine samtene Büste und legte einen spinnwebfeinen Schal darum.

»Nein«, sagte Max. »Wir waren uns nur uneins.«

»Was aufs selbe rauskommt.«

»Wir hatten vorhin eine Geschäftsbesprechung.«

»Ich weiß, Louisa hat es mir heute Morgen erzählt. Lass mich raten: Sie hat euch von ihrer Idee einer Kinderabteilung erzählt, und ihr habt abgelehnt, ohne weiter darüber zu sprechen, ja?«

»Ganz so war es nicht. Ich habe sie nach ihren Finanzierungsplänen gefragt, und erst danach wurde abgelehnt.«

Mathilda holte tief Luft und stieß den Atem in einem langen Seufzer aus. »Also gut, tue ich mal so, als würde ich dir abnehmen, dass du nicht genau gewusst hast, dass sie dir dergleichen nicht nennen kann.«

»Sie möchte behandelt werden wie die übrigen leitenden Angestellten, und diese Frage hätte ich jedem gestellt.«

»Sie möchte ernst genommen werden, nicht vorgeführt. Was hättet ihr euch vergeben, euch anzuhören, wie sie sich die Sache vorstellt?«

»Aus Höflichkeit?«

»Ja. Und weil es eine gute Idee ist. Sie konnte mir ganz genau darlegen, in welchem Bereich sie die Abteilung anlegen und gestalten möchte. Aber so weit habt ihr sie wahrscheinlich gar nicht kommen lassen.« Sie brauchte keine Antwort von ihm, um zu wissen, dass sie recht hatte.

»Was bringt das denn, wenn kein Plan vorliegt, wie das umzusetzen ist?«

»Dafür gibt es Mitarbeiter. Sie muss das nicht alles allein machen, nur weil du es vielleicht könntest.« Mathilda hielt inne, legte den Kopf leicht schräg. »Obwohl – nein, könntest du ja auch nicht. Dafür müsstest du das Kaufhaus besser kennen als in reinen Zahlen.«

»Dafür brauche ich Zeit, ich bin erst seit drei Monaten hier.«

»Louisa könnte dir dazu einiges erzählen.«

»Das bekomme ich schon selbst hin.«

»Du müsstest das Kaufverhalten der Kunden studieren.«

»Das dürfte ja wohl kein Problem sein.«

Mathilda hob spöttisch die Brauen. »Na dann, viel Erfolg.«

»Das nenne ich eine günstige Fügung des Schicksals.«

Sophie war Arjen Verhoeven nach jenem schicksalhaften Tag – zu ihrem Bedauern – nicht wiederbegegnet. Umso erfreuter war sie, als er plötzlich vor ihr stand, während sie mit einer Freundin Kuchen im Café Bauer aß. »Da muss ich Ihnen zustimmen.« Ihre Freundin musterte den Neuankömmling neugierig. »Darf ich bekannt machen: Arjen Verhoeven. Er möchte den vergeblichen Versuch starten, erfolgreicher zu sein als mein Vater. Herr Verhoeven, meine beste Freundin Blanche Briand.«

Er reichte ihr die Hand. »Sie sind Französin?«

»Mein Vater«, sagte Blanche in akzentfreiem Deutsch.

»Ihre Familie lebt hier seit der Zeit der französischen Besatzung, aber das verraten wir niemandem.«

Blanche lachte.

Sophie deutete auf einen leeren Stuhl. »Setzen Sie sich doch.«

»Ich möchte die jungen Damen auf keinen Fall stören.«

»Das tun Sie nicht«, versicherte Blanche.

»Dann erlauben Sie mir, Sie einzuladen?«

»Ich denke, das kann ich gestatten«, antwortete Sophie.

Er warf einen kurzen Blick in die Karte und winkte den Kellner heran, um seine Bestellung aufzugeben.

»Mein Vater war sehr ungehalten darüber, dass ich mit Ihnen hier war«, erzählte Sophie.

»Und dann gehen Sie das Risiko ein weiteres Mal ein?«

»Das Leben ist ansonsten doch viel zu langweilig.«

Sein schiefes Lächeln war hinreißend, und Sophie bemerkte, dass er auf Blanche eine ähnliche Wirkung hatte wie auf sie. Sie warf ihrer Freundin einen warnenden Blick zu. Arjen Verhoeven war ihr Fang, und noch hatte sie nicht vor, ihn von der Angel zu lassen.

»Sie können Ihrem Vater ja sagen, Sie forschen die Konkurrenz aus«, schlug er vor.

»Woher wollen Sie wissen, dass ich das nicht tatsächlich tue?«

Sein Lächeln bekam etwas Anzügliches. »Das könnte sehr unterhaltsam werden.«

Blanche lachte entzückt, während Sophie nur die Brauen hob. Dann schenkte sie ihm ein zurückhaltendes, hintergründiges Lächeln, das, wie sie bemerkte, nicht wirkungslos an ihm vorbeiging. Sollte er nur rätseln, wozu sie sich würde hinreißen lassen.

»Wann eröffnen Sie?«

»Ah, wie ich sehe, machen Sie vorher nicht viele Worte. Ich hatte an kommendes Jahr im Spätsommer oder frühen Herbst gedacht, wenn ich im Zeitplan bleibe.«

»Das Gebäude wirkt ziemlich heruntergekommen.«

»Es wirkt so, tatsächlich ist keine Kernsanierung notwendig, die Fassade lässt sich mit relativ wenig Aufwand instand setzen, und das Renovieren ist keine große Sache. Ansonsten hätte ich das Gebäude nicht erworben.« Der Kellner brachte seinen Kaffee, fragte nach weiteren Wünschen und zog sich wieder zurück.

»Gehen Sie danach nach Amsterdam zurück?«, wollte Sophie wissen. »Oder bleiben Sie hier und leiten das Kaufhaus selbst?«

»Letzteres. Sie müssen also nicht befürchten, mir künftig nicht mehr zu begegnen.«

Obwohl Sophie normalerweise nicht rot wurde, spürte sie nun doch eine leichte Wärme in ihre Wangen steigen. Sie machte jedoch nicht den Fehler, seine Unverschämtheit vehement von sich zu weisen, sondern sagte: »Dann hoffe ich auf viele vergnügliche Begegnungen.«

Einen Moment lang hing ein spannungsgeladenes Schweigen in der Luft, während ein Lächeln über Arjen Verhoevens Lippen glitt. Er hob die Kaffeetasse und tat, als proste er ihr zu. »Auf die vergnüglichen Begegnungen.«

Ein warmes Kribbeln stieg in Sophies Bauch auf, wild, erwartungsvoll und erschreckend sinnlich. Sie hoffte, dass ihr Blick und ihr Lächeln nicht zu viel von dem verrieten, was in diesem Moment in ihr vorging. Sollte Arjen Verhoeven nur denken, sie spiele ein Spiel mit ihm, das sie ebenso beherrschte wie er, denn nichts schreckte einen Mann mehr ab als der Gedanke an eine Frau, die gar zu leicht zu haben war. Sie musste sich das Geheimnisvolle bewahren und gleichzeitig subtil andeuten, worauf er hoffen durfte. Sophie war ganz und gar nicht darauf aus, ihren Wert auf dem Heiratsmarkt zu gefährden, indem sie die Spielerei dieses Mannes wurde. Es hieß also, jeden Schritt sorgsam abwägen.

*

»Ich möchte, dass du dich von diesem Kerl fernhältst.« Caspar schlug diesen Ton selten vor seinen Töchtern an, aber wenn, dann wussten sie, dass es ernst war. Er war extra für dieses Gespräch morgens geblieben und hatte gewartet, bis Louisa und Mathilda aus dem Haus waren. Am Vortag hatte ihm eine Bekannte erzählt, sie habe Sophie mit diesem Verhoeven im Café gesehen, und mochte Caspar beim ersten Mal noch darüber hinweggesehen haben, so war er dieses Mal nicht nachsichtig gestimmt.

»Wen meinst du?« Sophie stand vor dem Spiegel in der Halle und schob eine Nadel in ihren Hut.

Wollte sie ihn zum Narren halten? »Arjen Verhoeven.«

»Was hast du gegen ihn? Er ist doch nicht dein einziger Konkurrent?«

»Er ist nicht der richtige Umgang für dich.«

Sophie sah ihn mit jener Nachsichtigkeit der Jugend an,

die ihn in günstigen Momenten zum Lachen reizte, dieses Mal jedoch seinen Ärger nur noch weiter anfachte. »Er kommt aus einer reichen Kaufmannsfamilie, ist gut erzogen und kultiviert. Was also spricht gegen ihn? Abgesehen davon waren wir nur zweimal Kaffee trinken, und beim zweiten Mal haben wir uns zufällig getroffen, als ich mit Blanche im Café saß.«

»Ist dir klar, dass er ein Konzept anstrebt, das uns Kunden in großem Stil nehmen und mich möglicherweise meine Existenz kosten kann?«

»Dafür bist du Geschäftsmann, nicht wahr? Um es nicht dazu kommen zu lassen.«

So leicht war die Welt aus der Sicht einer verwöhnten Zwanzigjährigen.

»Sein Ruf ist, was Frauen angeht, nicht gerade dazu angetan, ihn in die Nähe meiner Töchter kommen zu lassen.« Dass er damit das Falsche gesagt hatte, wurde Caspar unmittelbar bewusst. Nichts war so reizvoll wie ein Mann, den viele Frauen haben wollten und den Sophie letzten Endes bekam. Caspar würde wohl nichts anderes übrig bleiben, als die Sache im Auge zu behalten.

»Du machst dir immer so viele Sorgen, Papa.« Sophie gab ihm einen Kuss auf die Wange. »Nimmst du mich mit in die Stadt?«

»Wo willst du hin?«

»Mein neues Kleid ausführen.« Sie zwinkerte ihm zu.

»Neu? Das hattest du doch mindestens schon drei Mal an.«

Sie lachte. »Ich glaube, du bist der einzige Mann der Welt, der so etwas merkt. Gut, du hast mich durchschaut, ich bin verabredet, und ich wollte nicht, dass du erfährst, mit wem, nachdem du dich gerade so echauffiert hast.«

Caspar glaubte, sich verhört zu haben. »Ich soll dich zu einem Treffen mit diesem Kerl fahren? Nachdem ich gerade eben gesagt habe, ich möchte nicht, dass du ihn wiedersiehst?«

Sie hakte sich bei ihm ein. »Schau mal, Papa. Wir können jetzt so tun, als würde ich ihn tatsächlich nicht mehr wiedersehen. Du nimmst mich nicht mit, wiederholst dein Verbot, drohst mir Strafen an, bei denen wir beide wissen, dass sie nicht fruchten werden. Und dann verabrede ich mich mit ihm an einem Ort, wo uns keine Bekannten über den Weg laufen. Oder aber all das spielt sich offen vor deinen Augen ab, du musst keine Angst haben, dass ich mich in finsteren Winkeln von ihm verführen lasse, und wenn dir das nächste Mal eine alte Schabracke erzählt, sie habe uns gesehen, kannst du souverän sagen, dass dir mein gesellschaftlicher Umgang bekannt sei.«

Caspar schloss einen Moment lang resigniert die Augen. »Komm, ich nehme dich mit in die Stadt. Aber ich billige diesen Umgang ausdrücklich nicht. Sieh also zu, dass du den Kerl wieder loswirst.«

»Darf ich ihn zu unserem Ball einladen?«, fragte Sophie, während sie zur Tür gingen.

»Übertreib es nicht, ja?«

»Das wäre eine noble Geste. Und er würde merken, dass du keine Angst vor ihm hast.«

Caspar runzelte die Stirn und öffnete die Tür. »Angst?«

»Na ja, da er ja das überzeugendere Konzept hat und dich in den Ruin stürzt.«

»Das habe ... Also gut, lassen wir das. Die Einladungen sind ohnehin seit Wochen verschickt.«

»Ach, da bekomme ich schon eine geschickte Lösung hin. Ich hatte, ehrlich gesagt, schon Sorge, dass du den Ball vergessen hast.«

»Das dürfte mir äußerst schwerfallen, nachdem ich die Rechnungen für eure Kleider auf dem Tisch hatte.«

Die Kutsche stand bereits vor der Tür, und der Kutscher hielt den Schlag auf, um beide einsteigen zu lassen.

»Warum kaufen wir uns eigentlich kein Automobil?«

»*Wir uns*, ja?«

»Na ja, *du mir* klingt so unbescheiden.«

Nun musste Caspar doch lachen. »Ich halte nicht viel davon. Viel Lärm und Gestank.«

»Aber so elegant.«

»Und wie du selbst gemerkt hast, ist die Geschwindigkeit ein nicht zu unterschätzendes Problem. Einige dieser Fahrzeuge fahren dreißig Kilometer in der Stunde. Allein die Vorstellung, mit dieser Geschwindigkeit auf unseren Straßen unterwegs zu sein, ist Wahnsinn.«

»Es haben aber schon viele Menschen hier Automobile.«

»Keine dreihundert in ganz Köln. Das ist überschaubar. Und wenn es nach mir ginge, müssten es auch nicht mehr werden.«

Das Thema Automobil trieb offenbar nicht nur Sophie um, wie Caspar kurz darauf erfuhr, als er Mathilda einen Besuch in der Damenabteilung abstattete.

»Herr Falk möchte die neue Kollektion ausstellen, aber seine Vorschläge sind so furchtbar langweilig«, beklagte sie sich.

Da Mathilda ein gutes Gespür für Werbewirksamkeit hatte, hörte Caspar sich ihre Vorschläge immer gerne an. In die Arbeit von Herrn Falk hatte sie sich bisher allerdings noch nicht so offen eingemischt, daher war Achtsamkeit angeraten, denn dieser war schnell beleidigt. »Was schlägst du vor?«

»Ein Automobil.«

Caspar starrte sie an.

»Also natürlich nur geliehen. Wir haben doch unten die freie Fläche für Präsentationen und Feiern. Dort stellen wir ein Automobil aus. Und dann platzieren wir die Puppen mit der Mode darum herum. Das gibt dem Ganzen einen mondänen und modernen Anstrich. Außerdem ist es mal was Neues. Und dieses Motiv findet sich dann im Schaufenster wieder. Vielleicht so in der Art: ›Eine Reise im Herbst‹.«

Das war gut, das musste Caspar gestehen. »Ich werde es Herrn Falk gegenüber ansprechen.«

»Danke.« Sie zögerte, schien etwas hinzufügen zu wollen, schwieg dann jedoch.

»Ist noch etwas?«, fragte er.

»Nein.«

Er berührte ihre Schulter. »Gut, dann bis später.« Als er sie verließ, bemerkte er Louisa in der Schmuckabteilung, die er auf dem Weg zum Aufzug passierte. Sie unterhielt sich mit dem leitenden Verkäufer, lächelte und neigte den Kopf in jener Art, die so typisch für sie war und zeigte, dass das Gegenüber ihre volle Aufmerksamkeit hatte. Es hatte ihm leidgetan, ihre Idee ablehnen zu müssen – für den Moment zumindest. Sie konnten jetzt keine Energien darauf verschwenden, etwas neu zu etablieren, wenn es darum ging, das gesamte Preiskonzept neu zu überdenken. Jetzt hieß es, jeden Pfennig sorgsam ausgeben, um eine vorübergehende Preissenkung tragen zu können und dem Kaufhaus Verhoeven gegenüber konkurrenzfähig zu bleiben. Glücklicherweise schien Louisa nicht nachtragend zu sein.

»Wie bitte?« Mathilda neigte sich vor, konnte die Kundin jedoch immer noch nicht verstehen.

»… schwarzes Leibchen sehen«, wisperte die Kundin erneut.

Mathilda reichte es ihr, und die Kundin drehte sich leicht, als wolle sie abschirmen, was sie tat. »Stimmt etwas nicht?«

»Der Kerl dort beobachtet mich die ganze Zeit«, sagte die Kundin, und Mathilda blickte auf, bemerkte Max, der neben einer Säule stand, die Hände hinter dem Rücken verschränkt.

»Das ist Herr Dornberg, Herr Marquardts Stellvertreter. Keine Sorge.« Sie lächelte begütigend, und die Frau wirkte erleichtert, wollte aber dennoch die Unterwäsche in diskreter Abgeschiedenheit ansehen und drehte sich mit dem Rücken zu Max. Nachdem Mathilda der Kundin noch zwei weitere Wäschestücke gezeigt hatte, traf diese ihre Auswahl, und Mathilda schlug alles in Seidenpapier ein, packte es in eine kleine Schachtel und brachte es zur Kasse.

»Fräulein Lanters.« Marie Schwanitz, die neue Verkäuferin, kam zu ihr. »Der Ehemann von Frau von Hornstedt sagte, seine Frau fühle sich belästigt, weil ein Mann sie vorhin beobachtet habe. Er ist ziemlich aufgebracht.«

Mathilda bemerkte, dass sich auch andere Damen zögerlich umsahen. »Ist gut, ich kümmere mich darum. Erkläre

Herrn von Hornstedt, dass es sich um den Stellvertreter von Herrn Marquardt handelt und dass er ... was auch immer, stell es glaubwürdig dar.«

Max hatte sich abgewandt und ging durch die Abteilung, und Mathilda holte ihn ein, als er bei den Abendkleidern war. »Was, um alles in der Welt, machst du hier?«

»Du hast gesagt, ich solle das Kaufverhalten studieren.«

»Ja, es wäre dabei aber von Vorteil, nicht zu wirken wie ein Sittenstrolch.«

Max sah an sich hinab. »Mache ich den Eindruck?«

»Offenbar schon. Wenn sogar ein Ehemann sich über dich beschwert.«

»Ich hoffe, ihr habt das klargestellt.«

»Natürlich, oder denkst du, ich möchte eine Schlägerei hier haben? Aber vielleicht solltest du damit aufhören, Frauen beim Einkaufen in der Damenabteilung anzustarren.«

»So, wie du es sagst, klingt es anstößig.«

»Es *ist* anstößig.«

Er sah sich um. »Und wie soll ich das Kaufhaus kennenlernen, wenn ich mich dabei nicht einmal in den Abteilungen umsehen darf?«

»Diskret und zurückhaltend.«

Max' Blick wanderte kurz durch die Abteilung, dann wieder zurück zu Mathilda. »Du lässt mich absichtlich auflaufen, nicht wahr?«

»Genauso absichtlich oder unabsichtlich, wie du das mit Louisa tust. Vielleicht solltest du einsehen, dass es eben doch nicht ganz so einfach ist, ein Kaufhaus zu führen. Im Zweifelsfall könnte Louisa es mit der Unterstützung unserer Mitarbeiter besser als du.«

Er hob die Brauen. »Tatsächlich?«

»Warum versuchst du nicht, mit ihr auszukommen?«

»Das versuche ich, aber sie möchte nicht.«

»Vielleicht würde es besser funktionieren, wenn du weniger gönnerhaft und herablassend wärest.« Sie ließ ihm keine Zeit zu widersprechen. »Versetz dich einfach in ihre Lage, ja? Stell dir vor, du hättest hart gearbeitet für etwas, das dir am Herzen liegt und das du als dein Erbe angesehen hast, und dann setzt dir dein Vater jemand vor die Nase, der sich bisher nicht dafür interessiert hat. Und der auch jetzt nicht das geringste Gespür dafür hat.«

Max schwieg für die Dauer einiger Lidschläge, dann nickte er. »Also gut. Ich versuche es.«

Besonders überzeugend war das nicht.

»Hast du eigentlich Erfolg bei Frauen?«

In seiner Miene mischte sich Erstaunen mit Irritation. »Bisher konnte ich mich nicht beklagen.«

»Na, dann solltest du es ja hinbekommen, mit ihr zu sprechen, ohne sie wieder gegen dich aufzubringen.«

Er nickte, aber nun spielte ein kaum merkliches Lächeln um seine Mundwinkel.

»Hast du den Aufruhr gestern mitbekommen?«

Louisa saß mit ihrer Freundin Dorothea Tiehl im Café und gönnte sich eine kurze Pause. »Den Zusammensturz der Südbrücke? Ich habe heute davon in der Zeitung gelesen. Warst du da?«

»Bei dem Regen? Nein, aber mein Vater hat es sich angesehen. Na ja, zum Glück war sie noch im Bau. Stell dir mal vor, sie wäre eingestürzt, während Leute darüberfahren.«

Dorothea griff nach der bauchigen Teekanne aus chinesischem Porzellan. »Aber du wolltest von dieser Frau erzählen. Sie kommt aus England, sagst du?«

»Ja, mein Vater hat sie auf einer Geschäftsreise kennengelernt. Sie entwirft Accessoires und wird im Sommer zu Besuch kommen, um uns ihre Kollektion vorzustellen. Elaina Ashworth.«

»Der Name kommt mir bekannt vor.« Dorothea rührte mit nachdenklicher Miene Sahne in ihren Tee. »Elaina Ashworth.« Sie legte bedächtig den Löffel auf die Untertasse und sah Louisa an. »Ich glaube, Frank hat vor einiger Zeit einen Artikel über sie geschrieben, da ging es um Persönlichkeiten aus der Wirtschaftswelt in England, und ein Bekannter aus London hatte sie empfohlen. Veröffentlicht wurde das dann aber leider nicht, man empfand sie als nicht wichtig genug.«

»Bedauerlich.« Dabei wunderte Louisa sich im Grunde genommen nicht darüber. »Hat Frank den Artikel noch?«

»Ja. Ich kann ihn dir die Tage vorbeibringen. Sie leitet übrigens ihr eigenes Geschäft und gilt als recht einflussreich. Ihre Mutter war Deutsche, und sie hat durch eine Tante reich geerbt und sich dann von ihrem Verlobten getrennt, um ein Geschäft eröffnen zu können. Geheiratet hat sie dann doch irgendwann, die Ehe lief allerdings wohl ziemlich schlecht. Die Engländer sind zwar in Sachen Besitzrecht der Ehefrauen fortschrittlicher als wir, aber eine verheiratete Frau kann nicht ohne weiteres arbeiten oder ein Geschäft leiten.«

»Die Situation ist ähnlich wie bei mir.«

»Na ja, nicht ganz. Immerhin hat man sie nicht enterbt

und ihr einen Fremden vor die Nase gesetzt.« Dorothea blickte an Louisa vorbei. »Sag mal, könnte es dieser Kerl sein, der gerade zu überlegen scheint, ob er uns stören soll?«

Louisa drehte sich um und sah Max ein paar Worte mit dem Kellner wechseln, ein verneinendes Kopfschütteln, ein Lächeln, dann kam er zu ihnen. »Guten Tag.«

Von Louisa kam lediglich ein knappes Nicken, während Dorothea den Gruß mit ungnädiger Miene erwiderte. Dann jedoch besann Louisa sich auf ihre Manieren. »Doro, das ist Max Dornheim. Max, meine Freundin Dorothea Tiehl. Ihr Vater betreibt ein Geschäft für Kurzwaren.«

»Es ist mir ein Vergnügen«, antwortete Max.

Dorothea stützte das Kinn auf die Hand und musterte ihn. »Ich wünschte, ich könnte dasselbe behaupten.«

Max ging mit einem ironischen Lächeln darüber hinweg und wandte sich an Louisa. »Ich würde dich gerne sprechen. Kommst du in mein Bureau, wenn du Zeit hast?«

Allein die Formulierung der Frage ließ Louisa fast die Wände hochgehen. *Mein Bureau.* Sie blieb dennoch ruhig. »Natürlich. Ganz, wie du wünschst.«

Er hätte sich nun verteidigen können, dass er es nicht als Befehl gemeint habe, aber diese Blöße gab er sich nicht. Stattdessen bedankte er sich und ging wieder.

»Diesen Typ Mann kenne ich«, sagte Dorothea. »Bestimmt hat er schon mehr als eine Frau geschwängert.«

»Doro!«

»Sieh mich nicht so schockiert an. Ich bin mir sicher, dass er es auch hier bei den weiblichen Angestellten versuchen wird. Ihr solltet ihn besser im Auge behalten.«

»So etwas kannst du ihm doch nicht einfach unterstellen.«

»Dass Männer Beziehungen zu ihren Untergebenen anfangen, ist ja nun nichts Ungewöhnliches. Und dass sie dabei ihre Machtposition ausnutzen, ebenfalls nicht. Falls dabei eine Schwangerschaft entsteht, landet die Frau auf der Straße, und der Mann bleibt unbehelligt. So sieht es doch aus.«

»Mir gefällt nicht, dass er hier ist, aber bisher hat er sich keiner Frau ungebührlich genähert.«

Dorothea verzog die Lippen zu einem spöttischen Lächeln. »Das würde er in deiner Gegenwart wohl auch mitnichten tun.«

Da ihr die Wende, die das Gespräch nahm, nicht gefiel, kam Louisa erneut auf die englische Geschäftsfrau zu sprechen, und Dorothea ging sogleich darauf ein. »Stellst du sie mir vor, wenn sie hier ist? Frank würde sich gewiss gerne noch einmal mit ihr unterhalten, und vielleicht lässt sich der Artikel im Zusammenhang mit dem Kaufhaus doch noch veröffentlichen.« Dorotheas Verlobter hatte sich insbesondere die Rolle der Frauen in der Gesellschaft auf die Fahnen geschrieben, was es ihm im Journalismus nicht leichtmachte, während ihr Bruder Anwalt in einem Rechtsschutzverein war, der Frauen bei rechtlichen Problemen beriet – eine Folge des vereinheitlichten Rechtssystems, denn seit das Bürgerliche Gesetzbuch vor acht Jahren in Kraft getreten war, wurden Frauen nun in allen Teilen des Reiches gleich schlecht behandelt, was es leichtermachte, sie rechtlich zu beraten.

»Da lässt sich sicher was machen«, antwortete Louisa. Sie tranken ihren Tee aus, plauderten noch ein wenig über gemeinsame Bekannte und den bevorstehenden Ball, dann verabschiedete Dorothea sich, und Louisa ging zum Aufzug. Während sie nach oben fuhr, musste sie an Dorotheas Worte denken. Ihr Vater legte hohe moralische Maßstäbe an, und dass er Max einfach zu sich beordert hatte, ohne ihn vorher zu überprüfen, konnte sich Louisa beim besten Willen nicht vorstellen.

Sie klopfte an seine Bureautür und trat ein, ohne eine Antwort abzuwarten. »Du wolltest mich sprechen?«

Er stand vor einem Regal. »Tu nicht so, als hätte ich dich als Untergebene zu mir befohlen.«

Ohne darauf einzugehen, nahm Louisa auf einem der Besucherstühle Platz, während er das Buch, das er in der Hand hielt, ins Regal stellte und den zweiten Stuhl heranzog, anstatt sich hinter seinen Schreibtisch zu setzen, wie Louisa erwartet hätte. »Ich hoffe, du hast deine Verabredung nicht meinetwegen vorzeitig beendet.«

»Nimm dich nicht wichtiger, als du bist.« Auf diese Schroffheit reagierte er sichtlich befremdet, und Louisa wusste selbst, dass sie überreagierte. »Schon gut, entschuldige bitte.«

Die Antwort darauf war lediglich ein knappes Nicken, und Louisa fragte sich, ob er die Unterhaltung nun beendete. Dann jedoch bemerkte sie, dass ein Anflug von Erheiterung seine Mundwinkel umspielte, was ihn erstaunlich sympathisch wirken ließ. Unter anderen Umständen hätte sie ihn vermutlich gut leiden können.

»Ich habe heute«, begann er, »in der Damenabteilung einige Kundinnen verschreckt, befürchte ich.«

Unvermittelt kamen Louisa Dorotheas Worte in den Sinn. »Wie das?«

»Ich wollte das Einkaufsverhalten studieren, und sie kamen sich wohl angestarrt vor und unterstellten mir unlautere Absichten.«

Das Lachen brach mit einem Prusten aus ihr hinaus, und sie brauchte einige Augenblicke, um der Angelegenheit mit angemessenem Ernst begegnen zu können. »Du wolltest das Einkaufsverhalten studieren? Warum? Hat mein Vater dir das aufgetragen?«

»Nein, ich dachte, ich müsse das Kaufhaus besser kennenlernen.«

»Na, auf diese Weise wird das nichts.«

»Nachdem mich laut Mathilda einer der Ehemänner am liebsten verprügelt hätte, weil er mich für einen Sittenstrolch gehalten hat, denke ich auch, dass das der falsche Weg war.«

Wieder musste Louisa lachen. »Und du denkst, mit mir an deiner Seite verringert sich die Gefahr, Prügel zu beziehen?«

»Sagen wir, ich habe darauf gehofft.«

Louisa gefiel dieses Eingeständnis einer Niederlage, und allein das hielt sie davon ab, sein Anliegen direkt zurückzuweisen. Doch sollte sie ihm auch noch dabei helfen, ihr wegzunehmen, was ihr zustand? Dann jedoch zögerte sie, das Nein bereits auf der Zunge, die Lippen halb geöffnet, um es auszusprechen. Was gewann sie dadurch? Er würde zu ihrem Vater gehen, und dann würde dieser ihm jemanden an die Seite stellen, der ihm alles zeigte, und Louisa bliebe komplett außen vor. Sie sah in Max' dunkle Augen, erkannte, dass hinter all der Belustigung und Selbstironie auch ein vorsichtiges Flackern war.

»Gut«, sagte sie dann. »Ich helfe dir. Aber dafür bist du mir einen Gefallen schuldig.«

»Darauf können wir uns gerne einigen. Den Gefallen hätte ich dir auch ohne deine Unterstützung getan.«

»Das kannst du jetzt leicht behaupten.« Sie zwinkerte ihm zu. »Warte erst einmal ab, worum ich dich bitte.«

Nun schlich sich eine Spur Misstrauen in seinen Blick, mischte sich mit der Erheiterung, die nach wie vor in seinen Augen tanzte. »Das Risiko gehe ich ein.«

Louisa stellte fest, dass das Geplänkel ihr Spaß machte. »Also gut. Dann komm, gehen wir an die Arbeit.«

Er lächelte, stand auf und reichte ihr galant die Hand, die sie nach kurzem Zaudern ergriff. An seiner Seite verließ sie das Arbeitszimmer, die Hand in seiner Armbeuge, und warf Frau Harrenheim, die sie entgeistert anstarrte, ein strahlendes Lächeln zu. Das – daran zweifelte sie nicht – würde diese ihrem Vater sofort zutragen. Mochte der daraus seine eigenen Schlüsse ziehen und entsprechend reagieren.

*

Das war ihr Abend, und Olga würde dafür sorgen, dass er ein voller Erfolg wurde – selbst wenn sie nicht offiziell als Gastgeberin fungieren würde. Louisa empfing die Gäste an der Seite ihres Vaters, während ihre Schwestern durch den Saal gingen – man hatte diesen geschaffen, indem die Flügeltüren zwischen den beiden Salons geöffnet worden waren – und mal hier, mal da mit jemandem plauderten.

In diesem Fall profitierte Olga davon, dass Louisa den Neuankömmling nicht in der Familie haben wollte und es sich nicht einfallen ließ, seine Ankunft auch noch zu feiern. Daher hatte Caspar Olga die gesamte Organisation überlassen, von der Auswahl des Menüs bis hin zum Verschicken der Einladungen. Louisa hatte diese lediglich unterschrieben. Sophie hatte helfen wollen, aber Olga war es gelungen, diese Hilfe auf Belangloses zu beschränken, und Mathilda mochte hier als Tochter des Hauses leben, aber gesellschaftlich oblagen ihr dergleichen Pflichten nicht, und man lud niemanden zu einem Ball ein, von dem alle wissen würden, die uneheliche Tochter hätte diesen arrangiert. Das gäbe dem Ganzen den Anstrich einer Veranstaltung, die nur halbherzig betrieben worden war.

Nun stand Olga hier in ihrem weißen Abendkleid, das einen untergründigen goldenen Schimmer hatte und natürlich aus Caspars Pariser Kollektion stammte. Olga würde es sich niemals einfallen lassen, auf einer solchen Veranstaltung etwas anderes zu tragen als ein Kleid aus seinem Haus.

»Versuchst du, dich unentbehrlich zu machen?«, hörte sie eine vertraute Frauenstimme sagen und drehte sich verblüfft um.

»Amelie?« Dass eine ihrer Stieftöchter auf der Gästeliste gestanden hatte, konnte ihr doch nicht entgangen sein. Seit wann standen die Marquardts und die Wittgensteins überhaupt in freundschaftlichem Kontakt miteinander?

Offenbar waren ihr die Überlegungen anzusehen, denn auf Amelies Gesicht trat ein Anflug spöttischer Erheiterung. »Mein Verlobter steht auf eurer Gästeliste, und da ich gehört habe, dass du dich gerade der Familie Marquardt andienst, war ich neugierig und habe ihn gebeten, mich mitzunehmen.« Sie drehte sich um und winkte einen jungen Mann herbei. »Andreas, das ist die Witwe meines Vaters.«

Witwe meines Vaters, nicht *meine Stiefmutter*. Olga zwang ein Lächeln auf ihre Lippen. »Es ist mir eine Freude,

Herr…« Sie konnte nicht umhin, Amelie das Versäumnis an Höflichkeit vorzuhalten.

»Dr. Andreas Voigt.« Der Miene des Mannes war zu entnehmen, dass er nicht unbedingt Schmeichelhaftes über sie gehört hatte.

»Andreas ist Arzt«, sagte Amelie mit unüberhörbarem Stolz in der Stimme. So jung, dachte Olga, so verschwenderisch jung. Sie würde diesen Mann heiraten, Kinder bekommen, in einem hübschen Haus leben… Olga hielt das Lächeln aufrecht. »Ich gratuliere dir«, antwortete sie.

Amelie neigte den Kopf. »Danke.« Wieder war es, als ahne sie ihre Gedanken, denn der Ausdruck spöttischer Belustigung blieb. »Freuen sich deine künftigen Stieftöchter schon auf das neue Familienleben?«

Das aufgezwungene Lächeln begann in den Mundwinkeln zu schmerzen. »Frag sie, wenn es dich interessiert.« Olga wandte sich an den jungen Arzt. »Sie sind ein Freund von Herrn Marquardt?«

»Nein, ich bin bekannt mit Sophie Marquardt. Wir haben gemeinsame Freunde.«

»Ach, dann sind *Sie* der Andreas, der…« Olga tat, als bemerke sie den Fauxpas erst jetzt, biss sich auf die Lippen, bemühte sich um einen entschuldigenden Blick. »Sicher eine Verwechslung. Der Name ist so häufig.«

Amelies Lächeln verblasste, ebenso wie die herablassende Überlegenheit aus ihrem Blick wich, während sie sich langsam ihrem Verlobten zuwandte. Es war ein Schuss ins Blaue gewesen, aber als Olga sah, wie sich die Wangen des jungen Mannes leicht röteten, hätte sie am liebsten triumphierend gelacht. Bei Sophie lag man mit dergleichen Andeutungen selten falsch, wenn ein Mann angab, mit ihr bekannt zu sein. Nicht, dass sie sich einer Unüberlegtheit hingegeben hätte, aber die Männer machten sich um ihretwillen doch gehörig zum Narren, und dieser Arzt schien da keine Ausnahme zu sein. Olga lächelte und ließ die beiden stehen.

»Gemeinsame Bekannte, ja?«, hörte sie Amelie zischen. »Du hast gesagt, da wäre nichts gewesen.«

»War es auch nicht. Das ist...«

Den Rest konnte Olga nicht mehr verstehen. Aber es interessierte sie ohnehin nicht, wie er sich herausredete. Sie ließ die Blicke suchend durch den Saal gleiten und sah Sophie im Gespräch mit einer Freundin und ein wenig weiter entfernt Mathilda, die einem älteren Herrn zuhörte. Entschlossen hob Olga das Kinn, warf einen letzten Blick auf Amelie, die mit ihrem Verlobten diskutierte, und mischte sich lächelnd unter die Gäste.

Der Kerl hatte tatsächlich die Nerven, hier zu erscheinen. Caspar hatte Sophies Ankündigung, ihn einzuladen, lediglich als Versuch, ihn zu ärgern, aufgefasst. Nun hieß es gute Miene zum bösen Spiel zu machen. Vor allem angesichts dessen, dass Louisas Freundin Dorothea mit ihren Eltern und ihrem Verlobten erschien. Ihr Vater betrieb einen Handel für Kurzwaren und stand kurz vor dem Bankrott, was er Männern wie Caspar zuschrieb. Für ihn musste diese Präsentation von Reichtum wie ein Affront wirken, aber ihn nicht einzuladen hätte als Arroganz ausgelegt werden können. Dorotheas Verlobter Frank Wagner, seines Zeichens erfolgloser Journalist, hatte sich den Frauenrechten verschrieben, und nichts musste ihn so sehr reizen wie Louisas

Schicksal und die Tatsache, dass diese nun den Einzug des Mannes, der ihr vermeintliches Erbe bekam, zu feiern hatte. Das Haus Marquardt – ein Hort dekadenter Frauenfeindlichkeit, das seinen Reichtum auf den zu Grabe getragenen Hoffnungen kleiner Händler aufbaute. Auf die Dispute an diesem Abend freute Caspar sich jetzt schon.

»Vielen Dank für die Einladung«, sagte Arjen Verhoeven. Gegner oder nicht, in der Welt des Kapitalismus waren sie beide zu Hause.

»Es ist uns ein Vergnügen«, antwortete Caspar mechanisch. »Ich bedaure, dass die Einladung so kurzfristig überbracht worden ist.« Eine Begründung dafür lieferte er indes nicht, was jedoch auch nicht nötig war.

Mit einem charmanten Lächeln wandte sich Arjen Verhoeven Louisa zu und begrüßte diese, während Caspar sich bereits dem nächsten Gast zuwandte. Er hatte lange überlegt, wie er es am geschicktesten anstellte, Max als Teil der Familie in die Gesellschaft einzuführen. Sein erster Einfall war gewesen, ihn mit Louisa bei der Begrüßung der Gäste an seine Seite zu stellen, aber davon hatte Olga abgeraten. »Sie wird es als Bloßstellung empfinden. Lass sie ihre übliche Rolle einnehmen und verdräng sie nicht auch noch in ihrem Elternhaus auf den zweiten Platz.«

Dem hatte Caspar nicht widersprechen können. Allerdings hatte Louisa vor einigen Tagen wohl eine verstörende Vertraulichkeit mit Max an den Tag gelegt, und Caspar fragte sich, wie der sie sich so gewogen hatte machen können – und das sozusagen von einem Tag auf den anderen. Er hatte auf eine Erklärung ihrerseits gewartet, aber da war nichts gekommen. Und auch Max schien es nicht für nötig zu erachten, darüber zu sprechen, was den Wandel herbeigeführt hatte. Seither hatte man sie bis zum Wochenende jeden Tag Seite an Seite durch das Kaufhaus gehen sehen.

Bisher hatte Louisa jede Möglichkeit auf eine Ehe – zu Caspars Verdruss – ausgeschlagen. Ob sich das nun änderte und sie Gefallen an diesem jungen Mann fand? Aber so gut kannte er Louisa, um zu wissen, dass das eine absurde Vorstellung war. Auf diese Weise würde sie sich ihr Erbe nicht sichern wollen. Es würde sich für sie anfühlen, als versuche sie, wenigstens die Krümel des Kuchens zu erhaschen. Caspar wusste das, ihm selbst wäre es nicht anders gegangen, und wenn eines seiner Kinder vom Charakter her nach ihm kam, dann Louisa, auch, wenn sie äußerlich ganz und gar ihrer Mutter glich.

»Ah, Marquardt, Sie alter Pfennigfuchser.« In die im Scherz gesprochenen Worte von Wilhelm Tiehl troff ausreichend Sarkasmus, um zu wissen, dass dem Mann ganz und gar nicht danach zumute war, mit Caspar Marquardt gutmütigen Spott zu betreiben.

»Tiehl, ich freue mich auch«, antwortete Caspar.

Louisa entschärfte die Situation, indem sie die Begrüßung fortsetzte, herzlich und glücklich darüber, ihre Freundin Dorothea nebst Familie zu sehen.

»Frank ist leider krank«, entschuldigte die junge Frau ihn, und Caspar sandte ein stummes Dankgebet zum Himmel.

»Ich weiß, dass du ihn nicht magst«, sagte Louisa, als die Familie in den Salon gegangen war. »Aber sei doch bitte nett zu ihnen, mir zuliebe.«

»Ich kann mich nicht entsinnen, unfreundlich gewesen zu sein.«

»Man hat dir angehört, dass du die Begrüßung nicht ernst meinst.«

Caspar holte tief Luft, zählte innerlich bis drei und atmete langsam wieder aus. Dann kamen glücklicherweise die nächsten Gäste, was ihn einer Antwort enthob. So ging das in einem fort, bis die letzten eingetroffen waren und er an Louisas Seite in den Salon gehen konnte.

Olga hatte sich selbst übertroffen, es passte alles, vom Büfett bis hin zum Arrangement der Blumen und Lampions auf der Veranda und im Garten. Er ging zu ihr und lächelte sie an, legte leicht die Hand an ihren Rücken, spürte, wie sie sich versteifte, als befürchte sie, er könne die Hand wieder zurückziehen, wenn sie eine falsche Bewegung machte.

»Gehört mir dein erster Tanz?«, fragte er.

Ihre Lippen teilten sich zu einem Lächeln. »Sehr gerne.«

»Ist Max schon da?«

»Ja, er ist vorhin angekommen und wartet wohl darauf, dass du ihm erlaubst, sich zu uns zu gesellen.«

»Dann wollen wir ihn nicht zu lange warten lassen.«

»Lässt du ihn holen?«

»Nein, das mache ich selbst.«

Er wandte sich ab und verließ den Saal, durchquerte die Halle und ging in den Trakt des Hauses, in dem Max' Räume untergebracht waren.

»Sie hat alles an sich gerissen«, beschwerte sich Sophie, als sie sich zu Mathilda gesellte. »Alles. Als ob das hier ihr Haus wäre.«

»Ich hatte nicht den Eindruck, als hätte Louisa viel Interesse daran, sich um irgendwas zu kümmern.«

»Ach, Louisa! Die ist ja für jeden dankbar, der ihr Max vom Hals schafft, selbst, wenn sie sich dafür mit Olga verbünden muss.« Sophie warf einen Blick zur Halle, wo ihre Schwester mit ihrem Vater stand. »Stell dir mal vor, Olga schafft es, Papa ein Kind anzuhängen, was dann hier los ist. Max wird wieder nach Hause geschickt – und er wird sicher nicht mit freundlichen Gefühlen gehen –, Louisa bekommt das Kaufhaus natürlich trotzdem nicht, stattdessen wird über diesen Sohn alles an Olga fallen.«

Mathilda wusste, dass ihre Tage im Kaufhaus dann gezählt waren und sich somit ihre Lebenspläne zerschlugen. Sie sah zu Olga, die sich gerade mit einem jungen Paar unterhielt. »Ist das Andreas Voigt?«

Ein Lächeln trat auf Sophies Lippen. »Ja, das ist er. Habe ich dir mal erzählt, wie er...«

»Ja«, unterbrach Mathilda, »hast du. Ist das seine Verlobte?«

»Sieht ganz so aus.«

»Na, der ist ja mutig.«

Sophie lachte. »Oh, ich werde vorbildlich sein, er interessiert mich kein bisschen.«

»Wer ist momentan im Rennen? Max?«

»Ach was. Arjen Verhoeven.«

Mathilda runzelte die Stirn. »Hat Papa dir nicht den Umgang mit ihm verboten?«

»Ja.«

»Und trotzdem ist er heute hier?«

»Ja.«

»Weiß Papa davon?«

»Ja.« Wieder lachte Sophie. »Sieh nur, da ist er.«

»Du wirst doch jetzt nicht ganz aufgeregt auf ihn zulaufen, oder?«

»Bist du von Sinnen? Natürlich nicht.« Die vibrierende Aufregung war ihr dennoch anzumerken, das kannte Mathilda nicht von ihr. Offenbar war es etwas Ernstes.

Arjen Verhoeven hatte sie bemerkt und kam zu ihnen. Er sieht gut aus, dachte Mathilda, ganz unbestreitbar. Aber das konnte nicht der Grund sein, Sophie hatte sich bereits mit vielen attraktiven Männern getroffen, und keiner hatte sie in eine solche Stimmung versetzt.

»Einen schönen guten Abend, die Damen.« Er begrüßte Sophie mit einem galanten Handkuss und wandte sich Mathilda zu. »Wir sind uns doch schon einmal begegnet, nicht wahr?«

»Das ist meine Schwester, Mathilda Lanters«, machte Sophie sie bekannt.

Er hob eine Braue. »Tatsächlich? Dann entschuldigen Sie bitte vielmals, dass ich Sie für eine Verkäuferin gehalten habe.«

»Ich bin die leitende Verkäuferin, ganz falsch war das also nicht.«

»Dann waren meine Ratschläge nicht ins Leere gesprochen.«

Da sie wusste, dass Sophie sie aufmerksam beobachtete und in der Regel unleidlich darauf reagierte, wenn sie das Gefühl bekam, man mache ihr die Aufmerksamkeit eines Mannes abspenstig, blieb sie ihm eine Antwort schuldig und deutete lediglich ein spöttisches Lächeln an.

»Kommen Sie«, sagte Sophie. »Ich zeige Ihnen den Garten. Die Lampions waren das Einzige, was Frau Wittgenstein mich hat entscheiden lassen, dann möchte ich wenigstens ein wenig damit angeben. Für später habe ich noch eine Überraschung geplant, aber davon weiß sie nichts.«

»Ist Frau Wittgenstein die Haushälterin?«

Sophie lachte schallend. »Ach, schön wäre es. Nein, sie hofft, dass sie meinen Vater eines Tages heiraten wird.«

»Seine Geliebte?«

»Gott bewahre«, murmelte Mathilda. Den Gedanken hatte sie bereits des Öfteren gehabt, aber bisher sprach nichts dafür, es sei denn, ihr Vater war sehr diskret.

»Das will ich nicht hoffen«, entgegnete Sophie, dann lächelte sie wieder. »Also – gehen wir in den Garten?«

»Aber unbedingt.«

Mathilda sah ihnen nach und schüttelte leicht den Kopf, dann wanderte ihr Blick wieder zu Andreas Voigt, der neben seiner nun mit stoischer Miene schweigenden Verlobten stand. »Sophie ist ein Rauschzustand«, hatte ein junger Mann einmal in nicht mehr ganz nüchternem Zustand auf irgendeiner Feier gesagt. Die Antwort auf die Frage, was Sophie getan hatte, um ihn in diesen Rausch zu versetzen, war er ihr jedoch schuldig geblieben. Sophie hatte später nur darüber gelacht und gesagt: »Lass sie ahnen, worauf sie hoffen dürfen.« Dergleichen Spielchen waren Mathilda fremd, ebenso, wie es die Liebe derzeit war. Wenn sie heiratete, konnte sie nicht mehr arbeiten. Und war es das wert?

Sie sah ihren Vater in den Saal kommen, bemerkte, wie er die Hand an Olgas Rücken legte, den Kopf neigte, mit ihr sprach, registrierte Olgas Lächeln, die Art, wie sie ihn ansah. Und wenn sie doch seine Geliebte war? Mathilda suchte nach Anzeichen tiefergehender Vertrautheit, aber ihr Vater zog die Hand wieder zurück, sagte noch etwas und verließ den Saal, während Olga ihm, weiterhin lächelnd, nachsah.

Louisa hatte den Saal nur zögernd betreten. Ihr war nicht nach Feierlichkeiten zumute, sie wollte nicht bis spät in die Nacht freundlich lächeln müssen und so tun, als amüsiere sie sich prächtig. »Du bist immer noch eine sehr gute Partie«, hatte eine Freundin ihr einen Tag zuvor noch gesagt, als sei das ein Trost. Sollte das ihr Leben sein? Heiraten, Kinder bekommen und ihre Tage nur noch danach ausrichten, Besuche zu machen und das Geld ihres Mannes auszugeben?

Ihren Vater mit Olga zu sehen war zudem ausreichend, um ihr den Rest des Abends gründlich zu verleiden. Sie bemühte sich um Haltung, als sie durch den Saal ging. Natürlich beobachtete man sie, lotete aus, wie sie mit ihrem Vater umging, ebenso wie den aufmerksamen Blicken nicht entgehen würde, wie ihr Verhältnis zu Max war. All dem hieß es, Rechnung zu tragen, wenn sie sich keine Blöße geben wollte.

Kurz darauf betrat Caspar Marquardt den Saal wieder, dieses Mal mit Max an seiner Seite, und Louisa musste einräumen, dass dieser blendend aussah in seinem schwarzen Smoking. Zumindest die Herzen der Frauen waren ihm sicher, sowohl der jungen als auch der hoffnungsvollen künftigen Schwiegermütter. Ob er ahnte, dass er in diesem Moment praktisch in Geld umgerechnet wurde? Möglicher Erbe des Kaufhauses und des Marquardt-Vermögens – abzüglich des unerheblichen Anteils, der an die Töchter ging. Damit war man auf dem Heiratsmarkt gut im Rennen.

Wenn sie schon nichts dagegen tun konnte, den Abend

mit freundlicher Miene zu verbringen, konnte sie die Mütter der unverheirateten jungen Frauen – alle jene, die mit Häme wahrnahmen, dass die vermeintliche Marquardt-Erbin nun kein ganz so guter Fang mehr war – auch ruhig ein wenig ärgern. Sie ging auf ihren Vater und Max zu, lächelnd, als freue sie sich, sie beide Seite an Seite zu sehen. Ihr Vater wirkte überrascht, erwiderte das Lächeln jedoch.

»Ich hoffe, du bist bereit, von meinem Vater in die Arena geworfen zu werden. Was dir perfide verheimlicht wurde, ist, dass hier viele Mütter unverheirateter Töchter bereits die Schleppseile ausgelegt haben.«

»Übertreib nicht«, sagte ihr Vater, konnte das Schmunzeln jedoch nicht verbergen. Er führte Max durch den Saal und stellte ihn Freunden und Bekannten vor. Anfangs blieb Louisa an ihrer Seite, dann jedoch ging sie zu Dorothea, die sich gerade mit einer gemeinsamen Freundin, Anne Kranich, unterhielt.

»Das ist er also«, sagte Anne. »Ein echter Hingucker.«

»Ja«, spöttelte Dorothea, »und darauf kommt es ja an.«

»Ich verstehe nicht, wie du so ruhig und freundlich mit ihm umgehen kannst«, wandte sich Anne an Louisa.

»Wenn ich hier mit schmollender Miene herumlaufe, ernte ich höchstens den einen oder anderen mitleidigen Blick, und das möchte ich nicht. Sollen die Leute nur denken, es mache mir nichts aus.«

»Wenn man mir von einem Tag auf den anderen das Erbe wegnehmen würde, würde ich auf die Barrikaden gehen.« Anne war Alleinerbin eines beträchtlichen Vermögens.

»Du weißt aber schon«, wandte Dorothea ein, »dass dein Erbe mit deiner Eheschließung an deinen Ehemann geht?«

»Ja, aber in dem Fall habe ich wenigstens was davon. Louisa geht es gänzlich verloren.«

Louisa hörte, wie die Kapelle aufspielte, und sah die ersten Gäste auf die Tanzfläche gehen. Ihr Vater eröffnete den Tanz mit Olga.

»Tanzt er den ersten Tanz nicht immer mit dir?«, fragte Dorothea verwundert.

»Ja, aber da sie alles vorbereitet hat, möchte er sich wohl auf diese Weise erkenntlich zeigen.«

»Hoffentlich ziehen die Leute daraus keine falschen Schlüsse«, entgegnete Dorothea.

»Oder genau die richtigen«, ergänzte Anne.

Gott behüte, dachte Louisa. Ehe sie jedoch antworten konnte, trat Max zu ihnen und forderte sie auf.

»Darf ich bitten? Sie entschuldigen, meine Damen?«

Louisa ergriff seine Hand, während Anne ihn eine Spur zu strahlend anlächelte und Dorothea lediglich knapp mit dem Kopf nickte.

Max stellte sich als überraschend guter Tänzer heraus.

»Ich sehe förmlich«, sagte Louisa, »wie du bei den Müttern einen Punkt nach dem anderen sammelst.«

»Dann werde ich heute ja gut beschäftigt sein.«

»Lass dich nicht aufhalten.«

Er lachte, und Louisa stellte fest, dass sie den Tanz mit ihm genoss. Sie tanzte gerne, und so bedauerte sie es sogar ein wenig, als er sie zurück zu ihren Freundinnen brachte und die nächste Dame aufforderte.

»So, jetzt sehen wir mal, wie dein Marktwert ist«, scherzte Dorothea, ehe sie selbst aufgefordert wurde.

Der war offenbar auch ohne Erbe besser als erwartet,

denn Louisa wurde von einem Tanzpartner zum nächsten gereicht. Es war ein gelungener Abend, das musste sie Olga zugutehalten, sie hatte alles hervorragend organisiert. Es kam nicht einmal zu den von Louisa befürchteten unerfreulichen Disputen zwischen Dorotheas und ihrem Vater. Dafür kam der Ärger aus einer gänzlich anderen Richtung.

Es ging auf Mitternacht zu, die Feier war ausgelassen und fröhlich, als Sophie auf einen Stuhl stieg und um Ruhe bat. Allein die Art, wie sie dort stand, war aufsehenerregend, was von ihr vermutlich beabsichtigt gewesen war. Zwei junge Männer verrenkten sich gar die Hälse, um einen Blick auf ihre Knöchel zu erhaschen. »Ich habe für diesen Abend eine kleine Überraschung vorbereitet, meine Damen und Herren.« Sie machte eine effektvolle Pause. »Im angrenzenden Salon habe ich eine Bühne errichten lassen, auf der eine Theatergruppe ein Stück aufführen wird. Ich wünsche Ihnen viel Vergnügen.«

Olga trat vor, ein halbvolles Glas in der Hand, und sie wirkte, als wolle sie es am liebsten nach Sophie schleudern. »Hast du davon gewusst?«, fragte sie Louisa.

»Nein.«

Die Gäste verließen unter heiterem Geplauder den Saal, um in den privaten Salon zu gehen, der normalerweise Gästen nicht offen stand. Wenn Louisa den Blick ihres Vaters richtig deutete, würde das noch in dieser Nacht ein gewaltiges Donnerwetter geben, aber jetzt musste er gute Miene zum bösen Spiel machen.

»Komm«, sagte Louisa, da Olga immer noch wie angewurzelt dastand, »es ist nur ein Theaterstück.«

»Sie wusste, dass ich den Abend bis ins Detail geplant habe.«

»Das ist richtig, aber du solltest nicht vergessen, dass sie eine Tochter des Hauses ist. Sie darf Bälle mitplanen.« Louisa war zwar unsicher, was sie davon halten sollte, aber Olga stand es nicht zu, sich über Sophies Eigenmächtigkeit aufzuregen.

Der Salon war bereits sehr voll, und sie musste sich seitlich an den Gästen vorbeischieben, um überhaupt etwas sehen zu können. Der Salon hatte ein kleines Podest, auf dem die Szenerie eines Verkaufsstands aufgebaut war. Da ihr Vater gelegentlich Pianisten oder vielversprechende Musiker Hauskonzerte geben ließ, besaßen sie auf dem Speicher ausreichend Stühle, um einer großen Gruppe von Besuchern einen Sitzplatz zu bieten. Hier jedoch reichten selbst die nicht mehr, und so standen die Leute in den hinteren Reihen.

Ein Mann in mittelalterlicher Kleidung betrat die Bühne, und die Gäste verstummten. Hier und da war ein Hüsteln zu hören, ansonsten herrschte Stille.

»Ich bin Carl Matthies, der größte Geldsack der Stadt«, ertönte es mit tiefer Stimme, und verhaltenes Gelächter war zu hören. Louisa kannte die Theatergruppe, die für ihre amüsanten, aber auch stets sarkastischen Anspielungen auf die Gesellschaft bekannt waren und ihre Stücke in beißendem Hohn servierten. Das war lustig, wenn es einen nicht selbst betraf. Da ihr Vater – ganz Geschäftsmann – jedoch ein stetes Lächeln auf den Lippen trug, musste jeder annehmen, er sei selbstironisch genug, ein solches Theaterstück in seinem Haus zu dulden. Der Kaufmann auf der Bühne agierte mit Gerissenheit, indes ihn eine altjüngferlich wirkende Dame stetig umwarb, ihm ihre Vorzüge pries und in Momenten tiefer Selbsterkenntnis seufzte und klagte, wie schwer es sei, nicht nur einen Ehemann zu überleben, sondern gleich zwei. Louisa warf einen Blick zu Olga, deren Miene versteinert war, indes alle lachten. Selbst Mathilda konnte angesichts der schreiend komischen Darstellung nicht ernst bleiben.

Louisa hätte das Stück unter anderen Umständen sicher ebenfalls komisch gefunden, aber sie ahnte, welcher Ärger ins Haus stand, und angesichts dessen konnte einem das Lachen schon vergehen. Die älteste Tochter des Kaufmanns klagte, nun habe sie nicht einmal mehr ein Erbe und müsse sich auf ihre herben Reize verlassen. Gelächter. Der neu gewonnene Sohn trat auf die Bühne, intrigant und verführerisch, und so nahm er sich nicht nur die ältere Tochter mit dem Versprechen auf eine Ehe, sondern auch die sitzengebliebene Witwe, die versuchte, die Leibesfrucht nun dem Kaufmann unterzuschieben. Der jedoch durchschaute das Manöver und wies sie von sich. Dann tauchte das nächste Problem auf, da ein Konkurrent aus den niederen Landen auftauchte und seine jüngere Tochter verführte. Die betonte, sie nehme sich jeden Mann, der ihr gefiel, und denke nicht daran zu heiraten. Nun trat die uneheliche Tochter auf den Plan, schnappte sich den Erben des Kaufhauses, stieß die gefallenen Schwestern auf die Straße und lebte glücklich bis an ihr Ende.

Von der Handlung her hatte Louisa selten etwas Schlechteres gesehen, aber der beißende Witz der Dialoge, die Mimik, all das war in der Tat zum Schreien komisch. Sie hatte grundsätzlich nichts dagegen, wenn sich Theaterschauspieler auf diese Weise lustig machten, es traf ja durchaus auch andere Familien. Aber das hier ging tatsächlich zu weit, wenngleich es auf die Gäste wirken musste, als mache sich die Familie auf vulgär-sarkastische Art über sich selbst lustig.

Die Schauspieler verbeugten sich, das Publikum applaudierte, Caspar Marquardts Lächeln war wie eingefroren. Olga wandte sich ruckartig ab und verließ den Salon, Sophie wirkte verwirrt, und Mathildas Wangen waren hochrot. Max schien die Angelegenheit gelassen zu sehen, was kein Kunststück war, immerhin kam er recht gut bei der Sache weg.

Hernach kam die Feier nicht wieder richtig in Schwung, als habe das Theaterstück den Schlusspunkt gesetzt, und so verabschiedeten sich gegen zwei Uhr in der Früh die letzten Gäste. Nun legte sich Caspar Marquardt keine Zurückhaltung mehr auf, er ging zu Sophie und verpasste ihr eine schallende Ohrfeige. Sophie warf aufmüpfig den Kopf zurück, die Wange feuerrot.

»Du lässt es mich nicht einmal erklären.« Ihre Stimme war tränenerstickt.

Ihr Vater hielt Daumen und Zeigefinger wenige Millimeter auseinander. »Ich bin so kurz davor, dich ungeachtet deines Alters übers Knie zu legen und windelweich zu prügeln.«

»Ich wusste nicht, dass sie so ein Stück spielen.«

»Dann erkundige dich vorher!«, brüllte Caspar Marquardt. »Hast du denn den Verstand verloren?« Ruckartig drehte er sich um, musterte Louisa und Mathilda. »Wer von euch wusste davon?«

Sowohl Louisa als auch ihre Schwester schüttelten stumm den Kopf.

»Wenn ihr mich entschuldigt«, sagte Max. »Ich denke, das regelt ihr lieber unter euch.« Er nickte in die Runde und verließ die Bibliothek, in der sie sich eingefunden hatten. Caspar Marquardt hatte bereits den Lakaien und das Stubenmädchen angewiesen, den privaten Salon aufzuräumen, während die für diesen Abend gemieteten Dienstboten sich darum kümmerten, die Reste der Feier zu beseitigen. Am kommenden Tag würde eine Zugehfrau kommen und zusammen mit dem Stubenmädchen putzen.

»Ich habe gedacht...«, begann Sophie, aber ihr Vater fiel ihr ins Wort.

»Erkundige dich demnächst, ehe du anfängst zu denken.«

Sophie biss sich auf die Lippen und senkte den Kopf.

»Sie hat es nicht böse gemeint«, sagte Mathilda nun.

»Du kannst das leicht sagen«, fauchte Olga. »Von allen bist du ja am besten davongekommen.«

»Dafür kann sie nichts«, mischte sich Louisa ein. »Es besteht kein Grund, sie so anzufahren. Die Sache ist nun einmal passiert, daran können wir nichts ändern.«

Caspar Marquardt rieb sich die Augen. »Du hast recht, es ist passiert. Gleich, was danach kommt, die Sache ist, wie sie ist.« Er sah erneut Sophie an. »Ich vermute, die Rechnung für diesen Unfug flattert mir demnächst ins Haus, ja?«

»Nein, das habe ich von meinem Geld bezahlt.« Sophie schlang sich die Arme um den Oberkörper und wirkte furchtbar elend.

Louisa bemerkte, dass die Wut ihres Vaters nachließ. Er konnte ihnen nie lange böse sein, wenngleich Sophie ihn dieses Mal wirklich an seine Grenzen gebracht hatte. »Ich frage mich«, sagte er, »ob ich den Leiter der Theatergruppe mal verärgert habe. Ich sollte unsere Kundendateien durchgehen, vielleicht gab es einen Vorfall.« Dann schien ihm ein anderer Gedanke zu kommen. »Du und dieser Amsterdamer Geschäftsmann...«

»Daran ist natürlich kein Wort wahr«, verteidigte Sophie sich hastig. »Ebenso wenig, wie Max Olga schwängern oder Mathilda heiraten würde.«

Oder mich verführen, ergänzte Louisa stumm.

4

August 1908

So gerne Mathilda die Sommertage auch im Garten verbrachte, in der Stadt war ihr die brütende Hitze ein Graus. Sie tupfte sich mit einem Taschentuch die Schweißperlen von den Schläfen, überlegte, ob sie nicht ins Kaufhaus zurückgehen und dort im Café eine kühle Limonade trinken sollte, und entschied sich dann dagegen. Den ganzen Tag schon hatte sie in der brütenden Wärme verbracht, bei der auch die Ventilatoren nicht für Abhilfe sorgten. Zudem schien es, als ziehe sich der zerrüttete Hausfrieden wie Schlieren in das Kaufhaus. Sie hatten wenig Kunden in den letzten Tagen – was an der Hitze liegen mochte, aber angesichts des noch immer nachwirkenden Streits einen schalen Beigeschmack bekam.

Langsam schlenderte Mathilda durch die Schildergasse, vertrödelte ihre Mittagspause und überlegte, ob sie nicht wie Sophie einfach einen Tag damit verbringen sollte, alles zu kaufen, was ihr Herz begehrte. Sie verwarf den Gedanken allerdings recht schnell wieder, da sie bezweifelte, dass dies auf ihr Gemüt dieselbe anregende Wirkung hatte wie auf Sophies.

»Vorsicht«, schrie jemand, und im nächsten Moment wurde Mathilda so heftig zurückgerissen, dass sie fast gestürzt wäre. Noch ehe sie ihrem Erschrecken Ausdruck verleihen konnte, fiel ein Eimer Mörtel mit lautem Getöse vor ihr auf den Bürgersteig.

»Grundgütiger!«, keuchte sie und sah in Arjen Verhoevens Gesicht. »Erst überfahren Sie Sophie beinahe, dann werde ich fast von einem Eimer erschlagen.« Mathilda schlug das Herz immer noch bis zum Hals, gleichzeitig war diese Situation so absurd, dass sie zum Lachen reizte. Sie strich sich einige gelöste Haarsträhnen aus dem Gesicht und steckte sie notdürftig zurück in den Knoten, mit dem Erfolg, dass ihr die kürzeren direkt wieder ins Gesicht rutschten. »Man könnte meinen, wir Marquardt-Töchter leben in Ihrer Gegenwart gefährlich. Am besten warnen wir Louisa schon einmal vor.«

»Ich kann Ihnen gar nicht sagen, wie sehr ich den Vorfall bedaure. Wobei mich dieses Mal wirklich keine Schuld trifft.«

»Das werde ich großzügig gelten lassen.« Langsam beruhigte sich ihr Herzschlag wieder.

»Ich danke Ihnen vielmals.«

Kurz dachte Mathilda, er verspotte sie, aber da war kein Missklang in seiner Stimme. Sie dachte daran, wie er nach dem Ball das Haus verlassen hatte, dachte an Sophie, die sich beschwert hatte, sie habe ihn seither kaum mehr gesehen. »Sind Sie brüskiert wegen des Theaterstücks?«

»Weil man behauptet, ich hätte mit einer hübschen Dame das Bett geteilt? Ich würde sagen, das Ausmaß meiner Kränkung hält sich in Grenzen.«

»Sophie hatte sich das wohl anders vorgestellt.«

»Das ist anzunehmen.«

Warum er sich rargemacht hatte, begründete er nicht, aber gut, es ging sie auch nichts an. Mathilda schwieg und sah wieder an der Fassade des Kaufhauses hoch. »Wie kommen Sie voran?«, fragte sie.

»Leider nicht ganz so gut wie erhofft. Die Arbeiten sind umfangreicher, als ich erwartet habe, und wir liegen im Zeitplan zurück. Grundsätzlich ist das kein Problem, allerdings muss ich sehen, wann wir eröffnen. Falls es bis zum nächsten Herbst dauert, wäre das noch tragbar, aber im Winter ein Kaufhaus eröffnen – ich weiß nicht, ob das der optimale Zeitpunkt ist.«

»Wenn Sie es genau zum Weihnachtsgeschäft öffnen, ist das doch kein Problem. Noch dazu, da Sie ja mit niedrigen Preisen an den Start gehen.«

Er wirkte amüsiert. »Caspar Marquardts Tochter gibt mir kaufmännische Ratschläge? Wollen Sie mich scheitern sehen, oder werden Sie gerade abtrünnig?«

»Weder noch. Ich denke, Sie sind zu sehr Geschäftsmann, um von mir zum Scheitern gebracht zu werden, und damit ich abtrünnig werde, müssten Sie mir schon mehr bieten als ein marodes Kaufhaus und Ihren Charme.«

Jetzt lachte er. »Ich werde sehen, was sich tun lässt, vorausgesetzt, die Mühe lohnt sich.«

Das kommentierte sie lediglich durch ein leichtes Heben der Brauen.

»Dann war der Rat gänzlich uneigennützig?«, fragte er.

»Wenn wir den Zeitpunkt Ihrer Eröffnung kennen, können wir entsprechend vorausschauend reagieren.«

»Wir werden sehen, nicht wahr? Möchten Sie sich das Kaufhaus einmal anschauen?«

»Diesen Einblick in Ihre Geschäftswelt würden Sie mir gewähren?«, spöttelte Mathilda.

»Aber unbedingt. Dann kann ich Werbung damit machen, dass Caspar Marquardts Tochter als erste Frau mein Kaufhaus betreten hat.«

Mathilda musste lachen. »Unterstehen Sie sich. Allerdings interessiert es mich tatsächlich. Wenn ich also nicht befürchten muss, dass der Boden unter mir nachgibt, dürfen Sie es mir gerne zeigen.«

»Gut, dann kommen Sie.« Er führte sie in das Kaufhaus, das von innen mit einer Vielzahl Planen behängt war, durch die sie sich einen Weg bahnen mussten. Lampen hingen an Nägeln und spendeten Licht, das in dem Schutt und Geröll karge Schatten schuf. Arjen Verhoeven schob eine Plane zur Seite, und Mathilda erkannte eine erstaunlich schöne Treppe.

»Kommen Sie, ich zeige Ihnen die oberen Etagen.«

Mathilda folgte ihm die Treppe hoch, die Hand auf dem staubigen Treppengeländer aus schwarzem ziseliertem Eisen. Das Haus war anders angelegt als die, die sie kannte. Es gab keinen glasüberdachten Innenhof, sondern eine hohe Eingangshalle, die komplett als Verkaufsfläche genutzt werden konnte. Ebenso das zweite und dritte Obergeschoss, die nicht galerieartig angelegt waren.

»Wie viele Abteilungen planen Sie?«, fragte sie, während sie ins vierte Obergeschoss gingen.

»Bisher einhundertdrei. Außerdem werde ich eine Filiale der Deutschen Bank hier einquartieren und eine Leihbibliothek.«

»Wird es ohne den Lichthof nicht sehr dunkel? Die hohen Fenster erscheinen mir nicht ausreichend.«

»Alle Etagen werden mit elektrischem Licht ausgestattet.«

»Verschlingt das auf einer so großen Verkaufsfläche nicht enorm viel Geld?«

»Ich setze darauf, dass sich das Unternehmen entsprechend rentiert.«

Sie waren im obersten Geschoss angekommen, Mathilda legte den Kopf zurück und sah hinauf. Die Decke war aufgebrochen und mit Planen abgedeckt worden. »Wie soll das hier zukünftig aussehen?«, fragte sie.

»Die Decke wird verglast mit einer kunstvollen Einfassung aus Gusseisen. Man wird hier den Eindruck bekommen, als flaniere man unter freiem Himmel. Und damit sich hier im Sommer nicht die Hitze staut, werde ich ein Belüftungssystem einbauen, so dass überall Ventilatoren Kühle schaffen. Im Winter kann das System umgekehrt werden zu einer Heizung, die warme Luft in die Räume leitet.«

Mathilda nickte, und während sie weiterging, entstand vor ihrem inneren Auge ein Kaufhaus, das keine Wünsche offenließ. »Es wird sicher prachtvoll«, sagte sie leise, in Gedanken versunken.

»Es freut mich, dass Sie das so sehen.«

Erst dachte Mathilda, er wolle sie verspotten, er klang jedoch aufrichtig. »Warum haben Sie es Sophie noch nicht gezeigt?«

»Ihre Schwester ist bezaubernd, ihr Interesse an den Dingen allerdings sehr oberflächlich.«

»Wenn Sie so über sie denken, sollten Sie wohl besser aufhören, sich mit ihr zu treffen.«

»Das tue ich. Sobald es aufhört, Spaß zu machen.«

Mathilda hörte ein Flattern, hob den Kopf und sah eine Taube im Gebälk umherfliegen, offenbar auf der Suche nach einem Weg hinaus. Einen Moment lang hielt der Anblick sie gefangen, dann wandte sie sich an Arjen Verhoeven. »Sobald Sie ihrer überdrüssig sind, meinen Sie?«

»Wenn Sie so wollen.«

»Befürchten Sie nicht, ich könnte es ihr erzählen?«

»Warum sollte ich das befürchten? Wenn sie mir eine peinliche Szene macht, kommt der Moment des Überdrusses eben früher als gedacht. Zudem müssten Sie dann zugeben, mit mir allein hier im Kaufhaus gewesen zu sein, und das könnte den Familienfrieden nachhaltig ins Wanken bringen.«

Mathilda biss sich auf die Lippen, dann wandte sie sich abrupt ab. »Ich möchte gehen. Wie Sie reden, ist abscheulich.«

»Es tut mir leid, wenn ich Ihre Gefühle verletzt habe.«

Sie hielt inne, drehte sich wieder zu ihm um. »Darum geht es doch gar nicht. Mein Vater kann Sie nicht ausstehen, und trotzdem hat Sophie durchgesetzt, dass er hinnimmt, wenn Sie sie treffen. Er mag Ihre Konkurrenz als Geschäftsmann hinnehmen, aber was er nicht hinnimmt, ist, wenn jemand mit einer seiner Töchter Spielchen treibt.«

»Ich bin mitnichten der einzige Mann, den sie an der Angel hält, also reden Sie nicht von Spielchen. Und bisher habe ich nie auch nur angedeutet, dass sie mehr für mich ist als eine Zerstreuung – ebenso wie Männer es für sie sind. Wäre ich so, wie Sie mich offenbar sehen, hätte ich sie längst verführt, Gelegenheiten boten sich genug.«

»Dafür ist sie viel zu vernünftig.«

Jetzt lachte er. »Nun gut, es soll mir nicht einfallen, Ihnen die Illusion zu nehmen. Kommen Sie, ich begleite Sie hinaus, ehe Sie sich hier noch verlaufen.«

Mit einem knappen Nicken nahm Mathilda das Angebot an. Mörtel und kleine Steinchen knirschten unter ihren Sohlen, als sie die Treppe hinuntergingen, und in dem schräg einfallenden Sonnenlicht tanzte Staub. Dennoch konnte Mathilda bereits sehen, was hier einmal für eine Pracht entstehen konnte, und das erste Mal in ihrem Leben haderte sie damit, dass ihr verwehrt war, etwas Derartiges zu erschaffen. Alles, worauf sie hoffen konnte, war, als Angestellte Erfolge einzufahren, und das auch bloß, wenn sie auf Ehemann und Kinder verzichtete. Ein Arjen Verhoeven dagegen konnte heiraten, eine Familie gründen und trotzdem Geschäfte gründen und Visionen verwirklichen.

»Ich kann meine Schwester verstehen«, sagte sie unvermittelt.

»Ich fühle mich geschmeichelt.«

Mathilda stieß ungeduldig den Atem aus. Sie waren am Eingang angekommen, und Mathilda blinzelte, als sie in das Sonnenlicht trat, indes ihr der Mörtelstaub in den Augen brannte. »Nicht Sophie, ich meinte Louisa. Ich möchte nicht die Frau an Ihrer Seite sein, ich möchte *Sie* sein.« Damit wandte sie sich ab und ging eilig zurück zum Kaufhaus Ihres Vaters, ohne Arjen Verhoeven die Möglichkeit zu geben, darauf zu antworten.

Im Grunde genommen war es beinahe komisch zu sehen, wie dem jungen Ehemann die Gesichtszüge entgleisten, während er mit ansah, wie das Geld von seiner Tasche in die von Caspar Marquardt wanderte. Und doch schien er außerstande, seiner hübschen Ehefrau auch nur einen Wunsch abzuschlagen. Frisch verheiratet, vermutete Max, während er das Ungemach des Mannes mit einiger Belustigung verfolgte.

Caspar Marquardt bewarb offensiv, dass Frauen hier allein zum Vergnügen und nicht aus Notwendigkeit einkaufen konnten. Man musste sich ja die schönen Dinge nicht ausschließlich gönnen, wenn man sie unbedingt brauchte. Und weil gerade Frauen die wichtigste Einkaufsgruppe bildeten, tat man alles, um sie möglichst lange im Geschäft zu behalten. Aus diesem Grund waren auf jeder Etage Abteilungen, die sie zum Verweilen anhielten, bis sie sich schließlich im zweiten Obergeschoss ins Café oder Restaurant eingeladen fühlten und auch dort ihr Geld ließen.

Max stand in der Abteilung für Accessoires und sah, wie die Verkäuferinnen Hüte, Handschuhe und kleine Handtaschen vor den Augen der begeisterten Kundin auslegten. Während diese ihre Auswahl traf, beobachtete Max die Angestellten. Zur Firmenpolitik gehörte, sich diskret im Hintergrund zu halten, gleichzeitig jedoch stets präsent zu sein, so dass die Kunden sich weder allein gelassen noch zum Kauf gedrängt fühlten.

»Komm«, sagte Louisa. »Überlassen wir den armen Mann seinem Schicksal.« Nach wie vor begleitete sie ihn und zeigte ihm das Kaufhaus in allen Nuancen, und er stellte jeden Tag erneut fest, wie wenig er eigentlich von dieser Welt wusste.

Das Theaterstück hatte sie getroffen, das war unverkennbar, und Max hätte gerne etwas Tröstliches gesagt, befürchtete jedoch, dies könne herablassend wirken.

»Was du ebenfalls wissen musst«, erklärte sie ihm, »ist, dass Beziehungen unter den Angestellten nicht erlaubt sind.«

»Ehen auch nicht?«

»Das kann man ihnen ja schlecht verbieten, nicht wahr? Wobei es für die Frauen dann oft mit dem Arbeiten ohnehin vorbei ist, zumindest, wenn das erste Kind da ist. Ich meinte Liebesbeziehungen. Insbesondere zwischen leitenden Angestellten und Untergebenen.«

»Das ist nicht ungewöhnlich.«

»In der Tat. Daher hoffe ich, du erinnerst dich daran, wenn dir Fräulein Schwanitz weiterhin so offene Avancen macht.«

Max lachte ungläubig. »Du denkst, ich könnte …«

»Nein, ich stelle nur die Möglichkeit nicht gänzlich in Abrede.« Er antwortete nicht, und Louisa fuhr fort: »Sie landet auf der Straße, wenn sie sich hinreißen lässt.«

»Ich kenne die Regeln. Mach dir keine Sorgen.«

»Gut, dann stellen wir deine Überzeugungen mal bei einem Besuch in der Damenabteilung auf die Probe.«

Beim Betreten der Abteilung erhob sich Mathilda, die gerade dabei war, eine werbewirksame Auslage zu entwerfen. Sie hatte Talent dafür, Farben und Stoffe stilsicher zu drapieren, und an diesem Tag schien sie sich besonders viel Mühe zu geben. Milchweißer Atlas, das Mieder durchwirkt mit Fäden in Silberweiß, eng anliegend um die Taille der Schaufensterpuppe, die durch das Schimmern jede Starre verlor und biegsam wirkte. Röcke bauschten sich wie Schaum um die Taille, flossen abwärts in elfenhafter Eleganz. Die Hände der Figur steckten in Handschuhen, starre schlanke, leicht gebogene Finger, während auf dem Kopf ein Sommerhut thronte, dessen feine Tüllschleier das Gesicht gerade ausreichend beschatteten, um ihm den Anschein geheimnisvoller Zurückhaltung zu geben. Um die Füße der Figur lag wie hingeworfen schwarzer Samt, ein krasser Kontrast, der die schimmernd weiße Puppe wie losgelöst vom Boden wirken ließ.

»Beeindruckend schön«, sagte Max, als Mathilda sich erhob.

»Danke. Ich war inspiriert.«

Louisa nickte anerkennend.

»Ich möchte so gerne eines der Schaufenster dekorieren.« Mathilda legte Stoffe, die sie für die Auslage nicht gebraucht hatte, auf einen Tisch, der wie ein Servierwagen anmutete und auf dem sich neben Stoffen auch ein mit Nadeln gespicktes Kissen, Scheren und Bänder befanden.

»Erlaubt dein Vater es nicht?«, fragte Max.

»Er möchte Herrn Falk nicht vor den Kopf stoßen. Dabei habe ich viel bessere Ideen als er.«

»Ich werde mit deinem Vater darüber sprechen, ja?«

Mathilda lächelte. »Das wäre reizend.«

Sie schlenderten weiter durch die Abteilung, und da er an Louisas Seite war, wirkten die Kundinnen diesmal nicht irritiert.

»Ich muss ins Bureau zurück«, sagte Max schließlich. »Vielen Dank.«

»Keine Ursache.« Louisa wirkte verstimmt. Wortkarg trennte sie sich von ihm und ging in die entgegengesetzte Richtung, indes Max sich auf den Weg zur Treppe machte. Im Großen und Ganzen kamen sie gut miteinander aus, aber oftmals geschah es, dass ihre Laune von einem Moment auf den anderen kippte, ohne dass er sich einer Schuld bewusst war.

Die Nachmittagssonne warf ihre Strahlen durch das gläserne Kuppeldach in das als Lichthof angelegte Erdgeschoss, so dass es von der Empore im ersten Stock wie ein faszinierendes Schauspiel anmutete, als betrachte man einen Basar im gleißenden Licht der Sonne. Max genoss den Ausblick einige Minuten lang und war schließlich im Begriff, die Treppe ins nächste Geschoss zu betreten, als zu hören war: »Haltet die Diebin!«

Eine Frau eilte die Stufen hinunter, erntete verwirrte Blicke, während ihr ein Angestellter folgte. Mit einer Schnelligkeit, die angesichts ihrer ausladenden Röcke erstaunlich war, rannte die Frau an Max vorbei. Der brauchte einen Moment verblüfften Innehaltens und folgte ihr dann ebenfalls, bekam ihren Arm auf der Treppe zum Erdgeschoss zu fassen, sie jedoch drehte sich um und verpasste ihm einen Fausthieb ins Gesicht, der ihn Sterne sehen ließ. Er griff nach dem Treppengeländer, konnte jedoch nicht verhindern, dass er die Stufen bis zum breiten Treppenabsatz hinunterfiel, während der Angestellte über ihn hinwegsprang, ihr keuchend folgte und noch einmal »Haltet die Diebin!« rief.

»Grundgütiger.« Max rappelte sich auf und befühlte sein schmerzendes Kinn.

»Bist du verletzt?«, fragte Louisa, die zu ihm geeilt kam.

»Nur mein Stolz.«

Louisa drehte seinen Kopf leicht und beäugte kritisch sein Gesicht. »Na ja, hübscher macht dich das nicht, aber es gibt dir etwas Verwegenes.« Sie lachte.

»Freut mich, dass du amüsiert bist.« Max bewegte versuchsweise den Unterkiefer und zuckte zusammen. Großartig, einfach großartig. Von einer Frau die Treppe hinuntergeprügelt. Andere Männer konnten bei dergleichen Blessuren wenigstens von sich behaupten, der andere habe ebenfalls eingesteckt.

»Komm, ich hole dir aus der Küche etwas zum Kühlen, sonst wird es noch schlimmer.«

»Hast du mitbekommen, was passiert ist?«, fragte Mathilda, als Sophie die Abteilung betrat. Für einen Einkaufsbummel war es für ihre Verhältnisse schon reichlich spät am Tag.

»Eine Diebin«, erklärte Sophie schulterzuckend, als ginge sie das nichts an. »Hat wohl oben in der Dekorationsabteilung einiges an Silber mitgehen lassen.«

»Haben sie sie gefasst?«

»Ja, die aus den Kurzwaren haben sie zu Fall gebracht, inzwischen ist die Polizei da. Sie mussten sie zu zweit festhalten. Max hat wohl ordentlich was abbekommen.«

»Wie das?«

»Sie hat ihm eine verpasst.« Sophie sagte das ohne Anzeichen der Belustigung, vielmehr sah sie Mathilda auf eine Art an, die in ihr diffuses Unbehagen auslöste. »Wie war es denn heute so, hm?«

»Wie immer…«, antwortete Mathilda zögernd.

»Hattest du es denn nett, so ganz allein mit Arjen Verhoeven?«

Mathilda spürte, wie ihr Herzschlag sich beschleunigte. Das war ja absurd, sie musste weder ein schlechtes Gewissen noch Angst vor Sophie haben. »Wir waren nicht allein.«

»Ach? Und wer war noch in eurer Begleitung, als ihr das Kaufhaus betreten habt?«

»Es waren Handwerker im Gebäude.«

»Hmhm«, machte Sophie in gespielter Nachdenklichkeit.

»Warum um alles in der Welt geht man mit einem Mann in ein leerstehendes Gebäude?«

»Er wollte mir zeigen, wie er sich das Kaufhaus vorstellt.«

Sophie stieß ein höhnisches Lachen aus. »Aber sicher doch. Meine Liebe, ich kenne die Männer, und die gehen mit Frauen nicht in solche Orte, weil sie über das Geschäft sprechen wollen.«

»In dem Fall war es aber so.«

»Ich dachte, ihr habt euch bisher nur zweimal praktisch im Vorbeigehen gesehen.«

Mathilda wurde der Disput lästig. Wenn es etwas gab, wonach ihr ganz und gar nicht der Sinn stand, dann, ausgerechnet Sophie einen Mann auszuspannen. »Das stimmt. Und dann habe ich ihn zufällig vor seinem Haus getroffen, wir sind ins Gespräch gekommen, und er wollte mir das Gebäude zeigen.«

Wieder dieses höhnische Lachen.

»Was denkst du denn?«, fauchte Mathilda. »Dass ich mich ihm inmitten von Staub und Dreck hingegeben habe, weil mir gerade danach war?«

Sophie taxierte sie eine Weile, dann entspannten sich ihre Gesichtszüge. »Schon gut. Natürlich nicht. Aber du solltest wissen, dass Männer so etwas nur bei Frauen versuchen, die sie für leicht zu haben halten.«

»Er hat nichts dergleichen getan.«

Darauf antwortete Sophie lediglich mit einem Nicken.

»Ist es dir ernst mit ihm?«, fragte Mathilda nach kurzem Zaudern.

Ärger und Hohn wichen einer anrührenden Verletzlichkeit. »Ich weiß es nicht … Es ist … anders. Ich kann es nicht beschreiben. Alle anderen Männer überschlagen sich fast, um mir zu gefallen. Er tut das nicht, und trotzdem ... Ach, ich kann es nicht beschreiben.«

»Ich habe nicht vor, Vertraulichkeiten mit ihm zu beginnen. Das Letzte, wonach es mich verlangt, ist ein Mann.«

Das war nun so weit außerhalb von Sophies Lebenswirklichkeit, dass sich erneut Argwohn in ihre Miene schlich. Doch sie gab sich mit dieser Antwort zufrieden, und Mathilda atmete auf.

»Hat er etwas gesagt? Ich meine, wegen des Theaterstücks?«

»Nur, dass es ihn nicht gekränkt hat.«

»Nichts dazu, warum er sich rarmacht?«

»Vielleicht fürchtet er um deinen Ruf.«

»Möglicherweise ...« Sophie biss sich auf die Unterlippe, schien noch etwas sagen zu wollen, dann jedoch schüttelte sie den Kopf, als wolle sie unliebsame Gedanken vertreiben. »Wie auch immer.« Ihr Blick wanderte zu der Schaufensterpuppe, die Mathilda eingekleidet hatte. »Das Kleid ist famos. Habt ihr es in meiner Größe?«, fragte sie in aufgesetzter Munterkeit, als sei das hier ein Theaterstück, in dem ihr der richtige Text wieder eingefallen war.

»Ja. Soll ich es dir holen?«

»Wenn du so freundlich wärst.« Nach wie vor schwang ein Missklang in Sophies Stimme mit. Mathilda mochte nicht daran denken, wie sie reagierte, wenn Arjen Verhoeven sie wirklich fallen ließ.

Louisa hatte sämtliche Kataloge an Carl Reinhardt schicken lassen, damit niemand Verdacht schöpfte. Das Letzte, was sie wollte, war, dass man sie mitleidig belächelte, weil sie sich in Bereiche wagte, in denen sie sich nicht auskannte. Nun saß sie im Besprechungszimmer an dem großen Tisch und ging die Aufstellungen durch, die Carl Reinhardt erstellt und mit dem Vermerk »unrentabel« versehen hatte. Zuerst war Louisa niedergeschlagen gewesen, weil es wirkte, als sei die gesamte Idee zum Scheitern verurteilt, aber Carl Reinhardt legte ihr nahe, noch einmal das gesamte Konzept zu überarbeiten.

Beim zweiten Mal war es in der Tat schon besser, und Louisa orderte weitere Kataloge, ging in andere Kaufhäuser, sah sich die Abteilung für Kindermode an, sortierte Farben und Modelle aus, die weniger gefragt waren, und nahm auf Mathildas Anregung noch einige extravagante Stücke mit in die Aufstellung.

»Denk daran«, hatte Mathilda gesagt, »dass viele Mütter bei der Kleidung ihrer Kinder Wert auf Exklusivität legen.«

»Auch wenn sie von der Stange kaufen?«

»Gerade dann.«

Also hatte Louisa weitere Modelle ausgesucht, die Lieferantenpreise auf die Liste gesetzt und erneut alles Carl Reinhardt gegeben. Er hatte ihr einen genauen Finanzplan erstellt, und Mathilda war noch einmal mit ihr die Fläche durchgegangen, die es brauchte. Das sah alles gut aus, und doch konnte Louisa sich nicht dazu durchringen, es erneut zur Sprache zu bringen.

Als die Tür geöffnet wurde, sah sie auf, in der Annahme, ihr Vater wolle ihr Bescheid sagen, dass die Kutsche bereitstand. Es war jedoch Max, der den Raum betrat. Sein Kinn zierte ein großer blauvioletter Fleck, der den Mund durch die Schwellung ein wenig schief erscheinen ließ.

»Schön, dass wenigstens einer von uns die Situation belustigend findet.«

Louisa schlug die Mappe zu und legte die gefalteten Hände darauf, während sie sich um eine ernste Miene bemühte. »Hast du Fräulein Schwanitz schon in der Damenabteilung besucht? So als strahlender Held?«

Er warf ihr einen finsteren Blick zu und ließ sich auf dem Stuhl ihr gegenüber nieder. »Was liest du da?«

»Ach, nur so allgemeinen Kram.«

»Privates?«

»Nein, das würde ich wohl mitnichten hier tun.«

Er lehnte sich zurück und legte die Ellbogen auf die Armlehnen. »Warum warst du vorhin so unleidlich?«

»Was meinst du?«

»Nachdem wir bei Mathilda gewesen sind. Siehst du, ich muss es nur erwähnen, und schon schaust du mich an, als wolltest du mich am liebsten anspringen.«

Er merkte tatsächlich nichts. »Du bist sehr offen für ihre Ideen.«

»Und?«

»Während du meine bereits im Keim erstickst, ehe ich sie ausführen kann.«

»Ah, darum geht es. Du bist eifersüchtig?«

»Wohl kaum«, entgegnete sie kalt.

»Neidisch?«

»Mach dich nicht lächerlich.« Sie schob abrupt den Stuhl zurück und wollte sich erheben, aber Max war schneller und lehnte sich vor, griff über den Tisch nach ihrem Handgelenk.

»Jetzt lauf nicht weg. Mathildas Vorschlag war gänzlich

anders geartet als deine Idee, das muss dir doch selbst klar sein.«

Louisa hielt inne, sah auf seine Hand, die nach wie vor ihr Handgelenk umfasst hielt, und alles Empfinden schien sich auf einmal auf jene Stelle zu konzentrieren, wo sie seine Wärme spürte. Diese Regung machte sie so wütend auf sich selbst, dass sie ihre Hand der seinen mit einem Ruck entzog, was ihn befremdet die Stirn runzeln ließ, dann lehnte er sich wieder zurück.

»Schon gut, ich wollte dir nicht zu nahe treten.«

Mit einem zitternden Atemzug senkte Louisa den Blick, dann richtete sie ihn langsam auf Max' Gesicht, betrachtete es, spürte den Herzschlag in der Kehle. »Ich … Es ist spät.« Sie nahm die Mappe an sich.

»Dein Vater braucht noch mindestens eine Stunde, er hat mich zu dir geschickt, um dir Bescheid zu geben. Du kannst entweder mit mir zu Fuß heimgehen, oder aber du wartest auf ihn.«

»Wo ist Mathilda?«

»Die ist heute wohl pünktlich gegangen.«

Louisa war unschlüssig und sah auf die Mappe hinab.

»Was ist das eigentlich?«

»Nichts von Bedeutung.« Sie drückte sich die Mappe an die Brust und erhob sich. »Warte einen Moment, dann gehe ich mit dir heim.«

Er war vor ihr an der Tür und hielt sie ihr höflich auf. Seine Blicke im Rücken spürend ging Louisa in Carl Reinhardts Bureau, um die Mappe dort abzulegen. Dann holte sie aus dem Arbeitszimmer ihres Vaters ihre Handtasche und verabschiedete sich von ihm.

»Bis später«, antwortete er. »Wartet nicht mit dem Abendessen.«

Als sie zu Max zurückkehrte, hob dieser fragend die Brauen, und sie wusste, dass er zu gerne gewusst hätte, was sich in der Mappe befand.

»Alles zu seiner Zeit«, sagte sie.

In stillschweigendem Einvernehmen mieden sie den Aufzug, gingen stattdessen die Treppen hinunter, da sowohl Louisa als auch Max das Kaufhaus mochten, wenn alles in der abendlichen Ruhe dalag.

»Überkommt es dich nie, etwas Verrücktes zu tun, wenn du so spät allein im Kaufhaus bist?«, fragte er.

»Aus dem Alter bin ich raus«, spöttelte Louisa, konnte aber nicht umhin, ihm insgeheim recht zu geben. »An welche Art von Verrücktheit dachtest du?«

»Soll ich dich im Café bedienen?«

»Die Geräte sind ausgeschaltet.«

»Ich denke, ich bekomme es hin, sie wieder einzuschalten.«

»Wenn mein Vater uns erwischt, wird er höchst ungehalten sein.«

»Gelinde ausgedrückt.«

Louisa wollte ablehnen, dann jedoch reizte sie der Gedanke. »Also gut. Bedien mich.«

Sie gingen ins Café, wobei Max ihr wieder die Tür aufhielt. »Was ist, wenn dein Vater geht und uns einschließt?«

»Dann wird er uns später suchen lassen, wir tauchen morgen früh auf, und nach der gemeinsamen Nacht im Kaufhaus werden wir heiraten müssen.«

Max starrte sie an, und Louisa lachte. »Ich habe einen Schlüssel, keine Sorge.«

»Da bist du mir tatsächlich noch voraus.«

»Noch. Irgendwann wird er dir auch einen überlassen.« Louisa nahm am Lieblingstisch ihres Vaters Platz, von wo aus sie einen schönen Blick über das abendliche Treiben auf der Straße hatte, die von den rotgoldenen Strahlen der Sonne in weiches Licht gemalt war. »Einen Kaffee, bitte.«

»Möchtest du heute Nacht nicht schlafen?«

»Ein guter Kellner bedient, ohne zu fragen.« Sie grinste.

»Kaffee, kommt sofort.« Er verschwand hinter der Bar, und Louisa hörte ihn mehrmals leise vor sich hin schimpfen, dann ein »endlich«, ein Rattern, und schließlich zog der verführerische Duft frischgemahlener Bohnen durch den Raum. Sie sah erneut aus dem Fenster, überlegte, ob sie bei der nächsten Besprechung ihr Konzept vorstellen sollte.

Max war erstaunlich geschickt, als er das Tablett mit Kaffee, Milchkännchen und Zucker vor ihr abstellte. »Hast du das schon mal gemacht?«, fragte sie.

»Ich bin nicht mit viel Personal aufgewachsen«, antwortete er und ließ sich an ihrem Tisch nieder. Während er beobachtete, wie sie sich Kaffee einschenkte und ein wenig Milch nachgoss, fragte er: »Was war denn nun in der Mappe? Arbeitest du an etwas?«

Louisa nippte an dem Kaffee, der stark und aromatisch war. Sie würde in der Tat Probleme bekommen zu schlafen. »Ich bin weder eifersüchtig noch neidisch auf Mathilda«, sagte sie schließlich. »Ich verstehe nur nicht, warum du mir ständig so ablehnend gegenübertrittst.«

»Das tue ich nicht. Immerhin habe ich dich um Hilfe gebeten, das Kaufhaus kennenzulernen.«

»Das ist etwas anderes.«

»Wir haben doch bereits darüber gesprochen. In diesem Stadium der Planung können wir uns nicht mit unausgegorenen Vorschlägen befassen. Aber wenn du möchtest, höre ich demnächst aus Höflichkeit zu und sage aus Höflichkeit, dass ich es mir überlegen werde, während ich die Absage bereits beschlossen habe.«

Louisas Stimmung, die sich gerade wieder etwas aufgehellt hatte, versank erneut in Düsternis. Sie senkte den Blick, nippte an dem Kaffee, dann sah sie Max an und schließlich wieder aus dem Fenster. Der Wunsch, seine Anerkennung für ihre Ideen zu bekommen, war verstörend intensiv, dabei wollte sie andererseits nichts mehr, als dass er wieder ging und alles so wurde wie zuvor. Und doch war er der erste Mann, mit dem sie sich stundenlang über das Kaufhaus unterhalten konnte, der es an ihrer Seite kennenlernte und sozusagen durch ihre Augen sah. Sie trank den Kaffee aus, stellte die Tasse so hastig ab, dass sie auf der Untertasse klirrte, und ohne ein weiteres Wort zu sagen, erhob Max sich, brachte das Tablett weg, und sie hörte Wasser laufen. Schließlich kam er zurück, rollte die Ärmel, die er beim Abspülen über die Handgelenke gekrempelt hatte, wieder hinunter.

»Ich möchte jetzt gehen«, sagte sie.

»Ganz wie du wünschst.«

Er begleitete sie zum Ausgang, dort jedoch hielt er sie auf, indem er ihren Arm umfasste. Dann legte er die Hand an ihren Hinterkopf, und noch ehe sie ihrer Verwunderung Ausdruck verleihen konnte, senkte er den Kopf und küsste ihren Mund. Louisa hielt eine Schrecksekunde still, dann eine weitere, in der sie die verwirrende Sinnlichkeit der Berührung auskostete, ehe sie Max mit einem Stoß vor die Brust dazu zwang, sie loszulassen.

»Hast du den Verstand verloren?« Sie legte sich die Fingerspitzen an die Lippen.

»Und trotzdem«, sagte Max, »würde ich deine Idee abweisen, sofern du sie so unausgegoren vorstellst wie beim letzten Mal.«

Vermutlich war es das erste Mal in seinem Leben, dass ihn gleich zwei Frauen an einem Tag schlugen, aber das Gefühl, als ihre Hand mit einem lauten Klatschen auf seinem Gesicht landete, war so befreiend, dass Louisa das am liebsten wiederholt hätte. Angesichts seines Blickes jedoch hielt sie es für angeraten, so rasch wie möglich Abstand zu ihm zu gewinnen, und so drehte sie sich um und floh die Treppen hinunter ins Erdgeschoss und aus dem Kaufhaus hinaus.

*

»Sie machen sich rar.« Sophie hatte vom Café aus Ausschau gehalten, ob sie Arjen Verhoevens Automobil sah. Als sie an seinem Kaufhaus ankam, befand er sich gerade in einem Gespräch mit einem der Handwerker.

Er lächelte sie an und wirkte erfreut, sie zu sehen. Na, das war ja wenigstens etwas. »Ich war für einige Tage in Amsterdam und bin erst seit kurzem wieder zurück.«

»Und ich dachte schon, dieses fürchterliche Theaterstück hätte Sie vertrieben.«

»Ich war eher in Sorge um Ihren Ruf als um meinen.«

»Frau Wittgenstein ist furchtbar wütend auf mich.«

»Sie kam nicht besonders gut weg«, räumte er ein.

»Ach, wir alle doch nicht, außer Mathilda.« Sie wartete seine Reaktion ab, aber er begnügte sich mit einem Lächeln.

Sie betrachtete das Gebäude, das zwar eine recht schöne Fassade hatte, aber ansonsten nicht viel hermachte. »Da ist noch ziemlich viel zu tun, ja?«

Er nickte nur, sah ebenfalls am Gebäude hoch und stemmte die Hände in die Seiten, als warte dort Arbeit auf ihn, die er in Angriff nehmen wollte. Da er nicht vorschlug, gemeinsam einen Kaffee zu trinken oder etwas zu essen, musste Sophie die Sache wohl vorantreiben, was in der Regel ganz und gar nicht ihre Art war.

»Zeigen Sie es mir?«

Als er sie ansah, wirkte er verblüfft, dann lächelte er auf eine Art, die sie nicht so recht einzuschätzen vermochte. Vermutlich ahnte er, dass sie von seiner Führung für Mathilda erfahren hatte. »Aber natürlich. Kommen Sie.«

Vorsichtig stieg Sophie über das Geröll am Eingang, und kaum hatte sie das Gebäude betreten, bereute sie den Vorschlag bereits. Es war staubig und dreckig, überall hingen Planen herum, die weiße Schlieren auf ihrem Kleid hinterließen. »Wann, sagten Sie, wollen Sie eröffnen?«

»Im Laufe des nächsten Jahres.«

»Ist das nicht sehr, hm, optimistisch?« Zwei Arbeiter trugen Farbeimer vorbei, und Sophie wich ihnen aus, um nicht auch noch weiße Farbkleckser auf ihr Sommerkleid aus cremegelber Seide zu bekommen.

»Ich liege im Zeitplan zurück, aber wenn nichts Unvorhergesehenes mehr geschieht, ist das durchaus zu schaffen.«

Sophie sah sich um und nickte vage. »Wie viele Stockwerke ist es hoch?«

»Fünf. Und auf dem Dach wird um die Glaskuppel herum ein Garten angelegt.«

»Zeigen Sie es mir?«

»Gerne.« Er führte sie am Arm die Treppe hoch, und Sophie berührte das Treppengeländer nur ganz leicht, um sich im Notfall festhalten zu können. Unfassbar, all dieser Dreck. Allein das Gebäude zu reinigen musste eine Aufgabe für Monate sein. Und dann sollten hier fertige Abteilungen mit Luxusgütern entstehen, in dieser kurzen Zeit? In dieser Ruine? Aber gut, Arjen Verhoeven hatte Erfahrung mit dergleichen und wusste wohl, wovon er sprach. Während Sophie an seiner Seite nach oben ging, rückte die Vorstellung eines fertigen Kaufhauses immer weiter in den Hintergrund, während ihr die Tatsache, mit ihm allein zu sein, immer präsenter wurde. Hatte Mathilda ihn auch bis nach oben begleitet? Von wegen Handwerker, hier war kein Mensch.

Auf dem Boden des obersten Geschosses lag Taubenmist, und es roch nach altem Holz, Staub und Feuchtigkeit. Sophie trat zu einem der Fenster. Die Aussicht konnte sich zumindest sehen lassen. Sie neigte den Oberkörper leicht, um einen Blick auf das Kaufhaus ihres Vaters werfen zu können, dann drehte sie sich zu Arjen Verhoeven um, der wenige Schritte von ihr entfernt stand.

Es hatte bisher nicht einen Mann gegeben, der widerstanden hatte, wenn er ahnte, dass sie ihn nicht zurückweisen würde. Allerdings hatte Sophie bisher nie mehr als einen Kuss gewährt, und dies auch nur, wenn die Situation gar zu verlockend gewesen war. Sie fragte sich, wie weit sie Arjen Verhoeven gehen lassen würde. Weit, dachte sie, so weit, wie es ihr möglich war, um ihn an sich zu binden und gleichzeitig ihrem Ruf nicht zu schaden. Allerdings nicht so weit, dass es nach der Hochzeit nichts mehr zu erobern gab. Im nächsten Moment erschrak sie über sich selbst. Hochzeit. Bisher hatte sie den Gedanken an die Fesseln einer Ehe tunlichst vermieden. Arjen jedoch in seiner Distanziertheit, mit seinem Charme und dem weltmännischen Auftreten – nicht zu vergessen das immense Vermögen und die Tatsache, dass sie erneut Teil einer Kaufmannsfamilie werden würde – übte einen unwiderstehlichen Reiz auf sie aus. Darüber hinaus waren Männer wie er auf dem Heiratsmarkt begehrt, da hieß es, auf der Hut zu sein.

Sie legte den Kopf leicht schräg und ging auf ihn zu, wobei sie jede Regung seines Gesichts auslotete, um zu ergründen, wie er auf sie reagierte. Er jedoch machte keine Anstalten, die Tatsache, dass er mit ihr allein war, auszunutzen. Entweder war er anständiger, als sie gedacht hatte, oder er war schlicht nicht interessiert. Sie tat einen tiefen Atemzug und war das erste Mal in ihrem Leben einem Mann gegenüber unsicher, wie sie sich verhalten sollte. Da war nichts, nicht die leiseste Regung in seinen Augen. Unsicher hielt Sophie inne und fragte sich, wie weit sie gehen konnte, ohne sich vor ihm zum Narren zu machen.

Er nahm ihr die Entscheidung ab, indem er seine Uhr hervorzog. »Ich habe gleich einen Termin. Gehen wir später zusammen essen?«

Sophie zwang ein Lächeln auf die Lippen. »Ja, sehr gern.«

Er begleitete sie zurück nach draußen. »Mein Termin dauert eine Stunde. Soll ich Sie abholen?«

»Nein, ich komme hierher.«

»Gut, bis dahin.«

Sophie ging langsam zum Kaufhaus ihres Vaters. Oberflächlich war alles wie sonst, aber da war nichts mehr von dem anzüglichen Geplänkel und den Andeutungen. Dabei hatte es bislang so gewirkt, als sei es Sophie, die ihm würde Einhalt gebieten müssen. Aber gut, dachte sie, vielleicht war dies der Eile geschuldet, dem Gedanken an den bevorstehenden Termin, immerhin hatte Sophie ihn unangekündigt überfallen, er war ja nicht für Geplänkel gekommen, sondern, weil er jemanden treffen wollte. Später beim Essen, dachte sie, würde es gewiss wieder so werden wie zuvor.

Da Max seine eigenen Räumlichkeiten hatte, war es nicht schwer gewesen, ihm die letzten drei Tage aus dem Weg zu gehen. Im weitläufigen Kaufhaus war es noch leichter, sich nicht zu begegnen, wenn man es nicht darauf anlegte, und so verzichtete Louisa auf die gemeinsamen Rundgänge und Gespräche. Sie war nicht so naiv, in diesen Kuss mehr als eine Laune oder gar eine Provokation hineinzudeuten, dennoch wusste sie nicht so recht, wie sie Max begegnen sollte.

An diesem Vormittag stand sie im Bureau von Carl Reinhardt und blätterte die Mappe durch. »Trau dich nur«, hatte er ihr aufmunternd geraten, ehe er den Raum für eine Besprechung verließ. Unschlüssig las Louisa alles noch einmal durch, suchte nach Fehlern und beschloss schließlich, dass der Moment der Wahrheit gekommen war. Sie holte tief Luft und verließ das Bureau, um zu ihrem Vater zu gehen.

»Guten Tag, Frau Harrenheim«, sagte sie im Vorbeigehen, und die ältere Dame lächelte herzlich. Es war kein Geheimnis, dass sie die Marquardt-Mädchen – und Louisa ganz besonders – sehr mochte.

»Ihr Vater ist in einer Besprechung.«

»Ich weiß, ich möchte daran teilnehmen.«

Frau Harrenheims Lächeln vertiefte sich. »Na dann, zeigen Sie es ihnen.«

Jeder wusste, wie man mit Louisa und ihrem Erbe verfahren war, und wenngleich niemand offen Stellung bezog, so war doch nicht zu übersehen, was der eine oder andere davon hielt. Und Frau Harrenheim war insgeheim eine glühende Verfechterin für mehr Frauenrechte.

Louisa öffnete die Tür, und fünf Männer blickten auf, als sie den Raum betrat. Außer ihrem Vater und Carl Reinhardt waren Max – dessen Bluterguss am Kinn nun blauviolett war –, der Personalleiter Schmitz und der Einkaufsleiter Hoffmann anwesend. Während Carl Reinhardt ihr aufmunternd zunickte, betrachtete Max sie aufmerksam, und ihr Vater erhob sich. »Ja, Louisa, was gibt es?«

»Ihr sprecht über Maßnahmen für das kommende Jahr, nicht wahr?«

»Ganz recht.«

»Ich möchte noch einmal einen Vorschlag machen.« Louisa schluckte, und der Herzschlag dröhnte ihr in den Ohren, indes sie die Mappe so fest umfasst hielt, dass ihre Fingerknöchel weiß hervortraten. Jetzt belächelt oder gar wie ein Kind auf später vertröstet zu werden, würde sie nicht ertragen.

»Gut«, sagte ihr Vater und wies ihr den Platz ihm gegenüber zu. Besprechungen mit wenigen Teilnehmern führten sie stets an dem kleinen runden Tisch in seinem Arbeitszimmer, wo es freundlicher und gemütlicher war. Auf dem Tisch stand ein Tablett mit Kaffee, Tee und Gebäck, und Max erhob sich höflich, um ihr eine Tasse hinzustellen. »Tee oder Kaffee?«

»Kaffee, bitte.«

Offenbar erinnerte er sich noch daran, wie sie ihn trank, was sie zurück zu dem Kuss führte, und sie spürte, wie ihr die Hitze in die Wangen kroch. Louisa wartete, bis er wieder auf seinem Platz saß, dann holte sie tief Luft und schlug mit zitternden Fingern die Mappe auf. »Es geht noch einmal um die Abteilung für Kindermode.«

Auf den Gesichtern der leitenden Angestellten zeichnete sich Überdruss ab, und Louisa wusste, dass nur die Höflichkeit ihnen verbot, sich entsprechend zu äußern. Max lächelte jedoch verhalten und nickte ihr kaum merklich zu fortzufahren. Erneut holte sie tief Luft, und dann begann sie ihre Pläne genau darzulegen, breitete die Unterlagen vor den Männern aus, erklärte im Detail, was sie sich vorgestellt hatte, und gewann mit jedem Wort mehr Sicherheit. Herr Schmitz lehnte sich vor, drehte die Unterlagen zu sich, während Herr Hoffmann nach den Auszügen aus den Katalogen griff, die sie dazugelegt hatte, um ihre Darstellung zu veranschaulichen. Ihr Vater hatte sich zurückgelehnt, ein anerkennendes Lächeln in den Mundwinkeln. Louisa schlug das Herz immer noch bis zum Hals, dieses Mal jedoch in hoffnungsvoller Erwartung, als sie geendet hatte. Sowohl ihr Vater als auch Carl Reinhardt schwiegen, überließen es zunächst den anderen, sich zu äußern.

»Ich bin beeindruckt«, sagte Herr Hoffmann schließlich, »das bin ich in der Tat.«

»Haben Sie das alles allein ausgearbeitet?«, fragte Herr Schmitz.

»Herr Reinhardt hat mir geholfen«, gestand Louisa, ohne zu zögern.

»Nur bei den Finanzfragen«, ergänzte Carl Reinhardt, »alles andere hat sie allein gemacht.«

Max hatte die Mappe zu sich gezogen und überflog die Seiten mit den Kostenaufstellungen, dann sah er Louisa an. »Ich habe keine Einwände. Sehr gut.«

Die Erleichterung war so köstlich, dass Louisa am liebsten lachend durch den Raum getanzt wäre.

»Wir gehen das alles im Detail durch«, sagte nun ihr Vater. »Dergleichen muss sorgsam geplant werden. Ich kann mich den anderen jedoch nur anschließen. Sehr gut, Louisa. Hier und da könnte es noch optimiert werden, auch, was die Gehälter angeht, da müssen wir sehen, mit wie vielen Angestellten wir starten. Aber was Personalfragen angeht, haben wir ja Herrn Schmitz. Wir werden das noch einmal in den Details durchsprechen und einen Zeitplan erstellen, um zu sehen, wann die Sache in Angriff genommen werden kann. Danke, meine Liebe.«

Da war sie, die Anerkennung für ihre Arbeit, das Eingeständnis, dass sie ganze Abteilungen erschaffen konnte, ohne so mit Finanzen umgehen zu können wie Max. Ihre Brust schien vor Freude zu bersten, und Louisa war den Tränen nahe. Sie hoffte zutiefst, dass niemand es ihr ansah. Der Rest der Besprechung rauschte an ihr vorbei, so sehr war sie gefangen in der Vorstellung, dass sie tatsächlich etwas bewegen konnte, und während die Männer sich über Preissenkungen und neue Segmente unterhielten, stieg in ihr bereits eine weitere Idee auf.

»Wir waren essen«, erzählte Sophie, während Mathilda Kleider aufhängte, »und er war sehr distanziert.«

Bitte nicht schon wieder, dachte Mathilda. Hätte sie dieses Kaufhaus bloß nie betreten. »Ah ja?«, sagte sie nur, und das schien Sophie geradezu die Wände hochgehen zu lassen.

»Spar dir dieses überlegene Getue. Ich möchte wissen, was er dir erzählt hat.«

»Dass er über hundert Abteilungen eröffnen möchte und man oben unter einem Glasdach…«

»Du weißt genau, was ich meine.«

»Hör zu, Sophie, ich habe mit diesem Kerl nicht angebandelt, ja? Er interessiert mich nicht im Geringsten.«

»Er ist so seltsam, seit er mit dir in dem Kaufhaus war.«

»Vielleicht liegt das ja auch daran, weil ihn das Theaterstück doch mehr geärgert hat, als er zugeben möchte.« Wenngleich Mathilda klar war, dass dies nicht der Fall war, wusste sie nicht, was sie sonst noch sagen sollte, damit Sophie das Thema endlich beendete. Und zu allem Überdruss betrat nun auch noch Olga die Abteilung.

»Na, großartig«, murmelte Sophie, und für den Moment waren sie wieder geeint. Olga hatte seit dem Theaterstück eine Begegnung mit den Schwestern gemieden, und wenn sie das Kaufhaus betrat, dann, um ihren Vater zu besuchen.

»Guten Tag«, sagte Olga mit einem sparsamen Lächeln. »Mathilda, dein Vater hat mir erzählt, ihr hättet neue Abendmode aus Mailand bekommen.«

»Ja, heute Vormittag.«

»Zeigst du sie mir bitte?« Olga streifte Sophie mit einem kurzen Blick und ignorierte sie hernach, was dieser nur ein höhnisches Lächeln wert war.

Während Mathilda sie zu den Ständern mit den Kleidern brachte, bemerkte sie die Starre in Olgas Schultern, die seltsam eckigen Bewegungen, als seien ihr Sophies Blicke nur zu bewusst.

»Vielleicht sollten wir den Vorfall einfach vergessen«, schlug Mathilda vor, die das ganze Herumlavieren seit jenem unseligen Theaterstück leid war.

Olga verzog lediglich den Mund. »Du hast davon gewusst, nicht wahr?«

»Nein, das habe ich doch schon gesagt.«

»Seltsamerweise warst du die Einzige, die gut davongekommen ist.«

»Dafür kann ich nichts.«

»Das glaubst du doch selbst nicht. Und nun tu das, wofür du hier bezahlt wirst, und zeig mir die Kleider.«

Mathildas versöhnliche Stimmung verflog, und sie musterte Olga kalt. »Kannst du dir vorstellen, was mein Vater sagt, wenn ich ihm erzähle, wie du mit mir sprichst und dich hier aufführst?«

»Ja, renn nur zu ihm und heul dich aus wie ein Kind.«

Der Zorn flammte so heftig in Mathilda auf, dass sie kurz davor war, Olga die Kleider um die Ohren zu schleudern. Sie blieb jedoch ruhig und führte sie schweigend zu dem Ständer. »Bitte sehr.«

»Vielen Dank. Und nun schick mir deine Vertreterin, ich möchte mit freundlichem Gesicht bedient werden.«

Mathilda wandte sich ab und wies Fräulein Sandor an, sich um Frau Wittgenstein zu kümmern, dann machte sie einen Rundgang durch die Abteilung, wobei sie so tat, als prüfe sie, ob alle Kundinnen zu ihrer Zufriedenheit bedient wurden. Tatsächlich musste sie ihren Zorn abreagieren. Wenn Olga ihr hatte zeigen wollen, wo ihr Platz war, wenn sie erst das Sagen im Hause Marquardt hatte, dann war ihr das bestens gelungen. Ihr Vater würde dergleichen nicht zulassen, aber – was Gott verhüten möge – wenn ihm etwas zustieße und er sie mit Olga als Stiefmutter alleinließ... Nicht auszudenken. Womöglich mit einer Olga, die Mutter eines Erben war. Nach einer Viertelstunde hatte sie sich wieder so weit im Griff, dass sie sich imstande fühlte, Kundinnen zu bedienen.

»Fräulein Lanters.« Marie Schwanitz kam mit hochroten Wangen auf sie zugeeilt. »Es hat wieder einen Vorfall gegeben. Eine Kundin sagte, ihr sei etwas gestohlen worden, diese Mal eine goldene Uhr.«

»Ich komme.« Die Kundin, die seinerzeit den Diebstahl ihrer Geldbörse beklagt hatte, hatte sich nicht mehr gemeldet und war wohl auch nicht zur Polizei gegangen, so dass nahelag, sie habe diesen tatsächlich nur erfunden. Diese Mal jedoch handelte es sich um eine langjährige Kundin, wie Mathilda feststellen musste. Frau von Waldorf war, während sie Kleider anprobierte, ihre goldene Uhr entwendet worden.

»Wann haben Sie den Verlust bemerkt?«, fragte Mathilda.

»Gerade eben. Ich hatte sie noch, als ich das Kaufhaus betreten habe.«

»Kann sie auch in einer der anderen Abteilungen gestohlen worden sein?«

»Meine Tasche war verschlossen, und ich bin direkt hierhergekommen. Es ist also so gut wie unmöglich, dass jemand sie mir aus der Tasche gestohlen hat.«

Mathilda schickte eine Angestellte zu ihrem Vater und

wandte sich wieder an Frau von Waldorf. »Herr Marquardt wird sich um alles kümmern.« Sie bemerkte, dass Olga aufmerksam zu ihnen hinübersah und nun neugierig näher kam. Sophie war inzwischen wieder gegangen, was Mathilda nur recht war.

»Hätte ich gewusst, dass man hier bestohlen wird, hätte ich meine Tasche nicht unbeaufsichtigt gelassen«, beklagte sich Frau von Waldorf.

»Ist sie vielleicht in der Umkleidekabine runtergefallen?«, fragte Mathilda.

»Denken Sie, dort hätte ich nicht zuerst nachgesehen?«

Mathilda bemühte sich um ein begütigendes Lächeln, woraufhin die Frau nur verächtlich schnaubte. Glücklicherweise kam ihr Vater nun mit Max in die Abteilung.

»Ich habe gehört, Ihnen ist eine Uhr abhandengekommen?«

»Ganz recht. Sie wurde offenbar gestohlen, während ich ein Kleid anprobiert habe.«

Ihr Vater fragte, ob sich jemand in ihrer Nähe aufgehalten habe, und befragte auch Marie Schwanitz. Es waren jedoch nur wenige Kundinnen hier gewesen, und ihnen war niemand Verdächtiges aufgefallen.

»Ich möchte mit allen Verkäuferinnen sprechen«, sagte Caspar Marquardt.

»Soll das heißen, wir werden verdächtigt?«, wollte Johanna Sandor wissen, die ebenfalls hinzugetreten war.

»Natürlich nicht, aber Sie verstehen sicher, dass wir keine Möglichkeit offenlassen möchten, und ehe wir die Polizei benachrichtigen, möchte ich selbst einmal sehen, was ich herausfinde.«

Wenn erst die Polizei im Haus war und die Verkäuferinnen als mögliche Diebinnen befragt wurden, wäre der Schaden weitaus schlimmer. Während Fräulein Sandor versuchte, mit so wenig Aufsehen wie möglich die Kundinnen weiter zu bedienen, sprach ihr Vater nacheinander mit den Verkäuferinnen.

»Komm.« Max nickte zum Lager hin. »Dort verwahrt ihr doch auch eure persönlichen Gegenstände, ja?«

»Du willst doch wohl nicht die Taschen durchsuchen?«

»Nein, nicht in Abwesenheit der jeweiligen Verkäuferin. Aber ich möchte nicht, dass sie die Möglichkeit haben, die Uhr vorher irgendwo zu verstecken. Also bring mich zu den Taschen und schick mir eine Angestellte nach der anderen herein. Dann regeln wir das diskret. Und du bist bitte dabei, damit ich nicht mit ihnen allein bin.«

»Ja, ist gut.« Mathilda ging mit ihm ins Lager und deutete auf die Taschen. Dann ließ sie ihn allein und ging, um die erste Verkäuferin zu holen. Dabei kam sie sich vor wie eine Verräterin. Obwohl man versuchte, alles so geordnet wie möglich ablaufen zu lassen, bekamen die Kundinnen doch das eine oder andere mit und reckten neugierig die Köpfe.

Anette Kruse wirkte nervös, als sie Mathilda in das Lager folgte, dabei konnte Mathilda sich beim besten Willen nicht vorstellen, dass diese sich etwas hatte zuschulden kommen lassen. Sie öffnete bereitwillig ihre Tasche, und wie erwartet war die Uhr nicht in ihrem Besitz. Die anderen Verkäuferinnen folgten, wobei Wilhelmina Haas Mathilda taxierte, als sei sie eine Denunziantin in ihren Reihen. Dabei hatte sie keine Wahl, die Abteilung unterstand ihr nun einmal, und sie musste alles tun, um einen möglichen Dieb zu überführen.

Mathilda hätte Fräulein Sandor niemals gebeten, ihre Tasche zu öffnen, denn diese war ihrer Meinung nach über jeden Zweifel erhaben und hatte zudem gerade jemanden bedient, als der Diebstahl passiert war. Die zeigte sich jedoch solidarisch mit den anderen Angestellten und ließ Max einen Blick in ihre Tasche werfen. Da auch die Gespräche nichts ergeben hatten, war Caspar Marquardt mittlerweile mit der Kundin zur Polizei gegangen, um den Diebstahl zu melden.

»Wer wurde bestohlen?«, fragte Louisa, die von dem Vorfall offenbar eben erst erfahren hatte und ein wenig atemlos wirkte.

Mathilda wandte sich an ihre Schwester. »Frau von Waldorf. Ihre Uhr ist verschwunden. Sie ist jetzt mit Papa bei der Polizei, und Max wurde hier abgestellt, um die Augen offenzuhalten. Wobei ich nicht glaube, dass der Dieb heute noch mal zuschlägt. Vermutlich ist er längst weg.«

Mathilda ging ins Lager, um etwas gegen Kopfschmerzen zu nehmen. Wann immer etwas an ihren Nerven zehrte, schlug es sich direkt in Kopfschmerzen nieder, was sehr lästig war. Sie öffnete ihre Tasche, wollte hineingreifen und hielt wie erstarrt in der Bewegung inne. Da lag wie nachlässig hineingeworfen eine goldene Uhr.

Ihr Herzschlag beschleunigte sich, ihre Gedanken wirbelten wild durcheinander. Die Diebin hatte die Uhr in die falsche Tasche gesteckt – möglich. Einer der Mitarbeiter aus dem Lager, der vorhin Stoffe gebracht hatte, hatte die Uhr gestohlen und es sich dann anders überlegt und sie in die erstbeste Tasche gesteckt – unmöglich, man hätte ihn bemerkt, wäre er in die Nähe der Kundin gekommen. Oder aber jemand wollte ihr den Diebstahl unterschieben – auch das erschien Mathilda unwahrscheinlich. Warum hätte man das tun sollen? Sie schloss die Tasche wieder und trat aus dem Lager.

»Louisa, kommst du bitte?«

Ihre Schwester sah sie fragend an, folgte ihrer Bitte jedoch, ohne zu zögern. »Was ist denn?«

Mathilda öffnete die Tasche und holte die Uhr heraus. »Die habe ich gerade hier gefunden.«

»Hier im Lager?«

»Nein, hier in meiner Tasche.«

Louisa hob langsam den Blick von der Uhr und sah Mathilda an. »Und wie kommt sie dort hinein?«

»Genau das weiß ich eben nicht.«

Nachdem sie rasch zum Eingang des Lagers gesehen hatte, barg Louisa die Uhr in ihrer hohlen Hand, so dass sie halb im Ärmel verschwand. »Wir werden Papa später davon erzählen müssen, jetzt sehen wir erst einmal zu, dass wir die Angelegenheit ins Reine bringen. Und du hast wirklich keine Ahnung, wer dafür verantwortlich sein könnte?«

»Nein, dergleichen traue ich niemandem zu.«

»Also gut.« Louisa drehte sich um und verließ das Lager, während Mathilda langsam ihre Tasche zurückhängte. Dann ging sie in den Verkaufsraum zurück und beobachtete Louisa, die zwischen den Kleidern hindurchging, mit Johanna Sandor sprach, nickte und dann weiterging, als suche sie den Boden ab. Schließlich ging sie nahe der Umkleidekabine in die Hocke und richtete sich wieder auf.

»Ist es diese Uhr?«, fragte sie, und Johanna Sandor eilte zu ihr.

»Wenn niemand sonst eine verloren hat, muss sie das sein. Wo war sie?«

»Hier, unter dem Saum des Abendkleids. Vielleicht ist sie runtergefallen, und jemand hat sie unabsichtlich beim Laufen daruntergetreten.«

»Grundgütiger, bin ich erleichtert«, sagte Johanna Sandor.

Mathilda war elend zumute. Dergleichen Spielchen waren ihr ein Graus, und wer immer ihr die Uhr untergeschoben hatte, wusste, was sie soeben getan hatte. Ihre Ehrlichkeit hatte sie damit nicht gerade bewiesen. Sie sah die Verkäuferinnen nacheinander an, aber abgesehen von Wilhelmina Haas' nur schlecht verhüllter Verachtung und der Art, wie sie den Kopf mit ihrer Freundin Hanne Wagener zusammensteckte, schienen alle aufzuatmen. Wilhelmina hatte mitbekommen, dass Mathilda Louisa gerufen hatte, und nun tauchte die Uhr wieder auf. Natürlich zog sie da ihre eigenen Schlüsse.

Nun trat auch Max zu Louisa und nahm ihr die Uhr aus der Hand. »Gut, dass du noch einmal richtig gesucht hast. Ich gehe sofort zur Polizei und übergebe die Uhr der Kundin, dann ist das unselige Thema vom Tisch.«

Mathilda indes kam es so vor, als habe es eben erst begonnen.

TEIL II

»Menschen zu fast jeder Tageszeit in ununterbrochenen Strömen; unabsehbare, immer neue Reihen von Verkaufsständen; ein Meer von Warenmassen ausgebreitet; Treppen, Aufzüge, Etagen, sichtbar wie die Rippen eines Skeletts; Säle, Höfe, Hallen; Gänge, Winkel, Kontore; Enge und Weite, Tiefe und Höhe; Farben, Glanz, Licht und Lärm: ein ungeheuerliches Durcheinander, scheinbar ohne Plan und Ordnung.«

Paul Göhre

5

September 1908

Die neu eingestellten Ladendetektive waren in der Damenabteilung ein ständiges Ärgernis, und es gab fast keinen Tag, an dem Louisa nicht von Mathilda gerufen wurde, um den Mann, der gerade Dienst hatte, so diplomatisch wie möglich in einen anderen Bereich zu delegieren. Auf Dauer war das kein Zustand.

»Es ist ja nicht so, dass sie die Frauen belästigen«, erklärte Louisa ihrem Vater. »Aber die Damen möchten nicht unter den Blicken der Detektive einkaufen, erst recht nicht delikate Artikel wie Unterwäsche.«

Caspar Marquardt nickte. »Also gut. Was schlägst du vor?«

»Immer noch das, was ich von Anfang an gesagt habe. Wir brauchen eine Frau in der Damenabteilung.«

»Herr Schmitz ist der Meinung, dass eine Detektivin dieser Aufgabe nicht gewachsen ist.«

»Herr Schmitz vertritt auch die Ansicht, dass Frauen nur von zweifelhafter Zurechnungsfähigkeit sind und sie aufgrund ihrer biologischen Defekte eine Veranlagung zur Kleptomanie haben.« Allein der Gedanke an das Gespräch ließ Louisa die Galle hochkommen. Noch bis in die Neunzigerjahre des vorigen Jahrhunderts hatte man schwangere Frauen aus wohlhabenden Familien, die nicht auf Diebstähle angewiesen waren, bei diesen straffrei ausgehen lassen, insbesondere beim Stehlen von Nahrungsmitteln, da Diebstähle im Zusammenhang mit Nahrungsaufnahme bei Schwangeren als Naturzwang angesehen wurden. Auch heute noch ging man davon aus, dass Kriminalität bei Frauen durch ihr Geschlecht geprägt wurde, und so wurde Diebstahl bei wohlhabenden Frauen weniger hart geahndet als bei Männern oder armen Frauen, die sich das teure Gutachten nicht leisten konnten. Louisa war es unbegreiflich, dass man auf die Idee kommen konnte, sich die eigene Unzurechnungsfähigkeit auch noch schriftlich attestieren zu lassen. Sie für ihren Teil würde lieber ins Gefängnis gehen.

»Es ist eine verbreitete Ansicht«, verteidigte ihr Vater den Personalleiter, »wenngleich ich diese nicht teile. Aber gut, versuchen wir es mit einem weiblichen Detektiv. Ich werde Herrn Schmitz damit beauftragen.«

»Hauptsache, er beeilt sich, ehe es wieder einen Vorfall gibt.«

Nachdem die Uhr in Mathildas Tasche aufgetaucht war, waren es weniger die Diebstähle an sich, die Caspar Marquardt Sorge bereiteten – solange es Händler gab, gab es auch Diebe –, sondern die Tatsache, dass man versucht hatte, diesen Diebstahl Mathilda unterzuschieben. Dass sie selbst gestohlen hatte und dies hernach bereute, schloss er ebenso aus wie Louisa, und außer ihnen und Max wusste niemand davon.

»Übrigens kommt Elaina Ashworth nächste Woche«, sagte er. »Sie möchte uns ein paar Neuerungen vorstellen.«

»Großartig.« Louisa brannte darauf, diese Frau kennenzulernen. »Das wird gewiss hochinteressant.«

Caspar Marquardt lächelte und wandte sich wieder seinen Unterlagen zu. »Ja, das wird es eigentlich immer.«

In Erwartung einer Erklärung sah Louisa ihn an, aber er führte das nicht weiter aus, und so blieb es ihr überlassen, sich ihre eigenen Gedanken dazu zu machen. Louisa verließ das Bureau und traf auf Max, der sich offenbar gerade auf den Weg in die Pause machte.

»Begleitest du mich?«, fragte er. Das Verhältnis zwischen ihnen hatte sich normalisiert, er hatte den Kuss nicht mehr angesprochen. Vermutlich war das einfach eine Laune gewesen, die ihm im Nachhinein selbst peinlich gewesen war.

Gemeinsam gingen sie ins Restaurant. »Mein Vater hat zugestimmt, dass es besser ist, eine Detektivin in der Damenabteilung zu beschäftigen.«

»Es hätte auch sehr an meinem Stolz gekratzt, wenn man mich für einen Sittenstrolch hält und diese etwas abgerissen wirkenden Detektive nicht.«

Louisa grinste, senkte den Blick auf die Speisekarte und entschied sich nach einigem Überlegen für eine Kartoffelsuppe. Nachdem sie ihre Bestellungen aufgegeben hatten, wandte sich Louisa wieder an Max. »Ich finde, wir sollten eine öffentliche Bibliothek eröffnen.«

»Warum? Die Stadt hat doch eine sehr gute.«

»Ach, du denkst überhaupt nicht wirtschaftlich.«

»Tatsächlich?« Max wirkte belustigt. »Ich sehe im Gegenteil zu dir überhaupt keinen wirtschaftlichen Nutzen darin.«

»Wir haben auf dieser Etage einen Damenfriseur, einen Barbier, das Restaurant, das Café...«

»All das bringt Geld.«

»Hör mir bitte bis zum Ende zu. Es wäre gut für die Kundenbindung, wenn es eine Art Rückzugsraum geben würde, in dem sie nicht gezwungen sind, Geld auszugeben.«

»Und du erzählst mir was von wirtschaftlichem Denken?«

»Sie würden länger im Haus verweilen.«

»Denkst du oder weißt du?«

Louisa drehte das Medaillon an ihrer Kette zwischen den Fingern. »Das kann man sich doch gut vorstellen. Die Leute haben ihre erste Einkaufsrunde hinter sich gebracht. In einem Durchgang können sie unmöglich jede Abteilung aufgesucht haben, aber sie wollen ein wenig verweilen, wollen Ruhe, keine aufgezwungene Konversation durch Bekannte, die man zufällig trifft. Also setzen sie sich mit einem guten Buch in eine Art Ruheraum. Man könnte dort auch einfach nur die Zeitung lesen, wenn einem danach ist. Und dann ist man erholt, denkt sich, dass man durch den Verzicht auf Café und Restaurant ja ordentlich gespart hat, und macht vielleicht noch einen Abstecher in die Abteilung für Dekorationsgegenstände, wo man im Vorbeigehen diesen reizenden Kerzenständer gesehen hat.«

Max schwieg, wirkte jedoch nachdenklich. »Es hat was«, sagte er nach einer Weile. »Allerdings gibt es andere Dinge, die dringender in Angriff genommen werden müssen. Daher würde ich vorerst dagegen plädieren.«

»Ich werde dafürsprechen und alles begründet darlegen.«

»Meine Stimme hat in Besprechungen mehr Gewicht als deine.«

Jetzt hatte er sie wieder so weit, und Louisa spürte, wie der Zorn in ihr hochkochte. »Was hältst du denn derzeit für wichtig?«

»Bisher wurden Stoffe in den jeweiligen Abteilungen angeboten. Stoffe für Gardinen und Vorhänge in der Gardinenabteilung, Stoffe für Kleider in der Damenmode, Stoffe für Möbel in der Möbelabteilung. Das ist umständlich. Man sollte alles zusammen in eine Abteilung für Stoffe verlegen.«

Louisa hätte seinen Vorschlag gerne als unsinnig abgetan, konnte jedoch nicht guten Gewissens widersprechen. »Und wo stellst du dir diese Abteilung vor?«

»Dort, wo jetzt die Gardinenabteilung ist. Die Gardinen und Vorhänge kommen in die Möbelabteilung.«

Louisa nickte vage. »Das klingt nicht schlecht«, räumte sie ein. Da Max jedoch für ihre Begriffe ein wenig zu selbstgefällig lächelte, fügte sie hinzu: »Meine Idee ist trotzdem besser, wenn man es unter dem Aspekt der Kundenfreundlichkeit sieht. Deine ist eine rein räumliche Umstellung.«

»Sehen wir mal, wer sich durchsetzt.«

»Da du ja sagtest, deine Stimme habe mehr Gewicht als meine, wird sich deine Idee vermutlich allein deshalb durchsetzen, und nicht, weil sie die bessere ist.«

Das wiederum schien an seinem Stolz zu nagen. »Wir stellen beide vor und sagen nicht, welche von wem ist.«

Sie lächelte anerkennend. »Ja, darauf können wir uns einigen.«

Auch wenn der Vorfall bereits mehr als acht Wochen her war, ließ er Mathilda keine Ruhe. Je länger sie darüber nachdachte, umso mehr wuchs die Überzeugung, dass ihr jemand etwas anhängen wollte. Sie wusste, dass Wilhelmina Haas gegen ihre Beförderung gewesen war, denn diese war bereits länger im Betrieb und unterstellte, Mathilda habe ihre Stellung nur der Tatsache zu verdanken, die Tochter

Caspar Marquardts zu sein. Hatte sie geglaubt, die Taschen würden öffentlich durchsucht, und man würde mit Mathildas ebenso verfahren wie mit denen der anderen Angestellten?

Dabei, dachte Mathilda, habe ich die Damenabteilung ohnehin über. Früher hatte sie nach ihrer Pause nicht eilig genug an ihren Arbeitsplatz kommen können, inzwischen nutzte sie die freie Zeit, die ihr noch blieb, für Spaziergänge, sofern es nicht regnete.

Ein Automobil verlangsamte seine Fahrt, und Mathilda hörte eine Männerstimme: »Was für ein herrlicher Tag!«

Sie wandte den Kopf und erkannte Arjen Verhoeven. »Ja, in der Tat«, antwortete sie und setzte ihren Weg fort.

»Ich habe Sie lange nicht gesehen.« Langsam fuhr er neben ihr her. »Dabei hatte ich auf weitere anregende Gespräche gehofft.«

»Ich bedaure, Sie enttäuschen zu müssen.« Es war gleich, wie sehr Mathilda ihre Schritte beschleunigte, er hielt mühelos mit.

»Warum fangen wir nicht noch einmal von vorne an?«

»Womit?«

»Damit, uns kennenzulernen.«

Mathilda hob das Kinn. »Ich habe kein Interesse daran, Sie kennenzulernen.«

»Sie brechen mir das Herz.«

»Das glaube ich Ihnen aufs Wort.« Mathilda ging schneller, er jedoch blieb neben ihr. »Hat man Ihnen nicht beigebracht, dass nichts abstoßender ist als Aufdringlichkeit?«

»Ich nenne es, mich aufrichtig bemühen. Übrigens wollte ich heute die Stadt erkunden, dazu war bisher wenig Zeit.

Möchten Sie mich nicht begleiten? Ich würde gerne Ihre Meinung zu einigen Dingen erfahren, die das Kaufhaus angehen.«

»Nein, ich möchte Sie nicht begleiten.« Dachte der Kerl ernsthaft, sie stiege einfach zu ihm in den Wagen? »Und was Ihr Kaufhaus angeht, so verfügen Sie doch sicher über ausreichend Erfahrungen.«

»Ich lerne gerne dazu.«

Wenn Mathilda eines nicht ausstehen konnte, dann, wenn man sie für dumm verkaufte. »Ich bedaure.« Sie rannte nun beinahe, während der Wagen auf einer Höhe mit ihr blieb.

»Belästigt der Herr Sie?«, fragte ein Mann, und Mathilda wollte bereits Ja sagen, doch kam ihr nur ein Nein über die Lippen. Der Mann sah Arjen Verhoeven argwöhnisch an, dann nickte er.

»Nachdem wir uns nun einig sind, dass ich Sie nicht belästige, seien Sie doch so gut und gönnen mir eine Stunde Ihrer Zeit.«

Da Mathilda die Aufmerksamkeit, die sie auf sich zogen, zunehmend unangenehm wurde, blieb sie stehen. »Bis zum Dom. Wenn Sie es wagen, weiter zu fahren, schreie ich die ganze Straße zusammen.«

Er grinste. »Abgemacht.«

Mathilda öffnete die Tür und ließ sich auf den Sitz sinken, indes sie hoffte, dass niemand, der sie kannte, es sah und ihrem Vater oder – schlimmer noch – Sophie zutragen würde.

Behutsam steuerte Arjen Verhoeven den Wagen durch die breiten Straßen, und es hieß in der Tat, vorsichtig sein, insbesondere an den Schienen, auf denen seit einigen Jahren die elektrische Bahn die Pferdebahn abgelöst hatte. Es war das erste Mal, dass Mathilda mit einem Automobil fuhr, und anfangs war ihr etwas flau im Magen angesichts der Geschwindigkeit und des ungewohnten Holperns.

»Man gewöhnt sich recht schnell daran«, sagte Arjen Verhoeven. »Auch daran, dass es weitaus komfortabler ist als eine Kutsche.«

Er lenkte den Wagen sicher über das Kopfsteinpflaster und bog in die Richartzstraße ein.

»Zum Dom geht es nicht in diese Richtung.«

»Ich weiß, ich mache einen Umweg über den Neumarkt.«

»Aber Sie haben doch gesagt...«

»Ja, ich fahre auch nicht weiter als bis zum Dom, versprochen.« Er feixte. »Entspannen Sie sich. Wenn ich Sie entführen wollte, hätte ich es anders angefangen.«

Mathilda verschränkte die Arme vor der Brust, schwieg jedoch und richtete den Blick auf den Bürgersteig, über den Damen in eleganten Kleidern und Herren in Anzug und Zylinder flanierten, Dienstmädchen mit Körben Besorgungen erledigten, Botenjungen eilten und Kinder – adrett gekleidet wie kleine Erwachsene – mit ihren Kindermädchen spazieren gingen.

»Ich dachte, Sie kennen sich hier nicht aus«, sagte sie, als sie bemerkte, wie Arjen Verhoeven, ohne zu zögern, in die richtigen Straßen einbog.

»Das habe ich nicht gesagt, ich sagte, ich wolle die Stadt kennenlernen.«

Mathilda verdrehte die Augen und schwieg.

»Meine Arbeiter kommen gut voran. Vielleicht eröffnen wir doch früher«, erzählte er.

»Ich habe gesehen, dass die Glasfront fertig ist.«

»Gefällt sie Ihnen?«

»Ja, durchaus. Ich habe meinem Vater den Vorschlag gemacht, unsere Schaufenster bei Nacht zu beleuchten.«

Arjen Verhoeven lenkte den Wagen in die belebte Glockengasse. »Wird er es tun?«

»Ja.« Ein Lächeln zupfte an Mathildas Mundwinkeln, als sie daran dachte, auf wie viel Zuspruch ihre Idee gestoßen war. Sie passierten die Apotheke *Zum Einhorn*, das alte Posthaus, dem man den Namen *Pferdepost* gegeben hatte, den gegenüberliegenden *Wiener Hof* und ein paar Häuser weiter den *Mainzer Hof*, die Zunfthäuser, die Rheinische Musikschule und das Stadttheater, mit dem eine neue Epoche in der Kölner Schauspielwelt eingeleitet worden war. Es gab eine im maurisch-neoislamischen Stil erbaute Synagoge und das Geschäftshaus der Firma 4711, jenes geschichtsträchtige neugotische Haus, das seine von den Franzosen verliehene Hausnummer als Firmennamen beibehalten hatte.

»Was haben Sie eigentlich am Neumarkt vor?«, fragte sie.

»Nichts, ich mache nur einen Umweg, um länger mit Ihnen spazieren zu fahren.«

Wieder verdrehte Mathilda die Augen. »Ich habe Sie nicht für die Art Mann gehalten, der es nötig hat, Frauen auf diese Art und Weise zu einer Spazierfahrt zu nötigen. Klappt es auf dem herkömmlichen Weg nicht?«

Jetzt lachte er. »Das kommt auf die Dame an. Ich vermute, Sie sind gegen meinen Charme immun.«

»Sie vermuten richtig.«

»Und da dachte ich, vielleicht komme ich mit Hartnäckigkeit weiter.«

»Ein fragwürdiger Erfolg.« Sie sah hinaus auf die Straße und bemerkte, wie viele Blicke das Automobil – und somit auch sie – auf sich zog. Sie kamen am Neumarkt an, der bis vor wenigen Jahren noch ein Platz für militärische Veranstaltungen und Märkte gewesen war. Eingerahmt wurde er überwiegend von Wohnhäusern aus dem achtzehnten und neunzehnten Jahrhundert, hier und da entstanden jedoch bereits moderne Geschäftshäuser. Hernach passierten sie St. Aposteln und die Trinkhalle, als Arjen Verhoeven den Neumarkt umrundete, um – wie Mathilda hoffte – nun in Richtung Dom zu fahren.

»Trinken Sie eine Tasse Kaffee mit mir?«, fragte er.

»Geben Sie Ruhe, wenn ich es tue?«

»Für heute, ja.«

»Ich möchte keinen weiteren Streit mit meiner Schwester.«

»Ihre Schwester hat keinen Eigentumsanspruch auf mich. Und was heißt *keinen weiteren*? Gab es denn einen?«

Mathilda sah wieder auf die Straße hinaus und schwieg.

»Verstehe«, sagte Arjen Verhoeven schließlich und beließ es dabei.

Der Dom tauchte vor ihnen auf, ragte mit seinen Kirchtürmen weit über die Stadt. Mathilda hatte gelesen, es sei das dritthöchste Kirchengebäude der Welt. 1880 war er vollendet worden, nahezu neun Jahre vor Mathildas Geburt.

»Waren Sie schon einmal ganz oben?«, fragte sie.

»Nein«, kam es nun eigenartig zögernd, und Mathilda hakte nach.

»Wäre das nicht ein wundervoller Ausflug?«

Er streifte sie mit einem flüchtigen Blick. »Ich befürchte, ich muss passen.«

»Warum? Ich gehe auch hinter Ihnen, falls Sie fallen.«

Ein leises Lachen war zu hören. »Selbst in Ihrer Gesellschaft nicht. Mein Vater hat mich als Kind in Brügge auf den Belfried geschleift, seither habe ich Höhenangst.«

»Tatsächlich? Sie würden meine Gesellschaft verschmähen, weil Sie Angst haben?« Sie konnte sich ein maliziöses Lächeln nicht verkneifen.

»*Höhenangst*. Und ja, ich befürchte, so ist es in der Tat.«

Er parkte den Wagen in der Nähe des Bahnhofs, stieg aus, kam um das Automobil und öffnete Mathilda die Tür. »Wie machen Sie das denn auf dem Kaufhaus?«

»Das ist etwas anderes. Ich kann in hoch gelegenen Gärten spazieren gehen. Zudem ist die Höhe wohl mitnichten vergleichbar.« Er reichte ihr den Arm, und nach einigem Zögern legte sie die Hand darauf. Obwohl sie sich nichts zuschulden kommen ließ und an diesem Mann ganz sicher kein Interesse hatte, konnte sie nicht verhindern, dass sich ihr Magen zusammenzog beim Gedanken an den Streit, der unweigerlich folgen würde, wenn Sophie hiervon erfuhr.

»Hübscher Bahnhof«, stellte Arjen Verhoeven fest.

»Ja, und noch recht neu, er wurde erst vor gut vierzehn Jahren eröffnet. Mein Vater hat mich damals mit hierher genommen, und ich konnte auf seinen Schultern sitzend den Zugverkehr auf den Schienen beobachten.« Mathilda musste bei der Erinnerung daran lächeln. Der Bahnhof war in der Tat schön, sehr großzügig im Renaissance-Stil angelegt.

»Eine Rundfahrt die Dame und der Herr?«, fragte ein Kutscher, der Fahrten für Touristen anbot.

Arjen Verhoeven lehnte dankend ab, und sie gingen weiter.

Sie spazierten am Heinzelmännchen-Brunnen vorbei – seinerzeit errichtet, um den Höhenunterschied der Straße auszugleichen – und passierten das opulente Domhotel. Auf den Straßen herrschte reger Betrieb, nicht nur Kölner waren unterwegs, sondern auch Touristen, die den Dom bewunderten. Ansichtskartenverkäufer mit Bauchläden gingen durch die Menge, ebenso fliegende Händler und Frauen, die Blumengebinde verkauften. Ein junger Mann fuhr so schnell auf dem Fahrrad vorüber, dass er Arjen nur verfehlte, weil die aufmerksame Mathilda ihn rasch beiseitezog.

»Jetzt weiß ich, warum Sie so erpicht auf eine Frau an Ihrer Seite sind«, spöttelte sie, was ihn wiederum zum Lachen reizte.

»Möchten Sie in ein Café oder in eines der Hotelrestaurants?«, fragte er.

»Nein, das Wetter ist so herrlich.«

Er kaufte zwei Becher Kaffee an einem Stand, und sie schlenderten langsam zum Rhein, wo sie sich auf einer Bank am Ufer niederließen und die Schiffe beobachteten.

»Ich werde meinem Vater vorschlagen«, begann Mathilda, »Modenschauen auf dem Dach abzuhalten. Das Dach wird nicht genutzt, es ist verschwendete Fläche.«

»Hat mein geplanter Dachgarten Sie darauf gebracht?«

»Ja.« Mathilda nippte an dem heißen Kaffee, der etwas zu stark war für ihren Geschmack. »Ich habe so viele Ideen und würde viel lieber in die Dekoration und mehr in der Werbung machen als Kleider zu verkaufen.«

»Warum tun Sie das nicht?«

»Weil mein Vater Herrn Falk niemals durch mich ersetzen würde. Und Herr Falk wiederum würde mich als Assistentin akzeptieren, aber er setzt auf das Althergebrachte.«

Arjen Verhoeven sah auf den Rhein und schwieg. »Ich habe lange über das nachgedacht, was Sie gesagt haben«, begann er schließlich. »Dass Sie ich sein wollen«, fügte er erklärend hinzu, als er ihren fragenden Blick bemerkte.

»Haben Sie das ernst gemeint?«

»Ja. Verstehen Sie mich nicht falsch, ich wünsche mir keinesfalls, ein Mann zu sein.«

Ein Lächeln flog über seine Lippen. »Na, das hoffe ich doch.«

»Aber«, fuhr sie unbeirrt fort, »Sie haben so viele Möglichkeiten. Sie können gehen, wohin Sie möchten, arbeiten, was Sie möchten ...«

»Nein, das wiederum nicht. Es war immer klar, ich trete in die Fußstapfen meines Vaters. Auch das ist eine Art Zwang, wenngleich ich nie etwas dagegen einzuwenden hatte, ich bin gerne Kaufmann.«

»Sie dürfen ein ganzes Kaufhaus einrichten, nach Ihren Wünschen. Das ist so großartig, dass ich es mir nicht einmal vorstellen kann. Denken Sie nicht manchmal, Sie träumen?«

»Ehrlich gesagt, nein.«

»Sehen Sie«, antwortete Mathilda, als erkläre das bereits alles.

»Wenn ich Ihnen anbieten würde«, sagte er, »bei mir als Leiterin der Dekoration anzufangen, und Ihnen alles unterstellen würde – vorausgesetzt, Ihre Ideen überzeugen mich –, würden Sie dann in meinem Kaufhaus anfangen?«

Die Vorstellung war so überwältigend, dass Mathilda einen Moment brauchte, um sie auszukosten, ehe sie den Kopf schüttelte. »Das könnte ich meinem Vater nicht antun.«

»Es ist eine geschäftliche Entscheidung, keine persönliche.«

»Sie wissen doch, dass sich in meinem Fall das eine nicht von dem anderen trennen lässt.« Tatsächlich hatte sie nie darüber nachgedacht, woanders zu arbeiten, aber nun entfaltete die Möglichkeit einer Arbeitsstelle, die sie unabhängig vom familiären Betrieb machte, einen enormen Reiz. Doch es kam nicht infrage.

»Wenn ich Ihnen freie Hand ließe«, sagte er, »welche Käufergruppen würden Sie in erster Linie ansprechen?«

»Frauen«, antwortete Mathilda, ohne zu überlegen. »Ich würde alles tun, damit sie gerne kommen und sich lange aufhalten. Sie sollen Einkaufen als Erlebnis empfinden, etwas, das man tut, obwohl man eigentlich nichts braucht. Und ich würde in der Werbung versuchen, jeder einzelnen das Gefühl zu vermitteln, ich würde allein sie ansprechen.«

»Schwieriges Unterfangen.«

»Schwierig, aber nicht unmöglich.«

»Wie würden Sie vorgehen?«

Jetzt lächelte sie. Sie drehte sich zur Straße, als sie ein Automobil vorbeifahren hörte. »Ich hatte vor einiger Zeit die Idee – ich kann es Ihnen ja ruhig erzählen, da wir sie ohnehin begraben müssen –, eine Ausstellung mit einem Automobil zu machen. Meinem Vater gefiel der Vorschlag gut, aber die Händler nehmen horrende Leihgebühren, und dann ist da noch die Versicherungssumme.«

»Wie stellen Sie sich die Ausstellung vor?«

»Ich dachte, man könnte den Wagen in das Kaufhaus fahren und Puppen mit der Herbstkollektion darum herumdrapieren.«

Arjen Verhoeven trank seinen Kaffee und nickte mit nachdenklicher Miene. »Das klingt interessant.«

»Ja, aber wie gesagt, es scheitert an den hohen Kosten.«

»Ich würde meinen Wagen anbieten, wenn ich ihn nicht selbst bräuchte.«

Mathilda warf ihm einen schrägen Blick zu. »Das kann man immer leicht sagen. Ich vergesse auch bei all dem netten Geplauder nicht, dass Sie unser Konkurrent sind und Ihr Vater einen einschlägigen Ruf in der Geschäftswelt hat. Ebenso wie Sie.«

»Sie haben sich erkundigt?«

»Nein, mein Vater, seit Sie mit meiner Schwester herumtändeln.«

»Was erzählt man über mich?«

»Sie sind ein Mann, der sein kompromissloses Geschäftsgebaren hinter seinem Charme verbirgt.«

»Wie schmeichelhaft.«

»Und was Frauen angeht, wusste man auch nicht viel Gutes zu berichten.«

Ein kaum merkliches Lächeln umspielte seine Mundwinkel. »Glauben Sie nicht alles, was man erzählt. Sind Sie deshalb vor mir weggelaufen?«

»Ich bin nicht weggelaufen.«

Das war ihm nur ein kurzes Heben der Brauen wert.

»Ich möchte nicht in Schwierigkeiten geraten.«

»Keine Sorge, wenn ich vorhätte, Sie zu meiner Geliebten zu machen, wäre ich anders vorgegangen.«

Mathilda spürte, wie ihre Wangen heiß wurden. Um ihre Verlegenheit zu überspielen, kramte sie ihre Uhr hervor. »Meine Pause ist vorbei, ich muss zurück.«

»Gut, ich fahre Sie.«

»Es ist doch nur ein kurzes Stück.«

»Ich muss ohnehin in mein Kaufhaus, da liegt Ihres ja sozusagen auf dem Weg.«

Da Mathilda es kindisch fand, sich vehement dagegen zu sträuben, nachdem sie gerade mit ihm Kaffee getrunken hatte, willigte sie schließlich ein.

»Ein Freund von mir«, erzählte er, während er ihr die Tür seines Wagens öffnete, »handelt mit Automobilen, allerdings mehr aus einer Liebhaberei heraus. Ich kann ihn fragen, ob er Ihnen eins zur Verfügung stellt, wenn Sie im Gegenzug Werbung für ihn machen.«

Mathildas Augen weiteten sich. »Das würden Sie tun?«

»Ja, würde ich. Wenn Sie mir im Gegenzug kein leeres Geschwätz mehr unterstellen.«

Wieder stieg Mathilda Hitze in die Wangen. »Schon gut, es tut mir leid.«

»Keine Ursache.« Er stieg ein und startete dem Motor. »Sehen wir uns wieder?«

»Ich befürchte...«

»Sagen Sie nicht Nein. Ich möchte mich nur mit Ihnen unterhalten, versprochen. Wie gesagt, wenn ich...«

»Ja, Sie sagten es bereits. Aber das kann auch eine Methode sein, mich auf diese Weise zu verführen.«

»Sind Sie so leicht verführbar?«

»Nein.«

»Also, was haben Sie zu befürchten?«

Nichts, gestand Mathilda sich ein. Nur einen Riesenstreit mit Sophie. »Ich denke darüber nach.«

»Das ist ja immerhin etwas.« Er lächelte, als ahne er bereits, wie ihre Antwort ausfallen würde.

Caspar konnte von seinem Fenster aus beobachten, welche Fortschritte die Arbeit am Kaufhaus Verhoeven machte. Falls der junge Verhoeven das Konzept seines Vaters übernahm, konnte das funktionieren und wäre eine nicht zu unterschätzende Konkurrenz. Es blieb nur zu hoffen, dass Caspar mit entsprechenden Werbeangeboten und vorübergehend reduzierten Preisen gegensteuern konnte. Sie würden die Idee einer Kind- und Kleinkindabteilung zum Jahresende hin in Angriff nehmen und die Herrenabteilung um eine Knabenabteilung erweitern. Für junge Mädchen bot das Kaufhaus bereits einen von der Damenabteilung abgetrennten Bereich.

Caspar wollte sich bereits vom Schaufenster abwenden, als er Arjen Verhoevens Automobil mit offenem Verdeck vorfahren sah. Es dauerte einen Moment, ehe Caspar in der jungen Frau seine Tochter Mathilda erkannte. War das denn die Möglichkeit? Arjen Verhoeven stieg aus und öffnete ihr die Tür, reichte ihr die Hand und half ihr hinaus. Sie plauderten noch einen Moment, Mathilda lächelte, dann wandte sie sich ab und eilte über die Straße auf das väterliche Kaufhaus zu. Caspar war wie erstarrt. Hatte dieser Kerl vor, eine Marquardt-Tochter nach der anderen auf Abwege zu führen? Dass er bei Sophie Erfolg hatte, wunderte Caspar nicht, sie war Männern gegenüber leicht zugänglich. Aber Mathilda?

Ihm kam die Angelegenheit mit dem Diebstahl wieder in den Sinn. Er hatte von vorneherein ausgeschlossen, dass sie etwas damit zu tun haben könnte, und es beunruhigte ihn, dass ihr jemand dergleichen anhängen wollte. Als er sie nun mit Arjen Verhoeven sah, fragte er sich, was sie ihm wohl alles verbarg? Dass sie die Kundinnen bestahl, konnte er sich nach wie vor nicht vorstellen – warum auch sollte sie das tun? –, aber womöglich lauerte etwas im Hintergrund, das jemand anderen veranlasste, sie auf diese Weise in Schwierigkeiten zu bringen.

Sollte er mit Arjen Verhoeven sprechen und ihn darum ersuchen, seine Töchter in Ruhe zu lassen? Oder würde er damit nur Öl ins Feuer gießen? Caspar schloss die Augen und rieb sich den Nacken. Er hörte, wie die Tür geöffnet wurde, und Frau Harrenheim sagte: »Besuch für Sie, Herr Marquardt.« Sie klang dabei alarmierend gut gelaunt, und Caspar drehte sich um, als er auch schon die fröhliche Stimme mit dem englischen Akzent hörte.

»Vielen Dank, meine Liebe.« Elaina Ashworth betrat das Bureau und wartete nicht einmal, bis Frau Harrenheim die Tür geschlossen hatte, um Caspar einen Arm um den Nacken zu schlingen und ihm einen herzhaften Kuss auf den Mund zu geben. »Guten Tag, Darling. Du siehst gut aus.« Sie küsste ihn erneut, dieses Mal länger, und Caspar legte ihr die Hände um die Taille, ließ sie gewähren und fragte, als sie sich endlich von ihm gelöst hatte: »Habe ich mich mit dem Datum vertan?«

Sie lachte. »Dein Part wäre gewesen: ›Elaina, was für eine reizende und völlig unerwartete Überraschung.‹ Nein, mein Liebling, du hast dich nicht mit dem Datum vertan, mir war einfach danach, schon früher zu kommen.« Ihre Finger lockerten seine Krawatte und öffneten die oberen Knöpfe seines Hemdes.

Er umfasste ihre Hand. »Das ist wohl kaum der passende Zeitpunkt.«

»Deine reizende Vorzimmerdame wird niemanden reinlassen, während ich hier bin, glaub mir.«

Caspar hob die Brauen. »Tatsächlich?«

»Ja. Wir hatten ein interessantes Gespräch, ehe sie mich zu dir gelassen hat.«

»Worüber?«

»Frauengeheimnis.« Sie küsste ihn erneut, aber Caspar wusste, dass sich weder seine Töchter noch Max von Frau Harrenheim würden aufhalten lassen.

»Ich bin mir nicht sicher, ob ich dich mit meinen Töchtern allein lassen darf.«

»Und das wiederum sagt mir, dass ein paar Gespräche unter Frauen dringend notwendig sind.«

»So, wie du das sagst, klingt es beunruhigend.«

Wieder lachte sie und küsste ihn, und einen Moment lang war Caspar tatsächlich versucht nachzugeben. Elaina war die erste wirklich leidenschaftliche Beziehung, die er nach dem Tod von Mathildas Mutter gehabt hatte. Mit Alma, seiner Ehefrau, hatte er zwar das Bett weiterhin geteilt, aber das war eher dem körperlichen Bedürfnis als dem nach Nähe geschuldet gewesen. Elaina hatte nach dem Tod seiner Frau dafür gesorgt, dass die Geschäftsreise nach England unvergesslich wurde. Zudem hatte sie einen ausgeprägten Sinn fürs Geschäft, so dass nicht nur die Nächte mit ihr anregend waren, sondern auch die Gespräche bei Tag. Würde sie nicht dem strikten Vorsatz folgen, nie wieder zu heiraten, wäre Caspar vielleicht sogar versucht, ihr eine Ehe anzubieten. Aber sie würde England nie verlassen, auch für ihn nicht. »Verschieben wir es auf später«, sagte er dicht an ihrem Mund.

Sie strich ihm eine Strähne aus dem Gesicht. »Ich kann es kaum erwarten.« Dann löste sie sich von ihm und trat zurück. »Also, mein Lieber, ich hörte, du brauchst ein paar gute Ideen.« Sie ging zum Fenster. »Und wie ich sehe, schläft die Konkurrenz nicht. Der junge Verhoeven also, ja?«

»Ja. Und noch dazu bandelt er mit meinen beiden Töchtern an.«

»Louisa und – wie heißt die Kleine gleich? – Sophie?«

»Nein, Louisa ist zu vernünftig, in dieser Hinsicht muss ich mir bei ihr keine Sorgen machen. Sophie und meine Mathilda.«

»Ah, das Kind der Liebe.« Elaina lächelte. »Was meinst du mit anbändeln? Geht er mit ihnen ins Bett?«

»Gott bewahre, nein!« Zumindest hoffte Caspar das. »Sophie war ein paarmal mit ihm verabredet, meist in einem Café oder Restaurant, und Mathilda habe ich vorhin aus seinem Automobil steigen sehen.«

Elaina nickte. »Hast du sie gefragt, wo sie gewesen sind?«

»Nein, das wollte ich gerade tun.«

»Warte erst, ob sie es dir von sich aus erzählt. Sonst könnte sie annehmen, du spionierst ihr nach.«

»Das habe ich nicht. Sie ist praktisch vor meinem Fenster aus seinem Wagen gestiegen.«

»Was du getan hast und was du dem Anschein nach getan hast, sind zwei verschiedene Dinge. Also warte erst einmal.«

Caspar nickte zögernd.

»Ich sehe schon, dir fehlt die Frau im Haus. Was ist mit dieser Olivia?«

»Olga. Wir sind befreundet, mehr nicht. Und eine Vertraute meiner Töchter ist sie gewiss nicht.«

»Dann kommt sie leider nicht für dich infrage, mein Liebster.« Elaina sah zur Tür. »Und nun stell mich bitte deiner Ältesten vor, die du enterbt hast.«

»Ich habe sie nicht...«

»Spar dir die Wortklaubereien, ja? Natürlich hast du. Sie ist eine Frau und offenbar deines Werkes nicht würdig.« Zorn blitzte in ihren Augen auf. Es gab nichts, womit man sie schlimmer reizen konnte als mit dem Unterschätzen weiblicher Fähigkeiten.

»Du kennst die Regeln doch selbst.«

»Ja, wobei wir bereits fortschrittlicher sind als ihr. Bei uns bleibt das Eigentum der Frau auch nach der Heirat in ihrem Besitz. Da habt ihr noch einiges zu lernen. Und nun bestrafst du deine Tochter, von der du mir vorgeschwärmt hast, wie vorbildlich sie hier seit Jahren mitarbeitet.« Sie schien zu überlegen. »Weißt du was, stell mich zuerst deinem neuen Ziehsohn vor.«

»Er ist nicht...«

»Ja, ja, papperlapapp.« Sie ging zur Tür und öffnete sie energisch. »Wo ist das Bureau des Erbschleichers?«

»Die Tür rechts«, kam es fröhlich von Frau Harrenheim.

»Elaina!« Caspar stürzte hinter ihr her.

Louisa blickte auf, als die Tür des Bureaus geöffnet wurde, und sah die elegante Dame befremdet an, die auf ihren Anblick ihrerseits irritiert reagierte. »Ja?«

»Meine Tochter Louisa«, sagte ihr Vater, der der Frau auf den Fuß folgte. »Louisa, das ist...«

»Elaina Ashworth«, fiel die Frau ihm ins Wort und kam auf sie zu. »Wie schön, Sie kennenzulernen.«

Louisa erhob sich und gab der Frau die Hand. »Offenbar hatten Sie es allerdings sehr eilig, zuerst Max zu sehen.«

Ihr Vater seufzte tief.

»Oh, mein Liebes, nur um mir diesen Kerl mal aus der Nähe anzusehen. Ihr Vater hat mir die ganze skandalöse Geschichte erzählt.«

Louisa hob die Brauen und sah ihren Vater an.

»Was tust du eigentlich hier?«, fragte dieser, ohne auf das Gesagte einzugehen. »Und wo ist Max?«

»Der läuft irgendwo im Kaufhaus herum. Ich habe ihn gefragt, ob ich seinen Schreibtisch so lange benutzen darf.«

»Haben Sie keinen eigenen, mein Liebes?«

»Leider nicht.«

Die Frau warf Caspar Marquardt einen unschwer zu deutenden Blick zu, der diesen erneut seufzen ließ, und wandte sich an Louisa. »Kommen Sie. Möchten Sie mir nicht das Kaufhaus zeigen?«

»Macht das nicht mein Vater?«

»Ach, wissen Sie, er hat mir so viel davon erzählt. Ich sehe es lieber durch die Augen seiner liebsten Kundschaft: der Frauen.«

»Nun gut.« Ihr Vater ergab sich erstaunlich schnell. »Dann überlasse ich dich Louisas fähiger Führung.«

Elaina Ashworths Lippen teilten sich zu einem Lächeln. »Bis später.« Sie wandte sich an Louisa. »Also, wo fangen wir an?«

»Im Erdgeschoss.« Während Louisa mit ihr zum Aufzug ging, fragte sie: »Wir hatten Sie erst nächste Woche erwartet.«

»Mir war danach, schon heute hier anzureisen.«

»Wie schön, ich freue mich. Wir waren schon neugierig auf Sie.«

»Tatsächlich? Sie und Ihre Schwestern?«

»Schwester. Sophie ist nicht so sehr am Kaufhaus interessiert, aber Mathilda ist gespannt auf das, was Sie hier vorstellen möchten. Sie leitet die Damenabteilung. Und meine Freundin Dorothea Tiehl möchte Sie ebenfalls gerne kennenlernen. Ihr Verlobter wollte damals einen Artikel über Sie schreiben.«

»Ah, ich glaube, ich erinnere mich. Da war mal ein junger deutscher Journalist, der mit mir über meine Arbeit gesprochen hat.«

Der Aufzug brachte sie ins Erdgeschoss. »Hier unten ist, direkt, wenn man reinkommt, die Parfumabteilung. Das hat mein Vater so eingerichtet, damit der Gestank vom Pferdemist auf den Straßen nicht ins Kaufhaus dringt.«

»Ja, das handhaben viele so.« Elaina Ashworth nahm einen Flakon zur Hand, drückte den Zerstäuber und sprühte feinen Nebel auf ihr Handgelenk. Ein zarter, blumiger Duft stieg auf. »Verkaufen Sie auch Rouge und Lippenstift?«

»Ja, aber nur unter der Ladentheke.« Derart anrüchige Waren wurden nicht offen herausgegeben.

»Ich verstehe.« Elaina Ashworth roch an ein paar weiteren

Parfums, wechselte einige freundliche Worte mit der Verkäuferin, dann gingen sie weiter, und Louisa zeigte ihr unter anderem die Galanteriewaren, Herrenaccessoires wie Hüte, Schirme und Stöcke, Damenaccessoires, wo es neben Hüten und Schirmen auch elegante Taschen gab, Bänder, Besätze und Gürtel. Hier unten war auch die Abteilung für Handschuhe, Kurzwaren, Vorhänge und Gardinen, Bilder- und Bilderrahmen, Tapisserien, Möbel, Teppiche, Klein- und Großlederartikel, Stand- und Hängeuhren sowie Bücher.

»Oben befinden sich die Konfektionsabteilungen für Damen und Herren. Demnächst kommt Kinderkleidung dazu.« Louisa zeigte ihr die Sportartikel, die Bijouterien, außerdem die Leinen- und Baumwollwaren, Berufsbekleidung für Damen und Herren und die Abteilung für Schuhe.

»Ich hoffe, meine Schwester ist nicht noch in der Pause«, sagte sie, als sie die Damenabteilung betraten. Mathilda jedoch war gerade im Kundengespräch.

»Sie leitet die gesamte Abeilung?«

»Der Abteilungsleiter ist ein Mann, Mathilda ist leitende Verkäuferin. Aber sie möchte eigentlich lieber in die Dekoration.«

»Und warum geht sie nicht dorthin? Mangelt es an Talent?«

»Nein, mein Vater möchte den Dekorateur nicht vor den Kopf stoßen.«

Elaina Ashworth stieß mit einem wenig damenhaften Schnauben die Luft aus. »Was befindet sich oben?«

»Ein Restaurant, ein Café, ein Damenfriseur, ein Barbier, außerdem die gesamte Haushaltsabteilung, Waren aus Ton und Emaille, Steinzeug, Glaswaren, Porzellan, Korbwaren, Holzgalanteriewaren. Es gibt Lampen und eigentlich alles, was man für den Haushalt benötigt. Außerdem ist dort die Spielwarenabteilung.«

»Hängt Ihr Vater immer noch so an seinen Kolonialwaren?«

»Ja, die Abteilung ist auch oben, direkt neben der Lebensmittelabteilung. Die Delikatessen haben wir noch einmal gesondert untergebracht. Für Fisch und Fleisch haben wir zwei eigene Räume, die durchgehend gekühlt sind.«

»Sie kennen das Kaufhaus gut, nicht wahr?«

»In- und auswendig, jede Abteilung, jeden Angestellten. Leider bedeutet das nicht viel, wenn ich keine Ahnung von Wirtschaft habe und eine Frau bin.« Bitterkeit hatte sich in Louisas Stimme geschlichen.

»Ach, Kind, was bedeutet Wirtschaft? Das Jonglieren mit Zahlen oder das Gespür fürs Geschäft? Für die Zahlen kann man jemanden einstellen, das Gespür müssen Sie selbst haben. Ah, Ihre Schwester scheint ihr Gespräch beendet zu haben.«

Louisa machte Mathilda durch ein kurzes Handheben auf sich aufmerksam, und diese wechselte noch rasch ein paar Worte mit einer der Verkäuferinnen und kam dann zu ihnen. Sie wirkte, als habe sie sich geärgert, würde das aber niemals in Gegenwart einer potenziellen Kundin äußern. »Guten Tag, kann ich helfen?«

»Mathilda, das ist Elaina Ashworth.«

»Oh, wie reizend.« Mathilda war sichtlich begeistert. »Wir hatten Sie erst nächste Woche erwartet. Sehen Sie sich das Kaufhaus an?«

»Ja, Ihre Schwester zeigt mir gerade alles.«

»Das kann Louisa besser als jeder andere hier.«

Elaina Ashworth lächelte. »Ja, den Eindruck gewinne ich auch.« Sie sah sich um. »Eine große Abteilung, die Sie hier leiten.«

»Ja, nicht wahr? Ah, Louisa, da fällt mir ein, ich habe ein Automobil für die Ausstellung organisiert. Wir müssen das bald in Angriff nehmen, wir bekommen nächste Woche die Herbstkollektion aus Madrid.«

»Hat das doch noch geklappt mit dem Wagen?«

»Ja, aber Papa muss sich da morgen drum kümmern, es muss vorbereitet sein, damit wir zum Ende der Woche alles über Nacht ausstellen können.« Mathilda wandte sich an Elaina Ashworth. »Wir stellen unten auf die Ausstellungsfläche ein Automobil und drapieren die Schaufensterpuppen darum herum. Das Motiv ist eine ›Reise im Herbst‹.«

»Das klingt wunderbar. Ich bin gespannt.«

Nachdem Mathilda ihr die Abteilung gezeigt hatte, setzte Elaina mit Louisa ihren Rundgang fort. Bei ihrer Pause im Café trafen sie auf Max.

»Max Dornberg«, stellte Louisa ihn vor. »Max, darf ich dich mit Elaina Ashworth bekannt machen?«

Er reichte ihr die Hand. »Wir hatten ...«

»Mich erst nächste Woche erwartet, ich weiß.« Sie hielt seine Hand fest und taxierte ihn, dann ließ sie ihn los. »Nun, zumindest wirken Sie weder wie ein Einfaltspinsel noch wie ein arroganter Fatzke, ich habe Schlimmeres erwartet.«

»Na, dann bin ich ja beruhigt.«

Louisa deutete auf den Tisch, von dem Max sich eben erhoben hatte. »Leistest du uns Gesellschaft?«

»Bedaure, aber ich muss zurück an die Arbeit.« Er nickte Elaina Ashworth zu und ging.

»Hübscher Bursche.« Die Engländerin ließ sich am Tisch nieder. »Sie schlafen nicht mit ihm, oder?«

Louisa starrte sie an. »Was? Nein, natürlich nicht.«

»Das ist sehr klug. Tun Sie es auch künftig nicht.«

»Nein, wie käme ich dazu?«

Elaina Ashworth lachte. »Sie sehen einander auf eine Art an, die nahelegt, dass es irgendwann dazu kommen könnte. Und dann stecken Sie in der Zwickmühle.«

»Das bilden Sie sich ein, ich möchte nichts dergleichen, und er auch nicht.«

»Er würde nicht Nein sagen, das kann ich Ihnen versichern. Sehen Sie also zu, dass es nicht zu einer Situation kommt, wo Sie so selbstvergessen sind, dass die Bewahrung Ihrer Unschuld in seinen Händen liegt.«

Louisa spürte, wie ihr das Blut heiß ins Gesicht stieg, und sah sich vorsichtig nach möglichen Lauschern um. »Ganz gewiss nicht.«

»Es muss Ihnen nicht unangenehm sein, Liebes. Möchten Sie irgendwann mal heiraten?«

Louisa zuckte lediglich die Schultern.

»Ich war verheiratet«, erzählte Elaina Ashworth. »Der Kerl hat mich nach Strich und Faden betrogen, mein Geld verprasst und mich wie eine Dienstmagd behandelt. Das einzig Gute an ihm war, dass er offenbar keine Kinder zeugen konnte, damit blieb mir wenigstens erspart, mich um seine Brut zu kümmern. Verstehen Sie mich nicht falsch, ich mag Kinder, aber nicht von diesem Mann. Glücklicherweise ist er gestorben, ehe ich ihn umbringen konnte. Ich habe also mein Leben selbst in die Hand genommen und mir alles neu aufgebaut. Und ich habe beschlossen, ich heirate nicht wieder.«

»Möchten Sie mir von einer Ehe abraten?«

»Nein, Sie treffen Ihre eigenen Entscheidungen. Aber sehen Sie sich den Burschen gut an. Den falschen Mann zu heiraten ist ein Fehler, den man nicht so ohne weiteres korrigieren kann, möchte man hernach nicht von der Gesellschaft geächtet werden.«

Der Kellner erschien, und während Louisa einen Kaffee bestellte, nahm Elaina Ashworth Waffeln mit Schlagsahne und Tee. »So, meine Liebe, und jetzt erzählen Sie mir, wie Sie sich das Kaufhaus in Zukunft vorstellen.«

*

Die wenigen Tage bis zum Wochenende hatte Mathilda in fieberhafter Aufregung verbracht. Der Wagen war, wie versprochen, rechtzeitig in den Hinterhof des Kaufhauses gefahren worden und hatte zwei Nächte im Lager gestanden, bestaunt von den Lagerarbeitern und Botenjungen. Mehr als ein Mal hatte der Lagerleiter Herr Walther ein Machtwort sprechen müssen, wenn die Jungen gar zu versessen darauf waren, in dem Wagen zu sitzen, und dafür ihre Arbeit vernachlässigten. Vermutlich hatten noch nie so viele Verkäuferinnen und Verkäufer das Lager besucht, und gelegentlich musste Herr Walther zur Ordnung rufen, wenn die Verkäuferinnen mit den Lagerarbeitern schäkerten und davon träumten, welche Orte trauter Zweisamkeit sich mit dem Vehikel besuchen ließen.

Das Tor zum Hinterhof war groß genug, um den Wagen

in das Kaufhaus zu fahren. Hierdurch wurden unter anderem die sperrigen Möbel für die Einrichtungsabteilung gebracht. Dennoch verursachte es einen großen Aufruhr, als der Wagen am Samstagabend nach Geschäftsschluss auf die Ausstellungsfläche gefahren wurde. Vermutlich waren noch nie so viele Mitarbeiter nach Feierabend im Haus geblieben, wenn nicht gerade die jährliche Weihnachtsfeier anstand.

Herr Falk hatte vier Schaufensterpuppen ausgesucht, Mathilda hatte diese mit zwei Verkäuferinnen eingekleidet, und nun standen sie starr um den Wagen herum. Obwohl alles perfekt arrangiert war, hatte Mathilda sich das alles lebendiger vorgestellt. Noch lange, nachdem Herr Falk gegangen war, stand sie davor und grübelte, was man verbessern konnte. Schließlich stellte sie einen Ventilator davor und schaltete ihn ein. Es dauerte seine Zeit, bis sie den richtigen Abstand traf und die Schals und Schleier auf den Hüten nicht allzu wild flatterten. Jetzt wirkte es wie ein Fahrtwind.

Später beim Abendessen wagte sie es, eine weitere Idee anzusprechen. Wie häufig in den letzten Tagen war ihr Vater nicht zugegen, stattdessen hatten sie Max eingeladen, dem Essen beizuwohnen. In der Regel lebte dieser zurückgezogen in seinen Räumen und mied es, sich in das Familienleben einzumischen.

»Ich habe mir Folgendes vorgestellt«, sagte Mathilda. »Morgen früh gehen wir vor Ladenöffnung ins Geschäft, und dann kleiden Sophie und Max sich mit der neuesten Mode ein.«

Sophie spießte ein Stück kalten Braten auf. »Grundsätzlich ist das eine gute Idee. Aber warum?«

»Ihr seid meine lebenden Schaufensterpuppen im Wagen.«

Max hob die Brauen. »Tatsächlich?«

»Ja. Ich brauche eine Frau und einen Mann, und ihr seid gerade verfügbar.«

»Wir sollen uns einfach in den Wagen setzen?«, fragte Sophie.

»Ja, und den Kunden zuwinken und so tun, als würdet ihr gerade spazieren fahren. Plaudert nett miteinander, was man eben so macht als verliebtes Paar.«

»Verliebt sind wir auch?«, fragte Max.

»Wäre nett, wenn ihr so tun könntet, ja.«

Sophie lachte. »Also gut. Meinetwegen.«

»Dann kann ich schlecht Nein sagen, oder?«, kam es von Max.

»Kannst du nicht«, antwortete Louisa.

»Sollen wir uns auch küssen?«, fragte Sophie mit unschuldigem Augenaufschlag.

»Ja«, entgegnete Louisa, »bitte tut das. Dann erledigt sich das leidige Problem mit der Erbschaft hoffentlich von selbst.«

Max sah sie an und hob eine Braue, sagte jedoch nichts.

»Könnten wir wenigstens heute Abend mal das Kriegsbeil begraben lassen«, bat Mathilda.

»Wir bekriegen uns nicht.« Louisa hob ihr Glas an die Lippen und sah Max darüber hinweg an. »Wo ist Papa eigentlich?«, fragte sie dann.

»Vermutlich im Hotel mit dieser Engländerin«, sagte Sophie.

»Bist du sicher?« Mathilda konnte sich ihren Vater und

diese resolute Engländerin nun wirklich nicht zusammen vorstellen. Andererseits war ihr nicht entgangen, dass er am Vortag erst in den Morgenstunden nach Hause gekommen war. Er blieb nie die ganze Nacht weg, als wolle er vermeiden, dass seine Töchter Fragen stellten oder es zu Gerede kam.

»Besser sie als Olga«, sagte Sophie. »Sie reist wenigstens wieder ab.«

»Stellt sie morgen nicht auch ihr Programm vor?«, wandte sich Mathilda an Louisa.

»Ja, um zehn.« Louisa sah Max an. »Bedauerlich, dass du da noch mit Sophie schäkernd im Wagen sitzen musst. Ich erzähle dir später alles.«

»Bestimmt findet sich ein Verkäufer, der mich ablöst.«

»Der hübsche Kerl aus den Herrenaccessoires?«, rief Sophie hoffnungsvoll.

»Ich frage ihn«, antwortete Mathilda.

»Gut.« Louisa erhob sich. »Ich gehe zu Bett.«

»Schon?«

»Es geht früh los, nicht wahr? Erzählst du Papa von deiner Idee?«

»Nein, er soll genauso überrascht werden wie alle anderen.« Mathilda stand ebenfalls auf und ging in ihr Zimmer. Sie hatte keine Ahnung, wie ihr Vater auf diese unkonventionelle Idee reagieren würde, von Herrn Falk ganz zu schweigen, der schätzte das Bewährte. Am kommenden Tag würde sich zeigen, ob sie richtiglag und die Besucher mit der erhofften Begeisterung reagierten.

»Hast du davon gewusst?« Caspar Marquardt stand morgens zusammen mit den Kundinnen und Kunden vor dem Arrangement und schien nicht recht zu wissen, was er davon halten sollte. Die Verkäufer der am nächsten liegenden Abteilungen reckten ebenfalls die Hälse, um das Automobil mit Sophie und Max zu sehen. Der Ventilator lief und erzeugte künstlichen Fahrtwind, während Sophie lachend mit Max plauderte und den Umstehenden übermütig zuwinkte.

»Ja, wir haben gestern Abend darüber gesprochen«, antwortete Louisa. Während du nicht da warst, hing unausgesprochen in der Luft. »Gefällt es dir nicht?«

»Doch«, räumte er zögernd ein. »Es hat was.«

Herr Falk allerdings wirkte, als wolle er vor Wut platzen. »Ihre Tochter hat aus meinem Arrangement etwas gemacht, das einer Zirkusnummer gleicht«, beschwerte er sich.

»Nun«, antwortete Caspar Marquardt, »wie es aussieht, haben die Leute Spaß an dieser Zirkusnummer.«

»Es kann doch nicht darum gehen, den Vulgärgeschmack der Leute zu befriedigen.«

Caspar Marquardt zog die Brauen zusammen. »Sie denken, meine Tochter Sophie befriedige den vulgären Geschmack?«

Nun kroch unübersehbar Röte vom Hals ins Gesicht, und Herr Falk beeilte sich zu beschwichtigen. »Nein, natürlich nicht. Ich… Also ich… Ihre Tochter ist natürlich entzückend. Aber das ganze Arrangement wirkt sehr… sehr bemüht.«

»Nun, ich finde, es wirkt lebendig und großartig.«

Louisa schwieg zufrieden, dankbar dafür, dass Herr Falk

ihr die Aufgabe abnahm, ihren Vater öffentlich zur Begeisterung zu bewegen.

»Hm, ja, natürlich.« Herr Falk zog sich zurück, und ihr Vater schüttelte den Kopf.

»Also wirklich«, murmelte er. Dann sah er wieder zu dem Wagen und wandte sich ab, um in sein Bureau zu gehen, während Louisa die Zeit bis zur Besprechung für einen Rundgang durch das Kaufhaus nutzte. Sie war gespannt darauf, was Elaina Ashworth zu erzählen hatte.

In der Abteilung für Musikalien waren neue Lehrbücher und Noten eingetroffen, und Louisa, die in ihrer freien Zeit Klavier und Violine spielte, blätterte durch die *Lehre von den Intervallen*, nahm dann Mendelssohn-Bartholdys *Lieder ohne Worte* zur Hand, das achtundvierzig Lieder für das Pianoforte für eine Mark bot und das sie nach kurzem Überlegen erwarb. Außerdem das neue Opernalbum mit fünfzehn Potpourris für das Piano. Nach einigem Zögern legte sie die musikalischen Märchen wieder zurück, obwohl sie gerade die Fassung von Hänsel und Gretel sehr mochte. Das Kaufhaus versandte an interessierte Kunden auf Wunsch kostenlos einen ausführlichen Musikalien-Katalog, in dem auch der modernen Musik viel Platz eingeräumt wurde.

Als Louisa auf die Uhr sah, bemerkte sie, dass sie nahezu eine Stunde in der Abteilung zugebracht hatte. Sie warf auf dem Weg zum Aufzug noch einen Blick in die Abteilung für Waren aus Asien und entdeckte einige neue Stücke. Insbesondere ein Paravent aus Holz mit goldener Malerei hatte es ihr angetan. So etwas wünschte sie sich schon lange für ihr Zimmer. Oder für ein Bureau, wenn sie eines hätte. Sie wusste genau, wie sie dieses einrichten würde, und hatte oft bei Gängen durch das Kauhaus innerlich ihr Arbeitszimmer geplant. Tee würde sie ihrem Geschäftsbesuch in diesem entzückenden japanischen Porzellan servieren. Ein erneuter Blick auf die Uhr sagte ihr, dass sie sich nun beeilen musste, wollte sie nicht als Letzte in die Besprechung platzen.

Sie kam gleichzeitig mit Max beim Aufzug an.

»Ziehst du dich vorher noch um?«

Er sah an sich hinab. »Nein, ich denke, ich werde es, wie es ist, erwerben.«

»Und? Hat das Kokettieren mit Sophie Spaß gemacht?«

»Ja, es war sehr unterhaltsam.«

Sie betraten den Aufzug und schwiegen auf dem Weg zum Besprechungszimmer. Als sie eintraten, waren bereits alle versammelt, auch die Rayonchefs einiger Damenabteilungen, und Elaina Ashworth lächelte Louisa an. »Wie schön, wenigstens eine Frau wird zugegen sein. Die weiblichen Angestellten scheinen in dieser Angelegenheit nicht viel Mitspracherecht zu haben, ja?«

Es war interessant zu sehen, welchen Einfluss diese Frau auf ihren Vater hatte, dachte Louisa. Er läutete nach Frau Harrenheim und beauftragte sie damit, die leitenden Verkäuferinnen aus den Abteilungen Damenmode und Accessoires für Frauen zu holen.

»Die aus den Bijouterien bitte auch«, bat Elaina Ashworth.

Caspar Marquardt nickte, aber seine Einwilligung wartete Frau Harrenheim gar nicht erst ab, ehe sie »Bin schon unterwegs« flötete.

Louisa ließ sich auf einem Stuhl nieder und nahm einen englischen Prospekt zur Hand, in dem verschiedene Kosmetika beworben wurden. Sie bemerkte, dass Max hinter sie trat und über ihre Schulter mitlas. Ein leichtes Kribbeln lief von ihrem Nacken über ihren Rücken, befremdlich und verwirrend. Louisa hatte das Gefühl, dass ihre Bewegungen etwas Starres, Gezwungenes bekamen, und als sie aufblickte, bemerkte sie, dass Elaina Ashworth sie prüfend beobachtete. Sie reichte Max den Prospekt nach hinten, den er dankend annahm. Er ließ sich damit auf dem Stuhl zur Rechten ihres Vaters nieder.

Während sie auf die Mitarbeiterinnen warteten, zog Elaina Ashworth weitere Prospekte aus ihrer großen Tasche und legte sie aus, fast alle behandelten Kosmetik und Damenwäsche, außerdem gab es einen zu Werbemaßnahmen für Kundinnen, ein Gebiet, auf dem sie Expertin war. Der Modekatalog des Warenhauses lag auf dem Tisch.

Die Tür ging auf, und außer den drei leitenden Verkäuferinnen betrat auch Johanna Sandor den Raum. Mathilda nickte ihrem Vater lächelnd zu und ließ sich ebenfalls am Tisch nieder, während Elaina Ashworth sich ans Fußende des Tisches stellte.

»Luxus, meine Damen und Herren. Er beginnt bereits bei der Fassade, die dem Ziel folgt, Käufer und vor allem Käuferinnen durch das Versprechen von Prunk und Luxus anzuziehen. Wir wissen, dass die Anziehungskraft entsprechend eingerichteter Schaufenster geradezu magnetisch ist, und wir folgen dem Wunsch nach zur Schau gestelltem Reichtum – gleich, ob man ihn besitzt oder nicht – und nutzen den Luxus als Lockmittel. Wir geben Massenware als Luxusgüter aus.« Elaina Ashworth hob die Hand, als der Rayonchef der Damenmode den Mund öffnete, vermutlich, um einen

Einwand vorzubringen. »Ich sage damit nicht, dass die Waren minderwertig sind, das sind sie nicht, man setzt durchaus auf hohe Qualität. Aber die Art der Produktion ermöglicht es, die Kleinbetriebe zu unterbieten und auch preislich attraktiver als die kleinen Hersteller zu sein. Bei uns wirkt nichts profan, weil es durch die Umgebung bereits aufgewertet wird. Wir stellen kostbare Waren aus, die sich die meisten Kunden nicht leisten können, stattdessen erwerben sie die Kopie. Man verkauft die Illusion von Exklusivität.«

Elaina Ashworth wies auf die Prospekte. »Die größte Wirkung erzielen wir durch die richtige Werbung. Wie werben wir? Althergebracht oder mit innovativen Ideen, wie derzeit unten auf der Ausstellungsfläche?«

»Das Althergebrachte hat sich bewährt«, widersprach Herr Falk, der nicht so schnell klein beigab.

»Das Bewährte langweilt oft zu Tode. Warum im Frühjahr nicht mit Vogelkäfigen werben, in denen lebende Vögel sitzen? Zweige mit Kirschblüten, die duften, wenn man an ihnen vorbeigeht, anstelle von Seidenblumen? Damit möchte ich Letztere nicht verbannen, aber man kann das eine mit dem anderen kombinieren.«

Bei Mathilda rannte die Engländerin unübersehbar offene Türen ein. Sie hatte sich interessiert vorgelehnt und lauschte aufmerksam.

»Nutzen wir die Möglichkeiten, mit denen sich weibliche Kundschaft anlocken lässt, indem wir auch Dinge anbieten, die außerhalb des Gewöhnlichen liegen. Schminke wird wenig verkauft, nicht wahr?«

»Weil sie unanständig ist«, warf Herr Schmitz ein. »Wer möchte schon, dass seine Frau herumläuft wie eine Hure?«

Einige Männer nickten zustimmend, während Elaina Ashworths Lippen sich spöttisch kräuselten. »Und wenn sie abends im Nachthemd mit Rouge und Lippenstift ins Zimmer kommt?«

Herr Schmitz lief dunkelrot an. »Das ist ja ungeheuerlich.«

»Es würde Ihnen nicht gefallen?«

»Ich ... Das ist doch wohl meine private Angelegenheit.«

Wieder dieses spöttische Lächeln, aber ehe sie fortfahren konnte, schaltete sich Max ein. »Ich bitte Sie, Herr Schmitz. Wollen Sie uns weismachen, Sie schätzten eine gewisse Verruchtheit innerhalb der eigenen vier Wände nicht? Wobei es um Ihre eigenen Gewohnheiten hier ja nicht geht, sondern darum, dass Frauen dergleichen Waren auch einfach für ihr privates Vergnügen erwerben können und nicht, um mit blutroten Wangen und Mündern durch die Straßen zu laufen.«

Herr Schmitz schwieg, ihm war jedoch anzusehen, dass ihm das Thema nicht behagte.

»Die Frauen zögern in der Regel, wenn es um den Kauf von Kosmetik geht«, sagte Mathilda.

»Sie bieten sie in der Parfumabteilung an, nicht wahr?«, fragte Elaina Ashworth. »Darin könnte das Problem liegen. Die Damen lassen sich in Gegenwart von Männern nicht gerne über Rouge und Lippenstift beraten. Man könnte einen Platz in der Damenabteilung einrichten, vielleicht in der Art eines lauschigen Damensalons, diesen durch einen Paravent abtrennen und Beratung zu Kosmetik anbieten. Abgesehen davon sollten Sie sich von dem Gedanken verabschieden, dass Kosmetik heißt, sich wie eine Hure zu bemalen.« Einige Männer hüstelten verlegen, aber Elaina Ashworth fuhr unbeirrt fort. »Gute Kosmetik unterstreicht die Schönheit der Frauen. Ich habe Proben meines Unternehmens mitgebracht, die Sie testen können.« Sie hob ihre Tasche auf den Tisch, öffnete sie und entnahm ihr mehrere Tiegel, die sie den Frauen reichte.

Louisa öffnete einen der Tiegel und strich mit dem Finger über die cremige, goldbraune Substanz, verrieb sie zwischen Daumen und Zeigefinger und fragte sich, wie der weiche Schimmer wohl auf ihrem hellen Teint wirken würde.

»Der Ton ist etwas zu dunkel für Sie«, kam es von Elaina Ashworth. »Geben Sie mir mal Ihre Hand.« Sie entnahm Mathildas Tiegel etwas Creme und strich sie auf Louisas Handrücken. »Sehen Sie, das passt schon besser.«

»Wenn die Damen unter sich sind, kann man ihre Neugier auf die Produkte wecken«, sagte Elaina Ashworth.

»Es ist durchaus eine Überlegung wert«, räumte der Einkaufsleiter Hoffmann ein.

»Es spricht nichts dagegen, es auszuprobieren«, kam es von Caspar Marquardt. »Wir werden dann ja sehen, ob das Angebot angenommen wird.«

»Aber gibt es dem Haus nicht etwas Verruchtes?«, fragte Herr Schmitz.

»Das werden wir ja an der Reaktion der Kundinnen merken«, antwortete Max. »Ich bin auch dafür, es zu probieren.«

»Darf ich den Bereich einrichten?«, fragte Louisa, wobei sie an die Asien-Abteilung dachte.

Ihr Vater nickte. »Sprich dich mit Carl ab und kläre, wie hoch der finanzielle Aufwand sein wird.«

»Ist gut.«

Carl Reinhardt zwinkerte ihr zu, und Louisa entspannte sich. Von dieser Seite aus würde es keine Schwierigkeiten geben.

Die Besprechung wandte sich nun dem Thema Werbung zu, und Mathilda brachte die Idee vor, unter den Kundinnen das Werbegesicht des Kaufhauses auszuwählen. »Also in der Art«, erklärte sie, »dass zum Beispiel die hundertste Kundin des Tages gewinnt. Oder die hundertste Kundin, die ein bestimmtes Produkt erwirbt.«

»Das mit dem Produkt gefällt mir besser«, sagte Herr Schmitz. »Sonst stürmen sie hier morgens den Laden.«

»Was nicht das Schlechteste wäre«, wandte Caspar Marquardt ein.

»Wie soll man denn die Damen zählen, wenn sie in Massen durch die Pforte quellen?«, fragte Herr Schmitz. »Nein, wir müssen es an etwas anderem festmachen.«

»Aber welches Produkt? Kleider?«

Es entspann sich eine Diskussion, die erst von Elaina Ashworths »Meine Damen und Herren« unterbrochen wurde. »Die Idee, die Kunden zu zählen, scheint mir in der Tat besser, weil sie allen Kundinnen ermöglicht, an der Wahl teilzunehmen, und nicht nur jenen, die bestimmte Produkte kaufen. Aber wir beschränken es nicht auf Kunden pro Tag, sondern im Laufe einer Woche.«

»Und was – entschuldigen Sie, wenn ich es so frei heraus sage – tun wir«, fragte Herr Hoffmann, »wenn eine Frau gewinnt, die nur über, hm, eingeschränkte optische Merkmale verfügt?«

»Sie meinen fett und hässlich«, half Herr Schmitz weiter, was ihm einen finsteren Blick von Fräulein Hahn aus den Bijouterien einbrachte, die seit Jahren mit den verschiedensten Wunderkuren vergeblich gegen ihren zunehmenden Umfang ankämpfte.

»Schönheit liegt im Auge des Betrachters«, sagte Fräulein Sandor diplomatisch.

»Ach, ich bitte Sie«, kam es von Herrn Schmitz.

»Ein guter Fotograf holt aus jeder Frau die schönste Seite hervor«, wandte Max ein. »Und es wäre eine gute Werbung, eine Frau aus der Mitte der Gesellschaft als Werbegesicht für eine Saison zu platzieren. Stellen Sie sich vor, wie gut sich das machen würde, wenn eine Dame mit, wie Sie es ausdrückten, eingeschränkten optischen Merkmalen mit unseren Kleidern und unserem Schmuck eine Werbeschönheit wird.«

»Na ja, Schönheit...«, murmelte Herr Hoffmann.

»Noch haben wir nicht einmal eine Gewinnerin«, sagte Max. »Es ist also müßig, sie jetzt bereits zu schmähen.«

Elaina Ashworth schenkte ihm ein anerkennendes Lächeln.

»Wir lassen die Aktion eine Woche laufen«, beschloss Caspar Marquardt, »und die fünftausendste Kundin, die durch die Tür kommt, wird unser Werbegesicht. Für wie lange eigentlich?«

»Drei Monate. Das reicht, um es auszuprobieren«, antwortete Elaina Ashworth. »Hoffen wir, dass die Aktion das Aufkommen der Kunden erhöht. Falls ja, starten wir sie danach ein weiteres Mal. Wir könnten das immer saisonabhängig machen, aber das wird man dann ja sehen.«

Nachdem die Besprechung beendet war, nahm Elaina Ashworth Louisa zur Seite. »Wir sollten das schnellstmöglich umsetzen«, sagte sie. »Stellen Sie doch schon einmal Ihre Ideen für die Gestaltung des Kosmetikbereichs zusammen.«

»Sehr gerne.« Louisa hatte bereits recht konkrete Vorstellungen, beschloss jedoch, bis nach Geschäftsschluss zu warten und sich dann in Ruhe in den Abteilungen umzusehen.

Den ganzen Nachmittag über dachte Mathilda an die neue Werbeidee und überlegte bereits, welche Kleider am werbewirksamsten waren und wie man die Aktion optimal vermarktete. Innerhalb der Damenabteilung gab es einen Bereich, der durch Wände aus in ziseliertes Gusseisen gefasstes Glas abgetrennt war wie ein Wintergarten. Darin erregte selbst das einfachste Kleid Aufsehen. Mathilda hatte das seinerzeit angeregt und nutzte den Bereich gerne, um Kleider aus verschiedenen Kollektionen auszustellen. Ihr Vater hatte von seiner letzten Reise aus Paris einige hübsche Modelle in allen Preislagen mitgebracht.

Als sie sich umdrehte, um einen Schal vom Tisch zu nehmen, bemerkte sie Arjen Verhoeven, der sich einen Moment suchend umsah, Mathilda entdeckte und auf sie zukam. »Ich muss gestehen«, sagte er nach einer Begrüßung, »dass ich neugierig war, wie Sie die Idee umgesetzt haben. Wirklich grandios, meine Liebe.«

Mathilda lächelte. »Vielen Dank.«

»Und Sie möchten wirklich nicht für mich arbeiten?«

»Sie kennen mich doch gar nicht. Vielleicht würde ich Sie nur enttäuschen.«

»Das bezweifle ich.«

Mathilda legte den Schal sorgsam um die Schultern der

Puppe und betrachtete ihr Werk prüfend. »Ich bedaure. Das tue ich wirklich. Aber meine Antwort wird Nein bleiben, gleich, wie oft Sie fragen.«

»Ich bin hartnäckig.«

»Ich weiß. Aber stellen Sie sich mal vor, wie das wirken würde, wenn ich meinem Vater kündige und bei der Konkurrenz schräg gegenüber arbeite.«

»Fragen Sie Ihren Vater, ob er Ihnen die leitende Stellung in der Dekoration und Werbung gibt, und sagen Sie ihm, ansonsten würden Sie woanders hingehen, es läge ein Angebot vor. So würde das ein Mann machen.«

»Aber nicht der Sohn der Familie.«

»Solange er nicht der Haupterbe ist, halte ich das nicht für so unwahrscheinlich. Es gibt sogar Väter, die ihre Kinder gezielt in andere Betriebe schicken, damit sie fern der elterlichen Fürsorge das Handwerk lernen.«

Mathilda wollte sich das nicht vorstellen, es klang zu verlockend, und das Nein würde zunehmend mehr schmerzen. Doch sie konnte ihrem Vater das nicht antun. Bevor sie etwas entgegnen konnte, entdeckte sie Sophie. »Ach je. Bitte tun Sie so, als seien Sie ihretwegen hier.«

Er drehte sich um. »Warum?«

»Weil ich keinen Streit möchte.«

»Gehen Sie morgen mit mir Kaffee trinken?«

Sophie sprach eine Verkäuferin an und sah sich in der Abteilung um. In wenigen Sekunden würde sie sie zusammen entdecken. »Ja, ist gut. Aber nun gehen Sie bitte zu ihr.«

Arjen Verhoeven lächelte, dann wandte er sich ab und ging auf Sophie zu. »Scheint, als hätte ich das richtige Gespür gehabt«, hörte Mathilda ihn sagen.

Sie trat zu einer älteren Dame, die ein Kleid für ihre Tochter aussuchte und sich mit dieser nicht einigen konnte, so dass Mathilda die nächste halbe Stunde damit beschäftigt war, Kleid um Kleid zu präsentieren, das der Mutter entweder zu auffällig oder der Tochter zu bieder war.

»Offenbar sind Sie nicht bei der Sache, junge Frau«, kam es von der älteren Dame. »Ich habe ausdrücklich gesagt, was wir zu sehen wünschen, und Sie bringen uns laufend Kleider, die wir *nicht* sehen möchten.«

»Das stimmt doch nicht, Mama«, widersprach die Tochter. »Ich...«

»Ich möchte nicht, dass meine Tochter herumläuft wie eine drittklassige Theaterschauspielerin. Also strengen Sie sich ein wenig an, ansonsten müssen wir uns überlegen, ob wir nicht woanders hingehen.«

Mathilda gab sich Mühe, weiterhin freundlich zu lächeln, dabei wanderten ihre Gedanken beständig zu Sophie und Arjen Verhoeven. Sie mochte dergleichen Spielchen nicht, aber noch weniger wollte sie einen Streit mit ihrer Schwester, die ihr gewiss die Schuld daran in die Schuhe schieben würde, dass der Amsterdamer Geschäftsmann zunehmend weniger Interesse an ihr zeigte. Als bestünde Gefahr, dass ausgerechnet Mathilda ihr den Rang ablaufen würde.

»Schwierige Kundin?«, fragte Marie Schwanitz, als Mathilda ein kupferfarbenes Nachmittagskleid auswählte.

»Sie weiß nicht, was sie will«, antwortete Mathilda.

Die junge Verkäuferin sah um die Ecke. »Das ist Esther von Weißhaupt. Soll ich sie bedienen?«

Mathilda runzelte die Stirn. »Wollen Sie sagen, ich sei dazu nicht imstande?«

»Nein, aber ihr Mann hat ihr vor kurzem eröffnet, dass er ein Kind mit einer anderen Frau hat. Das könnte sie Ihnen gegenüber ein wenig, hm, unleidlich sein lassen.«

»Weil mein Vater seine Ehefrau mit meiner Mutter betrogen hat, meinen Sie?«

Marie Schwanitz zuckte unbehaglich die Schultern.

»Wenn ich Sie nun hinausschicke, wird sie denken, sie hätte mir nun so richtig eins ausgewischt.« Entschlossen nahm Mathilda das Kleid und verließ das Lager.

»Nein«, sagte Frau von Weißhaupt sofort, aber Mathilda ignorierte sie und zeigte der jungen Frau das Kleid.

»Das ist aus der Herbstkollektion aus Paris. Herr Marquardt war selbst dort und hat es persönlich ausgewählt. Sehen Sie die feine Spitze aus Brügge an den Handgelenken und am Saum?«

Die junge Frau war in der Tat fasziniert und strich mit der Hand über die kupferfarbene Seide. »Sehr hübsch.«

»Ich sagte, wir nehmen es nicht«, keifte ihre Mutter.

»Möchten Sie es anprobieren?«, fragte Mathilda, als hätte sie nichts gehört. »Die Umkleidekabinen sind dort drüben.« Sie wies den Weg mit einer Handbewegung. »Ich helfe Ihnen gerne beim Ankleiden.«

»Wir nehmen es nicht!«

Die junge Frau sah ihre Mutter unsicher an, dann hob sie das Kinn und wollte in Richtung der Kabinen gehen, als Frau von Weißhaupt das Kleid ergriff, um es Mathilda zu entreißen. Dabei blieb das gebogene Metallteil des Kleiderbügels an der Verzierung von Mathildas Oberteil hängen, die mit einem unüberhörbaren Ratschen einriss. Mathilda stand wie erstarrt.

»Wir gehen«, sagte die Frau und ließ das Kleid los, das unbeachtet zu Boden fiel.

»Tun Sie das«, kam es von Max, und Mathilda sah sich erstaunt um, fragte sich, wie lange er die Szene schon beobachtete. »Sie haben Hausverbot.« Er sah die Tochter an. »Das gilt natürlich nicht für Sie, gnädiges Fräulein.«

»Hausverbot?«, schrie die Frau. »Wissen Sie eigentlich, wer mein Mann ist?«

»Das ist mir gleich. Und nun gehen Sie.«

Frau von Weißhaupt ergriff das Handgelenk ihrer Tochter und zerrte diese hinter sich her aus der Abteilung, indes ihr Blicke und Getuschel folgten.

Mathilda löste den Bügel aus ihrem Oberteil, während Wilhelmina Haas das verschmähte kupferfarbene Kleid aufhob und ihr einen Blick zuwarf, in dem so offen Schadenfreude mitschwang, dass Mathilda an sich halten musste, sie nicht zu ohrfeigen. Sie tat mehrere tiefe Atemzüge und besah sich den Schaden. Direkt unter ihrer Brust klaffte ein Loch, klein, aber dennoch ausreichend, um ihr Mieder zu sehen. Max übersah das höflich, aber die Blicke von Wilhelmina und Marie waren beredt. Rasch verließ sie die Abteilung, um zur hauseigenen Schneiderei zu gehen.

Zu allem Unglück kam ihr auf der Treppe nach oben Sophie mit Arjen Verhoeven entgegen, der das Loch in ihrem Kleid natürlich sofort bemerkte, wie Mathilda an seinem zielgerichteten Blick erkannte. Er hob fragend die Brauen.

»Ich hatte Ärger mit einer Kundin«, erklärte sie.

»Und dann zerreißt sie dir das Kleid?« Sophie krauste verwundert die Stirn. »Wo wurde die erzogen? In einem Stall?«

»Eine Frau von Weißhaupt. Max hat ihr Hausverbot erteilt.«

»Scheint niemand zu sein, den man kennen muss«, konstatierte Sophie. »Wir gehen jetzt spazieren. Falls Papa fragt, sag ihm, ihr braucht nicht mit dem Abendessen zu warten.«

»Warum sagst du es ihm nicht selbst?«

»Weil er schon hochrot geworden ist, als wir oben Kaffee getrunken haben. Es ist besser, er erfährt das von dir. Abgesehen davon ist er vermutlich selbst nicht da, du kommst demnach wohl nicht in die Verlegenheit.«

Mathilda seufzte. »Also gut.«

Arjen Verhoeven sah sie mit einem schwer zu deutenden Blick an. Mathilda jedoch nickte ihm nur freundlich zu und setzte ihren Weg fort.

Der Haustechniker hatte Louisa erklärt, welchen Schalter sie umlegen musste, um im gesamten Kaufhaus das Licht zu löschen. Wahlweise gab es noch die Möglichkeit, die beschrifteten Einzelschalter für die Abteilungen zu bedienen, und da Louisa an diesem Abend nur zu den Asienwaren wollte, beließ sie es dabei, ausschließlich diese zu beleuchten, und so war der Rest des Hauses in bläuliche Dunkelheit getaucht. Den Paravent hatte Louisa bereits auf ihrem Notizblock notiert, und nun überlegte sie, welche Möbel und Einrichtungsgegenstände sie hinzufügen sollte. Zunächst hatte sie überlegt, das Ganze wie das Boudoir einer Dame einzurichten, aber dann fand sie etwas Exotisches besser, es würde mehr Blicke auf sich ziehen und Neugier entfachen. Aber es durfte nicht aufdringlich wirken, sondern musste zurückhaltend elegant sein.

Für die Aufbewahrung der Kosmetik wählte sie einen Schrank mit drei Schubladen aus, die hinter zwei Türen mit Metallbeschlägen verborgen waren. Das Motiv bestand aus Vögeln und Blütenranken in Rot und Gold auf einem schwarzen Hintergrund. Auf den Schrank würde sie ein Tablett mit einem Teeservice stellen, denn Louisa hatte beschlossen, dass den Damen während der Beratung Tee gereicht werden würde, das schaffte eine gemütliche Atmosphäre und hielt sie möglicherweise dazu an, länger zu bleiben und mehr zu kaufen, als sie ursprünglich beabsichtigt hatten.

Ein Blick auf die Uhr sagte ihr, dass sie bereits über eine Stunde in der Abteilung war, und sie ging hinaus auf die Galerie. Mondlicht schimmerte durch das Glaskuppeldach, und Louisa hielt inne, während sie hinunter auf die Ausstellungsfläche blickte, wo verlassen das Automobil stand. Sie beschloss, sich den Wagen aus der Nähe anzusehen.

Es war ein sehr elegantes Gefährt, ein cremeweißer Mercedes Simplex 28/32 PS. Louisa ließ die Hand über die glänzenden schwarzen Ledersitze gleiten, berührte das Lenkrad, sah sich kurz um, als wären Zuschauer zu befürchten, und bestieg schließlich den Fahrersitz. Ihre Finger schlossen sich um das Lenkrad, und sie stellte sich vor, wie es sein musste, eine so große Maschine nur mit diesem an einer langen Stange befestigten Rad durch die Straßen zu lenken. Unvorstellbar. Es gab noch einen Beifahrersitz und zwei weitere hinten, ebenfalls in Fahrtrichtung. Ob er sich schwerer steuern ließ, wenn Leute darin saßen?

»Großartig!«, hörte sie eine Männerstimme rufen und fuhr zusammen. Irritiert sah sie sich um. »Hier oben«, kam es schließlich, und sie hob den Blick. Es dauerte eine Weile, ehe sie die schwarze Silhouette am Geländer ausmachen konnte.

»Max?«, fragte sie.

»Eben derselbe.«

»Warum erschreckst du mich so? Was machst du überhaupt noch hier?« Ihre Stimme hallte durch das Kaufhaus.

»Warte, ich komme runter.«

Louisa blieb sitzen, die Hände um das Lenkrad geschlossen, obschon sie sich töricht vorkam wie ein Kind, das einem verbotenen Spielzeug nicht hatte widerstehen können.

»Steht dir gut«, sagte Max, während er langsam auf sie zuschlenderte.

»Was machst du noch hier?«

»Ich habe gearbeitet, und dein Vater bat mich, dich und Mathilda spätabends nicht allein heimgehen zu lassen.«

»Mathilda ist auch noch da?«

»Nein.«

»Du hättest mit ihr gehen sollen, ich brauche keinen Aufpasser. Außerdem meinte mein Vater gewiss nicht, dass wir beide hier abends allein sein sollen.«

»Nein, vermutlich nicht.« Max bestieg den Wagen auf der Beifahrerseite. »Kannst du fahren?«

»Ich habe es noch nicht versucht. Und du?«

»Leidlich.«

Louisa sah auf das Lenkrad, auf dem sich ihre Finger weiß abhoben, und versuchte, das irritierende Gefühl zu ergründen, das die Tatsache, mit Max allein in dem dunklen Kaufhaus zu sein, in ihr auslöste. Diese bestürzende Mischung aus kribbeliger Unruhe in ihrem Bauch, dem rascheren

Herzschlag und der Hitze, die ihr in die Wangen stieg. Max hatte sich zurückgelehnt und einen Arm auf die Rückenlehne des Sitzes gelegt, und sie bildete sich ein, die Wärme zu spüren, obwohl sein Arm eine Handbreit von ihrer Schulter entfernt war.

»Mein Vater wird sich fragen, wo ich bleibe.«

»Ich befürchte, dein Vater wird derzeit nichts dergleichen tun, da er sich vermutlich mit Elaina Ashworth auf ihrem Hotelzimmer befindet. Und wenn er derzeit überhaupt noch klar denken kann, dann höchstens an recht konkrete Dinge, die wenig mit euch zu tun haben.«

Louisa war froh um das dämmrige Licht, da ihre gewiss hochroten Wangen verborgen blieben. Sie wollte eine vernichtende Antwort geben, brachte in einer für sie untypischen Verlegenheit jedoch kein Wort heraus. Zum ersten Mal wünschte sie sich ein wenig von Sophies Art, ihre Sicherheit im Umgang mit Männern.

»Denkst du gelegentlich an unseren Kuss?«, fragte Max.

»Es war nicht *unser* Kuss, sondern du hast mich geküsst. Gegen meinen Willen.«

»Dafür, dass du es nicht wolltest, hast du ziemlich lange gezögert, mich zurückzuweisen.«

»Weil ich überrumpelt war.«

»Hmhm.«

Louisa konnte an seiner Stimme hören, dass er lächelte. Sie wollte sich abwenden, ihm sagen, dass sie nun gehen wolle, und tat es nicht. Stattdessen atmete sie tief ein und drehte sich zu Max um, um auszuloten, ob er all das tat, um sie zu verunsichern, konnte seine Züge in dem schwachen Licht jedoch nicht klar genug ausmachen. Sie war nicht bereit, sich von ihm zum Narren halten zu lassen, und beschloss, den Spieß umzudrehen. Rasch legte sie ihm den Arm um den Nacken, presste ihren Mund auf den seinen. Ehe er darauf reagieren konnte, hatte sie sich wieder von ihm gelöst und sprang aus dem Wagen.

»Was war das denn?«

»Wonach sah es aus?«

»Nach dem Versuch eines Kusses?«

»*Versuch?*«

»Na, einen Kuss willst du das ja wohl nicht nennen.«

Louisa wandte sich ab. »Nenn es, wie du willst.«

»Wohin gehst du?«

»Das Licht löschen und dann nach Hause.« Die Schalttafel für den Strom war in der Nähe der Tür, die zum Hinterhof führte. Dort betätigte sie den Schalter, mit dem sie das Licht in der Asien-Abteilung löschte.

»Warum wird das Licht nicht direkt in den Abteilungen ein- und ausgeschaltet?«, fragte Max.

»Weil es zu umständlich wäre. So schaltet man einfach alles ab, wenn das Kaufhaus geschlossen wurde.«

»Aber ihr löscht doch nicht den gesamten Strom im Haus, oder?«

»Momentan schon.« Louisa konnte ihre Erleichterung darüber, dass das peinliche Kuss-Thema nun beendet war, nur schwer verbergen. »Demnächst aber nicht mehr, da wir die Schaufenster über Nacht elektrisch beleuchten werden.« Sie öffnete die Tür, wartete darauf, dass Max das Gebäude verlassen hatte, und trat nach ihm hinaus in den finsteren Hof.

»Hier wolltest du allein raus?«, fragte er.

»Das Tor ist zu, keine Sorge. Ein Sittenstrolch lauert

hier gewiss nicht auf mich.« Sorgsam verschloss sie die Tür, drehte sich um und bemerkte, dass Max dicht vor ihr stand. Sie hob die Brauen, versuchte, ihre Verunsicherung durch Spott zu überspielen. »Oder sollte ich mich, was den Sittenstrolch angeht, geirrt haben?«

Er hob die Hand an ihre Wange, ganz behutsam, dann senkte er den Kopf und berührte ihren Mund mit dem seinen, wartete ihre Reaktion ab, küsste sie, und unter dem verführerischen Locken öffneten sich ihre Lippen wie von selbst, und sie tat einen zitternden Atemzug. Dann ließ Max unvermittelt von ihr ab und hob den Kopf. »*Das* war ein Kuss.«

Louisa berührte ihre Lippen mit den Fingerspitzen, dann wandte sie sich abrupt ab und ging mit wenig damenhaften, weit ausholenden Schritten zum Tor. »Wenn du mit rauswillst«, sagte sie, »solltest du dich beeilen.«

Offenbar ahnte er, dass es ihr ernst war, denn er beeilte sich, ihr zu folgen.

»Nehmen wir eine Droschke?«, fragte er.

»Nein.« Sie brauchte frische Luft, um wieder einen klaren Kopf zu bekommen.

»Ein romantischer Spaziergang im Mondlicht. Auch recht.«

»Schweig einfach, ja?« Es ärgerte sie, dass er ihren Schritten so mühelos folgte, während sie in ihren Röcken schon recht bald außer Atem war.

»Du benimmst dich albern«, sagte er.

Sie blieb so plötzlich stehen, dass er beinahe in sie hineingelaufen wäre. »Wie bitte?«

»Erst küsst du mich fast überfallartig im Kaufhaus…«

»Es war also doch ein Kuss?«

»... und dann«, fuhr er unbeirrt fort, »küssen wir uns draußen, und du läufst weg wie ein kleines Mädchen, das gerade bockig ist. Und das nur, weil du nicht zugeben möchtest, dass es dir gefallen hat.«

»Bockiges kleines Mädchen?«

Max zuckte mit den Schultern.

»Das im Wagen war nur, weil ich mich nicht wieder von dir überrumpeln lassen wollte, mehr nicht.«

»Du wolltest mich schockieren?«

»In gewisser Weise, ja.« Sie wandte sich ab. »Und jetzt lass uns das Thema beenden, ja? Ich bin nicht bockig und auch nicht peinlich berührt. Ich möchte einfach, dass unsere Beziehung unkompliziert bleibt.«

»Die war noch nie unkompliziert.«

Louisa schwieg und ging weiter, wenngleich nicht mehr ganz so schnell. Glücklicherweise versuchte Max nicht mehr, ihr ein Gespräch aufzudrängen, sondern ging wortlos an ihrer Seite nach Hause und trennte sich in der Halle mit einem einfachen »Gute Nacht« von ihr.

»Möchten Sie noch etwas zu Abend essen, gnädiges Fräulein?«, fragte der Lakai.

»Nein, danke, Erich. Ich gehe direkt zu Bett.«

Müde ging Louisa die Treppe hoch, während ihre Gedanken um Max kreisten. Als sei die ganze Angelegenheit nicht auch ohne Gefühlsverwirrungen kompliziert genug. Im Korridor begegnete sie Sophie, die gerade aus dem Bad kam und schon ihr Nachthemd trug.

»Kommst du jetzt erst heim?«

»Ja, ich war noch im Kaufhaus beschäftigt. Ist Papa noch

nicht zu Hause?«, fragte sie, als wüsste sie nicht genau, wo er war.

»Nein. Ich bin gespannt, wie Olga darauf reagiert, dass er sich die Nächte mit dieser Engländerin um die Ohren schlägt. Wo ist sie eigentlich?«

»Bei ihren Eltern, sie kommt erst im Oktober wieder.«

»Ist Elaina Ashworth dann noch hier?«

»Ja, ich glaube schon.«

Sophie lächelte. »Na, das wird ein Spaß.«

6

Oktober 1908

Olga war am Vorabend zurück nach Köln gereist und brach am kommenden Morgen in aller Frühe auf, um Caspar einen Besuch im Kaufhaus abzustatten. Die Zeit bei ihrer Familie war in höchstem Maße unerquicklich gewesen. Obwohl verwitwet schien sie über den Status der alten Jungfer nicht hinwegzukommen. Ihre Ehe galt vor der Familie als gescheitert, und dass ihre Stiefkinder sie nach dem Tod ihres Ehemanns mit einer Rente in eine Wohnung abgeschoben hatten, war bekannt. Nicht nur spätes Mädchen, auch enterbte Ehefrau eines früh verwitweten Mannes. Wenn es Olga nicht bald gelang, ihr Leben in die richtigen Bahnen zu lenken, hätte sie auf der ganzen Linie versagt.

All das hörte sie wieder und wieder, und obwohl ihre Mutter durch den Umstand, dass sie immerhin geheiratet hatte, ein wenig versöhnt war, stand sie neben ihren Brüdern mit ihren reizenden Ehefrauen und den entzückenden Kindern recht allein da. Dennoch hatte sie die fünf Wochen tapfer durchgestanden, hatte Familienfeiern mitgemacht, war auf Bälle gegangen und hatte immerhin zu erzählen gewusst, dass sie im Haus von Caspar Marquardt ein häufiger Gast war und die letzte Feier hatte ausrichten dürfen. Wie diese geendet war, hatte glücklicherweise seinen Weg nicht bis nach Heidelberg gefunden.

Sie durchquerte das Kaufhaus, glücklich, wieder in dieser lieb gewonnenen Umgebung zu sein. Schon als sie die Türme des Kölner Doms vom Zug aus gesehen hatte, hatte sich in ihr das warme Gefühl von Heimkehr eingestellt. Als sie nach ihrer Eheschließung hierher gezogen war, hätte sie es niemals für möglich gehalten, dass ihr diese Stadt so sehr ans Herz wachsen würde, aber hier war sie nicht die gescheiterte Tochter, sondern eine verwitwete Frau, die – zumindest nach außen hin – ihre Unabhängigkeit genoss.

Die Türen des Fahrstuhls glitten zu, und Olga spürte unter ihren Füßen das leichte Ruckeln, mit dem er sich in Bewegung setzte. Als sie im obersten Stockwerk auf die Galerie trat, gönnte sie sich einen Moment lang den wunderbaren Ausblick auf das Kaufhaus. Auf der Ausstellungsfläche stand ein Automobil, das musste sie sich später genauer ansehen. Gut gelaunt machte sich Olga auf den Weg ins Bureau, flötete Frau Harrenheim ein »Guten Morgen« zu, das diese zwitschernd erwiderte. Man mochte über diese Dame sagen, was man wollte, sie war Olga gegenüber noch nie unfreundlich gewesen.

»Guten Morgen, mein Lieber«, sagte sie, als sie die Tür öffnete, und hielt irritiert inne, als sich eine Dame von einem der Besucherstühle erhob.

»Guten Morgen, Olga«, antwortete Caspar und kam um den Tisch herum zu ihr, um ihr einen freundschaftlichen Kuss auf die Wange zu geben. »Darf ich dich mit Elaina Ashworth bekannt machen.«

Die Frau erhob sich und lächelte Olga an. »Wie reizend. Ich habe schon von Ihnen gehört.«

Olga antwortete mechanisch, es sei ihr eine Freude, als

sie den Blick bemerkte, den die Engländerin mit Caspar tauschte, ganz kurz nur, aber doch ausreichend, damit Olga sich über die Natur ihrer Beziehung klar wurde. Das mochte gänzlich unbeabsichtigt geschehen sein, aber wenn Olga eines konnte, dann beobachten. Obwohl sie gewiss nicht damit gerechnet hatte, dass Caspar all die Jahre in strikter Enthaltsamkeit lebte, traf sie mit Wucht die Erkenntnis, vor seiner Geliebten zu stehen.

Er hatte ihr erzählt, dass er einen Gast aus England erwarte, eine Geschäftsfrau, und Olga hatte sich eine Matrone vorgestellt, eine Art Mannweib. Die Frau war zwar in der Tat nicht besonders hübsch, aber sie hatte etwas an sich, das einen dazu brachte, ihr mehr als einen Blick zu gönnen, etwas Anziehendes, das sich nicht genau benennen ließ. Louisa hatte es auch. Mathilda ebenfalls, wobei das erst bemerkbar wurde, wenn man mit ihr sprach und sie sich für etwas begeisterte. Sophie hatte es nicht, aber die wiederum war hübsch genug, um diesen Mangel zu kaschieren.

Olgas Lächeln fühlte sich an wie festgemeißelt, und sie wollte nur fort, ehe der Moment anfing, peinlich zu werden. Ob die Frau von ihren Ambitionen wusste? Lachten sie und Caspar darüber, wenn sie erschöpft von der Liebe zusammen im Bett lagen? Oder was meinte sie damit, sie habe von ihr gehört? »Ich wollte mit dir frühstücken, mein Lieber«, sagte sie. »Aber ich sehe, du hast Besuch, und möchte nicht stören.«

»Du störst nicht«, entgegnete Caspar.

»Ich wollte ohnehin gehen«, fügte die Engländerin hinzu und lächelte freundlich. »Gehen Sie nur mit ihm frühstücken, ich muss noch ein paar Briefe schreiben.«

Wie freundlich von dir, dachte Olga, wie gönnerhaft. Allerdings musste sie einräumen, dass in dem Lächeln und der Art zu sprechen nichts Herablassendes lag. Nun gut, die Frau wusste vermutlich, dass sie von Olga nichts zu befürchten hatte.

»Komm.« Caspar berührte ihren Arm und hielt ihr die Tür auf, dann folgten er und Elaina Ashworth ihr hinaus, und die Engländerin verabschiedete sich im Korridor von ihnen und nahm den Fahrstuhl, während Olga und Caspar die Treppe hinuntergingen. »Wie war es bei deiner Familie?«

»Wie immer.«

»Wenn sie dich jedes Mal so von oben herab behandeln, warum fährst du dann noch hin? Das hast du doch gar nicht nötig.«

Sie war überrascht, dass er das so sah. »Na ja, es ist halt meine Familie, und im Grunde mag ich sie ja.«

Im Café war es zu dieser frühen Stunde noch ruhig, ein paar Damen frühstückten, ein Herr las Zeitung und tastete dabei ab und zu blind nach seiner Tasse, und ein Pärchen hatte sich an einen Tisch in der Ecke gesetzt, bei dem Farne und eine Säule private Abgeschiedenheit vorgaukelten.

Caspar steuerte seinen Lieblingstisch an, zog einen Stuhl zurück, auf dem Olga sich niederließ, und setzte sich ihr gegenüber. Er wirkte entspannt und vital, vermutlich die Folge erfüllter Nächte, was Olga zu der Frage trieb, ob er ansonsten doch enthaltsamer lebte als gedacht. Das machte diese Engländerin nur noch gefährlicher.

Olga wusste, dass er eine enorme Wirkung hatte auf Frauen, schließlich war sie nicht taub. Es war nicht nur sein

Reichtum, sein gesamtes Auftreten war dazu angetan, den Damen zu gefallen. Äußerlich kam Sophie ganz nach ihm, wenngleich ihm charakterlich keines seiner Kinder weniger ähnlich sein konnte. Sein Haar war dicht und von derselben Farbe wie das seiner Tochter, wobei sich bei ihm bereits graue Strähnen hindurchmischten. Und das Braun seiner Augen war nicht so warm wie Sophies – eine trügerische Farbe, die Herzenswärme vorgaukelte, wo keine war –, sondern sie changierten zwischen Moosgrün und der Farbe von Waldhonig.

Olga mochte Augen, das war stets das Erste, worauf sie bei einem Menschen achtete. Danach kamen die Hände. Ihre Hände waren das Einzige, was ihr an ihr selbst stets großen Kummer bereitet hatte, die Finger waren zu breit, wenngleich nicht plump, und die Handteller zu groß. Caspars Töchter hatten schöne Hände, langgliedrig und elegant. Vielleicht waren es die Hände, so hatte sie manches Mal gedacht, die sie für die Männer so wenig attraktiv machte.

»Olga?«, hörte sie Caspar sagen und blickte auf, sah den Kellner neben sich stehen. »Paul möchte wissen, was du frühstücken magst.«

»Oh, Verzeihung, ich war in Gedanken.« Sie legte die Karte hin. »Das *petit déjeuner* bitte, dazu Kaffee.«

»Für mich dasselbe«, sagte Caspar und wandte sich dann an Olga. »Ist wirklich alles in Ordnung?«

»Aber ja.« Sie zauberte ein Lächeln auf ihre Lippen. Gänzlich vergebens war die Erziehung ihrer Mutter eben doch nicht. »Was macht das Automobil unten auf der Ausstellungsfläche?«

»Es war eine Werbeidee von Mathilda, wir haben die neue

Kollektion dort ausgestellt. Am ersten Tag hat sie Sophie und Max dort als lebende Schaufensterpuppen arrangiert. Ich wusste nicht recht, was ich davon halten soll, aber es kam sehr gut an.«

Bei der Erwähnung von Sophies Namen fiel das Lächeln in sich zusammen.

»Du solltest dich mit ihr aussöhnen, sie hat es seinerzeit nicht so gemeint«, sagte Caspar.

Olga nickte vage. »Wie lange bleibt deine englische Ge… Geschäftspartnerin.« Beinahe hätte sie Geliebte gesagt. Was war nur los mit ihr?

»Noch eine Woche, schätze ich.«

»Hatte sie ein paar anregende Ideen?« Es schien, als bekäme selbst die harmloseste Frage in Bezug auf diese Frau etwas Zweideutiges.

»Ja, wir haben in der Damenabteilung eine Ecke für Kosmetik eingerichtet. Du kannst es dir nachher mal anschauen, es ist sehr gut gelungen, wie ich finde. Und wir haben seit kurzem eine Detektivin.«

»Tatsächlich?«

»Ja, die Schwester von Herrn Kreisler. Der Leiter der Kurzwarenabteilung«, fügte er erklärend hinzu. »Sie wird die Abteilung im Auge behalten und Alarm schlagen, wenn es wieder zu Diebstählen kommt.«

»Gab es einen weiteren Zwischenfall?«

»Nein, glücklicherweise nicht.«

Das Frühstück wurde serviert, und Olga trank einen Schluck heißen schwarzen Kaffee. Normalerweise hob Kaffee ihre Stimmung, aber ihre Welt sah auch nach der halben Tasse an diesem Morgen nicht freundlicher aus.

»Du solltest auf der Seite der Frauen stehen«, erklärte Dorothea, die Louisa einen Besuch im Kaufhaus abstattete, während ihr Verlobter Elaina Ashworth ein weiteres Mal für einen Artikel befragte. Er war mit ihr in ein Restaurant gegangen – nicht hier, da er, wie er sagte, den Kapitalismus nicht unterstützen wolle. Louisa mochte Dorothea, und auch Frank war durchaus sympathisch, einige Charakterzüge an ihm gingen ihr jedoch furchtbar auf die Nerven. Aber sie musste ihn ja auch nicht heiraten.

»Ich verstehe nicht, worauf du hinauswillst«, antwortete Louisa.

»Ihr gaukelt den Frauen vor, dass dies ein Haus ist, in dem sie glücklich werden.«

»Und was ist daran falsch?«

»Einfach alles. Unsere Eltern erziehen uns Frauen in dem Bewusstsein, dass uns die Ehe glücklich macht. Ihr wiederum versprecht den Frauen, dass der Kaufrausch sie glücklich macht.«

»Ja und? Wir sind Kaufleute.« Louisa drückte den Knopf, um den Aufzug zu rufen.

»Es ist lediglich eine Art der Hingabe, der Ekstase. Nicht an einen Mann, sondern an den Luxus. Es ist eine andere Art der Verführung, und ihr setzt sie gekonnt ein. Nur werdet ihr dafür nicht geächtet.«

Die Fahrstuhltüren öffneten sich, und während der Fahrt zumindest schwieg Dorothea, allerdings befürchtete Louisa, sie nutze die Pause, um ihre Argumente noch schlagkräftiger zu formulieren. Sie behielt recht, denn kaum standen sie oben auf der Galerie, fuhr Dorothea fort.

»Ihr werft Massen an Produkten auf den Markt, die im

Grunde niemand braucht, aber ihr redet den Leuten – und damit zielt ihr vor allem auf die Frauen – ein, dass sie sie unbedingt brauchen. Ihr zerstört die kleinen Betriebe, weil ihr deren Preise unterbietet. Die Produzenten der Waren werden dadurch allerdings nicht reicher, dafür lockt ihr die Reichen in eure überdimensionierten Basare.«

Sie hatten noch nicht einmal im Café Platz genommen, als Louisa des Gesprächs bereits überdrüssig war. »Warum bist du eigentlich so wütend?«, fragte sie. »Wir betreiben das Kaufhaus doch nicht erst seit gestern.«

Dorothea ließ sich ihr gegenüber an einem Tisch für zwei Personen nieder. »Mein Vater wird sein Geschäft schließen müssen.«

»Das tut mir leid, Doro. Und nun?«

»Ja, das ist die Frage. Mein Bruder wird meine Eltern mitversorgen müssen.«

Louisa hob eine Hand, um dem Kellner zu bedeuten, noch nicht zu kommen. »Soll ich meinen Vater fragen, ob eine Stelle bei uns frei ist?«

Fassungslos starrte Dorothea sie an. »Bist du von Sinnen? Er soll für euch den Knecht spielen?«

Nun wurde Louisa wütend. »Unsere Angestellten sind keine Knechte.«

»Mein Vater hatte ein eigenes Geschäft, er verliert es, weil es Menschen wie euch gibt. Und dann soll er für euch arbeiten?«

Nun winkte Louisa den Kellner heran, denn es war besser, wenn sie nicht direkt antwortete. »Einen Kaffee, bitte.«

Dorothea bestellte Tee und sah dann demonstrativ zum Fenster hinaus.

»Wir sind nur ein Kaufhaus von vielen«, sagte Louisa. »Was ist mit dem Bon Marché und Lafayette in Paris? Wertheim in Berlin? Oder Tietz hier bei uns? Denkst du, die werden irgendwann alle zur Einsicht kommen und schließen, weil in ihnen der Sozialromantiker erwacht? Die Entwicklung ist nicht rückgängig zu machen.«

»Du kannst leicht reden als Teil dieses kapitalistischen Molochs.«

»Bist du unter die Kommunisten gegangen?«

»Nein, aber ich wäre wahrhaftig versucht. Euch geht es nur noch darum, mit immer raffinierteren Methoden den Appetit der Menschen auf immer mehr Waren zu wecken.«

»Wir zwingen doch niemanden, bei uns zu kaufen.«

»Nein, ihr ladet sie dazu ein und verführt sie vor Ort. Das ist fast dasselbe. Und wenn sie nicht hier sind, schickt ihr ihnen die Kataloge ins Haus, damit sie sehen, was ihnen an Tagen, an denen sie nicht einkaufen, alles entgeht.«

Louisa wartete mit ihrer Antwort, bis der Kellner Kaffee und Tee abgestellt hatte.

»Ihr könnt euch Dinge wie ein Rückgaberecht leisten, ihr könnt es euch leisten, Menschen mit günstigen Angeboten anzulocken, wohl wissend, dass sie dann auch die teuren Waren kaufen. Ihr habt eine solche Macht, und im Grunde wisst ihr das auch. Dein Vater schreitet durch das Kaufhaus wie ein König durch sein Reich. Ihr tut so, als würdet ihr die Frauen schätzen, obwohl ihr gleichzeitig zutiefst frauenfeindlich seid. Während ehrliche Händler, die noch jeden Kunden beim Namen kennen, das Nachsehen haben.«

Louisa nippte an ihrem Kaffee. »Es gibt auch heute noch

Einzelhändler, du musst nur mal die Hohe Straße entlanggehen.«

»Ja, große, erfolgreiche Häuser. Die meinte ich nicht.«

»Du willst mich, Mathilda und all die anderen Frauen tatsächlich als frauenfeindlich bezeichnen?«

Dorothea verzog die Lippen. »Unbewusst natürlich. Ihr seid hier sozusagen das soziale Gewissen.«

Nun war es genug. »Rede doch keinen Unsinn!«

»Warum löst du dich nicht daraus? Du bist doch gerade gut genug, um darin zu arbeiten, aber nicht, um es zu besitzen.«

Das tat weh, und vermutlich zielte Dorothea genau darauf ab. Louisa trank schweigend den Kaffee aus und ließ den Blick ziellos durch den Raum schweifen, betrachtete die gediegene Eleganz, all das, was darauf abzielte, eine reiche Kundschaft anzulocken. Während sie das Café auf sich wirken ließ, geisterten Dorotheas Worte in ihrem Hinterkopf herum, und langsam, ganz langsam keimte eine Idee in ihr, eine, die noch formlos war und nicht bereit, präsentiert zu werden.

»Es tut mir leid, wenn du nun verärgert bist«, sagte Dorothea. »Aber ich kann zu all diesen Missständen nicht länger schweigen.«

Louisa sah sie an. »Und da hieltest du es für angebracht, mich stellvertretend für all die Männer, die deiner Meinung nach diese Missstände verursacht haben, zu beschimpfen?«

»Ich habe nicht...«

»Doch, hast du, und das weißt du genau.«

»Tut mir leid, dass die Wahrheit für dich so schwer zu ertragen ist.«

»Sagst du, während du ein Kleid trägst, das vermutlich das Monatsgehalt eines einfachen Arbeiters wert ist.«

»Du verstehst überhaupt nichts. Ich sage doch nicht, dass man keine schönen Dinge mehr kaufen soll.«

»Richtig, man soll sie lediglich nicht mehr bei uns kaufen.«

Abrupt erhob sich Dorothea. »Das bringt nichts. Richte Frank bitte aus, ich warte daheim auf ihn.«

»Richte es ihm selbst aus, ich bin nicht dein Bote.«

Zorn flammte in Dorotheas Augen auf, und sie wandte sich ruckartig ab, um das Café zu verlassen. Louisa trank ihren Kaffee aus, während Dorotheas Worte von innen wie Sandpapier zu scheuern schienen und tiefes Unbehagen verursachten. *Du bist doch gerade gut genug, um darin zu arbeiten, aber nicht, um es zu besitzen.*

In ihrer nachmittäglichen Besprechung schlug Max zwei interessante Ideen vor, von denen vorerst nur eine umgesetzt werden konnte, und zwar einigten sie sich darauf, eine eigene Stoffabteilung einzurichten. Louisa schien hernach verstimmt, allerdings war sie schon übellaunig im Besprechungszimmer erschienen. Erst danach erfuhr Caspar, dass sie sich mit Dorothea gestritten hatte.

Wilhelm Tiehl musste sein Geschäft aufgeben, das war natürlich tragisch, aber mitnichten Caspars Schuld, und Louisas erst recht nicht. Es gab keinen Grund, sie so anzugehen, immerhin waren sie seit Jahren eng befreundet.

»Ich kann herumfragen, ob jemand einen leitenden Angestellten braucht«, hatte er Louisa angeboten, aber die hatte abgewinkt.

»Das habe ich Doro schon vorgeschlagen, die ist mir daraufhin fast ins Gesicht gesprungen.«

Nun saß Caspar in seinem Bureau und ging noch einige Unterlagen durch. Er würde im kommenden Jahr nach Paris, London und Mailand fahren, um dort Anregungen zu holen.

»Ich hoffe, in London hältst du dich ein wenig länger auf«, sagte Elaina Ashworth.

»Wenn es sich einrichten lässt, werde ich das sicher tun.«

»Du hättest damals zu uns kommen und ein Kaufhaus in London eröffnen sollen. Jetzt hat Gordon Selfridge diesen hervorragenden Standort erworben.«

»Ich habe gehört, er hätte Probleme mit der Finanzierung.«

»Sagt man. Ich weiß jedoch nicht, ob das stimmt. Die Leute sind misstrauisch, weil er Amerikaner ist und mit neuen Ideen kommt. Aber er wird Erfolg haben.«

»Ich wünsche ihm alles Gute. Ein Umzug nach London wäre für mich nicht infrage gekommen, wie du weißt. Weder hätte ich all das hier aufgeben können, noch hätte ich die Mittel, in London etwas komplett neu aufzuziehen.«

»Für die Finanzierung hätte sich gewiss eine Lösung gefunden.«

Ja, möglicherweise. Aber Caspar machte ungern Schulden. Er hatte grundsätzlich nichts gegen Expansion einzuwenden, doch derzeit war das ein schwer zu kalkulierendes Risiko. Jetzt galt es erst einmal, die Rabattaktion ohne große finanzielle Verluste über die Bühne zu bringen. Sie würden das im kommenden Frühjahr für zwei Wochen antesten und innerhalb dieses überschaubaren Rahmens sehen, ob es sich langfristig lohnte. Sobald das Kaufhaus Verhoeven dann eröffnete, konnten sie – hoffentlich – während der Eröffnungszeit die Preise unterbieten und somit verhindern, dass er ihnen Kunden abwarb.

»Steht dein Entschluss, diesen jungen Mann als deinen Erben einzusetzen, endgültig fest?«

»Ja, weitgehend.«

»Ich nehme an, du hast dich umfassend über ihn informiert?«

»Ich wäre ein Narr, hätte ich das nicht. Mein Detektiv hat nichts zutage gefördert.«

Elaina griff nach der Verkaufsübersicht für die Kosmetikprodukte und lächelte zufrieden. Die Sache ließ sich gut an, und Louisa hatte mit der Einrichtung die richtige Wahl getroffen. »Wie sehr vertraust du ihm inzwischen?«

»Ausreichend, um ihm einen Schlüssel anzuvertrauen, damit er selber entscheiden kann, wann er das Kaufhaus abends verlassen möchte.«

»Nun, dass er dich ausraubt, steht wohl auch nicht zu befürchten. Aber was seine Qualitäten als dein Erbe angeht, solltest du es nicht bei einer oberflächlichen Untersuchung belassen.«

»Das werde ich auch nicht, ich möchte schließlich keine böse Überraschung erleben. Und auch nicht, dass meine Töchter diese erleben, wenn er das Haus bereits geerbt hat und ich nicht mehr unter euch weile.«

»Was hoffentlich noch in weiter Zukunft liegt.«

Ein kurzes Lächeln flog über seine Lippen. »Ich habe ihn mir nun einige Monate lang angesehen, und bisher gibt es nichts zu beanstanden. Allerdings werde ich meinen Detektiv in der Tat noch einmal losschicken. Dieses Mal soll er tiefer graben.«

Louisa war, wie so oft, als eine der Letzten im Kaufhaus und genoss die Ruhe nach diesem so unglücklich verlaufenen Tag. Ihr Vater war bereits früh gegangen, vermutlich kostete er Elaina Ashworths letzte Tage hier ausgiebig aus. Sophie hatte etwas davon gesagt, sich ins Nachtleben stürzen zu wollen, und Mathilda war als Einzige von ihnen heimgegangen und würde hoffentlich nicht mit dem Essen auf sie warten.

Nach der Niederlage bei der Besprechung verfolgte sie eine weitere Idee, jene, die ihr bei dem unglückseligen Gespräch mit Dorothea gekommen war. Dieses Mal wollte sie nicht wie seinerzeit bei der Damenabteilung ihren Einfall unvorbereitet vorstellen, sondern las nun im Voraus entsprechende Literatur. Sie konnte sich jedoch nicht konzentrieren, und ihre Gedanken schweiften immer wieder ab. Dorothea und sie waren schon so lange befreundet, diese plötzliche Abkehr war befremdlich. Andererseits haderte diese schon länger mit dem Umstand, dass ihr Vater immer weniger Kundschaft hatte, und in ihren Augen lag die Schuld eindeutig bei Menschen wie Caspar Marquardt. Aber musste sie da so auf Louisa losgehen?

Die Tür zu dem großen Besprechungszimmer, in das Louisa sich zurückgezogen hatte, wurde geöffnet, und sie musste nicht aufblicken, um zu wissen, wer den Raum betrat.

»Du bist noch da?«, fragte Max.

Louisa dachte nicht daran, das Offensichtliche zu kommentieren, und wandte sich wieder der Lektüre zu, konnte sich nun jedoch erst recht nicht mehr konzentrieren.

»Was dachtest du, wie du hier rauskommst, wenn ich nicht mehr da wäre?«

»Dein Vater hat mir heute einen Schlüssel überlassen.«

Das auch noch. Louisa spürte, wie sich Kopfschmerzen von ihren Schläfen her ausbreiteten.

»Du bist wütend auf mich?«, fragte er.

»Ja, bin ich, verdammt noch mal. Du hast deine Idee überzeugender dargestellt als meine.«

»Sie *ist* überzeugender.«

Louisa schlug ihr Buch mit einem Knall zu. »Es war offensichtlich, welche Idee dir besser gefiel.«

»Das liegt in der Natur der Sache.«

»Aber wir hatten etwas anderes ausgemacht.«

Er fuhr sich mit einer ungeduldigen Geste durch die Haare. »Mein Vorschlag war rentabler, mehr nicht. Man hat nicht dir eine Absage erteilt, sondern einer von meinen beiden Ideen – genau so habe ich es dargestellt. Also, was willst du von mir?«

Das wusste Louisa selbst nicht so recht. Der Streit mit Dorothea nagte an ihr, die Art, wie ihre Freundin sie dargestellt hatte. *Du bist doch gerade gut genug, um darin zu arbeiten, aber nicht, um es zu besitzen.* Ebenso verstörten sie ihre seltsam wirren Gefühle für Max. »Warum gehst du nicht einfach?«, sagte sie schließlich.

»Möchtest du das wirklich?«

Sie antwortete nicht. Alles war so furchtbar verfahren und kompliziert. Max kam um den Tisch herum, berührte ihre Schulter, ihren Hals.

»Nimm deine Hände weg«, sagte sie, indes sie sich erhob und reglos stehen blieb. Ein leichtes Zittern überkam sie, als seine Finger zu ihrer Wange glitten, zu ihrem Haaransatz, und die kleinen Strähnchen, die sich gelöst hatten, behutsam hinters Ohr strichen.

»Es war doch klar«, sagte Max, während er den Kopf senkte, so dass ihre Gesichter nur eine Handbreit voneinander getrennt waren, »dass es über kurz oder lang dazu kommen würde. Also lass uns die Spielchen beenden, ja?«

Wozu, wollte sie fragen, aber ihr kam kein Wort über die Lippen, weil sie die Antwort fürchtete und jenen Nachhall, den diese in ihr auslösen würde. Es wäre wie das Eingeständnis einer Niederlage. Und doch wehrte sie sich nicht, als Max sie küsste, einen Arm an ihren Hinterkopf legte, den anderen um ihre Taille schob und sie an sich drückte, so eng, dass Louisa vermeinte, selbst seinen Herzschlag spüren zu können. Ihr eigener indes dröhnte ihr so laut in den Ohren, dass jedes andere Geräusch verschwand. Die Welt um sie herum wurde klein, schien nur noch in Max' Berührungen und Küssen existent, und obwohl Louisa wusste, dass sie gerade eine ungeheure Torheit beging, tat sie nichts, um ihm Einhalt zu gebieten.

Als sie spürte, wie ihr Kleid über die Schultern glitt, stieß sie seinen Namen in atemloser Hast aus. Seine Hände glitten erst zögerlich, dann in immer gewagteren Liebkosungen über ihren Körper, und Louisa bog sich unter ihm, fühlte das kalte Parkett unter ihrem Rücken und ignorierte die warnende Stimme der Vernunft. Sie erwiderte Max' Küsse mit einer Ungeduld, die ihr selbst fremd war, und je drängender diese wurde, umso behutsamer ging Max vor. Ein

Schluchzen stieg in ihr auf, wurde erstickt unter seinen Küssen, und dann, unvermittelt, durchdrang ein sengender Schmerz sie. Keuchend wehrte sie sich gegen Max, zog ihn im nächsten Moment an sich, wollte, dass er von ihr abließ, und gleichzeitig, dass er nie wieder damit aufhörte, sich in ihr zu bewegen. Hitze stieg von ihrem Bauch aus, ein eigenartiges Rieseln, das jeden Gedanken verwirrte. Und dann war es urplötzlich vorbei, und sie hörte nichts mehr außer ihren rasch gehenden Atemzügen. Die Reste des Verlangens zerfielen zu einer Glut, und Louisa wurde vollumfänglich klar, was sie gerade getan hatte.

Sehen Sie also zu, dass es nicht zu einer Situation kommt, wo Sie so selbstvergessen sind, dass die Bewahrung Ihrer Unschuld in seinen Händen liegt. »Grundgütiger«, murmelte sie und erhob sich auf die Knie, zog das Mieder über ihre Brust und war gerade dabei, die kleinen Häkchen zu schließen, als Max sie erneut an sich zog, ihre Hände beiseiteschob und die Häkchen langsam wieder öffnete, während er sie küsste.

»Hör auf«, murmelte Louisa an seinem Mund, und Max hielt inne, hob den Kopf weit genug, um sie anzusehen, als wolle er prüfen, wie ernst es ihr war. Schließlich zog er die Hände zurück und gab sie frei, so dass Louisa sich aufrichten konnte. Sie schloss das Mieder erneut und zog sich das Oberkleid über die Schultern. Tränen stiegen ihr in die Augen, und ihre Kehle schmerzte in der Anstrengung, ein Aufschluchzen zu unterdrücken. Was hatte sie nur getan?

»Louisa?«

Sie antwortete nicht, sah Max nicht an, hörte nur, wie seine Kleidung raschelte, als er sich ebenfalls wieder anzog.

»Du wolltest es doch auch.« Seine Stimme klang zögerlich, als wisse er auf einmal nicht mehr, wie er mit ihr umgehen sollte.

Mit dem Handrücken wischte sie sich über die Augen, räusperte sich, da sie ihrer Stimme noch nicht traute, und sagte schließlich: »Ich weiß nicht, was ich wollte. Ich hatte einen fürchterlichen Tag, und ich war durcheinander.« In ihr pulsierte es, als sei er immer noch ein Teil ihres Körpers. »Ich war durcheinander, und du hast es ausgenutzt.«

»Das klingt, als hätte ich dich gewaltsam genommen.«

»Nein, das hast du sicher nicht.« Immer noch mied sie seinen Blick. »Ich bin ebenso schuld, das hätte nicht geschehen dürfen.«

»Ich würde lügen, wenn ich sagen würde, dass ich es bedaure.«

Louisa schloss ihr Kleid. »Du hast ja auch nichts verloren, für dich reihe ich mich einfach in die Frauen ein, die du schon besessen hast. Bei mir sieht das anders aus.«

»Weil du nicht mehr unschuldig bist?«

Sie versuchte, ihr Haar ohne Spiegel zu einem schlichten Knoten aufzustecken. »Weil ich meine Unschuld ebenso belanglos verloren, wie ich meinen ersten Kuss bekommen habe. Irgendwie auf dem Weg, während ich eigentlich etwas anderes vorhatte. Ich meine, ich bin nicht einmal verliebt in dich.«

»Das hat dem Vergnügen keinen Abbruch getan, möchte ich meinen.«

»Als würde es das besser machen«, antwortete Louisa kaum hörbar. »Du hast im Grunde sogar jede Möglichkeit einer Ehe für mich unmöglich gemacht.«

»Als wärest du die Erste, die ein solches Geheimnis hütet.«

»Ich müsste eine Ehe mit einer Lüge beginnen. Was ich gerade getan habe, ist wohl kaum etwas, das man seinem künftigen Ehemann anvertraut.«

»Vielleicht würde er es verstehen.«

»Würdest du es?«

»Das käme darauf an, was mir die Frau bedeutet.«

»Wenigstens bist du ehrlich«, murmelte sie.

»Ist es nicht irgendwie absurd, wie du mit deinem Liebhaber die Möglichkeiten einer Ehe mit einem anderen Mann besprichst, obwohl du vor zehn Minuten erst mit mir geschlafen hast?«

»Du bist nicht mein Liebhaber«, fauchte sie. »Das war ein einmaliger Ausrutscher und wird nie – hörst du? – nie wieder passieren. Am liebsten würde ich es einfach nur vergessen.« Ihr Körper jedoch schien leider nicht ganz so erpicht auf das Vergessen zu sein wie sie, denn nach wie vor spürte sie den Abklang jener Gefühle, die Max in ihr ausgelöst hatte, gemischt mit einem irritierenden Verlangen nach ihm und einer Scham, die ihr erneut die Tränen in die Augen trieb. Sie ging an ihm vorbei und verließ den Raum. Auf der Galerie fiel ihr ein, dass sie das Buch nicht weggeräumt hatte, aber das war nun einerlei. Sie ging in das Bureau ihres Vaters, um ihren Mantel und ihre Tasche zu holen. Als sie den Raum verließ, traf sie erneut auf Max.

»Lass mich bitte allein.«

»Ich lasse dich gewiss nicht um diese Uhrzeit unbegleitet nach Hause gehen.«

»Du bist nicht für mich verantwortlich.«

»Nein, das nicht. Und ich verlange auch nicht, dass du dich von mir heimbringen lässt, aber lass mich wenigstens eine Droschke für dich rufen.«

Sie zögerte, dann nickte sie und ging an seiner Seite die Treppe hinunter ins Erdgeschoss. Max löschte das Licht, öffnete die Tür zum Hinterhof und schloss hinter ihnen ab. Der Anblick versetzte Louisa einen Stich, und sie wandte sich ab. Nun hatte sie auch das letzte bisschen vom Kaufhaus, das ihr allein gehört hatte, verloren. Sie trat an seiner Seite durch das Tor auf die Straße, wartete darauf, dass er dieses wieder verschloss und eine Droschke für sie rief.

»Da haben die langen Nächte deines Vaters außer Haus ja doch ihr Gutes«, sagte Blanche.

»Damit ist demnächst leider Schluss.« Sophie nahm einen langen Schluck aus ihrem Glas und stellte es auf dem Tisch ab. »Nächste Woche reist diese Engländerin wieder ab.« Sie hatten sich an diesem Abend in ein recht verruchtes Lokal gewagt, und Sophie fand es großartig und fühlte sich in Stimmung, etwas Verrücktes zu tun. Offiziell waren sie natürlich woanders, denn auch wenn Blanches Eltern einigermaßen liberal waren, gab es doch auch für sie Grenzen.

Die beiden jungen Frauen trugen aufsehenerregende Abendkleider, Sophie in Bordeauxrot, Blanche in einem satten Goldton, und sie konnten sich vor dem Ansturm junger Männer, die mit ihnen tanzen wollten, kaum retten. Sophie genoss jede Minute Ausgelassenheit und flirtete mit einer Reihe von Männern, die allesamt den Eindruck erweckten, sie seien ihr hoffnungslos verfallen.

Mit einem Mal stand plötzlich Arjen Verhoeven vor ihr, wirkte überrascht und schenkte ihr ein Lächeln. »Na, so was. Weiß Ihr Vater denn, wo Sie sich die Nächte um die Ohren schlagen?«

»Nein, also verraten Sie es ihm nicht«, scherzte Sophie.

»Ich werde mich hüten.«

»Tanzen Sie mit mir?«

Er sah sich um, winkte einer Frau zu, die zurückwinkte und ihr Glas hob, als proste sie ihm zu. »Ich sehe gerade, ein Tanz wird mir gewährt.«

Sophie taxierte seine Begleiterin, versuchte einzuordnen, welche Art Frau sie war. Da sie mit ihm diese Lokalität aufsuchte, vermutlich keine Dame der höheren Gesellschaft. Andererseits waren sie und Blanche auch hier.

Auf der Tanzfläche kam es Sophie vor, als halte Arjen sie ein klein wenig enger umschlungen, als es der Anstand erlaubte, was angesichts der Distanziertheit der letzten Wochen eine erfreuliche Überraschung war.

»Was haben Sie in den letzten Wochen so getrieben?«, plauderte sie.

»Tagsüber habe ich mich meinen Geschäften gewidmet und nachts der Zerstreuung.« Sein Lächeln bekam etwas Anzügliches, und Sophies Herzschlag beschleunigte sich.

»Wann werden Sie eröffnen?«

»Nächstes Jahr im Herbst, wenn es so gut weitergeht wie bisher. Vielleicht sogar früher.«

»Zeigen Sie mir das Kaufhaus noch einmal?«

»Sehr gerne, wenn es Sie interessiert.«

»Mich interessiert alles, wo man viel Geld lassen kann.«

Er lachte, ein warmes, leises Lachen, das intim und vertraulich wirkte, als gehöre es nur ihr. Zögernd brachte sie ihr Gesicht nahe an seines, und tatsächlich senkte er nun den Kopf und küsste sie. Ein Beben durchlief sie, als sie den Kuss erwiderte, und sie schmiegte sich ein klein wenig enger an ihn, ließ ihn ahnen, worauf er hoffen durfte. Er hob den Kopf, sah sie an, schien ausloten zu wollen, wie weit ihre Bereitschaft ging, und Sophie beschloss, dem Ganzen ein klein wenig nachzuhelfen.

»Warum zeigen Sie mir das Kaufhaus nicht schon heute Abend«, schlug sie ein wenig atemlos vor. Der Gedanke an Blanche zuckte in ihr auf, aber sie schob ihn beiseite. Sie würde ihrer Freundin die Kutsche überlassen, Blanche würde es verstehen.

Er berührte ihre Wange, strich ihr das Haar hinter das Ohr. »Sie kennen die Männer nicht so gut, wie Sie denken. Mich erwartet heute Abend durchaus noch das Vergnügen, aber selbst wenn ich der Dame einen Korb gebe und mich stattdessen der – zweifellos reizvollen – Tätigkeit widme, Sie um Ihre Unschuld zu bringen, denken Sie ernsthaft, ich heirate Sie danach? Das werde ich nicht tun. Wenn ich Sie dabei schwängere, werde ich Ihnen eine Abtreibung bezahlen oder das Kind versorgen, aber ich heirate Sie nicht.« Sein Lächeln hatte etwas Bedauerndes. »Sie sind wunderbar, lassen Sie sich nicht auf eine derart entwürdigende Beziehung ein. Es wird ein Mann kommen, der es eher verdient als ich, in den Genuss der ersten Liebesnacht mit Ihnen zu kommen.«

Sophie fühlte sich, als habe er ihr eine Ohrfeige verpasst. »Ich hatte nicht vor, mit Ihnen zu schlafen. Ich bin nicht ganz so leicht zu haben, wie Sie denken.« Obwohl es die

Wahrheit war, klang es in ihren Ohren wie eine Ausrede, um ihre Würde zu wahren.

Und an seinem Lächeln erkannte sie, dass er diesen Eindruck ebenfalls hatte. »Dann entschuldigen Sie bitte vielmals, dass ich Ihre Motive falsch gedeutet habe«, antwortete er galant.

Sie schwieg, dann wandte sie sich abrupt von ihm ab und lief davon. An ihrem Tisch angekommen kippte sie ihr Getränk hinunter und ließ sich hernach von dem erstbesten jungen Mann zum Tanzen auffordern. Sie erhaschte Blanches erstaunten Blick, ignorierte diesen jedoch und tanzte an diesen Mann ebenso eng geschmiegt wie vormals an Arjen. Warum küsste er sie überhaupt, wenn er sie hernach demütigen wollte? War das alles nur eine Spielerei?

Als sie nach dem Tanz an ihren Platz zurückkehrte, saß Blanche dort mit geröteten Wangen, ebenso außer Atem wie sie. »Was ist los mit dir?«, fragte sie. »Du wirkst verärgert.«

Sophie war ein wenig schwindlig, und sie bestellte etwas zu trinken und strich sich die gelösten Haarsträhnen aus dem Gesicht. Dann erzählte sie von dem Vorfall mit Arjen. Blanche jedoch reagierte nicht so fassungslos, wie sie es erwartet hatte, vielmehr schien sie verärgert.

»Du wolltest einfach mit diesem Kerl fortgehen und mich allein hierlassen?«

»Ich hätte dir doch die Kutsche überlassen.«

»Oh, besten Dank auch.«

»Jetzt sei nicht wütend, ich habe nicht nachgedacht.«

»Ja, ganz so sieht es aus.«

»Ich wollte nicht mit ihm schlafen, ich wollte nur... na

ja, mit ihm allein sein.« Und die Liebe ein klein wenig besser kennenlernen, eine Ahnung davon bekommen, was sie nach der Eheschließung versprach.

»Du bist doch sonst nicht so töricht, was Männer angeht.«

Das stimmte, aber bei Arjen setzte ihre Vernunft aus. »Er hat mich geküsst.«

»Vermutlich, weil in dieser Art von Lokalität eben einfach unverbindlich geküsst wird, wenn man als Frau den Eindruck erweckt, man sei darauf aus.«

»Ist dir das auch passiert?«

»Nein, ich habe allerdings auch keinen der Männer so angesehen wie du diesen Niederländer.«

Sophie knabberte an ihrer Unterlippe, und als der Kellner das Glas vor ihr abstellen wollte, riss sie es ihm fast aus der Hand und kippte es in wenigen Zügen hinunter.

»Du wirst einiges zu erklären haben, wenn du morgen früh in einem desolaten Zustand aufwachst«, warnte Blanche.

»Keine Sorge, mir geht es gut.« Sophie erhob sich und strebte erneut auf die Tanzfläche zu.

Ein junger Mann kam auf sie zu, ziemlich gutaussehend, und er kam ihr vage bekannt vor. Aber egal, sie wollte tanzen, und er war nur zu gewillt, ihr diesen Wunsch zu erfüllen. Als sie Arjen mit seiner Begleiterin bemerkte, zog sie den Kopf des Mannes zu sich hinunter, und nach einem erstaunten Innehalten kam der Mann ihrer stummen Aufforderung nach, sie zu küssen, und da sie lange nicht ans Aufhören dachte, tat er es auch nicht. Als sie schließlich voneinander abließen, waren sie beide ein wenig außer Atem.

»Wie komme ich zu dem Vergnügen, Fräulein Marquardt?«, fragte er.

Sie sah ihn fragend an, runzelte die Stirn.

»Tom Hauser, aus den Herrenaccessoires.«

Sophie gab sich redlich Mühe, sich ihr Erschrecken nicht anmerken zu lassen. »Ach, Tommy«, sagte sie leichthin, »ich bin an diesem Abend inkognito unterwegs.« Sie zwinkerte ihm zu. »Also tun Sie einfach so, als sei ich eine unbekannte Eroberung. Morgen ist dann alles wieder so wie immer.«

Er grinste. »Tatsächlich?«

Erneut zog sie ihn zu sich hinunter, und wieder küsste er sie. Sie hielt seine Hand, als sie von der Tanzfläche gingen und etwas zu trinken bestellten, und während Sophie das Glas an die Lippen setzte, spürte sie, wie ihr schwindlig wurde, aber nicht jene angenehme Art von Schwindel, die von zu viel tanzen kam, sondern eine, die tief im Magen einsetzte und ihr zu Kopf stieg. Als Tom sie wieder auf die Tanzfläche führte, drehte sich ihr der Kopf, und jede Drehung sorgte dafür, dass sich ihr der Magen hob. Tom küsste sie ein weiteres Mal, und saure Galle stieg ihr in den Mund. Sie konnte ihn gerade noch von sich stoßen, als sie sich in einem Schwall auf die Tanzfläche erbrach.

»Verdammt noch mal«, schrie der junge Mann, hatte aber nicht schnell genug ausweichen können, um seine Schuhe zu retten.

Die Leute um sie herum wichen zurück, und im nächsten Moment war Blanche an ihrer Seite. »Du liebe Zeit«, rief sie. »Komm, schnell.« Sie brachte sie in die Waschräume, und Sophie schaffte es gerade noch rechtzeitig zum Klosett, wo sie sich ein weiteres Mal erbrach. Als sie später würgend über dem Waschbecken stand, ließ Blanche kaltes Wasser einlaufen und wusch ihr das Gesicht und die Schläfen.

Zwei Frauen traten ein, starrten sie an, und der Anblick ließ ein Kichern in Sophie aufsteigen, das fortwährend anhielt. »Hör auf, dich so töricht zu benehmen«, fauchte Blanche. »Als sei die Sache nicht peinlich genug.«

Sophie jedoch lachte und lachte, bis sie später in Tränen ausbrach, dann wieder lachte, als Blanche mit ihr zum Ausgang stolperte und sie nicht halten konnte. Sophie fiel auf die Knie, stand wieder auf.

»Das letzte Glas war wohl eins zu viel«, hörte sie Arjen sagen, als sie das Lokal verließen. »Erlauben Sie, Ihnen zu helfen.«

»Kommen Sie danach mit zu mir?«, fragte Sophie kichernd. »Wissen Sie, ich trinke eigentlich nicht.« Blanches Gesicht reizte sie zum Lachen, und sie konnte nicht aufhören, während Arjen sie nun stützte und zur Kutsche brachte. Eine Frau, die sie nicht kannte, sprach mit Blanche, aber Sophie, die nun an Arjen gelehnt dastand, war alles gleich. Sie schmiegte sich an ihn, und als er mit ihr in die Kutsche stieg, klammerte sie sich an ihm fest, dann lachte sie wieder.

Kurz darauf kletterte Blanche in die Kutsche.

»Du fährst auch mit?«, kam es seltsam verwaschen über Sophies Lippen.

»Ja, ich dachte mir, zu dritt macht es mehr Spaß«, fauchte Blanche.

Sophie starrte sie an, wunderte sich, dass es auf einmal zwei von ihr gab, während Arjen schwieg und nicht einmal widersprach. »Mit Blanche machst du es gerne, ja?«, sagte sie vorwurfsvoll, wobei ihre Lippen zunehmend Mühe hatten, die Worte zu formen. Danach brach sie in Tränen aus und weinte, bis die Kutsche vor ihrem Haus hielt.

*

»Da ist sie ja wieder.« Marie Schwanitz verrenkte sich den Hals, zusammen mit Wilhelmina Haas. Mathilda sah in die besagte Richtung und entdeckte Nina von Beltz, die sich suchend umblickte, von den Verkäuferinnen allerdings nicht beachtet wurde. Darüber würde Mathilda später noch einmal mit ihnen sprechen.

»Frau von Beltz«, sagte sie, ging auf sie zu und schenkte ihr ein freundliches Lächeln. »Wie geht es Ihnen?«

Die junge Frau lächelte scheu. »Sehr gut, vielen Dank.«

»Wie geht es Ihrem Gemahl?«

Das Lächeln verschwand. »Gut, denke ich.« Auf Mathildas fragenden Blick hin fügte sie hinzu: »Ich habe mich von ihm getrennt.«

»Ach, das tut mir leid«, war alles, was Mathilda dazu einfiel. Hatte sie sich in dem Mann getäuscht?

Offenbar sah man ihr ihre Vermutung an, denn Frau von Beltz beeilte sich zu versichern: »Es ist nicht seine Schuld, wissen Sie. Ich ... ich konnte nicht ertragen, wie die Leute meinetwegen mit ihm umgegangen sind. Er ist ein guter Mann, das verdient er nicht.«

»Ich weiß nicht, was ich sagen soll.«

»Sagen Sie ruhig, dass ich undankbar und liederlich bin, das tun alle. Offenbar ist egal, was ich tue, es wird immer zu meinen Ungunsten ausgelegt.« Sie biss sich auf die Lippen. »Es tut mir leid, ich sollte Sie damit nicht behelligen, aber Sie waren so reizend zu mir, und von meinen früheren

Freundinnen ist keine mehr übrig. Offenbar wiegt der Neid doch stärker als eine Freundschaft.«

»Kommen Sie.« Mathilda bedeutete ihr, ihr zu folgen, und ging zu dem Kosmetikbereich hinter dem Paravent. »Hier können wir Tee trinken, und ich tue dabei so, als wolle ich Ihnen Kosmetik verkaufen.« Sie winkte Marie Schwanitz zu sich. »Holen Sie bitte Tee aus dem Café.«

»Ja, Fräulein Lanters.« Der Blick, den die junge Verkäuferin erst den Kosmetiktiegeln und dann Frau von Beltz zuwarf, war schon fast unverschämt zu nennen. Vermutlich dachte sie, dass einer Frau ihrer Herkunft der Umgang mit Rouge nicht fremd sein konnte. Da waren später einige klärende Worte fällig.

»Es tut mir leid, falls ich aufdringlich wirke«, sagte Nina von Beltz.

»Nein, gar nicht«, versicherte Mathilda. »Ich freue mich, dass Sie uns mal wieder besuchen, wenngleich ich mir glücklichere Umstände gewünscht hätte.«

Nina von Beltz nickte nur und wirkte elend. Sie trug eines der Kleider, die Mathilda für sie ausgesucht hatte – bewusst oder unbewusst. Vielleicht besaß sie keine andere Garderobe mehr. »Johann ist ein gütiger Mensch, ich hatte mir gewünscht, ihn glücklich zu machen.«

»Aber das haben Sie doch sicher auch, er wirkte keineswegs wie ein unglücklicher Ehemann.« Mathilda musste daran denken, wie aufmerksam er gewesen war, wie besorgt um seine Frau.

»Man kann Menschen auf mehr als eine Art glücklich machen, und es hat ihm zugesetzt, sich ständig für seine Eheschließung verteidigen zu müssen. Er hat mit langjährigen

Freunden gebrochen, weil diese schlecht über mich gesprochen oder ihre Ehefrauen mich auf Gesellschaften geschnitten haben. Das ist doch kein Eheglück für einen so geselligen Menschen wie Johann.«

Sie erzählte von den Feiern und dem Leben im Haus von Beltz, den erwachsenen Kindern ihres Mannes. »Die haben mich von Anfang an als Narretei ihres Vaters abgetan. Seltsamerweise nötigt ihnen mein freiwilliger Verzicht nun doch Respekt ab, und der ältere Sohn fragte gar, ob er mir eine Wohnung suchen solle, falls ich durch meine Herkunft Probleme habe, eine zu finden.« Ein bitteres Lachen folgte.

Marie Schwanitz kehrte mit der Teekanne und einem Sahnekännchen zurück und stellte beides auf dem Tablett bei den Tassen und der Zuckerdose ab. Mit einem knappen Nicken bedankte Mathilda sich bei ihr.

»Und wie hat Ihr Ehemann auf die Trennung reagiert?« Mathilda goss erst Nina von Beltz und dann sich selbst Tee ein.

»Nicht gut.« Die junge Frau lehnte Sahne und Zucker ab und trank einen Schluck. »Er versucht immer noch, mich zu überreden, zu ihm zurückzukehren, aber ich habe ihm gesagt, es sei endgültig.« Tränen traten ihr in die Augen. »Ich komme mir so grausam vor, dabei möchte ich nur das Beste für ihn.«

Es war schwer, in dieser Situation einen Rat zu geben, aber Mathilda hatte den Eindruck, dass Nina von Beltz diesen gar nicht wünschte, sondern einfach nur reden wollte, ohne für ihr Tun verurteilt zu werden. Während sie ihr lauschte, musste sie an Olga denken, daran, dass diese von den erwachsenen Kindern ihres Mannes ebenfalls nicht gewollt worden war und es bei Caspar Marquardt nicht anders werden würde. Allerdings sahen die Dinge da anders aus, denn Olga ging es in der Tat auch um das Erbe. Sie wollte das Marquardt-Vermögen und das Kaufhaus für einen möglichen Sohn. Vielleicht war sie tatsächlich in Mathildas Vater verliebt, aber das wäre vermutlich eher die angenehme Dreingabe. Wenn Olga erbte, würde Mathilda im Kaufhaus nicht mehr viel zu sagen haben, vielleicht würde sie sogar auf die Straße gesetzt werden.

Als sie Nina von Beltz eine halbe Stunde später verabschiedete, richtete Johanna Sandor ihr aus, dass ein Herr Verhoeven im Café auf sie warte. Mathilda bedankte sich und sah auf die Uhr. »Ich bin gleich wieder da.«

Sie und Arjen Verhoeven hatten gemeinsam Kaffee getrunken, einen Tag, nachdem er sie erst im Kaufhaus besucht und später mit Sophie abends ausgegangen war. Mathilda hatte sich längst eingestanden, dass sie sich gerne mit ihm unterhielt, er war interessant, wusste anregend zu erzählen und wurde nicht müde, sie in Dingen, das Kaufhaus betreffend, um ihre Meinung zu fragen. Und er hatte ihr erneut angeboten, für ihn zu arbeiten. Mathilda kam sich vor wie eine Verräterin, so versucht war sie. Zuletzt hatte sie ihn vor einer Woche wiedergesehen, als er nachts eine derangierte Sophie heimgebracht hatte, sein Blick ein stummes Versprechen, dass bald ein Treffen unter günstigeren Bedingungen folgen würde. Offenbar sah er nun den Moment gekommen, das Versprechen in die Tat umzusetzen.

Er saß auf dem Lieblingsplatz ihres Vaters und lächelte

ihr entgegen. Hoffentlich entschied Sophie nicht, ebenfalls einen Abstecher hierher zu machen.

»Guten Tag«, begrüßte er sie und erhob sich, um ihr galant einen Stuhl zurechtzurücken.

»Waren wir für heute verabredet?«

»Nein, ich habe mir die Freiheit genommen, Sie zu überraschen.«

»Ich habe nur nicht ganz so viel Zeit.« Mathildas Blick flog zum Eingang des Cafés.

»Vielleicht sollten Sie aufhören, sich wegen Ihrer Schwester Sorgen zu machen. Ich habe kein Interesse an Sophie, ich hatte nie welches. Das hat mit Ihnen nichts zu tun, und es ist auch nicht mein Problem, wenn sie sich mehr von mir verspricht.«

Als würde es das leichtermachen. Mathilda bestellte eine Kanne Tee für sie beide und englisches Buttergebäck. »Haben Sie eine Geliebte?«, fragte sie übergangslos.

Er wirkte überrascht, dann aber lachte er leise. »Ja, habe ich. Wie gesagt, Sie brauchen nicht zu befürchten, dass ich auf diese Art von Vergnügen aus bin, wenn ich Sie treffe.«

Mathilda taxierte ihn kurz, wandte dann den Blick zum Fenster, bemerkte, dass das wie Verlegenheit wirken musste, und sah Arjen Verhoeven wieder an. »Was möchten Sie dann von mir?«

»Ich hoffe auf anregende Unterhaltungen.«

»Ich kann mir nicht vorstellen, dass ein Mann wie Sie nicht ein Dutzend Freunde hat, mit denen er diese führen kann.«

»Außerdem gefallen Sie mir.«

Darauf wiederum wusste Mathilda nichts zu antworten. Glücklicherweise erschien der Kellner mit der Bestellung, eine willkommene Ablenkung. »Sahne? Zucker?«, fragte sie an Arjen Verhoeven gewandt.

»Beides bitte.«

Sie schenkte ihm eine Tasse Tee ein. »Herr Verhoeven, ich ...«

»Arjen, bitte.«

Ein kurzes Lächeln zupfte an ihren Mundwinkeln. »Arjen, ich bin natürlich geschmeichelt. Aber ich befürchte, ich kann mich auf keine wie auch immer geartete Beziehung einlassen. Meine Pläne umfassen keine Ehe.«

»Ehe? Sie denken ja weiter als ich.«

Nun schoss Mathilda das Blut in die Wangen, und sie hob die Tasse an die Lippen, um den Moment der Peinlichkeit zu überspielen. »Was bedeutet es denn dort, wo Sie herkommen, wenn ein Mann einer Frau sagt, sie gefalle ihm, er aber nicht auf eine Liebesbeziehung aus ist.«

Er betrachtete sie aufmerksam. »Entschuldigen Sie, ich wollte Sie nicht in Verlegenheit bringen. Da wir beide derzeit nicht an einer Ehe interessiert sind, wenngleich aus unterschiedlichen Gründen, lassen Sie uns zunächst Freunde werden.«

Mathilda setzte die Tasse ab. »Ohne Hintergedanken?«

»Gänzlich ohne.«

Zögernd nickte Mathilda. »Also gut.« Sie lächelte. »Erzählen Sie mir, warum Sie nicht heiraten möchten? Ich möchte meine Unabhängigkeit nicht aufgeben, aber diese Sorge müssen Sie ja nicht haben.«

»Nein, das ist wohl wahr. Aber ich müsste das eine oder andere Arrangement aufgeben, und daran ist mir derzeit nicht gelegen.«

»Arrangement?«

»Die schlüpfrigen Details möchte ich Ihnen gerne ersparen.«

Wieder stieg Mathilda das Blut in die Wangen, und sie lenkte sich von ihrer Unsicherheit ab, indem sie sich eine weitere Tasse Tee einschenkte.

»Sie hantieren mit Gegenständen herum, wenn Sie etwas in Verlegenheit bringt«, stellte er fest.

»Es ist wohl offensichtlich.«

Das beantwortete er lediglich mit einem Schmunzeln. Mathilda erwischte sich dabei, wie sie erneut zum Eingang sah, und wandte sich rasch ab. Sie unterhielt sich gerne mit Arjen, ja, sie konnte sogar sagen, dass sie ihn mochte. Was konnte Sophie schon tun, außer ein lautes Geschrei anzustimmen? Das würde zweifellos unangenehm werden, aber sollte Mathilda sich in der Auswahl ihrer Freunde von den Befindlichkeiten ihrer Schwester beeinflussen lassen?

»Das Angebot, für mich zu arbeiten, steht übrigens nach wie vor. Ich halte die Stelle bis zum Sommer für Sie frei, danach werde ich mich anderweitig umsehen müssen, damit ich bis zur Eröffnung jemand Fähigen habe.«

Wieder musste Mathilda daran denken, was ihr möglicherweise blühte, wenn Olga das Erbe für einen möglichen Sohn bekam. Sie wäre unabhängig, ihr könnte gleich sein, was Olga mit dem Erbe anstellte. »Ich bin versucht«, gestand sie. »Aber meine Antwort bleibt Nein.«

Er nickte. »Gut, wie Sie meinen. Sie haben noch bis zum Sommer Zeit, es sich anders zu überlegen.«

Mathilda tat einen tiefen Atemzug, während vor ihr das

Bild eines imposanten Kaufhauses entstand, dessen großartige Präsentation ihr, Mathildas, Werk wäre.

Louisa dachte an Dorotheas Worte. Rausch, Verführung – war es nicht schon schicksalhaft, dass sie am selben Abend Max erlegen war? Konnte sie nun allein Max die Schuld geben, oder gehörten zur Verführung letzten Endes nicht immer noch zwei, und hatte nicht sie selbst Dorothea gegenüber vehement bestritten, dass allein der Verführer Schuld trug? Lag nicht ein immenser Reiz darin, verführt zu werden, sowohl zum Kauf als auch zur Liebe? Und je nachdem, welche Mittel einem zur Verfügung standen oder was man zu verlieren hatte, kam der große Moment der Reue erst, nachdem das erste Glücksgefühl der Befriedigung vergangen war.

Ob Sophie auch bereits so weit gegangen war? Louisa konnte sich das nicht vorstellen, ihre Schwester kannte ihren Wert auf dem Heiratsmarkt und würde diesen niemals durch eine Unbedachtheit mindern. Sie ging dafür andere Risiken ein und konnte froh sein, dass Arjen Verhoeven seinerzeit so rasch zur Stelle gewesen war.

Was für ein fürchterlicher Abend das gewesen war. Erst die Sache mit ihr und Max, und dann musste sie mitten in der Nacht zusammen mit Mathilda eine völlig betrunkene Sophie in Empfang nehmen, die heulend die Treppe hochtaumelte und sich danach in der Eingangshalle erbrach. Der Vorfall war ihrer Schwester so peinlich, dass sie sich weigerte, darüber zu sprechen. Sie hatte lediglich einmal gefragt, ob Arjen Verhoeven sich in irgendeiner Weise dazu geäußert habe. Aus der Art der Frage hatte Louisa geschlossen, dass Sophie nach wie vor in ihn verliebt war.

Der Niederländer indes hatte nicht gewirkt, als sei er ihr verfallen, vielmehr hatten seine Blicke Mathilda gegolten, als diese die Tür geöffnet hatte. Das war ungewöhnlich. Sie war entzückend, das ja, aber welcher Mann wollte schon Mathilda, wenn er Sophie haben konnte? In dieser Hinsicht waren Männer gewöhnlich erstaunlich geradlinig und durchschaubar. Arjen Verhoeven schien anders zu sein. Das war eigentlich nicht schlecht, aber es versprach Ärger, und Louisa hoffte, dass sich nichts zwischen den beiden anbahnte.

Dieser Gedanke wiederum brachte sie zu sich und Max. Eine Woche war diese unselige Nacht nun her, und die Begegnung am kommenden Tag im Kaufhaus war weniger peinlich gewesen als befürchtet. Allerdings ging Louisa ihm trotzdem aus dem Weg. Zu Hause begegnete sie ihm gar nicht, und wenn sie im Kaufhaus waren, gab es auch ausreichend Möglichkeiten, ein Zusammentreffen zu vermeiden. Offenbar war Max an diesem Tag jedoch der Überzeugung, es sei an der Zeit, diesen unwürdigen Zustand des Einanderausweichens zu beenden.

»Wir arbeiten nach wie vor zusammen«, sagte er. »Und ich brauche deine Hilfe«, räumte er, ohne zu zögern, ein. »Wenn du mir weiterhin ausweichst, wird das Fragen aufwerfen. Die Engländerin ist weg, dein Vater hat wieder die Muße, die familiären Angelegenheiten im Blick zu behalten.«

Er hatte sie in dem Bereich, wo die Stoffabteilung entstehen würde, ausfindig gemacht. Ihr Vater hatte keine Zeit verloren, mit der Planung zu beginnen, damit der tägliche Ablauf im Geschäft nicht gestört wurde. »Ist gut«, sagte sie, ohne Max anzusehen. »Was genau brauchst du?«

»Zunächst einmal, dass du wieder normal mit mir umgehst.«

Sie sah ihn kurz an, wich seinem Blick dann jedoch wieder aus.

»Herrje, Louisa, ich habe dich schließlich nicht gewaltsam genommen.«

Rasch sah sie sich nach möglichen Lauschern um. »Könntest du bitte damit aufhören«, zischte sie. »Wenn du darüber reden möchtest, dann tu das unter vier Augen mit mir.«

»Das würde ich, wenn du mir die Gelegenheit geben würdest.«

Louisa biss sich auf die Unterlippe und wandte sich ab.

»Du tust es schon wieder.«

Sie drehte sich um, sah ihm demonstrativ in die Augen. »Ist es so gut?«

»Würdest du dich besser fühlen, wenn ich sage, dass ich mir wünschte, es wäre nie passiert?«, fragte er.

Eigenartigerweise erschien ihr das noch schlimmer als sein Eingeständnis, es genossen zu haben und es nicht zu bedauern. Nach kurzem Überlegen schüttelte sie den Kopf.

»Dann ist ja gut. Es war nämlich wunderbar, und ich würde es immer wieder tun, wenn sich die Gelegenheit ergäbe. Und du auch, wenn du ehrlich zu dir selber bist.«

»Du verstehst das nicht, Max. Ich…« Sie wusste nicht, wie sie ihm erklären sollte, was in ihr vorging.

»Geh mir nicht mehr aus dem Weg, ja?«, bat er.

Sie nickte nur und verschränkte die Arme vor der Brust, als fröstele es sie.

Kunden näherten sich und unterbanden jede weitere Möglichkeit, sich zu unterhalten. Max neigte den Kopf, und sie spürte, wie ihr ein Schauer über den Rücken lief, als sein Atem ihre Wange streifte. »Wir reden heute Abend in Ruhe.«

Es war eine Feststellung, keine Frage. Und während Louisa nickte, schlug ihr Herz in der angstvollen, mit Sehnsucht gemischten Erwartung, dass es bei einem Gespräch allein nicht bleiben würde.

7

Dezember 1908

»Herr Falk ist krank?« Mathilda saß mit ihrem Vater und Louisa im Café, etwas, das sie sich in letzter Zeit selten gemeinsam gönnten.

»Ja, und es wird länger dauern, ihn hat die Grippe erwischt. Seine Frau sagt, sein Fieber sei letzte Nacht dramatisch hoch gewesen.«

»Der Arme«, sagte Louisa. »Ich werde nachher bei den Lebensmitteln einen Korb zusammenstellen und ihm schicken lassen.«

»Das ist eine gute Idee«, antwortete ihr Vater.

Mathilda fand, dass Louisa in den letzten Wochen verändert wirkte, ohne dass sie hätte benennen können, worin die Veränderung bestand. »Wer dekoriert nun die Schaufenster für die Weihnachtsausstellung?«, fragte sie.

»Darüber denke ich auch nach«, entgegnete ihr Vater, und als sie seinem Blick begegnete, begriff sie, dass er sie absichtlich auf die Folter spannte.

»Ach komm, Papa. Sag schon. Darf ich, ja?«

»Ganz allein? Traust du dir das zu?«

»Ja, ich bekomme das hin. Und ich kann mir ja Hilfe holen in den Abteilungen.«

»Ich gehe dir zur Hand, wenn du möchtest«, schlug Louisa vor. »Und Max sicher auch.«

Mathilda beobachtete sie aufmerksam, bemerkte das winzige Zögern, ehe sie Max' Namen aussprach, den Anflug von Röte auf den Wangen, das kurze Senken der Lider. Ach, dachte sie, so ist das also. Interessant. »Vielen Dank«, sagte sie. »Also, Papa?«

Er schmunzelte. »Dann nur zu. Ich stelle dich so lange aus der Damenabteilung frei, Fräulein Sandor soll die Leitung übernehmen.«

»Oh, Papa, du bist großartig!«, jubelte sie.

»Ich weiß«, antwortete er und zwinkerte ihr zu.

Das war endlich die Möglichkeit für sie, sich zu beweisen, und sie konnte kaum erwarten, Arjen davon zu erzählen. Sie waren zum Mittagessen verabredet, wie so oft in letzter Zeit, und Mathilda konnte kaum glauben, dass Sophie bis jetzt noch nichts gemerkt hatte. Allerdings war dieser jene Szene in der Oktobernacht so nachhaltig peinlich, dass sie Arjen tatsächlich aus dem Weg zu gehen schien. Vielleicht fügte sich ja doch alles ganz problemlos. Nun galt es, auch den letzten Stolperstein aus dem Weg zu räumen, damit ihr Vater nicht dachte, sie agiere hinter seinem Rücken. Wenn er ihr gar eine unmoralische Handlung vorwarf, konnte es mit dem Posten als Dekorateurin rasch vorbei sein, denn wenn er schon bei seinen Angestellten einen einwandfreien Ruf erwartete, dann bei seinen Töchtern erst recht, und da stellte Sophie seine Geduld bereits arg auf die Probe.

»Papa«, sagte sie, während sie ihn zur Treppe begleitete. »Ich muss dir noch etwas sagen.«

Er hielt inne und sah sie an. »Warum so ernst, Liebes?«

»Ich gehe mit Arjen Verhoeven aus.«

Er wirkte nicht überrascht, vielmehr schien es gar, als

flackere Erleichterung in seinen Augen auf, was Mathilda überaus befremdlich erschien. »Ich ahnte es, ich habe dich seinerzeit aus seinem Automobil steigen sehen.«

»Und du hast nichts gesagt?«

»Ich wollte warten, bis du es mir erzählst.«

»Wir sind nur Freunde«, beeilte sie sich zu versichern.

In seinem Blick mischten sich Besorgnis und Nachsicht. »Es gibt keine Freundschaften zwischen einem jungen Mann und einer jungen Frau, wo nicht einer von beiden mehr erwartet.«

»Er hat mir sehr freiheraus gesagt, er wolle mich nicht zu seiner Geliebten machen.«

Jetzt lachte ihr Vater, wenngleich er ärgerlich wirkte. »So, will er nicht? Na, das möchte ich ihm auch geraten haben. Du darfst mit ihm ausgehen, aber nur tagsüber und nur in anständige Lokalitäten, wo ihr nicht allein seid.«

»Etwas anderes hatte ich auch nicht vor.«

»Gut. Was ist mit Sophie?«

Mathilda zuckte mit den Schultern. »Sie sehen sich derzeit nicht mehr, und da war wohl nie mehr als ein gelegentliches gemeinsames Essen.«

Caspar Marquardt nickte. »Also, wie gesagt.«

»Danke, Papa.« Sie umarmte ihn und lief gut gelaunt zur Treppe, um in der Abteilung Bescheid zu geben. Sie war überaus inspiriert, hatte die Schaufensterdekoration bereits in Gedanken so oft durchgespielt, dass sie ihr in allen Details vor Augen stand. Damit, diese Ideen umsetzen zu dürfen, hatte sie im Traum nicht gerechnet.

»Werden Sie nun ganz in die Dekoration und Werbung wechseln?«, fragte Wilhelmina Haas.

»Das weiß ich noch nicht«, antwortete Mathilda. »Aber bis Jahresende zumindest.«

»Und was passiert dann mit Herrn Falk? Wird der vor die Tür gesetzt, als Strafe dafür, dass er krank war?« Helma konnte einfach keine Ruhe geben.

»So ein Unsinn, natürlich nicht.«

»Aber wenn Ihr Vater beschließt, dass sein Töchterchen die Stelle übernehmen soll, wo soll Herr Falk dann hin?«

»Noch ist es nicht so weit«, antwortete Johanna Sandor an Mathildas Stelle. »Und ich möchte Sie bitten, sich nicht derart im Ton zu vergreifen.«

Mathilda jedoch konnte an diesem Tag nichts die Laune verderben, und so ging sie in die Räume des Dekorateurs, in dem der große Arbeitstisch stand und hinter dem sich ein kleines Lager mit allerlei Dekorationsartikeln befand. Da sie schon einmal hier ausgeholfen hatte, war ihr alles vertraut, und sie brauchte nicht lange, um sich zurechtzufinden.

Sie setzte sich an den Tisch und begann damit, alles zusammenzustellen, was sie benötigte. Dann nahm sie einen großen Bogen Papier, zeichnete den Grundriss des Fensters und fügte in zarten Bleistiftstrichen ihre Ideen hinzu.

»Ich habe gehört, du brauchst Hilfe?«

Mathilda fuhr herum. »Himmel, Max, erschreck mich doch nicht so.«

Er trat in den Raum und sah sich den Papierbogen an, aber für jeden, der nicht ihre Bilder vor Augen hatte, musste die Zeichnung recht unspektakulär wirken.

»Also, was soll ich tun?«

Sie reichte ihm eine Liste. »All das aus den verschiedenen Abteilungen holen.«

»Hmhm.« Er las den Zettel. »Hätte das nicht auch einer der Angestellten übernehmen können?«

»Ja, umso mehr wundere ich mich, dass man dich geschickt hat.«

»Mit man meinst du Louisa, vermute ich?«

Mathilda grinste. »Na, das erklärt ja einiges.«

»Ja, nicht wahr?«

Er verließ den Raum, um das Gewünschte zu holen, und Mathilda widmete sich wieder ihrer Zeichnung.

»Ich bedaure«, sagte Arjen, »aber ich bin bereits zum Mittagessen verabredet.«

Sophie versuchte, sich ihre Enttäuschung nicht anmerken zu lassen. Es war ein spontaner Einfall gewesen, ihn in seinem Kaufhaus zu besuchen und zum Essen einzuladen. Sie hatte es scherzhaft aufgezogen, hatte die Peinlichkeit, die sie das letzte Mal zusammengeführt hatte, als Malheur abgetan, für das sie ihn nun entschädigen würde. »Ist mir ein Geschäftspartner zuvorgekommen?«

»Nein, ich gehe mit Ihrer Schwester essen.«

Das Lächeln rutschte aus Sophies Gesicht. »Ah, verstehe.« Sie musste nicht fragen, welche der beiden, und der Zorn kochte so jäh in ihr hoch, dass sie an sich halten musste, nicht ins Kaufhaus ihres Vaters zu stürmen und Mathilda zu schütteln. Sie biss sich auf die Unterlippe, versuchte, aus der Sache so würdevoll wie möglich rauszukommen. »Nun, dann ein anderes Mal?«

»Sehr gerne.«

Er war nonchalant, und vielleicht bedeutete das mit Mathilda nichts, aber Sophie ließ sich nicht gerne ins Abseits stellen. Und dann war da natürlich noch die Episode in dem Tanzlokal, die noch heute dazu führte, dass sie beim Gedanken daran Magenschmerzen und hochrote Wangen bekam. Die Peinlichkeit war kaum in Worte zu fassen, und es war nahezu ein Wunder, dass ihrem Vater nichts zugetragen worden war.

»Warum haben Sie mich geküsst?«, fragte sie nun dennoch, weil der Gedanke daran ihr keine Ruhe ließ.

»Weil ich den Eindruck hatte, dass Sie es wollten.«

»Mehr nicht?«

»Nein, mehr nicht.«

Sophie hob das Kinn, tat die Sache mit einem souveränen knappen Nicken ab. »Wir sehen uns, ja?«

»Ja.« Er lächelte, und das war ja immerhin etwas. Sophie war es nicht gewohnt, um die Aufmerksamkeit eines Mannes zu buhlen, aber sie konnte Arjen auch nicht einfach so aufgeben.

Nun galt es zunächst allerdings, ein weiteres Gespräch zu führen, eines, das sie bisher ebenfalls vor sich hergeschoben hatte, und so verabschiedete sie sich von Arjen und ging in das Kaufhaus ihres Vaters, um Tommy bei den Herrenaccessoires aufzusuchen. Dass sie ihn seinerzeit nicht sofort erkannt hatte, war vermutlich auf seine elegante Aufmachung zurückzuführen – und sie war auch alles andere als nüchtern gewesen.

Tom Hauser war gerade im Gespräch mit einem eleganten älteren Herrn, und Sophie ging zu den Hüten, tat so, als sehe sie sich alle genau an.

»Suchen Sie etwas Bestimmtes, Fräulein Marquardt?«, sprach einer der Verkäufer sie an.

»Ich ... Bald ist Weihnachten, da wollte ich mich schon mal ein wenig umsehen«, antwortete Sophie lächelnd.

»Brauchen Sie Hilfe bei der Auswahl?«

»Wenn ja, sage ich Bescheid.«

Der Verkäufer neigte den Kopf und zog sich höflich zurück. Sophie konnte tatsächlich die Gelegenheit nutzen, dann hätte sie schon einmal ein Geschenk. Da das Gespräch zwischen Tommy und dem Herrn länger zu dauern schien und Sophie das ziellose Herumgehen langsam langweilig wurde, winkte sie den Verkäufer herbei und kaufte für ihren Vater einen Hut und eine Krawatte mit einem passenden Einstecktuch. »Lassen Sie es bitte an unsere Adresse liefern«, sagte sie. Später würde sie in der Buchhandlung noch eine Lektüre für ihn auswählen. Von Louisa bekam er Konzertkarten, das wusste Sophie bereits.

Endlich hatte Tommy sein Kundengespräch beendet, denn noch länger hätte Sophie sich hier nicht aufhalten können, ohne dass es seltsam gewirkt hätte. »Guten Tag«, sagte sie zu ihm, nachdem sie so getan hatte, als suche sie noch eine Krawatte für Max aus. »Wie geht es Ihnen?«

Er wich ihrem Blick aus. »Gut. Und selbst?«

»Ich wurde seither kein weiteres Mal so gut geküsst, also nicht so besonders, denke ich.«

Damit hatte sie seine Aufmerksamkeit, und er sah sie an, kniff die Lider leicht zusammen. »Machen Sie sich lustig über mich?«

»Nein, ich möchte mich für das ... Ungeschick entschuldigen.«

Argwöhnisch musterte er sie. »Akzeptiert. Sonst noch etwas?«

»Kann ich für ... etwas aufkommen? Reinigung oder so?« Besser, sie lavierte nicht weiter darum herum und steigerte die Peinlichkeit auf diese Weise noch, sondern kam direkt zur Sache.

»Nein, es ist alles bestens, vielen Dank.«

»Wirklich?«

Er nickte, und zu ihrer Erleichterung wirkte er tatsächlich nicht, als sei er erbost. »Machen Sie sich keine Gedanken. Und im Übrigen war die Dame ja inkognito.«

Jetzt lächelte Sophie, und er zwinkerte ihr zu. Sie verabschiedete sich von ihm und ging in die Buchhandlung. Später würde sie sich mit Blanche treffen, die glücklicherweise nicht nachtragend war. »Letzten Endes hast du ja dich bis auf die Knochen blamiert und nicht mich«, hatte sie gesagt. Sophie fragte sich, ob sie je an diesen Abend würde denken können, ohne schamrot zu werden. Aber – das wurde ihr mehr und mehr bewusst – daran war letzten Endes Mathilda schuld, die ihr Arjen ausgespannt hatte, denn ohne dessen Abfuhr wäre es vermutlich nie so weit gekommen. Als Sophie an der Damenabteilung vorbeikam, war der Drang, Mathilda die Meinung zu sagen, so übermächtig, dass diese froh sein konnte, an diesem Tag nicht dort zu arbeiten. Mochte Arjen sagen, was er wollte, aber seit Mathilda auf der Bildfläche erschienen war, distanzierte er sich zunehmend von ihr. Sophie indes war es nicht gewohnt, dass Männer auf Distanz zu ihr gingen. Bisher hatte sie immer bekommen, was sie wollte, und Arjen würde da keine Ausnahme bilden.

Nachdem er den halben Tag den Laufburschen für Mathilda gespielt hatte, kam Max nachmittags endlich dazu, sich wieder seiner Arbeit zu widmen. Louisa hatte ihn an seinem Schreibtisch sitzend mit einem maliziösen Lächeln begrüßt und hernach die Unterlagen zusammengeschoben, über denen sie seit Wochen brütete und zu denen sie sich nicht äußern wollte.

»Willst du mir nicht endlich sagen, was du da machst?«, fragte er.

»Alles zu seiner Zeit.«

Es war seltsam zwischen ihnen, aber zumindest wich Louisa ihm nicht mehr aus, wenngleich sie jedes Mal, nachdem sie sich abends irgendwo im Kaufhaus in aller Hast geliebt hatten, sagte, es sei das letzte Mal gewesen. Er selbst war sich nicht sicher, was er eigentlich für sie empfand, konnte jedoch nicht umhin, das angenehme Arrangement zu genießen. Zumindest stritten sie sich seither weniger, als hätte Louisa nun ein Ventil gefunden, über das sie ihrem Zorn über die gesamte Situation Luft machen konnte. Nun, ihm sollte es recht sein.

Er verbrachte den restlichen Tag am Schreibtisch, ging zu einer kurzen Besprechung für das Weihnachtsprogramm, an dem hier und da noch etwas optimiert werden musste, und musste dann noch einmal ins Lager, um eine Kiste mit silbernen und weißen Glaskugeln von einem verstaubten Regal zu holen, das für Mathilda zu hoch war. Diesen Elan, mit dem sie sich an die Arbeit machte, hatte er bei Herrn Falk nie erlebt, und nach Max' Dafürhalten tat Caspar gut daran, ihr diese Möglichkeit zu geben, sich zu beweisen. Vielleicht ließ er sich auf diese Art überzeugen, dass sie für die Stelle geeigneter war als der bisherige Dekorateur.

Später saß er vor den Aufstellungen der Gehälter und ging

die nach Abteilungen sortierten Namen durch. Er kannte mittlerweile zwar etliche Mitarbeiter dem Namen nach, aber gerade die einfacheren wie die Kassiererinnen, die Lehrmädchen, die Kontoristen sowie die Angestellten im Lebensmittelverkauf kannte er nur vereinzelt.

Bei einigen standen Gehaltserhöhungen an, diejenigen waren markiert. Es war auffällig, dass das Kaufhaus Marquardt – wie viele andere auch – ein Arbeitsplatz für Frauen war, ihr Anteil lag bei über siebzig Prozent. Allerdings nur in den unteren Funktionen. Je höher man in der Hierarchie ging, umso geringer nahm sich der Anteil der Frauen aus, bis sich in den oberen Rängen ausschließlich Männer befanden.

Für die Schreibarbeiten gab es fast doppelt so viele Kontoristinnen wie Kontoristen. Die ranghöchsten Damen waren die leitenden Verkäuferinnen, während die kaufmännische Leitung bei den Rayonchefs lag, die allerdings gerade bei den Damenartikeln nur selten in Erscheinung traten, sondern vor allem vom Bureau aus arbeiteten. Es gab außer Herrn Falk noch fünf weitere Dekorateure, die ihm unterstellt waren, allerdings waren die auf die verschiedenen Abteilungen aufgeteilt und wirkten nur selten bei den Fenstern und der Außenwerbung mit. Und es war keine einzige Frau darunter. Im Verkaufsbereich setzte man hingegen nur dann Männer ein, wenn man sich von ihnen ein besseres Verkaufsergebnis erwartete, wie bei den Zigarren oder in den Herrenabteilungen. Auch bei den Möbeln und Öfen fand sich nur männliches Personal. Und natürlich verdienten die Damen weniger als die Herren, denn diese hatten schließlich Familien zu versorgen, wenn nicht jetzt schon, dann irgendwann in der Zukunft.

Max fragte sich, wie Louisa sich die Leitung auf Dauer vorgestellt hatte. Würden sich die ganzen leitenden Angestellten von ihr sagen lassen, was sie zu tun hatten? Oder würde man die Arbeit aufkündigen und sich anderweitig umsehen? Und wie würde er selbst sich verhalten? Max versuchte, eine ehrliche Antwort zu finden, und kam zu dem Schluss, dass er es nicht wusste. Aber die Frage war falsch gestellt und ungerecht Louisa gegenüber. Eigentlich müsste sie lauten, ob er unter einer Louisa, die dieselbe Ausbildung genossen hatte wie er, arbeiten würde. Und darüber konnte man schon eher nachdenken.

Als er endlich fertig war mit den Listen, ging es bereits auf acht Uhr zu, die Zeit, zu der die Angestellten ihre Arbeit nach zwölf Stunden beendeten – wobei abzüglich Pausen eine reine Arbeitszeit von gut zehn Stunden blieb. In dieser Hinsicht war Caspar Marquardt sehr genau, und ihm war wichtig, dass jeder Mitarbeiter seine eineinhalb Stunden Mittagszeit und zweimal eine Viertelstunde Kaffeepause bekam. »Nur zufriedene Angestellte sorgen für zufriedene Kunden«, sagte er stets.

Max streckte sich, schob die Unterlagen zusammen und verließ das Bureau. Frau Harrenheim war bereits gegangen, und unter der Tür von Caspars Arbeitszimmer schimmerte Licht hindurch. Langsam ging Max über die oberste Galerie und stattete Mathilda einen kurzen Besuch im Atelier ab, wo sie über ihren Entwürfen saß.

»Wird es eine lange Nacht?«, fragte er.

Sie blickte auf, lächelnd, die Wangen gerötet. »Ja, so sieht es aus.«

»Was planst du?«

»Das verrate ich noch nicht. Lass dich überraschen.«

Er stellte fest, dass er sie sehr mochte und dass sie keineswegs so reizlos war, wie er zunächst gedacht hatte. Im Gegenteil, er konnte sich vorstellen, dass sie auf viele Männer hinreißend wirkte, auch wenn ihn selbst keinerlei romantische Gedanken umtrieben, sondern vielmehr freundschaftliche, was nicht unbedingt schlecht war. Geliebte fand man leichter als Freunde. »Brauchst du noch Hilfe?«

»Hast du für heute noch nicht genug geschleppt?«, fragte sie lachend. »Nein, lass nur. Du musst morgen wieder ran.«

Er zwinkerte ihr zu. »Ich kann es kaum erwarten.«

In den Verkaufsräumen wurden die Lichter gelöscht, die Angestellten strebten durch das Eingangsportal ins Freie, die Portiers verschlossen die Türen, und es trat jene Stille ein, in der das Kaufhaus sich in ein Schattenreich verwandelte. Max ging langsam über Galerien und Treppen, sah sich in den Abteilungen um, versuchte, sich vorzustellen, dass all das eines Tages ihm gehören würde, und konnte es dennoch nicht recht glauben, da die Vorstellung derzeit noch zu abstrakt war, zu fremd. Vermutlich musste er erst hineinwachsen.

»Max?«, hörte er Louisa rufen, als er auf der Treppe ins Erdgeschoss war. Er drehte sich um und spähte in die Dunkelheit, lauschte den Schritten auf den Stufen.

»Ich bin hier«, antwortete er.

»Mathilda sagte, du wärst gerade bei ihr gewesen.« Sie blieb neben ihm stehen, eine Hand auf dem Treppengeländer. »Papa braucht noch eine gute halbe Stunde und lässt fragen, ob du mit uns nach Hause fährst.«

»Ja, gerne. Für heute bin ich fertig.« Er setzte seinen Weg die Treppe hinunter fort, und Louisa blieb an seiner Seite.

»Hast du noch etwas Bestimmtes vor, oder wird das einfach ein abendlicher Spaziergang durch das Kaufhaus?«

»Letzteres, wobei sich mein Vorhaben nun, da du an meiner Seite bist, zunehmend auf etwas *Bestimmtes* richtet.«

»Du weißt, dass es so nicht weitergehen kann.«

»Ja, ich weiß.«

Und sie blieb dennoch an seiner Seite, blieb bei ihm, als sie durch das Erdgeschoss schlenderten und schließlich auf der Verkaufsfläche für Möbel ankamen, jener Abteilung, die am weitesten weg vom Eingang lag. Max zog sie an sich, küsste sie, und nach kurzem Widerstreben gab sie nach, schmiegte sich in seine Arme, schob ihre Hände um seinen Nacken, vergrub sie in seinem Haar. Sein Mund wanderte zu ihrem Hals, und sie warf den Kopf zurück, bot ihm ihre Kehle, indes er ihr Kleid im Rücken öffnete und über die Schultern schob. Mit einem Klirren fiel eine kupferne Vase zu Boden, als er Louisa auf die Kommode hob.

»Man wird uns hören«, kam es atemlos, aber ihr Protest erstarb unter seinem Kuss, und schließlich folgte sie ihm mit derselben Hast und Ungeduld, presste sich an ihn, als ihre Körper eins wurden, indes ihr der Atem in leisen Schluchzern ging.

Als er später mit weichen Knien von ihr abließ und sie von der Kommode glitt, hielt sie ihn noch einen Moment umfangen, dann löste sie sich abrupt von ihm, wandte sich ab und begann damit, sich wieder richtig anzukleiden. So war es jedes Mal, wenn der Moment der Verzückung der Scham wich.

»Wie soll ich meinem Vater gleich unter die Augen treten?«, fragte sie, während sie versuchte, ihr Gesicht im Spiegel zu erkennen, was in der Dunkelheit schlechterdings nicht möglich war.

»So wie bisher auch.«

»Bisher habe ich nicht kurz vorher...« Ihre Stimme erstarb.

»Man sieht es dir nicht an, keine Sorge.« Er half ihr, das Kleid wieder ordentlich anzuziehen, betrachtete sie kritisch, nachdem sie das Haar frisiert hatte, und hob ihr Kinn an, um sie noch ein weiteres Mal zu küssen.

»Ich fühle mich furchtbar elend«, murmelte sie, als er sich von ihr löste. »Wir müssen damit aufhören.«

Er antwortete nicht, sondern knöpfte sein Jackett zu, richtete die Krawatte und hoffte, dass er wieder einigermaßen vorzeigbar war. Dann hob er die Vase auf und stellte sie sorgsam zurück auf die Kommode. »Ein Nein von dir genügt«, sagte er schließlich.

Es war ungewöhnlich, das Abendessen ohne Mathilda einzunehmen, aber diese hatte sich entschuldigt und gesagt, sie müsse noch arbeiten. Louisa und Sophie waren ungewöhnlich wortkarg, und Caspar kam sich vor wie ein Alleinunterhalter. Nach dem Essen zog er sich in die Bibliothek zurück und hatte es sich gerade mit einem Buch und einer Pfeife gemütlich gemacht, als er den lautstarken Streit hörte. Er ließ die Pfeife sinken und neigte den Kopf, erkannte die Stimme von Sophie und, etwas leiser, die von Mathilda, die offenbar endlich heimgekommen war. Seufzend legte er das Buch zur Seite und erhob sich. Wenn die beiden streiten wollten, sollten sie das tun, aber es ging nicht an, dass sie dem Personal ein solches Schauspiel boten.

»Mir ist das gleich, hörst du?« Das war Sophie.

»Es hat nichts mit mir zu tun«, antwortete Mathilda. »Er hat eine Geliebte.«

»Die Frauen, mit denen er schläft, sind mir egal. Gefährlich sind die, mit denen er nicht schläft!«

»Wir sind nur Freunde.«

»Ha!«

Nun näherte sich auch Louisa, warf Caspar einen fragenden Blick zu, und zusammen gingen sie in die Eingangshalle, wo Mathilda und Sophie am Fuß der Treppe standen, Erstere mit einer Hand auf dem Geländer, als wolle sie dem Streit so schnell wie möglich entfliehen, Letztere mit geballten Fäusten, den Körper leicht vorgeneigt, als halte sie nur mühsam an sich.

»Was ist hier los?«, fragte Caspar. »Geht es schon wieder um diesen Holländer?«

Sophie sah Mathilda an, dann ihren Vater. »Frag sie, was sie mit Arjen zu schaffen hat.«

»Wir sind nur Freunde«, wiederholte Mathilda stur.

»Ja, natürlich. Daher bricht er auch mit mir, weil ihr nur Freunde seid.«

»Dass er an dir kein Interesse hat, ist wohl mitnichten meine Schuld.«

»Denkst du, ja? Irgendetwas musst du ihm doch erzählt haben, wenn er ausgerechnet dich mir vorzieht. Dich, die sogar zu langweilig ist, um in einem Theaterstück verspottet zu werden.«

»Das reicht!« Caspar wurde selten laut, aber jetzt war seine Geduld am Ende. »Ich dulde nicht, dass meine Töchter sich wegen eines Mannes närrisch aufführen. Und dergleichen

Beleidigungen möchte ich nicht hören. Ihr seid Schwestern, Bande, die enger sind, als sie zu einem Mann je sein könnten.«

»Ich lasse mich nicht von einer Frau vertreiben«, fauchte Sophie, »deren Mutter von dir ausgehalten wurde wie eine Kurtisane.« Caspar holte aus, und sie hob reflexartig den Arm. »Nicht!«, schrie sie.

Er ließ die Hand sinken, wütend auf sich selbst, weil er beinahe die Beherrschung verloren hatte. »Geh mir aus den Augen!«

»Aber...«

»Geh!« Ihr konnte nicht entgehen, wie mühsam er sich beherrschte.

Sophie traten die Tränen in die Augen, nicht aber der Wille zum Gehorsam. »Frag sie doch mal, was sie in seinem Kaufhaus zu suchen hatte, allein mit ihm?«

Caspar sah Mathilda an.

»Er hat mich dazu eingeladen, und wir waren nicht allein.«

»Wie kam er überhaupt dazu?«, fragte Caspar.

»Wir sind ins Gespräch gekommen, nachdem es fast einen Unfall gab.«

»In den er verwickelt war?«

»Ja.«

»Wie kreativ«, murmelte Louisa, und natürlich entging auch Caspar die Parallele nicht. Was hatte dieser Kerl vor?

»Es war nicht seine Schuld«, verteidigte Mathilda ihn. »Den Handwerkern ist ein Missgeschick passiert.«

»Das ist mir gleich«, sagte Caspar. »Ich möchte, dass ihr euch beide von ihm fernhaltet.«

Nun erwachte auch in Mathildas Blick der Widerstand,

und in diesem Moment entdeckte man das erste Mal geschwisterliche Ähnlichkeit mit Sophie. Da sie ihm jedoch nicht offen widersprach, beschloss Caspar, es zunächst dabei zu belassen. »Geht auf eure Zimmer«, befahl er. »Und morgen früh vertragt ihr euch.«

Sophies Blick war aufgebracht, Mathildas enttäuscht, und beide wandten sich wortlos ab, um die Treppe hochzugehen. Müde massierte Caspar sich die Augen mit den Fingerspitzen.

»Du musst deine Lesebrille häufiger tragen«, bemerkte Louisa, die offenbar beschlossen hatte, an diesem Abend die Stimme der Vernunft zu sein.

»Hast du mitbekommen, was es mit dem jungen Verhoeven auf sich hat?«

»Nein, mir hat keiner der beiden etwas erzählt.«

»Ich war in den letzten Wochen offenbar zu selten zu Hause.«

»Ja«, sagte Louisa, »so war es wohl. Vermutlich fehlte die moralische Konstante in unserem Leben.«

Er musterte sie aufmerksam, dann nickte er. »Es wird nicht wieder vorkommen.«

»Dann ist es ja gut.«

*

Es hatte über Nacht geschneit, und für Louisa gab es kaum Schöneres als das Geräusch von unberührtem Schnee, der unter den Füßen knirschte. Ihr Vater hatte die Kutsche vorfahren lassen, und nun trat auch Max aus dem Haus, und ihre Blicke trafen sich, gefolgt von einem Kribbeln, das in Louisas Bauch aufstieg. Sie wandte sich ab und setzte ihren

Weg durch den Hof fort, hinterließ eine Spur von Schritten im Schnee.

Sie war als Erste an der Kutsche, und der Kutscher öffnete ihr eben den Schlag, als ihr Vater ebenfalls das Haus verließ und mit Max plaudernd zum Hoftor kam. Mathilda war bereits in aller Frühe aufgebrochen. Sie hatte in den letzten Tagen lange gearbeitet und war auch am Tag zuvor erst sehr spät heimgekommen. Da ihr Vater nicht wollte, dass sie zu so fortgeschrittener Stunde allein auf den Straßen unterwegs war, hatte er ihr die Kutsche geschickt, und es war tatsächlich auf Mitternacht zugegangen, als Mathilda endlich das Haus betreten hatte.

»Was macht sie so frühmorgens noch dort?«, fragte Max. »Letzte Änderungen vornehmen?«

»Ich vermute, sie ist einfach zu nervös, um zu Hause zu warten«, antwortete Caspar Marquardt.

Die Kutsche fuhr los, und das Schaukeln und Rumpeln hatte etwas Einlullendes. Louisa hatte zu wenig geschlafen, hatte Gedanken und Sorgen gewälzt. Schon wieder hatte sie Angst, schwanger zu sein, obwohl Max ihr versichert hatte, er passe auf. Aber im Grunde genommen sollte sich keine Frau, die ihre Sinne beisammenhatte, auf eine solche Zusage verlassen. Sie mussten unbedingt damit aufhören. Das Ziehen in ihrem Bauch, das ihren Monat schon seit drei Tagen ankündigte, war wieder zu verspüren, und Louisa presste die Hände in dem Muff dagegen, stieß den Atem in einem langsamen Zug aus. Beim letzten Mal hatte ihr Monat pünktlich eingesetzt, und der Moment der Erleichterung war so köstlich gewesen, dass sie sogar die Bauchschmerzen begrüßt hatte. Dieses Mal jedoch schien sie vergeblich zu warten.

Die Kutsche hielt vor dem Kaufhaus, dessen Fenster belagert waren von Passanten. Caspar Marquardt stieg aus und reichte Louisa die Hand, um ihr aus der Kutsche zu helfen. Als Letzter stieg Max aus. Sie hatten Sophie gefragt, ob sie ebenfalls mitkommen wolle, aber die hatte nur die Schultern gezuckt und geantwortet, sie sei verabredet. Mit Mathilda hatte sie sich noch nicht wieder vertragen, und Louisa wurde der Disput langsam lästig.

Sie schoben sich durch die Menschen nach vorne zu den Fenstern, und Louisa stockte der Atem. Mathilda hatte eine Szenerie geschaffen, die in Weiß und Silber gehalten war, Schnee und Eis. Weiße Äste umrankten das Bild, weiße Pfauenfedern waren aufgefächert, weiße Vögel saßen in den Zweigen, an denen silbrige Glaskugeln hingen. Die Rückwand bildete ein Paravent aus weißem Reispapier, auf dem Silhouetten von fliegenden Vögeln aufgezeichnet waren, zarte Schatten, die wirkten, als sehe man ihr Abbild durch das Papier hindurch, als ginge die Landschaft dahinter noch weiter. Inmitten der Szene stand eine Schaufensterpuppe, gekleidet in ein weißes Kleid, eine Stola aus weißem Pelz um die Schultern, lange weiße Handschuhe, ein Arm ausgestreckt, die starren Finger leicht gebogen, als sei etwas vor ihr, nach dem sie sich sehne. Und Louisa erwischte sich unweigerlich dabei, den Kopf zu verrenken, um zu sehen, wonach die stumme Gestalt greifen wollten. Ein weißer Hut mit Federn und Schleier saß auf dem Kopf der Figur. Es wirkte, als habe diese das Gesicht abgewandt und wolle unerkannt bleiben. Und unter dem Hut quoll eine Fülle schwarzer Locken hervor.

»Grundgütiger!«, stieß Caspar Marquardt aus.

Die Landschaft setzte sich im nächsten Fenster fort, weißer Taft, geschlungen wie um die biegsame Taille einer Frau, weiße Zierkäfige in einer Szenerie von weißen Porzellantauben. In der Mitte standen zwei Kinder, weiß gekleidet, auch dieses Fenster umrankt von weißen Ästen und Zweigen. Silbrige Glastropfen wirkten wie Eis, das langsam schmolz. Louisa war sprachlos.

Sie betraten das Kaufhaus, und ihr erster Weg führte sie in das Atelier, wo Mathilda stand, strahlte und gleichzeitig wirkte, als sei sie den Tränen nahe.

»Ich weiß nicht, was ich sagen soll«, sagte Caspar Marquardt.

»Ich hatte so eine Angst, ich könnte mich mit der Wirkung vertan haben, dass es farblos wirkt oder... langweilig.«

»Es ist zauberhaft«, kam es nun auch von Max. »Du bist eine Künstlerin, Mathilda.«

Louisa umarmte sie und freute sich über den Erfolg ihrer Schwester. Vielleicht stand ihr jetzt endlich die Möglichkeit offen, die Position zu erlangen, die sie so gerne haben wollte. Wenigstens eine von ihnen, für die die Zukunft derzeit freundlich aussah.

Sie wollte ins Erdgeschoss gehen, als eine der Verkäuferinnen aus den Kurzwaren zu ihr trat und ihr ausrichtete, Dorothea Tiehl warte im Café auf sie.

»Ach was?«, murmelte Louisa. Nach zwei Monaten Stille tauchte sie also wieder auf und ließ Louisa mit der größten Selbstverständlichkeit ausrichten, sie warte auf sie. Sie drehte sich um und beeilte sich, ihren Vater und Max an den Aufzügen einzuholen.

»Möchtest du doch mit hoch?«, fragte ihr Vater.

»Ja, offenbar wartet Doro im Café auf mich.«

»Dann vertragt ihr euch wieder?«

»Mal sehen, was sie von mir will.«

Kurz traf ihr Blick den von Max, dann wich sie ihm aus und sah starr auf die Tür, die in diesem Moment aufglitt. Sie nickte der Liftdame freundlich zu, verabschiedete sich von den beiden Männern und ging zum Café. Der Oberkellner kam auf Louisa zu.

»Guten Morgen, gnädiges Fräulein. Haben Sie einen besonderen Wunsch?«

»Guten Morgen, Paul. Nein, alles bestens. Ich sehe, meine Freundin ist schon da.« Sie straffte sich und ging auf den Tisch zu, an dem Dorothea saß. Die bemerkte sie und drehte sich um, schenkte ihr ein vorsichtiges Lächeln.

»Schön, dich zu sehen«, sagte sie.

Louisa ließ sich an dem Tisch nieder. »Nach zwei Monaten, in denen du dich nicht gemeldet hast, nachdem du mich erst beschimpft hast und dann davongerauscht bist, klingt das etwas seltsam, nicht wahr?«

Das Lächeln zerfiel. »Ich war verärgert, weil mein Vater nach all den Jahren harter Arbeit vor dem Nichts steht.«

»Das ist ja wohl mitnichten meine Schuld. Wir sind seit unserer Kindheit befreundet, und dann lässt du mich einfach so stehen, nur weil mein Vater ein Geschäftskonzept hat, das...«

»...meinen die Existenz kostet«, beendete Dorothea den Satz und klang nun wieder aufgebracht.

»Herrje«, stieß Louisa aus. »Muss ich mir das jetzt schon wieder anhören?«

Dorothea biss sich auf die Unterlippe und schwieg. Sie hatte bereits eine Tasse Tee vor sich stehen und Louisa ihrerseits nur wenig Lust, ebenfalls etwas zu bestellen, das sie dann letzten Endes allein trinken musste. Wieder zog es in ihrem Bauch, und sie bildete sich ein, dass ihr übel wurde. Rasch hob sie die Hand und rief den Kellner herbei. »Kaffee, bitte«, sagte sie. Sie brauchte jetzt Kaffee, schwarz und stark, um den Geschmack aufsteigender Galle zu übertünchen.

»Es tut mir leid, ja?«, sagte Dorothea. »Ich war einfach wütend.«

»Zwei Monate lang?«

»Du hättest dich ja auch mal melden können.«

Louisa glaubte, sich verhört zu haben. »Habe ich dich beschimpft, bin dann aufgesprungen und habe dich einfach sitzen gelassen?«

»Schon gut. Wie gesagt, es tut mir leid.« Dorothea rieb sich die Schläfen und seufzte. »Mein Vater hört sich gerade um, aber in seinem Alter ist es schwer, eine Arbeit zu bekommen.«

»Wollte er sich nicht ohnehin in drei Jahren zur Ruhe setzen?«

»Ja, aber dann hätte er das Geschäft vorher verkauft und nicht aufgegeben, weil es unrentabel geworden ist. Außerdem möchte er nicht noch länger zu Hause sitzen, er weiß jetzt schon nichts mit sich anzufangen. Sein Plan war, noch drei Jahre zu arbeiten.«

Dorotheas Mutter kam aus einer Industriellenfamilie und hatte vor ein paar Jahren geerbt, so dass zumindest keine existenziellen Sorgen bestanden. Sie waren zwar nicht wohlhabend, aber gut situiert und hatten in den letzten Jahren mehr von der monatlichen Rente ihrer Mutter als vom Einkommen ihres Vaters gelebt.

»Mein Vater sagte, er könne sich ebenfalls umhören«, sagte Louisa.

»Er wird in keinem Warenhaus arbeiten, das hat er bereits gesagt.«

Louisa stieß ungeduldig den Atem aus. »Na gut, dann eben nicht.« Der Kellner brachte den Kaffee, und sie setzte die Tasse so hastig an den Mund, dass sie sich die Oberlippe verbrannte.

»Du siehst auch nicht gerade wohl aus«, bemerkte Dorothea. »Fehlt dir etwas?«

In der Regel erzählten sie einander alles, aber wie die Dinge gerade standen, brachte Louisa es nicht über sich, ihr dieses pikante Geheimnis anzuvertrauen. Sie schüttelte den Kopf, indes sie erneut das Ziehen in ihrem Bauch spürte. »Alles bestens«, antwortete sie.

Schon der seltsame Blick, den Frau Harrenheim Max zuwarf, als sie Caspar sagte, ein Herr Hahnauer erwarte ihn, hätte Max alarmieren sollen. Caspar hatte nur genickt und war in sein Bureau gegangen, indes Max sich in seines zurückgezogen und mit der Arbeit begonnen hatte. Er war gerade in eine Aufstellung verschiedener Zahlungsposten vertieft, als Frau Harrenheim, ohne anzuklopfen, die Tür öffnete und mit erstaunlich fröhlicher Stimme sagte, Herr Marquardt wünsche ihn zu sprechen. Diesen Ton schlug sie in der Regel nur an, wenn zu vermuten war, dass Max Ungemach ins Haus stand.

Er erhob sich und ging hinüber in Caspars Bureau, wo ihn dieser mit ernster Miene erwartete, die Brauen zusammengezogen, vor sich einen dicht beschriebenen Zettel.

»Du wolltest mich sprechen?«

Caspar deutete auf einen der Besucherstühle. »Ja, setz dich.«

Eine leise Ahnung stieg in Max auf, trieb zäh an die Oberfläche seines Bewusstseins. Nach außen hin ruhig lehnte er sich zurück und schlug entspannt ein Bein übers andere. »Worum geht es?«

»Ich habe Nachforschungen über dich anstellen lassen, aber das konntest du dir vermutlich denken. Immerhin ist es mein Lebenswerk, das ich dir anzuvertrauen gedenke. Ich muss wissen, ob du in jeglicher Hinsicht über jeden Zweifel erhaben bist.«

Max schwieg, wartete auf das, was zweifellos gleich kommen würde.

»Rein oberflächlich war alles bestens. Aber dann habe ich meinen Detektiv angewiesen, konkreter nachzuforschen, Dinge, die möglicherweise unter den Teppich gekehrt worden sind. Den Bericht hat er mir eben vorgelegt. Ich nehme an, du kannst dir denken, worauf ich gestoßen bin, ja?«

Es war nahezu zwei Jahre her, alle Parteien hatten sich auf Stillschweigen geeinigt, und so sagte Max nur: »Ich kann mich dazu nicht äußern, ohne dem Ruf einer anderen Person massiven Schaden zuzufügen.«

»Ach? Ist das so?«

»Es ist sicher keine Episode, auf die ich stolz bin.«

»Du hast in die Kasse deines Arbeitgebers gegriffen und einen hohen Betrag daraus entwendet?«

Max schwieg.

»Hast du nichts dazu zu sagen?«

»Ich habe das Geld nicht genommen, mehr kann ich dazu nicht sagen.«

»Nun, ich wiederum möchte, dass du mir die Wahrheit erzählst, ansonsten muss ich mir überlegen, ob ich tatsächlich die richtige Wahl getroffen habe.«

Max sah an Caspar vorbei zum Fenster, sah eine Taube auf dem Sims sitzen, bemerkte eine feine Spinnwebe in der Ecke.

»Du willst nichts dazu sagen?«, brach Caspar das Schweigen.

»Ich kann nicht. Allerdings kann ich dir versichern, nie etwas gestohlen zu haben.«

Aus leicht verengten Augen taxierte Caspar ihn. »Ich erwarte von dir, dass du moralisch integer bist.«

Max nickte.

»Sollte ich dich jemals bei einem Griff in meine Kassen erwischen…«

»Ich habe noch nie gestohlen«, fiel Max ihm ins Wort. »Noch nie.«

»Dann möchte ich jetzt die Wahrheit hören. Was denkst du, was ich tue? Es herumerzählen? Wenn du mir nicht einmal so weit vertraust, wie soll ich dir dann vertrauen?«

»Wenn das jemals an die Öffentlichkeit kommt, wird der Ruf eines anderen Menschen schwer beschädigt.«

»Nichts von dem, was du mir erzählst, wird diesen Raum verlassen.«

Max zögerte, dachte an das Versprechen, das er hatte geben müssen, und entschied, dass er in diesem Moment keine andere Wahl hatte, wollte er nicht seine eigene Existenz aufs Spiel setzen. »Es geht um eine junge Frau«, begann er.

Mathilda ging durch die Straßen und betrachtete die Schaufenster, dieses Mal mit einem neuen Blick für Details. Langsam schlenderte sie durch die Straße, begutachtete das Fenster des Herrenbekleidungsgeschäftes Hettlage in der Schildergasse, das des Modehauses Jacobi an der Ecke zum Perlengässchen und verweilte eine Weile vor dem des Geschäftshauses Feinhals an der Ecke zur Hohen Straße. Sie betrachtete die Auslagen in der Tietz-Passage sowie vom Geschäftshaus Cords, blieb vor dem Schaufenster der Schuhhandlung von Geldern stehen, musterte die elegante Fassade des Seidenhauses Wind und Süssmann, wo Spitzenkleider, Ball- und Gesellschaftsroben werbewirksam ausgestellt waren. Im Geschäft Ernst Jansen prunkte das Schaufenster mit feinen Handschuhen und Krawatten in einer Jugendstilfassade, und auch das Kaufhaus Johann Valentin Damm wusste seine englischen Herren-Bedarfsgegenstände werbewirksam in Szene zu setzen.

Während sie sich die Auslagen ansah, zog sie Vergleiche zu ihrem Werk. Sie war im Kaufhaus mehrfach darauf angesprochen worden, und sie hatte gehört, wie begeistert Kundinnen sich dazu geäußert hatten. Auch ihr Vater hatte nicht verbergen können, wie beeindruckt er war, und Mathilda war guter Hoffnung, dass er mit sich reden ließ, was ihre Stellung in der Werbung und Dekoration anging. Ein solch aufsehenerregendes Fenster hatte Herr Falk bisher nicht kreiert.

Sie traf Arjen zufällig, als sie langsam über die Hohe

Straße zurückschlenderte. Er kam ihr aus Richtung Stiftgasse entgegen, hob die Hand und winkte ihr zu. Seit dem Streit mit Sophie hatte sie ihn nicht gesehen, sie hatte sich gesagt, dass es die Sache nicht wert sei. Jetzt jedoch machte ihr Herz einen freudigen Satz, und sie winkte zurück.

»Ich habe Sie vorhin in die Richtung gehen sehen«, erklärte Arjen sein Auftauchen, »aber ich war gerade im Gespräch. Wie schön, dass Sie mir jetzt praktisch in die Arme laufen.«

»Sie verfolgen mich?«, scherzte Mathilda.

»Immerzu. Nur stelle ich mich sonst geschickter an.« Er feixte, und Mathilda musste lachen.

»Haben Sie meine Schaufensterdekoration gesehen?«

»Ja, als endlich ein Durchkommen war. Wirklich großartig. Ich weiß, ich wiederhole mich, aber mein Angebot steht.«

»Das ist sehr aufmerksam, doch ich denke, mein Vater wird sich nun nicht mehr dagegen sperren, mir mehr Verantwortung in dem Bereich zu übertragen.«

»Das ist nicht aufmerksam, sondern egoistisch. Ich möchte Ihre Ideen in meinem Haus haben.« Er nickte in Richtung Wallraffplatz. »Gehen Sie ein wenig mit mir spazieren?«

Kurz zuckte der Gedanke an Sophie in Mathilda auf, aber dann schob sie diesen entschieden beiseite. Sie würde sich von ihrer Schwester keine Freundschaft verderben lassen. Bei Sophie kamen und gingen die Männer, aber Freunde waren kostbar, und Mathilda kannte keinen Mann, der je so ernsthaft mit ihr über ihre Interessen an dem Geschäft gesprochen hatte wie Arjen. Die meisten hörten höchstens aus Höflichkeit zu.

»Wir haben gerade das Areal für den Wintergarten fertiggestellt«, erzählte er. »Wir werden bei der Einweihung ein Konzert dort geben.«

»Geben Sie das Konzert oben, unter dem Glasdach, und werben Sie mit einem *Promenadenkonzert.*«

Er sah sie an, die Brauen leicht gehoben. »Diese Idee gefällt mir so gut, dass ich mich frage, warum Sie es mir vorschlagen. Waren Sie damit erfolglos? Gefällt es den Leuten hier nicht?«

»Nein, wir haben nur keine Promenade, so wie Sie. Dieses Einkaufserlebnis unter freiem Himmel, während man in einem Kaufhaus ist, sollte entsprechend beworben werden, also ziehen Sie es irgendwie mondän auf. Promenadenkonzert mit Pariser Flair oder so. Wintergartenkonzerte geben wir übrigens gerne zum Auftakt der Saison, sie kommen ziemlich gut an. Sie würden also eher wie ein Abklatsch wirken, wenn Sie zeitgleich damit kämen.«

»Da ist was dran.« Er neigte den Kopf, als wolle er ihr ein Geheimnis anvertrauen. »Ich weiß, ich habe gesagt, ich möchte nicht heiraten, aber ich glaube, ich habe es mir anders überlegt. Heiraten Sie mich bitte, dann können Sie für mich arbeiten, ohne das Gefühl zu haben, zur Verräterin zu werden.«

Mathilda lächelte mokant. »Sie sollten mit diesem Thema keine Scherze machen, ich könnte Sie beim Wort nehmen.«

»Die Vorstellung, dass Sie nicht nur für mich arbeiten, sondern auch meine nächtliche Gespielin werden, hat durchaus ihren Reiz.«

»Jetzt werden Sie unanständig.«

»Wir wären verheiratet, das Vergnügen im Bett wäre also nicht nur anständig, sondern ausdrücklich erwünscht.«

Mathilda seufzte. »Der Spaziergang hat so nett begonnen.«

»Es tut mir leid, ich wollte Sie nicht in Verlegenheit bringen.«

»Ich bin nicht verlegen.«

Er hatte eine sehr anziehende Art zu lächeln, indem er nur einen Mundwinkel hob, das gab ihm etwas Schalkhaftes. »Ich habe gehört, Sie planen eine Modenschau«, wechselte er das Thema.

»Ja, für die neue Damenkollektion in Verbindung mit einem Konzert und einer Literaturlesung, je nach Präferenz.«

»Und wann wird die Kinderabteilung eingerichtet?«

»Im Februar. Wir wählen die Faschingszeit, weil wir dann auch gleich mit Kostümen werben können. Außerdem haben sich die Männer endlich geeinigt, was die Aktion zum Werbegesicht des Kaufhauses angeht, und wir planen etwas Ähnliches für die Kinder. Das hundertste Kind, dessen Mutter am Tag der Eröffnung etwas erwirbt, wird das Werbegesicht für die Kinderabteilung. Wir setzen auf die Eitelkeit der Mütter, dann werden auch viele Frauen Kinderkleidung kaufen, ohne dass sie welche benötigen.«

»Sie fahren also noch einmal alles auf, ehe ich anfange, Ihnen Konkurrenz zu machen?« Er grinste.

»Da Sie verzweifelt versuchen, mich abzuwerben, vermute ich, wir müssen nicht allzu besorgt sein.«

Arjen legte den Kopf zurück und lachte schallend. »Touché, meine Liebe. Aber warten Sie es ab. Haben Sie schon zu Mittag gegessen?«

»Nein, noch nicht. Ich wollte später bei uns im Restaurant essen gehen.«

»Darf ich Sie einladen?«

»Nein, Sie dürfen sich von mir einladen lassen und meinen Triumph feiern.«

Wieder lachte er, aber er protestierte nicht, und Mathilda verbuchte auch das als Erfolg auf ihrem Weg nach oben in die Männerwelt.

»Du arbeitest zu viel.« Olga schloss die Tür zu Caspars Arbeitszimmer hinter sich und setzte sich auf einen der Besucherstühle. Das Kaufhaus schloss gerade die Pforten, und sie hatte beschlossen, diese späten Stunden für einen Besuch zu nutzen.

»Ich habe noch einiges an Papierkram zu erledigen. Sind die Mädchen schon gegangen?«

»Mathilda habe ich vorhin weggehen sehen, zusammen mit Louisa und Max.«

Caspar nahm seine Lesebrille ab und rieb sich die Augen. Während sie ihn beobachtete, wurde ihr bewusst, dass sie das erste Mal abends mit ihm allein in einem Raum war. Bisher hatten sich ihre Besuche auf Vor- und Nachmittage beschränkt oder auf abendliche Festlichkeiten.

»Wie gefällt dir das Schaufenster?«, fragte Caspar.

»Sehr auffällig.« Olga wusste nicht recht, ob sie ihr gefiel, diese kühle Landschaft aus filigranem Weiß. Der Winter war nicht gerade ihre Jahreszeit, und für *Alice hinter den Spiegeln*, woran Mathildas Werk sie unweigerlich erinnerte, hatte sie sich nie begeistern können. Zweifellos hatte Mathilda allerdings künstlerisches Geschick, das musste man ihr zugutehalten.

»Hat dein englischer Besuch einige interessante Anregungen mitgebracht?«, fragte sie. Es war das erste Mal, dass sie das für sie so delikate Thema anschnitt, und doch konnte sie sich eine kleine Zweideutigkeit nicht verkneifen.

»Hast du den Kosmetikbereich in der Damenabteilung gesehen? Der ist von ihr. Außerdem hatte sie einige interessante Werbeideen und hat unseren Katalog noch um einen Kosmetikteil erweitert.«

Olga dachte daran, wie sich diese Engländerin hier mit Caspar vergnügt hatte, während sie sich von ihrer Familie beständig hatte vorhalten lassen müssen, im Leben versagt zu haben. Sie war froh gewesen, als Erfolg ihre aufkeimende Beziehung zu Caspar vorweisen zu können, der es währenddessen mit einer anderen Frau trieb.

»Hast du Pläne für heute Abend?«, fragte sie.

»Nein, ich war in letzter Zeit wohl zu wenig zu Hause.«

Damit hielt er ihr unbewusst noch einmal vor, wie ausgiebig er mit dieser Frau beschäftigt gewesen war. Olga wusste, wenn sie nichts tat, würde über kurz oder lang die nächste Frau in den Genuss seiner intensiven Aufmerksamkeit kommen. Aber wie sollte sie den Bogen bekommen von der Bettgespielin zur Ehefrau? Das war möglich, sagte sie sich, wenn sie mehr Verantwortung in seinem Heim übernahm, Verantwortung, die sie seinen Töchtern nach und nach aus den Händen nehmen wollte. Was das anging, musste sie behutsam vorgehen, als seine Begleiterin auf Festlichkeiten auftauchen und sich nach und nach in seinem Leben unentbehrlich machen. Und sie wollte ein Kind von ihm, denn das wäre der sicherste Weg, ihn zu halten. Ein Sohn, dachte sie, sie wollte so gerne einen Sohn. Ein Sohn, der all das erbte, und vielleicht danach ein kleines Mädchen.

Olga erhob sich und kam um den Schreibtisch herum zu Caspar. Der Herzschlag schmerzte in ihrer Kehle, und sie wusste, wenn Caspar sie jetzt zurückwies, würde sie die Demütigung nicht ertragen. Er jedoch sagte nichts, sondern sah sie schweigend an, während sie langsam ihr Kleid vorne öffnete, Knopf um Knopf, es sich von den Schultern streifte und schließlich nur noch im Unterkleid dastand. Als sie Anstalten machte, dieses aufzuschnüren, umfasste Caspar ihre Hände, und ihr stockte für einen Moment der Atem, sie senkte mit bebenden Lidern den Blick, wartete darauf, dass er ihr sagte, sie solle aufhören. Er jedoch stand auf, zog sie an sich und küsste sie.

Trotz ihrer Ehejahre hatte Olga wenig Erfahrung in der körperlichen Liebe, hatte sie nicht als Genuss empfunden, sondern als Pflicht, der sie nachzukommen hatte, weil Männer diese begehrten. Und ihr Ehemann hatte den Akt stets rasch hinter sich gebracht, während sie mit geschlossenen Augen dagelegen und gehofft hatte, es möge bald vorbei sein. Caspar jedoch hatte es nicht eilig, er war ein geduldiger Liebhaber, und Olga, die dergleichen nicht kannte, stellte mit Erstaunen fest, dass sie keineswegs so kalt war, wie ihr Ehemann es ihr stets vorgehalten hatte. Vielmehr schien ihr Körper ihr auf einmal fremd, die Begierde, die sie empfand, die Hitze, die in ihr aufstieg. Sie umschlang Caspar, zog ihn an sich und küsste ihn, wollte ihn nicht mehr loslassen, auch nicht, als das so jäh aufgebrandete Verlangen seinen Gipfelpunkt überschritten hatte und langsam abebbte. Dieser Mann, der so erfahren war und der doch in vollem Ausmaß das Geschenk zu würdigen schien, das sie ihm soeben gemacht hatte.

All die Selbstvergessenheit hatte ihn jedoch nicht unvorsichtig werden lassen, und so hatte er sich rechtzeitig zurückgezogen, um zu verhindern, dass sie ein Kind von ihm empfangen konnte. Olga schob den Gedanken an das, worum jeder Mann in ihrem Leben sie betrog, beiseite, ehe er diesen Moment vergiften konnte. Es hatte ihm gefallen, das war unverkennbar gewesen, und Olga würde dafür sorgen, dass es nicht bei diesem einen Mal blieb.

Es ging auf Mitternacht zu, und Louisa wunderte sich, dass ihr Vater noch nicht heimgekommen war. Sie hatte bemerkt, wie er und Max miteinander umgingen, bar jener Freundlichkeit, mit der ihr Vater ihm normalerweise begegnete. Louisa kannte ihren Vater und wusste, diese undurchdringliche Miene, die Kühle und Distanz waren immer ein Zeichen dafür, dass die Person, der all das galt, seinen Unmut auf sich gezogen hatte. Und sie wollte zu gerne wissen, was vorgefallen war. Nach langem Zaudern entschied sie, das Thema zur Sprache zu bringen. Sie konnte ohnehin nicht schlafen und hatte die beiden Stunden, seit sie zu Bett gegangen war, damit verbracht, sich alle Möglichkeiten auszumalen, die ihr offenstanden, wenn sie schwanger war. Viele waren es nicht, und keine davon war erfreulich.

Sie stand auf, zog einen Morgenmantel über ihr Nachthemd und verließ ihr Zimmer, um in den Wohntrakt zu gehen, in dem Max' Räumlichkeiten lagen.

Vor seiner Schlafzimmertür blieb sie stehen, bemerkte an der buttergelben Linie, die darunter hindurchschimmerte, dass Max noch wach war, und klopfte entschlossen an.

»Herein.« Es klang erstaunt, was angesichts der fortgeschrittenen Stunde kein Wunder war.

Seine Augen weiteten sich, als sie eintrat. Er saß an seinem Schreibtisch, aber Louisa konnte nicht erkennen, woran er gearbeitet hatte. »Reizende Idee«, sagte er mit Blick auf ihren Aufzug. »Da hätten wir schon viel früher draufkommen sollen.« Er klang indes müde, und so entglitt seiner Stimme der scherzende Tonfall.

Louisa lehnte sich mit dem Rücken an eine Kommode und sah ihn an. »Was ist das für ein Streit zwischen dir und meinem Vater?«

»Streit? Wir haben uns nicht gestritten.«

»Aber etwas stimmt nicht, ihr geht seltsam miteinander um. Ich kenne meinen Vater, so ist er immer, wenn er sich über jemanden geärgert hat. Also, was hast du getan?«

»In der jüngeren Vergangenheit nichts.«

»Wird er dich fortschicken?«

Jetzt umschattete ein Lächeln seine Mundwinkel. »Das würde dir gefallen, ja?«

Sie kommentierte das nicht, sondern fragte ein weiteres Mal: »Erzählst du es mir?«

»Es ist lange her, nichts, was dich betrifft.«

»Erinnerst du dich, dass du mir gesagt hast, ich habe einen Gefallen gut? Den löse ich hiermit ein. Erzähl es mir.« Sie sah ihn eindringlich an. »Bitte«, fügte sie hinzu.

»Warum ist es dir so wichtig?«

»Weil ich ...« *Angst habe, dass ich schwanger bin, und wissen muss, woran ich mit dir bin*, führte sie den Satz stumm zu Ende.

Er holte tief Luft und stieß den Atem in einem langen Seufzer aus. »Also gut. Dein Vater hat mich ausforschen lassen.«

Das war ihr bekannt, und so nickte sie bloß.

»Und jetzt hat sein Detektiv etwas hervorgeholt, das ich ein sorgsam gehütetes Geheimnis nennen würde.« Er machte eine kurze Pause, schien zu überlegen, ob er weitererzählen sollte. »Ich wurde verdächtigt, Geld von meinem Arbeitgeber gestohlen zu haben.«

Nun war es an Louisa, einen langen Seufzer auszustoßen, wenngleich aus Erleichterung. Sie hatte mit Schlimmerem gerechnet. »Das war alles?«

»Nein. Wie gesagt, ich war es nicht. Es war...« Er zögerte, wirkte unbehaglich. »Es ging um eine junge Frau, die Tochter meines Arbeitgebers. Sie war verlobt, aber wir verstanden uns sehr gut. Im Grunde genommen verband sie mit ihrem Verlobten nur eine rein finanzielle und gesellschaftliche Beziehung, aber das war von beiden so gewollt, ihr Vater hat sie nicht dazu gedrängt. Sie blieb aus freien Stücken bei ihm. Einmal allerdings hatten sie heftig gestritten, und zu der Zeit wandte sie sich mir häufiger zu. Es war eine Art Trotzreaktion. Nun, um es kurz zu machen, sie wurde schwanger.«

»Von dir?«

»Wenn es sonst niemanden gab, liegt diese Wahrscheinlichkeit nahe.«

Louisa stützte eine Hand an die Kommode und neigte den Kopf. Großartig, dachte sie.

»Hör zu«, sagte er. »Es war nicht so, ich habe...«

»Die Frau nicht geschwängert?«

»Doch, das ja. Aber ich habe das Geld nicht genommen.«

Louisa stieß ein bitteres Lachen aus.

»Du wusstest, dass du nicht die Erste warst, oder?«

Sie richtete sich auf und sah ihn an. »Du denkst, darum

ginge es mir? Überschätzt du da nicht die Bedeutung, die du in meinem Leben hast?«

Darauf wusste er keine Antwort zu geben, und Louisa verschränkte die Arme vor der Brust, als würde ihr erst jetzt bewusst, wie unzureichend sie gekleidet war. Dann kam sie sich töricht vor, denn in dieser Hinsicht gab es vor Max sicher nichts mehr zu verbergen.

»Und dann?«

»Sie ist in Panik geraten, weil ihr Verlobter nun ganz gewiss nicht der Vater sein konnte. Also hat sie in die Kasse gegriffen, Geld gestohlen und eine Abtreibung davon bezahlt. Ein teurer Spaß, denn sie brauchte einen guten Arzt. Ich wusste zunächst nichts davon, da ich aber als Einziger der Mitarbeiter Zugang zu dem Geld hatte, war klar, dass der Verdacht auf mich fallen musste. Zudem war der Kassenbetrag vorher noch vollständig gewesen, und hernach war nur noch ich im Bureau. Sie kam wohl spätabends, als ich bereits gegangen war.«

Louisa presste die Arme fester vor die Brust, fror mit einem Mal.

»Hör zu«, sagte er, »ich ...«

»Ich bin seit einer Woche überfällig.« Jetzt war es heraus.

Max starrte sie wortlos an.

»Du hast gesagt, du passt auf«, brach es aus ihr heraus. »Hast du das zu der anderen Frau auch gesagt? Zu der Tochter deines vorherigen Arbeitgebers? Die du vermutlich ebenso beiläufig genommen hast wie mich?«

»Ich habe dich nicht beiläufig genommen, ebenso wenig wie sie. Und ja, ich habe auch bei ihr aufgepasst, aber es kann immer etwas passieren.«

»Wie tröstlich«, murmelte sie und spürte, wie ihr die Tränen in die Augen traten.

»Wenn du schwanger bist, werde ich die Sache in Ordnung bringen, versprochen.«

»Ach ja? Wie denn? Durch eine Abtreibung?«

»Rede keinen Unsinn. Natürlich nicht!« Er fuhr sich durch das Haar. »Warst du bei einem Arzt?«

»Nein, ich warte noch ein paar Tage ab.« Bei dem Gedanken an die Konsequenzen wurde ihr schlecht vor Angst.

»Dein Vater würde sich bei einer Verbindung zwischen uns sicher nicht querstellen.«

Max, der ihr Erbe erhielt, und Louisa als seine Ehefrau, deren Besitz komplett in den seinen überging, die nichts mehr würde tun dürfen ohne seine Erlaubnis, die vielleicht nur Töchter zur Welt bringen würde, denen Max dann das Erbe vorenthalten würde, indem er einen Mann aus seiner verzweigten Verwandtschaft ins Boot holte. »Verdammt noch mal.« Sie spürte, wie ihr die Tränen über die Wangen liefen, und Max trat zu ihr, schloss sie in die Arme. Einen Moment lang legte sie den Kopf an seine Schulter, dann löste sie sich von ihm.

»Wie hast du die Sache gelöst?«

Er sah sie fragend an.

»Die Sache mit dem gestohlenen Geld.«

»Ich wäre fast auf die Straße gesetzt worden, da hat Katharina es ihrem Vater gestanden. Der war außer sich, aber nun musste eine diskrete Lösung her.«

»Und wie sah die aus?«

»Dass ich mich entschuldige und das Geld zurückgebe, das ich aus Verzweiflung über unvernünftig gemachte Schulden entwendet hatte. So haben wir es auch den Mitarbeitern verkauft, die die Angelegenheit mitbekommen hatten.«

Louisa nickte, dann richtete sie sich auf. »Ich sollte zurückgehen.«

Er hob die Hand, streichelte ihre Wange, und Louisa rechnete ihm hoch an, dass er den Moment der Schwäche und die Tatsache, dass sie nur leicht bekleidet in seinem Zimmer stand, nicht ausnutzte. »Ich hätte sie niemals zu einer Abtreibung gedrängt«, sagte Max in die Stille hinein.

»Hättest du sie geheiratet?«

»Ja, ich konnte mich dieser Verantwortung schließlich nicht einfach entziehen. Aber sie hatte andere Pläne.«

»Und obwohl es dich so schlecht hat dastehen lassen, hast du das mit dem Diebstahl auf dich genommen?«

»Ja, nach außen hin, um ihren Ruf zu wahren. Sie hatte mehr zu verlieren als ich. Zudem trug ich nun einmal die Mitschuld an der Schwangerschaft.«

Louisa nickte und fragte sich, wie es wäre, wenn ihnen beiden kein anderer Ausweg offenstände. Moralisch war es bereits so, denn wenngleich Louisa sich stets sagte, sie würde die Sache beenden, so wusste sie doch, dass sie über kurz oder lang wieder mit ihm schlafen würde. Und sie war bisher immer der Überzeugung gewesen, dergleichen Intimitäten tausche man nur mit einem Mann, mit dem man sein Leben verbringen wolle. Mit Max jedoch verband sie nichts außer anregenden Gesprächen und sinnlichem Verlangen. Dabei wollte sie nichts lieber, als dass alles wieder so wurde wie vor seinem Kommen.

»Ich gehe jetzt besser, ehe ich meinem Vater über den Weg laufe.«

»Ist er noch nicht zurück?«

Louisa schüttelte den Kopf und wandte sich ab, legte die Hand auf die Türklinke, drehte sich dann noch einmal zu Max um, sah ihn an, sah sein Bett an und war trotz allem versucht zu bleiben. Wenn das Irrsinn war, sagte sie sich, wie sollte sie jemals wieder bei klarem Verstand sein?

8

Januar 1909

Mit nahezu zwei Wochen Verspätung und heftigen Schmerzen hatte Louisas Monat einen Tag nach Neujahr eingesetzt, und obwohl sie die Erleichterung als erlösend empfand, litt sie morgens so sehr, dass sie im Bett blieb. Sie ließ sich von dem Stubenmädchen ein Schmerzmittel aus der Apotheke holen und blieb liegen, bis mittags das heftige Ziehen langsam abgeebbt war. Eine Freundin hatte ihr mal erzählt, wie es gewesen war, ein Kind in den ersten Wochen zu verlieren, und Louisa fragte sich, ob das wohl auch in ihrem Fall so war. Hatte sie eines getragen, das der Körper nun abstieß? Oder tat es einfach weh, weil es viel zu spät war? Sie wusste es nicht, und es war ihr gleich, sie fühlte sich einfach nur erlöst, weil ihr das Geständnis, ein uneheliches Kind empfangen zu haben, erspart blieb.

Sie hatte es Max noch nicht erzählt, die Gelegenheit hatte sich an diesem Morgen nicht ergeben. Über die Weihnachtstage war es schwer gewesen, Freude zu heucheln, während dieses Geheimnis, das sich für Louisa zunehmend zur Gewissheit verdichtet hatte, die Tage überschattete. Und trotz allem war es wieder geschehen, in einem verschwiegenen Moment im Wintergarten der Marquardt-Villa – obwohl Louisa so gute Vorsätze gehabt hatte.

Da sie sich eingestehen musste, dass auch dies vermutlich nicht das letzte Mal bleiben würde, beschloss sie, die Sache nun nicht mehr allein Max zu überlassen. Keine Frau durfte sich in dieser Hinsicht auf einen Mann verlassen. Sie hätte Elaina Ashworth fragen sollen, aber das wiederum hatte sie sich nicht getraut. Vor allem nicht angesichts dessen, dass sie so vehement bestritten hatte, es könne je dazu kommen, dass sie und Max... Nun, hinterher war man immer schlauer.

Und so hatte Louisa kurz nach Weihnachten eine ihrer verheirateten Freundinnen besucht, die nach vier Ehejahren ein Kind hatte und dies gewiss nicht aus Gründen der Abstinenz. Zwar hatte sie nach wie vor die Angst umgetrieben, schwanger zu sein, aber sie wollte wissen, wie sie vorsorgen konnte, falls sie es nicht war. Wie alle verheirateten jungen Frauen war auch ihre Freundin bestrebt, sie, die Unverheiratete, an ihrem geheimen Wissen teilhaben zu lassen. Das Ende vom Lied war, dass Louisa, als sie sich mittags ausreichend bei Kräften fühlte, um aufzustehen, eine Droschke nahm und sich nach Deutz bringen ließ. Auf der anderen Rheinseite war die Wahrscheinlichkeit größer, eine Apotheke zu finden, in der man sie nicht kannte.

Louisa bat den Fahrer, vor der Apotheke zu warten. Als sie sah, dass dort zwei Männer bedienten, entschuldigte sie sich und verließ die Räumlichkeit rasch wieder. Der Kutscher brachte sie zur nächsten Apotheke, hier dasselbe Spiel.

»Kennen Sie eine Apotheke, in der Damen bedienen?«, fragte Louisa schließlich den Kutscher.

»Ah, verstonn allt, gnädig Mamsell.« Der Kutscher, ein älterer Mann, der vielleicht selbst Vater und Großvater von

Mädchen und Frauen war, nickte verständnisvoll. »Na, dann steijscht ens en.«

Louisa nahm wieder in der Kutsche Platz, und als sie die nächste Apotheke betrat, stand dort in der Tat eine Dame, die sie über die Brillengläser hinweg musterte. »Guten Tag.«

Louisa grüßte zurück und schob ihr den Zettel über den Tisch, auf dem der Name der Sache war, die sie benötigte. Die Frau griff nach dem Zettel, sah darauf, sah Louisa an, die extra Handschuhe angezogen hatte, um zu verbergen, dass sie keinen Ring trug.

»Sind Sie nicht noch etwas zu jung, um mit dem Kinderkriegen aufzuhören?«

Louisa spürte, wie ihr das Blut in die Wangen stieg. »Ich... ich.« Sie suchte nach den richtigen Worten. Was ging die alte Schachtel das überhaupt an? »Wir wollen noch warten.«

»Soll das heißen, Sie haben noch gar keins bekommen?«

»Ganz recht.«

»Weiß Ihr Mann davon, dass Sie es wissentlich verhindern wollen, von ihm zu empfangen?«

Louisas Wangen brannten, mehr vor Wut als vor Verlegenheit. »Haben Sie es nun oder nicht?«

Die Frau taxierte sie, dann drehte sie sich um. »Peter!«, rief sie nach hinten, und ein junger Mann erschien. »Geh mal ins Lager und such hiernach.«

Sie reichte ihm den Zettel, und Louisa drehte sich abrupt um und verließ die Apotheke.

»Alles klar, Madame?«, fragte der Kutscher.

»Ja, alles bestens. Fahren Sie bitte.« Als die Kutsche sich in Bewegung setzte, fielen Louisa allerlei vernichtende Antworten ein, die sie der Frau hätte geben können, und sie ärgerte sich über sich selbst, vor ihr gestanden zu haben wie ein gescholtenes Schulmädchen. Konnte das denn wahr sein? Schickte man auf derart delikate Gänge demnächst am besten seine Mutter, damit es keine dummen Fragen gab? Louisas Mutter allerdings hätte dergleichen wohl nicht getan, diese Art der Vertrautheit hatte es zwischen ihnen nicht gegeben. Natürlich hatten sie und Sophie sie geliebt, wie Kinder ihre Mutter nun einmal liebten, aber oftmals hatten sie beide das Gefühl gehabt, dass wenig zurückkam. Alma Marquardt hatte das Leben, das ihr Mann ihr bot, genossen, und sie hatte auch gerne die hübschen, gut erzogenen Töchter präsentiert, vor allem als Kinder in niedlichen Kleidchen. Aber mütterlich war sie nie gewesen, die Schwestern hatten sich ihrem Vater immer näher gefühlt. In dieser Hinsicht war Mathilda verwöhnter.

Was ihr Problem anging, wusste Louisa nun nach wie vor nicht, wie sie es lösen sollte. Ihre Freundin hatte ihr die Möglichkeit genannt, ein mit Akaziensirup vollgesogenes Schwämmchen einzuführen, damit hatte sie eine Empfängnis verhütet, ehe sie das Diaphragma gekauft hatte. Das war aber nun nichts, was man einfach so mit sich führen konnte. Die beste Lösung war in der Tat, es nicht mehr geschehen zu lassen, und Louisa beschloss, künftig weniger leichtsinnig zu sein und sich auf die Werte zu besinnen, zu denen sie erzogen worden war.

Herr Falk kehrte am Tag nach Neujahr zurück, und mit ihm die Frage, wie es nun mit Mathilda in der Dekoration weitergehen würde. Sie suchte ihren Vater auf, kaum, dass der Dekorateur das Atelier betreten und ihre Pläne für das nächste Schaufenster mit einem knappen Blick abgetan hatte, der klar besagte, dass ihm das keine weitere Überlegung wert war. Von ihrem Vater hatte sie sich Rückendeckung erhofft, wurde jedoch bitter enttäuscht.

»Seine Assistenz?« Sie konnte es kaum glauben. »Du meinst, ich soll einfach ausführen, was er mir aufträgt?«

»Mathilda, es war klar, dass das eine vorübergehende Sache ist. Du kannst nicht die ganze Abteilung übernehmen, das wäre ein enormes Arbeitspensum, das du dauerhaft zu bewältigen hättest.«

»Das schaffe ich schon, oder hast du mich je klagen hören?«

»Noch ist der Reiz des Neuen dabei.«

»Hältst du mich für so wankelmütig?«

Er lächelte. »Nein, natürlich nicht. Aber Herr Falk hat langjährige Erfahrung, während du noch jung bist und keiner weiß, wie lange du diese Arbeit überhaupt machen wirst.« Da du irgendwann sicher heiratest, stand unausgesprochen im Raum. »Und dir wären die übrigen Dekorateure unterstellt.« Was unmöglich funktionieren kann, da du eine Frau bist, führte Mathilda den Satz stumm zu Ende.

»Aber ich möchte nicht zurück in den Verkauf.«

»Wie gesagt, du kannst die Assistenz übernehmen.«

Mathilda musste an sich halten, nicht wütend aufzuspringen, und so zwang sie sich zur Ruhe und sah ihren Vater über den Schreibtisch hinweg an. »Du weißt, dass ich bessere Ideen habe als Herr Falk.«

»Es ist nicht so, dass seine Ideen allesamt nichts taugen, Mathilda. Und als seine Assistentin kannst du dich ja auch einbringen.«

»Das hat er schon beim letzten Mal nicht zugelassen, ich musste immer nur ausführen, was er gesagt hat. Es wäre ein Rückschritt im Vergleich zu der Position, die ich jetzt innehabe.«

»Nun, dann geh zurück in den Verkauf, du hast deine Sache dort doch sehr gut gemacht.«

Mathilda suchte nach weiteren Argumenten, aber wie sollte das funktionieren, wenn schon so großartige Präsentationen wie ihre Schaufenster und ihre bisherigen Werbeideen nichts brachten? »Ich möchte nicht zurück in den Verkauf«, wiederholte sie.

»Mehr kann ich dir nicht anbieten. Ich kann Herrn Falk nicht einfach von der Stelle abziehen.«

»Du könntest ihn woanders unterbringen.«

»Indem ich ihn zurückstufe?«

»Wir können gleichberechtigt nebeneinander arbeiten. Es ist genug zu tun.«

»Das wird nicht funktionieren.«

»Würdest du auch so zögern, wenn ich ein Mann wäre?«

Jetzt winkte er ungeduldig ab. »Fang du nicht auch noch damit an. Es hat nicht allein damit zu tun.«

»Aber es hat damit zu tun?«

Er ließ sich einen Moment Zeit mit der Antwort. »Ja.«

»Also gut. Ist das dein letztes Wort?«

»Ja.«

In ihre Wut mischten sich Enttäuschung und Traurigkeit. Sie erhob sich und ging mit raschen Schritten zur Tür.

»Mathilda«, rief ihr Vater ihr nach, und sie drehte sich noch mal zu ihm um in der Hoffnung, er würde seine Meinung noch einmal überdenken. »Nimm es nicht persönlich, ja? Ich werde Herrn Falk sagen, dass er mehr Mitspracherecht geben soll, wenn du dich dafür entscheidest, seine Assistentin zu werden.«

Sie ging, ohne noch etwas zu sagen. Im Vorraum presste sie sich die Hand auf den Mund, um ein Aufschluchzen zu ersticken, als ihr nun die mühsam unterdrückten Tränen in die Augen traten. Glücklicherweise war Frau Harrenheim nicht am Platz, und um sich nicht den Blicken der anderen Angestellten stellen zu müssen, stieß sie die Tür zu Max' Bureau auf und trat rasch ein.

»Lief nicht so gut, hm?«, stellte er fest.

Sie schüttelte nur den Kopf und kramte nach einem Taschentuch.

»Soll ich mit ihm sprechen?«

»Nein«, antwortete sie, als sie ihrer Stimme wieder ausreichend traute. »Dann denkt er nur, ich schicke dich vor. Außerdem ist er auf dich momentan anscheinend ja auch nicht gut zu sprechen.« Sie tupfte sich die Tränen ab und räusperte sich, um ihrer Stimme mehr Festigkeit zu verleihen.

»Es ist schon besser geworden, finde ich«, antwortete er.

»Was hast du überhaupt angestellt, um seinen Zorn zu verdienen?«

»Nichts, was ich detailliert erläutern möchte.«

Da ihre eigenen Probleme ihr derzeit ausreichend zu schaffen machten, beließ sie es dabei. Sie steckte das Taschentuch ein und sah sich nach einem Spiegel um, wurde jedoch nicht fündig, und so wandte sie sich an Max. »Sehe ich schlimm aus?«

»Nein, die Augen sind ein bisschen rot.« Er lehnte sich

zurück und verschränkte die Hände vor dem Bauch. »Was wirst du jetzt tun?«

»Das überlege ich mir noch.« Sie ging zur Tür und verließ das Bureau, um die Waschräume aufzusuchen. Dort spritzte sie sich kaltes Wasser ins Gesicht und betrachtete sich im Spiegel. Verheult sah sie nicht aus, sie konnte sich also durchaus wieder unter die Leute wagen. Sie ging noch einmal ins Atelier, holte ihren Mantel und ihre Tasche und verließ das Kaufhaus. Da sie derzeit ohnehin keiner Abteilung zugeteilt war, musste sie sich um eine überzogene Pause keine Gedanken machen.

Kurz überlegte sie, ob sie wirklich im Begriff war, das Richtige zu tun, dann jedoch ging sie entschlossen über die Straße zu Arjens Kaufhaus.

»Misjöh Verhoeven?«, fragte einer der Arbeiter. »Es jerad jekumme.« Er nickte zum seitlichen Tor hin. »Hingen em Hoff.«

Mathilda trat durch das schmiedeeiserne Tor in den Hof, der vollgestellt war mit Kisten, Bauschutt und Rollen. Sie fand Arjen nach kurzem Suchen im Gespräch mit einem Handwerker, und ganz offensichtlich lief gerade so einiges nicht zu seiner Zufriedenheit ab. Willkommen in meinem Leben, dachte Mathilda.

»Das will ich auch hoffen!«, sagte Arjen in einer Kälte, die Mathilda nicht von ihm kannte. »Geschludert wird bei mir nicht, ansonsten können Sie und Ihre Leute Ihre Sachen packen und gehen.«

»Das war ein Versehen, jemand muss etwas falsch verstanden haben«, machte der gescholtene Arbeiter den Versuch einer Erklärung.

Arjen machte eine Handbewegung, die unterstrich, dass das Thema beendet war. »Bis morgen wird das in Ordnung gebracht, das war mein letztes Wort. Verdammte Pfuscherei ist das.« Er wandte sich ab, die Brauen finster zusammengezogen, und Mathilda, die diesen Arjen nicht kannte, wollte sich bereits zurückziehen, als sein Blick auf sie fiel und der Zorn zu einem Ausdruck erstaunter Freude schmolz. »Sie sind der erste schöne Anblick heute.«

»Ich befürchte, ich komme ungelegen.«

»Ganz und gar nicht.« Er kam zu ihr und berührte ihren Arm. »Ein schönes Jahr 1909 wünsche ich. Brechen wir also auf in den Abschluss eines Jahrzehnts.«

»Auf dass das neue viele schöne Überraschungen für uns bereithält.«

Er reichte ihr den Arm, und Mathilda schob die Hand in seine Armbeuge. »Was verschafft mir die Ehre?«, fragte er.

»Ist die Stelle bei Ihnen noch frei?«

Er hielt inne, sah sie an, die Brauen fragend gehoben. Wenn er jetzt sagte, dass das alles ein Scherz gewesen war, dachte Mathilda, wollte sie ihn nie mehr wiedersehen.

»Ja«, sagte er schließlich.

»Gut. Wann kann ich anfangen?«

»Im Sommer, wenn es an die Präsentation für den Herbst geht. Gerne auch früher.«

»Nennen Sie mir ein Datum, und ich werde da sein.«

»Ich bin entzückt, aber darf ich auch fragen, was den plötzlichen Sinneswandel herbeigeführt hat?«

»Mein Vater hat mir gerade gesagt, dass ich als Assistentin unseres Dekorateurs arbeiten soll. Ich dachte, er lässt mich zumindest gleichberechtigt mitarbeiten.«

»Väter können in dieser Hinsicht etwas, hm, schwierig sein.«

»Ist Ihrer auch so?«

»Gelegentlich, ja.«

»Ihnen sagt man zumindest nicht, Sie seien ungeeignet, weil Sie eine Frau sind.«

Er grinste. »Das wäre mal eine abenteuerliche Begründung.«

Sie stieß ihn scherzhaft an, musste dann aber selbst lachen. Während sie weiterspazierten, begannen jedoch Zweifel an ihr zu nagen, zu tief saß die Enttäuschung. »Sie meinen es wirklich ernst, ja? Es wird nicht so sein, dass ich hier im Sommer stehe und Sie mich auslachen, weil ich Sie beim Wort genommen habe?«

Eine Furche erschien zwischen seinen Brauen. »Das trauen Sie mir zu?«

»Ich ... keiner, den ich kenne, würde einer Frau ohne weiteres die Leitung einer so wichtigen Abteilung übertragen.«

»Nun, dann bin ich wohl anders als die, die Sie kennen. Warum sollte ich überhaupt so schändlich an Ihnen handeln?«

»Weil mein Vater Ihr Konkurrent ist?«

»Und dann mache ich seine Tochter lächerlich? Du liebe Zeit, das ist nicht gerade ein Kompliment für mich.«

»Es tut mir leid«, beeilte Mathilda sich zu versichern. »Ich wollte Sie nicht kränken, aber es erscheint mir alles so ... so unglaublich.«

»Glauben Sie es nur. In geschäftlicher Hinsicht scherze ich nicht. Darüber hinaus liebe ich Frauen, niemals würde ich eine der Lächerlichkeit preisgeben. Und keine Sorge, ich handle nicht aus Gefälligkeit. Sie werden merken, dass ich als Vorgesetzter sehr fordernd sein kann.«

Das war Mathilda nur recht, sie wollte die Gelegenheit bekommen, ihr Talent auszuschöpfen. Sie war im Begriff, eine Antwort zu geben, als sie Johann von Beltz bemerkte, der eben die Straße überquerte. Er schien sie nicht wahrzunehmen und blickte erst auf, als sie ihm einen guten Morgen wünschte. Im ersten Moment schien er sie nicht einordnen zu können, denn er runzelte leicht die Stirn, grüßte jedoch freundlich zurück und wollte weitergehen, bis er dann jedoch innehielt.

»Sie sind doch die Dame, die meine Ehefrau so freundlich beraten hat«, sagte er, und nun zeigte sich ein kleines Lächeln.

»Ja, ganz recht«, antwortete Mathilda. »Ich hoffe, sie hat viel Freude an den Kleidern.«

Er zögerte, und sein Gesicht verdunkelte sich wieder. »Ja... Ja, das hat sie wohl.« Mit einem höflichen Nicken in Richtung Arjen verabschiedete er sich und ging weiter.

»Ein Kunde?«, fragte Arjen.

»Seine Frau, aber die hat ihn verlassen.«

»Und warum fragen Sie dann so indiskret?«

Mathilda drehte sich um, sah der leicht gebeugten Gestalt des Mannes nach und ging an Arjens Seite weiter. »Ich dachte, vielleicht ist sie zu ihm zurückgekehrt. Es ist eine etwas traurige Geschichte. Seine Frau war vor einigen Wochen bei mir, ich glaube, sie hat nicht viele Freunde.« Mit wenigen Worten umriss sie ihm die Geschichte des Paares. »Es ist ungerecht.«

»Ja, von ihr ihm gegenüber«, urteilte Arjen. »Er hat ihr ein neues Leben geboten, und sie wirft es weg, weil sie meint, für ihn entscheiden zu müssen.«

»Sie hat ein Opfer gebracht, weil sie ihn liebt.«

»Er wollte dieses Opfer aber offenbar nicht, und alt genug, um dergleichen selbst entscheiden zu können, ist er ja wohl.«

Mathilda dachte an Nina von Beltz, an deren Verzweiflung und Selbstvorwürfe. »Vielleicht versteht man das als Mann nicht.«

Die einzige Antwort, die sie darauf erhielt, war ein Heben der Brauen.

»Sie sagte, er sei ein geselliger Mensch, der ihretwegen auf den Umgang mit anderen Menschen verzichtet hat.«

»Auf einen Umgang mit der Art Mensch, die meint, meine Ehefrau schmähen zu müssen, könnte ich an seiner Stelle auch gut und gerne verzichten. Denken Sie ernsthaft, dass er sich nun, da sie fort ist, wieder diesen Leuten zuwenden wird? Leuten, die ihm so übel mitgespielt haben, nur weil er ihrer Meinung nach die falsche Frau liebt?«

Das stimmte natürlich auch wieder, und Johann von Beltz wirkte nicht gerade, als ob er durch die Trennung glücklicher geworden wäre. Zu allem Unglück lief ihnen nun auch noch Sophie mit ihrer Freundin Blanche über den Weg, und Mathilda befürchtete bereits eine unschöne Szene. Erstaunlicherweise begnügte sich ihre Schwester damit, Arjen zu grüßen, ehe sie das Gespräch mit ihrer Freundin im Weitergehen fortsetzte.

»Sie scheint darüber hinweg zu sein«, bemerkte Arjen.

Mathilda jedoch beunruhigte gerade diese so deutlich präsentierte Gleichgültigkeit. »Offenbar kennen Sie die Frauen nicht ganz so gut, wie Sie denken.«

Im kommenden Monat würde es einen Fastnachtball im Haus Marquardt geben, eine alljährliche Tradition, wie Max erklärt worden war. Ebenso wurde ihm nahegelegt, sich an den Karnevalstagen zu verkleiden. Seufzend fand er sich damit ab, dass dieser jährliche Umstand wohl künftig zu seinem Leben zählen würde. Sollte Louisa schwanger sein, wäre der Kölner Karneval ohnehin noch sein geringstes Problem. Sie war an diesem Morgen nicht mit zum Kaufhaus gefahren, was er bereits als alarmierend empfunden hatte. Womöglich lag sie mit morgendlicher Übelkeit im Bett.

Max hatte Louisa gern, aber er war sich sicher, dass eine Ehe mit ihr nicht funktionieren würde. Er musste sich nur all die Probleme ausmalen, die sich aus dieser Verbindung ergeben würden, damit ihm der Gedanke daran gründlich verleidet wurde. Allein das Kaufhaus wäre Gegenstand ständigen Streits. Wenn Louisa darüber hinaus erbte und das Geld in Max' Besitz floss – wenngleich er ihr dies gänzlich überlassen würde –, wäre der nächste Streit fällig. Und in dieser Situation sollten sie dann auch noch Kinder haben? Darüber hinaus bot eine solche Ehe vom rein gesellschaftlichen Aspekt für keinen von ihnen Vorteile, beide wären gut beraten, in eine der großen Kölner Familien einzuheiraten.

Andererseits war sie nicht die Art Frau, die man sich einfach als Geliebte nahm, während man sich anderweitig umsah. Sie hatten nie darüber gesprochen, wie es nun eigentlich weitergehen sollte. Aber falls sie schwanger war, wäre ein solches Gespräch ohnehin hinfällig, denn es würde nur einen möglichen Ausweg geben, und Caspars Reaktion auf ein solches Geständnis wollte Max sich lieber nicht vorstellen. Er war schon höchst ungehalten darüber gewesen, dass Max in Frankfurt mit der Tochter seines Arbeitgebers geschlafen hatte, und hatte ihm deutlich zu verstehen gegeben, dass ihm einiges Ungemach drohte, falls er je in Gegenwart seiner Töchter »die Hosen auszog«, um es mit seinen Worten zu formulieren.

Angesichts dessen war es kein Wunder, dass Max sich seit Louisas Geständnis einer möglichen Schwangerschaft nur mit Mühe auf die Arbeit konzentrieren konnte. Über die Weihnachtstage und Silvester fiel das nicht so auf, aber nun stand einiges an, und er musste bei der Sache sein. Bis mittags arbeitete er etliches ab, was über die Feiertage liegen geblieben war, danach unternahm er einen Rundgang durchs Haus. Mathilda war nicht da, wie er feststellte, zumindest sah er sie weder in der Damenabteilung noch im Atelier.

»Sie hat ihren Mantel und ihre Tasche geholt und ist gegangen«, erklärte Herr Falk.

Max hätte gerne mit ihr gegessen, um auf andere Gedanken zu kommen, aber nun musste er wohl allein gehen. Im Restaurant bemerkte er Sophie und ihre Freundin Blanche, die bei Zusammentreffen gerne mit ihm kokettierte. Danach stand ihm nun ganz und gar nicht der Sinn, und so beließ er es bei einem Gruß und setzte sich an einen kleinen Tisch, bei dem nicht die Gefahr bestand, man könne dies als Einladung verstehen, sich dazuzusetzen.

»Hast du Mathilda heute schon gesehen?«, fragte Caspar, als Max nach dem Essen in sein Bureau zurückkehrte.

»Nein, nur heute Vormittag kurz.«

»Sie wollte die Stelle von Herrn Falk.«

»Ich weiß, sie hat es mir erzählt.«

Caspar saß auf einem der beiden Besucherstühle vor Max' Schreibtisch und blätterte durch einige Dokumente. Offenbar war er jedoch ebenso wenig bei der Sache wie Max. »So eine Narretei, sie muss doch gewusst haben, dass das nicht geht.«

Max zuckte mit den Schultern. »Warum eigentlich nicht? Du hast sie doch erlebt, sie ist brillant.«

Irritiert sah Caspar ihn an, verengte leicht die Augen und schüttelte schließlich den Kopf. »Unter deiner Leitung kannst du es später handhaben, wie du möchtest, wobei ich dir gut rate, auf Diplomatie zu setzen und nicht langjährige, verdiente Mitarbeiter vor den Kopf zu stoßen, indem du sie durch junge Frauen ersetzt. Das könnte ein falsches Signal setzen an die Männer, denen gegenüber sie weisungsbefugt sind.«

»Dann sind eher die Männer das Problem, findest du nicht?«

»Eine sehr moderne Ansicht, die vielleicht in ein paar Jahren salonfähig wird, aber derzeit sicher noch nicht.«

Erneut zuckte Max nur mit den Schultern.

»Was die Sache in Frankfurt angeht«, sagte Caspar, »so soll es von meiner Seite aus damit gut sein. Ich merke, dass du nicht bei der Sache bist.«

Bei dem Gedanken an das Geständnis, das ihm möglicherweise bevorstand, hob sich Max der Magen. Da er nicht wusste, was er antworten sollte, nickte er nur.

Kurz darauf klopfte es, und zu Max' Erstaunen betrat Louisa den Raum. »Störe ich?«

Caspar erhob sich. »Keineswegs, Liebes. Geht es dir jetzt besser?«

»Ja, Papa.« Sie wirkte in der Tat etwas angeschlagen.

»Möchtest du zu mir?«, fragte Caspar.

»Nein, zu Max. Ich habe eine neue Idee und möchte wissen, was er davon hält. Dann kann er bei der nächsten Besprechung wieder so tun, als sei es seine.«

»Ach was?« Caspar sah Max fragend an.

»Das Lesezimmer«, erklärte dieser mit Blick zu Louisa, nachdem diese ihm mit einem Nicken die Erlaubnis gegeben hatte.

»Ah, verstehe. Ja, das war in der Tat eine gute Idee, Liebes, aber die andere war einfach überzeugender.«

»Schon gut, du musst es nicht erklären.« Louisa ließ sich Max gegenüber vor dem Schreibtisch nieder, und ihr Vater verließ den Raum.

»Geht es dir gut?«, fragte er.

»Ja, inzwischen so einigermaßen.«

»Was fehlt dir?«

»Monatliches Unwohlsein.« Obwohl sie die größtmögliche Intimität geteilt hatten, kroch eine leichte Röte in ihre Wangen, und sie wich seinem Blick aus. Max seinerseits stieß erleichtert den Atem aus, und nun sah sie ihn doch an. »Bist du froh darüber, dass ich dir nun als Ehefrau erspart bleibe?«

»Ich ... Nein, es ist nur ...«

»Schon gut, ich wollte dich nur ärgern.« Obwohl die Worte scherzhaft hervorgebracht waren, wirkte Louisa ernst und in sich gekehrt, wie sie versonnen an ihm vorbei aus dem Fenster sah. Max wollte sie darauf ansprechen, als ihr

Blick zu ihm zurückkehrte und sie das Thema wechselte. »Das mit der Idee war nicht nur dahergesagt, um mit dir allein sein zu können.«

»Das dachte ich mir schon. Sollen wir uns bei einer Tasse Tee unterhalten?«

»Nein, mach dir keine Umstände, so lange bleibe ich nicht. Ehrlich gesagt möchte ich wieder ins Bett.«

»Du hättest nicht kommen müssen.«

»Ich wollte dich aus deinem Zustand der Ungewissheit erlösen.«

Sie wirkte elend, und Max fragte, ob das tatsächlich alles war. Er erhob sich und ging zu ihr, um sich ihr gegenüber auf dem Besucherstuhl niederzulassen und ihre Hand zu nehmen, die kalt und unbeweglich in seiner lag. »Ist wirklich alles in Ordnung?«

Ihr Lächeln wirkte gezwungen. »Aber ja. Also, hör zu. Wir sprechen ja im Kaufhaus eine sehr kaufkräftige Klientel an, nicht wahr? Wie wäre es, wenn wir das Sortiment in der Art erweitern, dass sich auch die einfacheren Leute angesprochen fühlen? Ehefrauen von Arbeitern, die Kopien teurer Kleider tragen?«

»Stellst du dir diese Erweiterung in allen Bereichen des Kaufhauses vor?«

»Ja.«

Er dachte darüber nach. »Warum denkst du, dass es funktionieren könnte, ohne die wohlhabendere Klientel zu vertreiben? Den Adel sprechen wir ohnehin nicht an, der legt weiterhin Wert auf Exklusivität. Wir erreichen den wohlhabenden Mittelstand und in Teilen auch die reiche Oberschicht, die Industriellen, die gut situierten Beamtenehefrauen, aber das muss ich dir ja nicht erklären. Fürchtest du nicht, die könnten fernbleiben, wenn sich unsere Waren nun nicht mehr in den Salons des Geldadels finden, sondern in den Stuben des Gleisbauers und Werftarbeiters?«

»Ich denke eher, diese Art des Denkens wird mehr und mehr der Vergangenheit angehören. Schon jetzt kaufen Gesellschaftsschichten nebeneinander ein, die früher keinerlei Berührungspunkte gehabt haben.« Ihre Finger schlossen sich um die seinen. »Lass es dir wenigstens durch den Kopf gehen, ja?«

Das konnte er ihr guten Gewissens versprechen.

»Danke. Ich werde jetzt noch kurz Mathilda besuchen und dann nach Hause fahren.«

»Falls sie wieder zurück ist. Seit dein Vater ihr heute die Wahl zwischen Herrn Falks Assistenz und ihrer Rückkehr in die Damenabteilung gelassen hatte, ist sie außer Haus.«

»Ach herrje, die Arme. Dabei hat sie so gehofft, er würde sich überzeugen lassen.« Louisa stand auf und strich ihr Kleid glatt. »Wir sehen uns heute Abend, ja? Kommst du zum Abendessen zu uns?«

»Wenn ich eingeladen werde.«

»Das bist du hiermit offiziell.« Sie beugte sich zu ihm und drückte ihm einen zarten Abschiedskuss auf die Lippen, dann verließ sie sein Bureau. Max erstaunte diese Geste, in dieser Hinsicht war sie sonst sehr zurückhaltend. Da momentan jedoch die Erleichterung überwog, dass sie nicht schwanger war, konnte Max den Gedanken an etwaige Gefühlsverwirrungen recht gut beiseiteschieben und sich endlich wieder konzentriert seiner Arbeit widmen.

»Du hast doch mitbekommen, wie er seinerzeit mit mir gesprochen hat, nicht wahr?«, fragte Sophie und biss von ihrem Mürbegebäck ab.

Blanche rührte Sahne und braune Zuckerklumpen in ihren Tee und nickte. »Ja, sein Interesse war zu dem Zeitpunkt offensichtlich. Wäre ich an deiner Stelle, würde ich ihn mir nicht so ohne weiteres ausspannen lassen. Noch dazu von der eigenen Schwester. Absolut undenkbar!«

»Es gab so viele Männer, die sich für mich interessiert haben und die ich nicht wollte, die hat sie alle ignoriert. Und dann erzähle ich ihr von dem ersten, mit dem es mir ernst ist, und schon hat sie ihn an der Angel. Ich frage mich, warum sie das tut.«

»Neid«, erklärte Blanche. »Der Neid der Besitzlosen. Sie ist ein uneheliches Kind, und seien wir mal ehrlich, sie ist einigermaßen hübsch, aber nicht hübsch genug, um diesen Makel wiedergutzumachen. Frauen ihres Typs gibt es in Massen, und die meisten haben mehr zu bieten. Auf dem Heiratsmarkt zählt die Herkunft immer noch eine ganze Menge, und da macht sie nun nicht viel her. Dein Vater muss vermutlich eine ordentliche Mitgift springen lassen, damit er sie unter die Haube bekommt. Auch Arjen Verhoeven wird gewiss nicht an eine Ehe denken, sondern an ein gänzlich anders geartetes Vergnügen.«

»Wenn er sie nur als Geliebte wollte, müsste er nicht mit mir brechen.«

»Er bekommt sie nicht ins Bett, wenn sie nicht denkt, es sei ihm ernst.«

Sophie konnte sich kaum vorstellen, dass Mathilda sich auf so etwas einlassen würde, allerdings wäre es nicht das erste Mal, dass eine junge Frau etwas Törichtes für einen Mann tat. »Mathilda sagt immer, sie hätte keinerlei Ambitionen, was eine Ehe angeht.«

Blanche lachte nur. »Aber das glaubst du ihr nicht, oder?«

»Nein, natürlich nicht.« Welche Frau wurde schon freiwillig eine alte Jungfer? Dem Spott der Gesellschaft und der Familie ausgesetzt? Und gerade Mathilda konnte sich das nicht leisten, würde sie doch erst durch einen Ehemann in die besseren Kreise aufsteigen, in denen sie zu Lebzeiten ihres Vaters zwar akzeptiert wurde, denen sie aber nicht angehörte.

»Wirst du etwas unternehmen?«, fragte Blanche.

»Momentan habe ich nicht viele Möglichkeiten, möchte ich meinen. Ich kann ihr weder verbieten, Arjen zu sehen, noch kann ich ihn dazu zwingen, mich an ihrer statt zu treffen.«

»Du könntest ihnen einen Skandal andichten, mit dem du deine Schwester unmöglich machst. Das wird ihr künftig eine Lehre sein, sich mit dem falschen Mann einzulassen.«

»Dann drängt Papa womöglich darauf, dass die beiden heiraten, und damit wäre mir erst recht nicht gedient.« Sophie knabberte an einem Stück Gebäck und dachte nach.

»Du könntest einen schwachen Moment abwarten und ihn verführen.«

»Er sagte bereits sehr deutlich, dass er mich auch in diesem Fall nicht heiraten würde.«

Verwirrt zog Blanche die Brauen zusammen. »Und einem solchen Mann schmachtest du nach?«

»Ich weiß, es klingt... seltsam.«

»Gelinde ausgedrückt, ja.«

Sophie konnte es selbst nicht erklären. Es war ja nicht so, dass nie zuvor ein gutaussehender, reicher Mann um sie geworben hätte, aber Arjen hatte etwas an sich, das sie sofort in seinen Bann gezogen hatte. Diese mit Anzüglichkeiten gepaarte Distanz, die ihr fortwährend verlockend in Aussicht gestellt hatte, was sie erwartete, wenn sie nur wollte. Gleichzeitig hatte er sich ihr auf eine raffinierte Art entzogen und Sophie dabei in dem Glauben gelassen, sie halte die Fäden in der Hand. Bisher war ihr Eindruck gewesen, sie müsse nur ein wenig nachgeben, und er würde ihr verfallen. Und nun, da sie so rettungslos in ihn verliebt war – oder wie man auch immer diese Art von Begehren nennen wollte –, gab er ausgerechnet ihrer langweiligen Schwester den Vorzug. Sophie wüsste zu gerne, wie Mathilda das geschafft hatte. Vielleicht schlief sie sogar schon mit ihm und hielt ihn dadurch an sich gebunden. Vorstellen konnte Sophie sich das zwar nicht, aber Mathilda wäre nicht das erste stille Wasser, dessen düstere Geheimnisse in der Tiefe lagen.

»An deiner Stelle würde ich ihn vergessen«, sagte Blanche. »Quel homme sans honneur! Unglaublich.«

»Er ist nicht unehrenhaft.«

»Ich bitte dich, Sophie. Natürlich ist er das. Überlass ihn deiner intriganten Schwester, ich an deiner Stelle würde es tun. Ganz ehrlich, den Kerl würde ich nach dieser Sache nicht mehr haben wollen. Ihn gar heiraten? Niemals.«

Das sagte sich so leicht, und normalerweise war Sophie in dieser Hinsicht durchaus pragmatisch. Andererseits jedoch schien bei Arjen ihre Vernunft auszusetzen. Dabei wusste sie nicht einmal sicher, ob sie ihn überhaupt noch wollte. Was sie allerdings wusste, war, dass Mathilda ihn ebenfalls nicht bekommen sollte. Das wäre unerträglich.

»Du könntest deine Schwester natürlich auch ihm gegenüber in eine unmögliche Situation bringen, die ihn an ihrem unbescholtenen Ruf zweifeln lässt.«

»Wenn ich ihm mit so etwas komme, wird er gleich ahnen, dass es eine Racheaktion ist. Zudem mache ich mir damit nicht nur Arjen zum Feind, sondern womöglich auch meinen Vater und Louisa – und den Mann, mit dem ich sie in Verruf bringe. Nein, das ist keine gute Idee.«

Es war nicht so, dass Blanche Intrigen schätzte, aber sie beherrschte sie und hatte ein ausgeprägtes Rachebedürfnis, auch, was Ungerechtigkeiten gegenüber ihren Freunden anging, in dieser Hinsicht war sie überaus loyal. »Du musst es subtiler anstellen.«

Dergleichen widerstrebte Sophie, sie wollte nicht zu solch perfiden Mitteln greifen. Andererseits konnte sie es auch nicht einfach dabei belassen. »Ich denke darüber nach.«

*

»Ich freue mich, dass du nicht nachtragend bist«, sagte Dorothea, als sie sich mit Louisa am frühen Abend in der Nähe des Doms traf. Die beiden Freundinnen hakten sich unter und gingen am Rhein entlang spazieren, wie sie es immer schon gerne getan hatten. Manchmal fuhren sie auf die andere Rheinseite und schlenderten durch die Deutzer Gassen, aber an diesem Tag hatten sie beschlossen, auf der linksrheinischen zu bleiben.

»Wie geht es deinem Vater?«, fragte Louisa.

»Er versucht, das Beste aus der Situation zu machen.«

»Ich habe gesehen, dass der Artikel von Franz zu Elaina Ashworth dieses Mal veröffentlicht wurde.«

Dorothea lächelte strahlend. »Ja, ist das nicht großartig? Dieses Mal hat es geklappt.« Sie ließen sich auf einer Bank mit Blick auf den Rhein nieder. »Und was ist mit dir? Wie kommst du mit diesem Kerl zurecht?«

»Ganz gut«, antwortete Louisa zögernd. Zu gerne hätte sie ihre Freundin eingeweiht in das sinnliche Geheimnis, das sie mit Max teilte, vielleicht wurde die Last leichter, wenn man davon erzählte. Aber sie traute sich nicht. Stattdessen erzählte sie von jener anderen Geschichte, die sie umtrieb. »Mein Vater hat von einer alten Geschichte erfahren aus der Zeit, ehe Max zu uns gekommen ist.« Der Gedanke an seine schwangere Geliebte rief eine irritierende Eifersucht in ihr hervor. »Du darfst niemandem davon erzählen, ja?«

»Du machst mich neugierig. Keine Sorge, ich verrate nichts.«

Und so erzählte Louisa ihr von dem Detektiv, den ihr Vater beauftragt hatte, von dem Diebstahl, der schwangeren Frau, der Abtreibung und Max' Entscheidung, nach außen hin alles auf sich zu nehmen.

»Er hat gestohlen und es einer Frau angehängt, die von ihm schwanger war?«, empörte sich Dorothea. »Damit sie abtreibt?«

»Nein, eben nicht.«

»In der Version, die er dir aufgetischt hat, hat er genau das getan.«

»Nein, du hast mir nicht richtig zugehört. Er hat sie geschwängert, ja, aber er hat nicht gestohlen. Das hat er nur nach außen so dargestellt, um sie zu schützen.«

»Behauptet er, ja. Was soll er denn sonst erzählen?«

»Er hätte überhaupt nichts erzählen müssen, immerhin hat mein Vater alles für sich behalten.«

Dorotheas Mund verzog sich spöttisch. »Louisa, diese Art Männer ist manipulativ.«

»Du kennst ihn doch gar nicht.«

»Ich weiß, was du mir von ihm erzählt hast, und vermutlich erinnerst du dich daran, dass mein erster Eindruck von ihm war, dass er die Art Mann ist, die mindestens eine Frau in Schwierigkeiten gebracht hat. Und? Hatte ich recht?«

»Er... Ich bin mir sicher, es war nur die eine Frau. Und er hätte sie geheiratet, wenn sie gewollt hätte.«

»Behauptet er.«

Mittlerweile bereute Louisa, es ihr überhaupt erzählt zu haben. Früher einmal hatten sie einander alles erzählt, aber inzwischen kam es Louisa so vor, als würden sie zunehmend weit auseinanderdriften, und Dorothea legte allzu oft eine enervierende Besserwisserei an den Tag, als müsse sie einer unwissenden Louisa die Welt erklären. Sie bildete sich viel ein auf ihre Menschenkenntnis, und Louisa musste gestehen, dass sie oft richtiglag mit ihren Einschätzungen. Aber eben nicht immer. Und es ärgerte sie, dass es Dorothea in der Tat gelungen war, leisen Zweifel an Max' Geschichte in ihr zu wecken.

»Komm, gehen wir weiter«, sie erhob sich, »ehe wir hier festfrieren.«

Während sie den Rhein entlangspazierten, schlug Louisa unverfängliche Gesellschaftsthemen an, und schon bald verflog der Missklang zwischen ihnen, und es war, als hätte es den Streit seinerzeit nie gegeben. Schneereste hatten sich als grauer Matsch an den Straßenrändern gesammelt, während Gehsteige und Straßen im bleichen Licht der Laternen feucht schimmerten. Louisa mochte den Januar nicht, ihr kam es vor, als sei der Winter seiner selbst langsam überdrüssig, nun, da nicht mehr der feierliche Glanz des Dezembers darüberlag.

Als Louisa zwei Stunden später heimkam, lag das Haus still da, und Erich sagte, die gnädigen Fräulein Sophie und Mathilda hätten sich das Essen getrennt auf die Zimmer servieren lassen.

»Und mein Vater?«

»Ist noch außer Haus, gnädiges Fräulein. Soll ich das Essen auftragen lassen?«

»Nein, danke, ich habe schon gegessen.« Sie hatte Dorothea zu einem Abendessen eingeladen.

Auf dem Weg in ihr Zimmer sah Louisa erst bei Sophie ins Zimmer, um Bescheid zu sagen, dass sie da war, dann ging sie zu Mathilda, die auf ihrem Bett saß und in einem Journal blätterte. Im Gegensatz zu Sophie, die in schlechter Stimmung und entsprechend kurz angebunden gewesen war, begrüßte Mathilda Louisa mit einem Lächeln. Sie war inzwischen wieder in der Damenabteilung und schien sich mit der Situation arrangiert zu haben.

»Ich habe gerade ein paar schöne Kostüme für das Karnevalsschaufenster entdeckt«, sagte sie und hielt Louisa das Journal hin. »Was hältst du von einem Motto? Wir könnten es als venezianischen Karneval dekorieren und vielleicht eine Art Preisausschreiben machen, bei dem man eine Reise nach Venedig gewinnt oder so.«

Louisa griff nach dem Journal und blätterte es durch.

»Grundsätzlich ist das eine gute Idee, aber ist so eine Reise nicht ziemlich teuer?«

»Na ja, stimmt schon. Vielleicht fällt mir da noch was anderes ein.«

»Gehst du jetzt doch als Herr Falks Assistenz in die Werbung?«

»Nein, ich bleibe in der Damenabteilung.«

»Und was ist mit Sophie? Habt ihr euren Streit immer noch nicht beigelegt?«

»Ich wüsste nicht, was es da beizulegen gäbe. Sie ist wütend, weil ich mit Arjen Verhoeven befreundet bin, als sei es meine Schuld, dass ihr Interesse an ihm einseitig ist.«

»Du bist nicht verliebt in ihn?«

Entschieden schüttelte Mathilda den Kopf. »Wir sind Freunde, und ich sehe nicht ein, dass ich um Sophies willen darauf verzichte. Ich habe mit keiner einzigen Freundin bisher so interessante Gespräche geführt. Außerdem ist er nicht an mir interessiert, er hat eine Geliebte und möchte vorerst nicht heiraten.«

Als Louisa bald darauf nach einem Lesestündchen ihr Licht löschte, wollte der Schlaf nicht kommen, und die vormals bleierne Müdigkeit wich Rastlosigkeit, die dafür sorgte, dass Louisa sich von einer Seite auf die andere drehte. Und wenn an Dorotheas Vermutung doch etwas dran war? Wenn er das Geld gestohlen und diese junge Frau zu einer Abtreibung gedrängt hatte, um sein Renommee zu wahren? Wie hätte er dann in Louisas Fall reagiert? Im nächsten Moment kam sie sich schäbig vor, ihm dergleichen zu unterstellen, und schob den Gedanken von sich. Und doch spukte Max weiterhin durch ihren Kopf, indes das Verlangen nach ihm fortwährend in ihr glomm, gleich, wie entschieden sie versuchte, es zu ersticken. Es war gar, als lodere es immer weiter auf, je mehr sie versuchte, nicht daran zu denken.

Seit zwei Wochen hatte Louisa sich von Max ferngehalten, hatte es vermieden, in den Abendstunden mit ihm allein zu sein. Sie schalt sich irrsinnig, als sie sich erhob und die Decke beiseiteschob, vor dem Bett mit den Füßen nach den Pantoffeln suchte. Sollte das alles umsonst gewesen sein, nur weil es sie jetzt nach ihm verlangte? Sie zog ihren Morgenmantel über und ging zur Tür, sah sich im Korridor um und eilte zur Treppe. Kurz vermeinte sie, ein Geräusch gehört zu haben, hielt inne, blickte sich erneut um, konnte jedoch niemanden sehen, und ging rasch weiter.

Max' Wohntrakt lag im Dunkeln, und Louisa beschloss, wieder zu gehen, falls Max bereits im Bett lag. Auch aus seinem Zimmer drang kein Lichtschimmer, und sie drückte behutsam die Klinke der Tür hinunter. Wenn er bereits schlief, sagte sie sich, würde sie gehen. Langsam trat sie näher ans Bett, hörte das Bettzeug rascheln, wartete, bis ihre Augen sich an die Dunkelheit gewöhnten. Licht flammte auf, als Max die kleine Lampe neben seinem Bett einschaltete und Louisa ansah, halb aufgerichtet, abwartend.

Ohne ein Wort zu sagen ging sie zu ihm, ließ den Morgenmantel von den Schultern gleiten, und Max schlug die Decke zurück, umfing Louisa, als sie neben ihm ins Bett glitt. Es war das erste Mal, dass Max sie so behutsam liebte, das erste Mal, dass sie Zeit und Muße hatten, Küsse und Zärtlichkeiten zu tauschen. Max ließ sich Zeit, ihren Körper zu erforschen, was Louisa in atemlose Verzückung versetzte, und ermutigte sie, ihn auf dieselbe Weise kennenzulernen.

Später, viel später, als Louisa an seiner Brust lag und sich darauf konzentrierte, wieder zu Atem zu kommen, dachte sie, dass sie in diesem Moment nichts mehr wollte, als hier liegen zu bleiben, auf eine Art gesättigt, die ihren Körper in träge Zufriedenheit versetzte. Sie seufzte tief und kuschelte sich an ihn, indes Max' Arm sich enger um sie schloss und er mit den Fingern der anderen Hand in ihrem Haar spielte. Louisa wusste nicht, wie es nun weiterging, aber ihr war mit einem Mal bewusst, dass sie unmöglich dazu imstande wäre, einem anderen Mann mit ihrem Körper so viel Lust zu schenken, wie es ihr bei Max bereitwillig möglich war. Allein der Gedanke war unvorstellbar. Und das wiederum führte sie zu der Frage, ob es für Max mit ihr ebenso war wie mit den Frauen zuvor. War es nur für sie einzigartig? Würde der Tag kommen, an dem es ihn nach einer anderen Frau verlangte, weil das, was zwischen ihnen war, sich nur auf die körperliche Liebe beschränkte?

Louisa öffnete mehrmals den Mund, um eine entsprechende Frage zu formulieren, schwieg dann jedoch, weil sie den Moment nicht durch Eifersucht und kleinliches Insistieren zerstören wollte. Und wenn sie nun verliebt in ihn war? Wäre das so schlimm? Wollte sie denn wirklich noch, dass er wieder ging? Sie richtete sich auf, verschränkte die Arme auf seiner Brust und sah ihm ins Gesicht.

»Wie sieht meine Zukunft im Kaufhaus aus, wenn mein Vater sich zur Ruhe setzt?«

Er wirkte, als würde er in diesem Moment alles andere lieber tun, als sich zu unterhalten. »Wie bisher auch, denke ich. Vorausgesetzt, du bist dann noch unverheiratet. Wenn nicht, sieht die Sache ohnehin anders aus.«

Es war, als hätte er in diesem Moment einen Eimer kaltes Wasser über ihr ausgeschüttet, und es kostete Louisa alle Selbstbeherrschung, nicht aufzuspringen und aus dem Raum zu stürmen. Langsam glitt sie von seiner Brust und lehnte sich seitlich aus dem Bett, um auf dem Boden nach ihrem Nachthemd zu suchen.

»Willst du schon gehen?«

»Ja, ich möchte meinem Vater nicht über den Weg laufen.«

Er zog sie zurück auf das Kissen. »Da du nicht weißt, wann er kommt, ist das Risiko doch gleich groß, ob du jetzt gehst oder erst in einer Stunde.«

»Ja, aber ich ...«

Max jedoch erstickte ihren Protest mit einem Kuss, und obwohl sie eben erst geglaubt hatte, dass jedes Gefühl in ihr zerfallen war, loderte das Verlangen unter den Liebkosungen jäh wieder auf. Sie war verrückt geworden, dachte Louisa, während ihr Körper sich Max entgegenbog, ganz und gar verrückt, getrieben von Irrsinn und Gier, die nach nichts als Erfüllung strebte, gleich, welchen Preis es dafür zu zahlen galt.

Als sie sich schließlich aus seinem Bett erhob, zitterten ihr die Beine, und das Pochen in ihrem Innersten war gleichzeitig befriedigt und sehnsuchtsvoll. Sie zog sich Nachthemd und Morgenmantel an, erhob sich, beugte sich dann doch noch mal zu Max, um sich mit einem Kuss zu verabschieden, und verließ hernach das Zimmer.

Auf dem Weg zurück kämmte sie sich mit bebenden Fingern das Haar aus, flocht es mehr schlecht als recht beim Gehen zu einem Zopf und eilte die Treppe hinauf. Vielleicht war sie selbst schuld, sie hatte Max von Anfang an zu verstehen gegeben, dass sie nicht an ihm interessiert war und hatte immer wieder betont, dass auch ihre Liebesbeziehung bald ein Ende haben würde.

Sie betrat ihr Zimmer, zog den Morgenmantel aus, warf ihn achtlos auf einen Stuhl, schlug die Decke zurück und stieß ein erschrockenes Keuchen aus, als eine Gestalt mit einem Schrei hochfuhr.

»Grundgütiger, hast du mich erschreckt«, rief Sophie.

»Ich dich?« Louisa presste sich die Hand auf ihr wild schlagendes Herz. »Was machst du hier?«

»Auf dich warten, ich wollte nicht verpassen, wenn du von Max zurückkehrst.«

Ein kalter Schauer überlief Louisa. »Wie ... woher ...«

»Ich war kurz im Bad und habe dich die Treppe hinuntergehen sehen. Erst dachte ich, da ist ja nichts dabei, vielleicht möchtest du dir ein Glas Wasser holen oder so. Aber dafür hättest du dich nicht so auffällig umgesehen. Und wo könntest du wohl über Stunden geblieben sein, hm?«

Louisa setzte sich auf ihr Bett und rieb sich die Oberarme. »Erzähl es niemandem, ja?«

»Wofür hältst du mich? Schläfst du mit ihm?«

»Was sonst hätte ich wohl so lange dort tun sollen?«, murmelte Louisa.

»Besonders glücklich siehst du allerdings nicht aus. War es nicht gut?«

Zögernd schüttelte Louisa den Kopf. »Es war mehr als gut, ich ... Ich weiß nur nicht, wie es jetzt weitergeht.«

»Bist du verliebt in ihn?«

Tränen traten Louisa in die Augen, als sie die Schultern hob. »Ich weiß es nicht.«

»Und er?«

Wieder ein Schulterzucken, und Sophie stieß in einem ungeduldigen Schnauben die Luft aus. »Du lieber Himmel. Klärst du so etwas nicht, ehe du mit einem Mann ins Bett gehst?«

»Es ist einfach so passiert.«

»Heute?«

»Nein, letzten Herbst im Kaufhaus.«

»Da war Zeit genug für ein klärendes Gespräch, denkst du nicht?«

»Ich ... wir ...« Louisa stockte.

»Ich muss zugeben, ein kleines bisschen beneide ich dich um diese Erfahrung, aber diese Unsicherheit, was die Zukunft angeht, wollte ich um nichts in der Welt haben.«

»Du hast das noch nie getan, oder?«

»Nein. Ich hätte nicht einmal Arjen so weit gehen lassen, und der hätte schon mehr gedurft als jeder andere.« Sophie erhob sich. »Komm, wir haben jetzt ohnehin andere Sorgen. Papa ist noch nicht da.«

»Das ist doch nicht ungewöhnlich.«

»Doch, seit Olga im Spiel ist.«

»Denkst du, es ist von Dauer?«

»Meine Liebe, im Gegensatz zu dir hat Olga recht genaue Pläne, was eine Ehe angeht. Sie wird sich nicht mit einem Mann einlassen, ohne an Derartiges zu denken.« Das traf Louisa nun doch, und Sophie fügte hinzu: »Ich wollte damit nicht sagen ...«

»Doch, wolltest du. Aber die kleine Genugtuung sei dir gegönnt.« Louisa stand ebenfalls auf. »Was willst du jetzt tun?«

»Komm.« Sophie ging zur Tür, und obwohl Louisa müde war, folgte sie ihr.

Im Salon stand ein Telephon, eine wunderbare Erfindung, die vor zwei Jahren Einzug im Haus Marquardt sowie im Kaufhaus gehalten hatte. Sophie griff zum Hörer und ließ sich mit Olga Wittgenstein verbinden. Beim Warten tippte sie mit den Fingernägeln einen ungeduldigen Rhythmus auf den Tisch.

»Denkst du, sie wird zugeben, dass er bei ihr ist?«, fragte Louisa zweifelnd.

Sophie hob die Hand, gebot ihr zu schweigen. »Guten Abend, Olga«, zwitscherte sie zuckersüß in den Hörer. »Es tut mir leid, dass ich dich so spät störe, hast du schon geschlafen? Ah, dann habe ich dich zumindest nicht geweckt. Ich wollte auch nur fragen, ob mein Vater bei dir ist.« Sie lauschte, nickte. »Ich würde nicht stören, aber Louisa ist noch nicht daheim, und ich mache mir Sorgen.« Nun glitt ein Lächeln über ihre Lippen. »Ist gut, danke.« Sie wartete, und Louisa starrte sie an. »Ja, Papa? Schon gut, sie kommt gerade zur Tür rein. Gute Nacht.« Sophie hängte auf.

»Bist du verrückt geworden?«, schimpfte Louisa. »Was soll ich ihm denn erklären, wo ich um diese Uhrzeit herkomme?«

»Aus Max' Bett wäre vermutlich keine gute Idee, oder?«

Louisa glaubte, einen hämischen Unterton zu hören, und sah sie prüfend an, ihre Schwester jedoch erwiderte den Blick arglos.

»Keine Sorge«, sagte Sophie. »Ich habe es dir versprochen, ich verrate nichts. Es ist ja nicht mein Problem, wenn du deinen Wert auf dem Heiratsmarkt derart schmälerst.«

Dabei war ihr Wert auf dem Heiratsmarkt wahrlich Louisas geringste Sorge.

Als reiche das Maß an familiären Unstimmigkeiten noch nicht, lieferten sich Louisa und Sophie nun auch noch einen handfesten Streit mit ihrem Vater am Frühstückstisch, als Caspar Marquardt wissen wollte, woher Louisa zu so später Stunde gekommen war. Da Mathilda keine Ahnung hatte, wovon die Rede war, sah sie die drei irritiert an.

»Ich bin gar nicht aus gewesen«, verteidigte sich Louisa. »Das war nur, damit Olga dich ans Telephon holt.«

Der Blick ihres Vaters wanderte zu Sophie, die herausfordernd das Kinn hob. Mathilda folgte dem Disput stirnrunzelnd.

»Und was sollte dieses alberne Spiel?«, fragte ihr Vater, nun an Sophie gewandt. »Bin ich euch seit neuestem Rechenschaft schuldig über meinen abendlichen Verbleib oder meinen Umgang?«

»Muss es ausgerechnet Olga sein?«, entgegnete Sophie.

»Über dergleichen werde ich sicher nicht mit euch diskutieren.«

»Aber...«

Er schlug mit der flachen Hand auf den Tisch, und die Schwestern zuckten erschrocken zusammen. »Schluss jetzt. Ich dulde das nicht, hörst du?«, fuhr er Sophie an. »Mir hinterherzutelephonieren und dabei zu lügen.«

»Und wenn wir nicht dulden, dass du zu Olga gehst?«

»Glücklicherweise brauche ich eure Erlaubnis nicht.« Er wandte sich an Louisa. »Wenn du dich nächtens herumgetrieben hast, bekomme ich das raus.«

»Ich sagte schon, ich war nicht aus.«

»Sie war tatsächlich die ganze Nacht daheim«, versicherte nun auch Sophie. »Frag Max, der kann das bestätigen.«

Louisas Augen weiteten sich erschrocken, als sie Sophie anstarrte, und dieser Blick war so offensichtlich, dass ihr Vater – würde er nicht in diesem Moment Sophie ansehen – sofort erkannt hätte, was auch Mathilda in diesem Moment klar wurde. Grundgütiger, dachte sie.

»Dass Max sich bis in die Morgenstunden bei euch aufhält, möchte ich ja wohl nicht hoffen«, sagte er.

»Nein, natürlich nicht«, antwortete Sophie und lächelte.

Misstrauisch verengte ihr Vater die Augen, und Mathilda hoffte, dass er es dabei beließ. Um einer Fortsetzung dieses unerquicklichen Themas zuvorzukommen, erhob sie sich rasch. »Es wird Zeit«, sagte sie.

Ihr Vater warf einen Blick auf die Uhr und stand ebenfalls auf, gefolgt von Louisa, während Sophie sich in aller Seelenruhe noch eine Tasse Kaffee einschenkte.

»Na dann, auf mit euch in die Arbeitswelt«, sagte sie. »Ich komme später nach und bringe Papas Geld wieder in den Umlauf.«

Dafür erntete sie einen jener tadelnd-nachsichtigen Blicke, die ihr Vater stets allein für Sophie zu reservieren schien, dann brachen sie auf. Das bleiche Licht der Straßenlaternen erhellte die Straße vor dem Haus, und in der feuchtkalten Luft lag der Geschmack kommenden Regens. Erich wurde losgeschickt, um Max Bescheid zu geben, der ausrichten ließ, er werde später zu Fuß nachkommen. Glücklicherweise verlief die Kutschfahrt schweigsam, denn jeder hing in den wenigen Minuten den eigenen Gedanken nach.

Während Mathilda kurz darauf Richtung Lager der Damenabteilung ging, nahm sie sich vor, Louisa demnächst auf die Sache mit Max anzusprechen. Sie hob einen Schal auf, der von einer Schaufensterpuppe gerutscht war, hängte Mantel und Tasche an den dafür vorgesehenen Haken und dachte über ihren Vater und Olga nach. Da ihr die ganze Angelegenheit mit der Stelle bei Arjen bereits Magenschmerzen verursachte, war die Tatsache, dass ihr Vater möglicherweise im Begriff war, eine tiefergehende Beziehung mit Olga einzugehen, durchaus dazu angetan, ihr fortlaufende Übelkeit zu bereiten. Wenn sie für Arjen arbeitete, bräuchte sie zumindest keine Angst mehr davor zu haben, dass Olga sie im Falle einer Erbschaft aus dem Kaufhaus warf. Andererseits war gerade das tückisch, denn ihr Vater würde sich von ihr betrogen fühlen, und Olga würde das zu nutzen wissen. Mathilda war noch nicht volljährig und konnte sich daher Olgas Einflussnahme im Hause Marquardt nicht entziehen, sollte diese ihre Stiefmutter werden. Sie würde durchhalten müssen bis zu ihrem einundzwanzigsten Lebensjahr und dann zusehen, eine eigene Wohnung zu finden.

Noch war es jedoch nicht so weit, und so schob Mathilda sowohl den Gedanken an Olga als auch an das bevorstehende Geständnis ihrem Vater gegenüber beiseite. Stattdessen widmete sie sich einer Auswahl von Kleidern für eine Kundin, die nachmittags kommen wollte, und ging in ihrer Frühstückspause kurz nach oben, um sich die Werbeentwürfe für das *Gesicht des Kaufhauses* anzusehen. Endlich konnte es damit losgehen.

»Und was«, sagte Herr Schmitz, »wenn eine dicke Frau

mit feistem Gesicht gewinnt, deren Augen hinter Speckwülsten verschwinden? Nehmen wir dann die übernächste?«

Wie oft noch?, fragte sich Mathilda entnervt. »Sollte ein solches Extrem gewinnen, werden wir auch diese Frau hübsch einkleiden und zurechtmachen. Und sie wird hier als glückliche Kundin rausgehen und viel Werbung für uns machen. Warten wir also erst einmal ab, ja?«

Als sie in die Abteilung zurückkehrte, waren sowohl Olga als auch Sophie anwesend, und obwohl sie in einiger Entfernung zueinander standen, war die Spannung mit Händen zu greifen. Mathilda ignorierte beide und entdeckte zu ihrer Freude Nina von Beltz, die sich ebenfalls suchend in der Abteilung umsah, ohne dass eine Verkäuferin Anstalten machte, ihr Hilfe anzubieten. Ihre Trennung hatte sich herumgesprochen, Geld war von ihr nicht zu erwarten. Vermutlich hätte man sie am liebsten rausgeworfen.

Mathilda ging auf sie zu. »Frau von Beltz, wie reizend.«

Nina von Beltz schenkte ihr ein scheues Lächeln. »Ich war gerade in der Stadt unterwegs und dachte mir, ich schaue mal vorbei.« Es war unmöglich, sich diese Frau als verruchte Lebedame vorzustellen, als die Mathildas Angestellten sie stets bezeichneten.

»Das freut mich. Wie ist es Ihnen in den letzten Wochen ergangen?«

»Der älteste Sohn meines Mannes war bei mir und hat mich darum ersucht, zu ihm zurückzukehren.«

Das war in der Tat verblüffend. »Ich habe Ihren Mann vor einigen Tagen getroffen«, antwortete Mathilda, »und da wirkte er sehr niedergeschlagen.«

»Sie zu treffen und an jenen Tag erinnert zu werden, der so

glücklich verlief, war für ihn wohl eine Art Wink des Schicksals. Er hat seine Söhne zur Rede gestellt und ihnen gedroht, sein Vermögen an die Kolonien in Afrika zu vererben.« Nun wich das scheue Lächeln einem ungläubigen Erstaunen.

»Und was tun Sie nun?«

»Ich befürchte, ich weiß es nicht.«

»Aber warum denn nicht?«

»Weil sich im Grunde genommen nichts ändert. Seine Söhne werden mich widerwillig akzeptieren, weil sie um ihr Erbe fürchten. Die Gesellschaft wird sich diesbezüglich nicht ändern.«

Diese Zögerlichkeit begann Mathilda zu ärgern. »Wissen Sie, diese Art von Freunden könnte mir gestohlen bleiben. Wenn ich heirate und meine Freunde brechen mit mir, weil sie meinen Mann nicht akzeptieren, dann verzichte ich eher auf die Freunde als auf den Mann. Freunde, die einen verlassen, weil man nicht in ihrem Sinne handelt, sind alles, aber keine echten Freunde.«

Nina von Beltz schwieg.

»Wenn Sie ihn lieben, entscheiden Sie nicht für ihn, sondern lassen Sie ihn selbst entscheiden, was er tun möchte.«

»Letztes Mal wirkten Sie verständnisvoller, was meine Entscheidung anging.«

»Ja, mittlerweile wurden mir sozusagen die Augen geöffnet. Ihr Mann tut mir leid, er wirkte glücklich an Ihrer Seite, und das nehmen Sie ihm einfach.«

Nun flackerte Ärger in Nina von Beltz' Augen auf, gefolgt von Traurigkeit. »Ich ... ich weiß nicht, was das Richtige ist.« Sie sah sich um. »Und nun würde ich gerne meine mageren Ersparnisse in ein Kleid investieren.«

Obwohl Mathilda die plötzliche Wende des Gesprächs irritierte, nickte sie nur. »Sehr gerne. Woran dachten Sie?«

»An etwas, das sowohl dazu angetan ist, meinem Ehemann zu gefallen, falls ich zu ihm zurückkehre, als auch, um ein Bewerbungsgespräch durchzustehen, falls ich mich für das Alleinsein entscheide.«

»Schwierig, aber ich liebe Herausforderungen.« Mathilda lächelte. Es war in der Tat schwierig, das Passende zu finden, aber nach einigem Suchen hatte Mathilda eine Auswahl von vier Kleidern, die sie Nina von Beltz nacheinander in den Ankleideraum brachte.

Während sie wartete, ließ sie den Blick durch die Abteilung schweifen. Sophie ließ sich ein französisches Modellkleid zeigen, Olga schlenderte scheinbar ziellos umher. Sie war in letzter Zeit oft hier, meist, ohne etwas zu kaufen. Aber das lag wohl weniger an mangelndem Interesse als vielmehr an den fehlenden Mitteln, denn – und das musste man ihr zugutehalten – bezahlen ließ sie sich nichts von Caspar Marquardt. Vermutlich weil sie ahnte, dass der Weg von einer bezahlten Geliebten zur Ehefrau nahezu unmöglich war.

»Ich glaube, mir gefällt das grüne am besten«, hörte sie Nina von Beltz sagen und drehte sich um, musterte die junge Frau in dem Kleid, dessen Schnitt ihre Figur und dessen Farbe ihre Augen betonte.

»Sehr hübsch«, bestätigte sie. »Wobei Ihnen das in Cremebeige auch sehr gut stand.«

»Ja, aber ich glaube, das hier gefällt mir besser.« Sie zog es aus, und Mathilda packte es in eine Schachtel und schrieb den Kassenbon, den sie Nina von Beltz reichte.

»Vielen Dank.«

»Jederzeit gerne wieder.« Mathilda brachte die Schachtel zur Kasse, wo sie Frau von Beltz, sobald sie bezahlt und der Bon von dem Kassierer abgezeichnet war, ausgehändigt bekam.

Als sie in die Abteilung zurückkehrte, war Olga gegangen, und Sophie schien sich endlich entschieden zu haben. Allerdings wurde ihre Aufmerksamkeit nun von einem gänzlich anderen Vorfall in Anspruch genommen, denn eine Frau klagte lauthals, ihr sei die Geldbörse gestohlen worden. Da weder die Detektivin noch die Angestellten etwas bemerkt hatten, versuchte man nun zu rekonstruieren, wann die Dame die Geldbörse das letzte Mal gesehen hatte und wer in ihre Nähe gekommen war.

»Ich habe in der Buchhandlung eingekauft«, sagte sie. »Und danach war ich hier.«

»Kann sie auf dem Weg hierher gestohlen worden sein?«, fragte die Detektivin.

»Das ist unmöglich, meine Tasche war verschlossen.«

Mathilda bat Marie Schwanitz, Max zu holen. Dabei entging ihr nicht, dass die junge Verkäuferin errötete, als sie beinahe schon zu eifrig sagte, sie werde das umgehend tun.

»Was ist passiert?«, fragte Sophie, deren Neugierde offenbar über die Abneigung siegte.

»Eine Kundin wurde bestohlen«, antwortete Mathilda. Da Johanna Sandor sich um die Angelegenheit kümmerte, blieb sie zunächst auf Distanz und beobachtete die Sache nur. Es war wichtig, dass jetzt keine Unruhe in der Abteilung aufkam. Allerdings sahen bereits einige Kundinnen in ihre Taschen, um sich zu vergewissern, dass sie nicht auch bestohlen worden waren.

Mathilda bemerkte den Blick, den Wilhelmina Haas ihr zuwarf, und sie musste an sich halten, sie nicht anzufahren. Mit Unbehagen dachte sie an das letzte Mal, als das Diebesgut in ihrer Tasche aufgetaucht war, und sie wäre am liebsten in das Lager gelaufen, um nachzusehen, ob es dieses Mal wieder so war. Allerdings traute sie sich das angesichts des forschenden Blickes nicht und ärgerte sich gleichzeitig darüber.

»Was ist passiert?« Max betrat die Abteilung und wurde von Mathilda rasch ins Bild gesetzt.

»Und gesehen hat niemand etwas?«

»Nein, offenbar hat sich hier niemand Verdächtiges aufgehalten.« Die Detektivin, Frau Gräf, war in der Tat sehr aufmerksam und hatte bereits einen Diebstahl verhindert, als eine Frau versucht hatte, mehrere wertvolle Seidenschals einzustecken. Allerdings hatten sie hier selten damit zu kämpfen, Ladendiebstahl kam eher bei den Bijouterien vor oder bei den Dekorationsgegenständen.

Max ging genauso vor wie beim letzten Mal, ließ sich den genauen Verlauf schildern und bat schließlich, in die Taschen sehen zu dürfen, als klar wurde, dass außer den Angestellten niemand Zugang zu der Tasche der Frau gehabt hatte. »Ich habe sie die ganze Zeit bedient«, versicherte Anette Kruse. »Nur in der Umkleidekabine war sie allein.«

Es war ein unangenehmes Prozedere, und während Mathilda beobachtete, wie eine Dame nach der anderen ins Lager ging, um Max ihre Tasche zu zeigen, beschlich sie zunehmendes Unbehagen.

»Sie stehen vermutlich über den Verdächtigungen, nicht wahr?«, sagte Wilhelmina Haas. »Sogar das ehrbare Fräulein

Sandor zeigt den Inhalt der Tasche, um für sich keine Sonderrechte in Anspruch zu nehmen.«

Im Grunde genommen hatte sie recht, und es wäre eine freundliche Geste gewesen, sich der Überprüfung ebenfalls zu stellen.

»Wäre Ihr Vater nicht Caspar Marquardt, wären Sie von der Kontrolle nicht ausgenommen«, ätzte Wilhelmina Haas weiter.

Mathilda presste die Lippen zusammen und hielt an sich, keine wütende Antwort zu geben. Im Grunde genommen stimmte das. Sie war nicht verdächtig, weil sie die Tochter ihres Vaters war, und natürlich war das ungerecht. Jede andere Angestellte in ihrer Position wäre ebenfalls durchsucht worden. Sie sah zum Lager und hob das Kinn. »Ich nehme mich keineswegs aus.«

»Herr Dornberg oder Frau Gräf werden Sie wohl kaum öffentlich anschwärzen, selbst wenn er oder sie das Diebesgut bei Ihnen entdecken würde. Vermutlich würden sie Ihre Tasche in dem Fall nicht einmal öffnen, das können wir hier draußen ohnehin nicht kontrollieren.«

»Dann kommen Sie doch einfach mit«, fauchte Mathilda und bereute dies umgehend, doch zurücknehmen konnte sie die Aufforderung nicht, und so begleitete Wilhelmina sie ins Lager.

An Max' Seite stand die Detektivin Frau Gräf und inspizierte Marie Schwanitz' Tasche. Deren Blicke hingegen hingen an Max, der dies nicht zu bemerken schien. Ob das mit Louisa etwas Ernstes war? Andererseits war wohl nicht anzunehmen, dass er mit einer Frau wie ihr einfach eine Affäre einging, dafür würde auch Louisa nicht zu haben sein. Aber warum dann diese Geheimniskrämerei? Sie konnte nicht ernsthaft denken, ihr Vater sei nicht einverstanden.

»Was gibt es?«, fragte Max.

»Ich öffne meine Tasche«, antwortete Mathilda. »Fräulein Haas denkt, ich sei es gewesen, und wir würden das alle vertuschen.«

Wilhelmina lief rot an. »Das habe ich nicht gesagt, ich …« Sie verstummte. »Ich finde es nur gerecht, wenn alle überprüft werden, das schafft sonst böses Blut.«

Max lächelte sie freundlich an. »Wie aufmerksam, dass Sie extra mitkommen, um zu überprüfen, dass ich und Frau Gräf unserer Aufgabe auch mit der nötigen Sorgfalt nachkommen.«

Die Röte in Wilhelminas Wangen vertiefte sich. Mathilda nahm indes ihre Tasche vom Haken und ging zu Max. Sie holte tief Luft und öffnete die Tasche. Nichts. Erleichtert stieß sie den Atem wieder aus und sah Wilhelmina an. Die zuckte nur mit den Schultern und verließ das Lager wieder.

Wenn sie wüsste, wer ihr seinerzeit die Uhr in die Tasche gesteckt hatte, müsste sie nicht bei jedem Diebstahl nervös werden, dachte Mathilda. Zwar konnte sie dieses Mal erleichtert sein, aber sollte sie jetzt jedes Mal Angst haben, wenn etwas abhandenkam? Sie hatte bereits überlegt, ihren Mantel und ihre Tasche im Bureau ihres Vaters aufzubewahren, aber das hätte nur zu Fragen geführt, und womöglich würde man gar vermuten, sie unterstelle den Verkäuferinnen, ihr Eigentum zu entwenden.

Zur Mittagspause war Mathilda mit Arjen verabredet, und da sie schon spät dran war, beeilte sie sich, ihren Mantel zu holen. Sie ging durch den Verkaufsraum, als ihr etwas

Schweres aus der Manteltasche fiel. Irritiert drehte sie sich um und bemerkte eine fremde Geldbörse. Ihr stieg das Blut ins Gesicht. Aus einem Impuls heraus sah sie sich rasch um, um zu überprüfen, ob jemand bemerkte, was sie tat, dann kickte sie die Börse von sich, und diese schlitterte unter einen Ständer mit Nachmittagskleidern. Gezwungen ruhig verließ sie die Abteilung, hoffte, jemand werde die Börse bemerken, ehe sie zurückkehrte. Sie spürte ihren hämmernden Herzschlag in der Kehle und widerstand dem Drang, als Erstes zu ihrem Vater zu laufen. Wenn dieser nun in die Abteilung kam und die Geldbörse dort fand, würde das mehr Aufsehen erregen, als wenn eine Verkäuferin zufällig darauf stieß. Mathilda würde abends mit ihrem Vater sprechen, und dann mussten sie überlegen, was zu tun wäre.

TEIL III

»Wissen, wie man verkauft, verkaufen können
und verkaufen.«

*Honoré de Balzac,
Das Haus zur ballspielenden Katze*

9

Februar 1909

Die Dekoration im Stil eines venezianischen Karnevals kam gut an, und die Kostüme wurden rege gekauft. Mathilda hatte richtiggelegen mit ihrem Dekorationsvorschlag, aber daran hatte Louisa ohnehin nicht gezweifelt. Da ihrem Vater die Idee ebenfalls gefiel, hatte Mathilda eines der Fenster für Karneval dekorieren dürfen, und erstaunlicherweise war Herr Falk ihrer Idee gefolgt, für jedes Fenster ein anderes Karnevalsmotiv zu wählen.

Mathilda hatte Louisa auf Max angesprochen, nur in Andeutungen, aber das hatte gereicht, um Louisa wissen zu lassen, dass sie künftig vorsichtiger sein musste. Obwohl sich Louisa ihrer eigenen Gefühle so unsicher und ihr das Risiko bewusst war, hatte sie sich ein weiteres Mal nachts zu ihm geschlichen, und es war beinahe noch schöner gewesen als beim letzten Mal. Und natürlich war es hernach wieder passiert...

»Ist dein Kostüm schon fertig?«, fragte Sophie, als sie morgens beim Frühstück saßen.

»Ja, gestern wurde es geliefert.«

»Was wird es?«

»Lasst euch überraschen.« Louisa zeigte ihr Kostüm immer erst an Fastnacht, und Sophie versuchte jedes Jahr herauszufinden, was es war.

»Damit ich nicht am Ende mit dem gleichen Kostüm dastehe«, erklärte sie stets.

»Das wird nicht passieren«, war Louisas immergleiche Antwort. Und bisher war es auch nie passiert.

Da sie nach der letzten Nacht mit Max später aufgewacht war, hatte sie am Frühstückstisch nur noch Sophie vorgefunden. Sie ging zu Fuß zum Kaufhaus, als das erste zarte Rot den Himmel über den Dächern der Stadt färbte. Es hatte über Nacht gefroren, und Louisa stand der Atem vor dem Mund, während sie, die Hände im Muff verborgen, rasch ausschritt.

Die Wärme im Kaufhaus empfand sie im ersten Moment als angenehm, dann jedoch trieb ihr diese das Blut in die Wangen, und ihr brach der Schweiß aus. Auf dem Weg zum Aufzug knöpfte Louisa den Mantel auf und lockerte den Schal.

»In das dritte Obergeschoss«, wies sie die Liftführerin an und zog die Handschuhe aus.

Im obersten Geschoss angekommen ging sie zum Bureau ihres Vaters, öffnete mit einem fröhlichen »Guten Morgen« die Tür und sah ihren Vater irritiert an, als dieser den Gruß deutlich zurückhaltender erwiderte.

»Ist etwas passiert?«, fragte sie.

»Ja, das kann man so sagen.« Er hielt ihr die Zeitung hin. »Hast du dafür eine Erklärung?«

Louisa legte den Mantel achtlos über einen Stuhl, ließ ihre Handtasche zu Boden gleiten und ging zum Schreibtisch ihres Vaters, um die Zeitung entgegenzunehmen. Die Überschrift sprang ihr förmlich ins Gesicht, und ihr stockte der Atem. Sie musste den Text nicht einmal lesen, um zu wissen, welche Geschichte er enthielt.

Ein Erbe mit fragwürdigem Leumund

»Grundgütiger«, murmelte sie und las mit einem flauen Gefühl im Magen den Artikel. Es wurden keine Namen genannt, und doch war klar, um wen es ging, als von einem Dieb und Verführer gesprochen wurde, dem Erben eines großen Hauses, der nicht nur die jetzige Erbin verdrängte, sondern sich schon früher nicht entblödete, eine junge, von ihm verführte und geschwängerte Frau zu beschuldigen, deren Abtreibung er bezahlt hatte. Der Artikel ließ sich ausführlich über die Rechte von Frauen aus und über die mangelnden Möglichkeiten, die ihnen zur Verfügung standen in einer Welt von Männern, die keine Skrupel kannten.

»Max sagt, außer dir habe er die Geschichte niemandem erzählt, und angesichts dessen, dass Dorotheas Verlobter der Schreiberling ist, lässt das nur einen Schluss zu, denkst du nicht?«

Louisa wurde schwindlig, und sie ließ die Zeitung sinken. »Was«, sie musste sich mehrmals räuspern, ehe sie den Satz beenden konnte, »was hat Max dazu gesagt?«

»Was denkst du wohl?«

»Ich ...«, sie fuhr sich mit der Zunge über die trockenen Lippen, »ich wollte doch nie, dass sie es Franz erzählt und der es gar ...«

»Nein, davon gehe ich aus, dass du das nicht wolltest, aber es ändert nichts, nicht wahr? Ich verstehe nicht, warum Max es dir überhaupt erzählt hat.«

»Ich habe insistiert, weil ich gemerkt habe, dass etwas zwischen euch nicht stimmt.«

»Und warum hast du es Dorothea erzählt?«

»Es war so, wie man es einer Freundin halt erzählt. Im Vertrauen.«

Ihr Vater nickte. »Nun gut, der Schaden ist angerichtet. Wir müssen zusehen, dass so wenig Staub wie möglich aufgewirbelt wird.«

»Was wirst du tun?«

»Erst einmal abwarten.«

Louisa hängte ihren Mantel und ihre Tasche mit fahrigen Bewegungen auf, ihr zitterten die Hände. Dann hielt sie inne und zog ihn wieder an.

»Wo willst du hin?«

»Kurz etwas erledigen. Ich bin gleich wieder da.« Sie verließ das Arbeitszimmer ihres Vaters, hielt einen Moment vor der Tür von Max' Bureau inne, widerstand jedoch dem Drang, zu ihm zu gehen und alles zu erklären, und setzte ihren Weg den Korridor entlang fort, ließ sich mit dem Aufzug nach unten fahren und eilte zum Eingangsportal. Auf der Straße nahm sie sich eine Droschke und fuhr zum Hause Tiehl. Sie war so wütend, dass es ihr fast den Atem nahm.

Vor dem Haus von Dorotheas Eltern bezahlte sie den Kutscher und zog heftiger als nötig am Klingelstrang. Das Dienstmädchen öffnete die Tür. »Guten Morgen, Fräulein Marquardt. Fräulein Tiehl sitzt noch beim Frühstück.«

»Danke, ich finde den Weg.« Ohne dem Mädchen die Möglichkeit einer Erwiderung zu geben, lief Louisa an ihr vorbei ins Morgenzimmer.

»Ich habe es dir im Vertrauen erzählt!«, rief sie, kaum, dass sie die Tür zum Raum aufgestoßen hatte.

Außer Dorothea saßen dort auch ihre Eltern und ihr Bruder, und alle blickten erstaunt auf. Nur Dorothea schien zu ahnen, worum es ging. »Ist der Artikel schon erschienen?«, bestätigte sie auch sogleich die Vermutung.

»Das ist so perfide!«

»Würde mich jemand aufklären?«, fragte Herr Tiehl. »Louisa, was ist passiert?«

»Ich habe Dorothea eine Geschichte im Vertrauen erzählt, und heute steht sie in der Zeitung mit Frank als Verfasser.« Louisa war vor Zorn und Fassungslosigkeit den Tränen nahe.

Herr und Frau Tiehl wandten sich an ihre Tochter. »Stimmt das?«, fragte Dorotheas Vater.

»Es ging in dem Artikel doch überhaupt nicht um dich«, verteidigte sich Dorothea an Louisa gewandt. »Ich meine, ich dachte mir schon, dass es dir nicht gefällt, aber es geht um die Sache, und ich nehme an, daran ist auch dir gelegen. Du willst den Kerl doch ohnehin los sein.«

»Erst beschimpfst du mich, weil du denkst, es sei auf eine verquere Art meine Schuld, weil dein Vater sein Unternehmen verliert ...«

»Ist das wahr, Dorothea?«, fragte Herr Tiehl.

»Und dann«, fuhr Louisa unbeirrt fort, »versöhnen wir uns, und das Erste, was ich dir hernach im Vertrauen erzähle, findet seinen Weg in die Zeitung!«

»Herrje, es geht um Frauenrechte. Um die Art, wie mit einer unbescholtenen Frau umgegangen wird, weil ein Mann sie verführt, nicht heiraten möchte und sich hernach mit dem Geld des Vaters die Taschen füllt.«

Louisa schüttelte nur sprachlos den Kopf.

»Um wen geht es eigentlich?«, fragte Frau Tiehl.

»Um den Erben ihres Vaters«, erklärte Dorothea. »Max Dornberg. Der hat gestohlen, eine Frau geschwängert und diese zur Abtreibung gedrängt. Und hernach hat er den Diebstahl der Frau in die Schuhe geschoben.«

Wieder schüttelte Louisa nur den Kopf. Dann wandte sie sich abrupt ab und verließ den Raum.

»Louisa! Warte doch.« Dorothea eilte ihr nach. »Hör zu, es war nicht böse gemeint, wirklich nicht. Ich würde doch niemals ein echtes Geheimnis von dir verraten. Aber verstehst du nicht, warum das wichtig ist?«

»Du tust unserer Sache keinen Gefallen, weißt du das?« Louisa war bereits an der Tür. »Menschen wie du und Frank sind der Grund, wenn es sich für uns Frauen nicht bessert. Weil ihr in der Wahl eurer Mittel auch vor Lug und Trug nicht zurückschreckt.«

Dorothea war blass geworden. »Es tut mir leid, wenn das dein Eindruck ist. Aber er lügt dich an, glaub mir.«

»Dir ist wirklich nicht zu helfen.« Louisa legte die Hand auf den Türgriff, dann drehte sie sich ein weiteres Mal um. »Ich schlafe übrigens mit ihm. Setz das doch als Nächstes in die Zeitung.« Damit öffnete sie die Tür und ging hinaus, ohne sich noch einmal umzusehen. Glücklicherweise bekam sie sofort eine Droschke und ließ sich zurück zum Kaufhaus bringen. Jetzt kam das schwerste Gespräch. Das mit Dorothea hatte sie angetrieben von Zorn geführt, das hatte es leichtgemacht. Bei Max war das diffiziler, da war es nicht nur Reue, da standen auch die eigenen Gefühle im Weg.

»Wo warst du?«, fragte ihr Vater, als sie erneut sein Bureau betrat.

»Bei Dorothea.« Louisa hängte ihren Mantel auf. »Sie denkt, sie habe das Richtige getan, und war nicht vom Gegenteil zu überzeugen.«

»Tatsächlich?«

»Wo ist Max?«

»In seinem Bureau. Willst du mit ihm sprechen? Er ist ziemlich wütend.«

»Ja, es ist wohl besser, ich bringe das rasch hinter mich.« Sie nickte ihrem Vater zu und ging hinüber in Max' Arbeitszimmer.

»Ich weiß, dass du mir böse bist«, kam sie ihm zuvor. »Und es tut mir leid.«

Er erhob sich von seinem Platz, die Lippen zusammengepresst, die Augen verengt, eine Falte zwischen den Brauen, direkt über der Nasenwurzel. Am schlimmsten jedoch war sein Blick, die Kälte, die Wut. Louisa hatte ihn noch nie so erlebt. »Es tut dir leid? Tatsächlich?«

»Ich habe es Dorothea im Vertrauen erzählt.«

»Ja, so wie ich dir zuvor, nicht wahr?«

»Ich wusste doch nicht, dass sie es in die Zeitung setzt.«

Dafür hatte er nur ein höhnisches, kurzes Lachen. »Du hast nicht nur mich bloßgestellt, sondern auch meinen Arbeitgeber aus Frankfurt und seine Tochter. Wenn er das zu sehen bekommt...« Max fuhr sich mit beiden Händen durch die Haare, und Louisa ging zu ihm, legte ihm eine Hand auf den Arm.

»Es tut mir so leid, wirklich.«

Der Zorn, mit dem er sie ansah, ließ sie zurückweichen, aber Max ergriff ihren Arm, zog sie näher zu sich. »So? Leid tut es dir?«

In diesem Moment wurde Louisa in erschreckender Klarheit bewusst, dass sie ihn niemals verlieren wollte. »Ja«, antwortete sie kaum hörbar.

Er senkte den Mund, küsste sie so hart, dass Louisa erst zurückzuckte, dann jedoch schlang sie die Arme um ihn und erwiderte den Kuss. Max hob sie auf seinen Schreibtisch und löste hastig Knöpfe und Ösen.

»Jemand könnte...« Ihr Widerspruch verstummte unter seinem Kuss, und schon bald war es Louisa gleich, ob jemand hereinkam, als die Welt um sie und Max zusammenschmolz. Sie kam ihm entgegen und presste das Gesicht an seine Schulter, um ihr Keuchen zu ersticken. Das Verlangen zersprang in ihr, und sie hielt sich an Max fest, hob den Kopf, küsste ihn, spürte ihn in ihren Armen erschauern.

Er hielt einen Moment inne und richtete sich schließlich ein winziges Stück weit auf, so dass sein Gesicht nur einen Zoll von ihrem entfernt war. »Es ist aus«, sagte er.

Louisa starrte ihn an, und die Demütigung, die sie in diesem Moment empfand, nahm ihr die Luft, als Max so kalt alles zwischen ihnen beendete, während sein Körper gerade eben noch ein Teil von ihrem gewesen war, während sie immer noch den Nachhall jener Gier spürte, die sie in seine Arme getrieben hatte. Sie holte rasch und tief Atem, indes Max sich von ihr löste, tat einen weiteren hastigen Atemzug, rutschte von dem Schreibtisch, richtete ihre Kleidung und wollte nur hinausstürmen, als sie Schritte vor der Tür hörte. Eilig riss sie das Fenster auf und hielt ihr erhitztes Gesicht an die frische Luft.

»Du kannst es nicht einfach beenden«, sagte sie, ohne ihn anzusehen. Nicht jetzt, da sie sich endlich darüber im Klaren war, was sie wollte.

»Davon redest du doch von Anfang an, davon, dass wir aufhören müssen. Also hören wir auf.«

»Aber nicht auf diese Weise.«

»Du hast mich verraten, Louisa. Wie sollen wir es sonst beenden?«

»Und warum hast du dann jetzt gerade...«

»Weil es eine gute Methode war, meine Wut abzureagieren. Ich hätte sonst einige wirklich hässliche Dinge zu dir gesagt.«

Die Tür wurde geöffnet, und Caspar Marquardt betrat den Raum. Sein Blick flog zu Louisa, und diese hoffte, er würde ihr nicht ansehen, wie nahe sie den Tränen war.

»Max, es war sicher unklug von ihr«, sagte er. »Aber mit dergleichen hat sie nicht rechnen können.«

Max zuckte nur mit den Schultern. »Ich streite nicht mit ihr. Für mich soll es damit gut sein.«

Ihr Vater wandte sich an Louisa, lächelte, schien etwas sagen zu wollen, aber sie stürmte an ihn vorbei aus dem Raum. »Was...«, hörte sie ihn noch sagen, ehe sie die Tür hinter sich ins Schloss zog. Ohne innezuhalten, eilte sie in die Waschräume für Damen, stützte sich mit den Händen auf einem Waschbecken ab, würgte an Tränen, die nun nicht mehr kommen wollten, und blickte schließlich auf, besah sich ihr fleckiges Gesicht im Spiegel. Sie hatte zugelassen, dass sie entehrt und entwürdigt wurde, hatte gar dabei geholfen. Sie war eine jener Frauen geworden, denen man in einem belanglosen Akt die Unschuld nahm, mit denen man sich vergnügte, die man sich nahm, um seine Wut abzureagieren, und die all das auch noch mit lustvollem Vergnügen mitmachte. Eine jener Frauen, die gar zu leicht zu haben waren und sich in der Welt der Männer nicht zu behaupten wussten. Max brachte sie um ihr Erbe, und sie ließ sich von ihm zu seiner Hure machen. Nein, dachte sie, Hure klang zu hart, sie hatte sich ja nicht von ihm aushalten lassen. Geliebte? Das schien auch nicht dem zu entsprechen, was sie eigentlich für ihn gewesen war.

Sie schniefte, spritzte sich Wasser ins Gesicht, kühlte die brennenden Augen, dann nahm sie ein Tuch, trocknete sich ab und warf erneut einen prüfenden Blick in den Spiegel. Nicht viel besser als vorher, aber zumindest einigermaßen vorzeigbar. Eine der Kontoristinnen betrat den Waschraum. Mit diesen Frauen hatte Louisa nur selten Kontakt, aber natürlich kannte sie sie alle.

»Geht es Ihnen nicht gut, Fräulein Marquardt?«, fragte die junge Frau besorgt.

»Mir war nur kurz schwindlig. Haben Sie vielleicht ein wenig Parfum für mich?« Louisa wollte Max nicht mehr an sich riechen – wenngleich dies vermutlich Einbildung war –, und an ihre eigene Tasche konnte sie nicht, ohne ihrem Vater zu begegnen.

»Ja, natürlich.« Die Kontoristin öffnete ihr Täschchen und entnahm ihm einen Flakon.

»Vielen Dank.« Louisa zog den Stopfen heraus, tupfte sich Parfum auf die Handgelenke und hinter die Ohrläppchen – ein wenig zu blumig für ihren Geschmack – und gab ihn der jungen Frau zurück. Nachdem diese in einer der Kabinen verschwunden war, drehte sich Louisa noch einmal zum Spiegel, steckte ihr Haar wieder vernünftig fest und verließ den Raum. Auf der Galerie verharrte sie einen Moment, sah in Richtung von Max' Bureau, dann straffte sie sich und ging zum Aufzug.

»Ist Ihnen auch gewiss nicht zu kalt?«, fragte Arjen, dem offenbar nicht entgangen war, wie sehr es Mathilda fröstelte.

»Oh, mir ist sogar furchtbar kalt«, antwortete diese. »Aber ich brauche frische Luft.«

Sie hatten sich in ihrer Mittagspause vor dem Kaufhaus getroffen und spazierten nun durch die Stadt.

»Haben Sie Ihrem Vater mittlerweile von Ihren Plänen erzählt?«

»Nein, ich warte damit, solange es geht.«

»Aber Sie werden Ihre Meinung nicht wieder ändern?«

Entschieden schüttelte Mathilda den Kopf. »Nein.«

»Er könnte es Ihnen verbieten, wenn er wollte.«

»Ja, das könnte er. Aber er wird es nicht tun.«

»Hoffen wir es.«

In dieser Hinsicht war sich Mathilda allerdings sicher.

»Was ist das eigentlich für eine seltsame Geschichte mit Ihrem Herrn Dornberg?«

»Wovon sprechen Sie?« Ein Windstoß trieb Mathilda die Tränen in die Augen.

»Dieser Artikel heute in der Zeitung. Der Erbe aus Frankfurt mit dem üblen Leumund. Fragen Sie Ihren Vater, ob er Ihnen die Zeitung zeigt, ich möchte Sie nicht mit pikanten Details in Verlegenheit bringen.«

»Sie können mich doch nicht neugierig machen und dann nichts erzählen. Also, was hat es damit auf sich?« Als Arjen es ihr schließlich erzählte, zog Mathilda ungläubig die Brauen zusammen. »Das ist unmöglich«, kommentierte sie.

»Nun ja, es kann natürlich auch jemand anders gemeint sein.« Arjens Stimme war jedoch zu entnehmen, dass er dies für ausgeschlossen hielt.

Allerdings erklärte das, warum Louisa an diesem Tag so niedergeschlagen wirkte, wenngleich sie das gut zu überspielen wusste. Wer wollte schon gerne erfahren, dass der Geliebte ein Dieb und Verführer war? »Ich frage meinen Vater später danach. Ich kann mir das beim besten Willen nicht vorstellen und bin mir sicher, es gibt eine Erklärung. Mein Vater hat ihn vorab genau durchleuchtet, mit dieser Vergangenheit hätte er ihn nicht geholt.« Andererseits hatte Max Louisa offenbar auch verführt und schien keine Ehe im Sinn zu haben. War es da nicht doch nachvollziehbar, dass er mit demselben Ansinnen bei der Tochter seines vorherigen Arbeitgebers vorgegangen war und sich hernach durch einen Diebstahl zu retten suchte? Einfach, weil er in einer Position war, in der ihm der Zugang zu den Finanzen problemlos möglich war?

»Bleibt es dabei, dass Sie den Maskenball nach Weiberfastnacht bei uns feiern?«, wechselte sie das Thema.

»Ich würde zwar am liebsten mit dem ganzen Spektakel nichts zu tun haben, aber ja, ich komme.«

»Sie können sich dem nicht verweigern, Karneval ist das wichtigste Fest hier, damit mussten sich sogar die Preußen arrangieren.« Sie lachte. Der Karneval war mit der Besatzung Kölns durch die preußischen Truppen reformiert worden, und so war aus dem ungeordneten, rohen Maskentreiben eine Institution geworden, die in geordnete Bahnen gelenkt worden war. Vor fünfundachtzig Jahren hatte man mit der Einführung des Rosenmontagszugs aus dem Karneval eine Touristenattraktion gemacht. Das Militär stellte Korps und Reitpferde zur Verfügung, Kostüme wurden in der Regimentsschneiderei gefertigt. Dem konnte sich niemand entziehen. Am rheinischen Wieverfastelovend – dieses Jahr am achtzehnten Februar – würde Mathilda traditionsgemäß mit ihren Schwestern und den Kölner Frauen des Festkomitees das Rathaus stürmen, und hernach feierten sie allein, ohne die Männer. Einen Tag lang wurde diesen die Macht entzogen.

»Immerhin sehe ich Sie, das entschädigt für das Ungemach, mich verkleiden zu müssen.«

»Bringen Sie Ihre Geliebte mit?«, fragte Mathilda maliziös.

»Nein, ich weiß durchaus, was sich gehört. Meine Aufmerksamkeit wird ganz und gar Ihnen gehören.«

»Man könnte falsche Schlüsse ziehen.«

»Ja, das Gesicht Ihres Vaters wird bestimmt sehenswert.«

»Ärgern Sie ihn nicht. Im Übrigen mache ich mir mehr Sorgen wegen Sophie.«

»Macht sie Ihnen immer noch das Leben schwer?«

»Eben nicht, das beunruhigt mich ja.«

»Sie wird sich damit abgefunden haben, sie wäre närrisch, wenn nicht.«

Mathilda nickte nur unbestimmt.

»Gehen wir essen? Heute lade ich Sie ein.«

»Waren Sie nicht schon beim letzten Mal dran?«

»Nein, da bin ich mir sicher.«

Mathilda taxierte ihn argwöhnisch. »Ich erinnere mich hingegen ziemlich gut.«

»Ich lade Sie ein, weil wir feiern, dass Sie in wenigen Monaten für mich arbeiten.«

Mathilda gab nach, und sie kehrten in ein Restaurant in der Nähe des Doms ein. »Wie würden Sie eigentlich vorgehen«, fragte sie, während sie die Speisekarte las, »wenn jemand in Ihrem Haus stiehlt und die gestohlene Ware einem anderen unterschiebt?«

»Derjenige hätte danach nicht mehr viel zu lachen, das kann ich Ihnen versprechen. Wie kommen Sie darauf?«

Einen Moment noch zögerte Mathilda, dann erzählte sie ihm von den beiden Diebstählen und davon, wie das Diebesgut bei ihr aufgetaucht war. »Beim zweiten Mal hätte es fast jemand bemerkt.«

»Das ist in der Tat seltsam. Haben Sie einen Verdacht?«

»Ich habe eine Mitarbeiterin, die sich übergangen fühlt, vielleicht war sie es.« Andererseits hätte Helma wohl darauf bestanden, auch die Jacken zu durchsuchen, denn sie musste in dem Fall ja gewusst haben, dass man in der Tasche nicht fündig wurde.

»Haben Sie keinen Detektiv?«

»Doch, sogar mehrere, aber unsere Abteilungsdetektivin hat nichts bemerkt.«

»Ist sie die ganze Zeit da?«

»Sie ist für die Damenabteilung und die Damenaccessoires zuständig.«

»Keine optimale Lösung, nicht wahr?« Arjen hatte seine Wahl getroffen, und als Mathilda die Karte zuklappte, winkte er den Kellner heran.

»Bisher war das ausreichend.« Sie wartete, bis der Kellner gegangen war, ehe sie fortfuhr. »Aber inzwischen mache ich mir Sorgen. Was, wenn es noch einmal vorkommt und dieses Mal jemand mitbekommt, dass das Diebesgut bei mir ist? Die Kundin war schon beim letzten Mal argwöhnisch, weil sie gar nicht in der Nähe des Ständers gewesen ist, wo die Geldbörse schließlich gefunden wurde.« Mathilda zupfte nachdenklich an ihrem Ärmel. »Na ja, ich kann jetzt ohnehin nur abwarten. Aber um auf etwas Erfreulicheres zu kommen – ich habe eine hervorragende Werbeidee und möchte sie meinem Vater demnächst vorstellen.«

»Darf ich neugierig sein?«

»Sie dürfen. Was halten Sie von einer langen Einkaufsnacht für Frauen? Es soll für mich eine Art Abschied vom Kaufhaus meines Vaters sein.«

»Großartig, Liebes. Aber wie stellst du dir das vor?« Caspar Marquardt war froh, Mathilda wieder so voller Elan zu sehen. Offenbar hatte sie sich mit seiner Entscheidung abgefunden.

»Ich würde gerne das Kaufhaus ab acht Uhr normal schließen, allerdings dürfen die Frauen drinbleiben, die ganze Nacht einkaufen und sich in Ruhe alles ansehen. Wir verbinden das mit einer Ausstellung von Waren, die sie ansonsten nur in diskreter Abgeschiedenheit betrachten, also Miederwaren und Wäsche, ausgestellt an Schaufensterpuppen.«

»Könnte das nicht obszön wirken?«

»Wir bereiten das in der Damenabteilung vor, kein Mann bekommt es zu Gesicht. Außerdem werden wir die Kosmetik offen anbieten.«

»Es klingt auf jeden Fall interessant. Wird das Café geöffnet sein?«

»Das weiß ich noch nicht, wir haben dort keine weiblichen Angestellten.«

»Ich kann zwei Kellner abends dort abstellen und die Anweisung geben, das Café nicht zu verlassen.«

Mathilda lächelte. »Das könnte eine gute Lösung sein. Vielleicht möchte sich die eine oder andere Dame bei einer späten Erfrischung eine Weile dort aufhalten.«

»Und Geld ausgeben.«

»Als zusätzlichen Anreiz, um abends zu kommen, könnte das aufs Haus gehen.«

»Willst du mich ruinieren? Dann plündern die das Café in einer Nacht.«

Die Vorstellung reizte Mathilda offensichtlich zum Lachen. »Na, du hast vermutlich recht. Aber wir senken die Preise um die Hälfte.«

Caspar stöhnte auf.

»Ach, jetzt komm schon, Papa.«

»Das mit der Preissenkung überlege ich mir noch. Ich werde das jetzt erst einmal mit Max durchsprechen.«

Mathilda wurde ernst. »Da fällt mir ein, dass ich dich noch etwas fragen wollte. Stimmt das, was in der Zeitung steht?«

»Wie hast du davon erfahren?«

»Es steht in der Zeitung, Papa.«

»So, wie es da steht, stimmt es nicht. Es gab eine entsprechende Verdächtigung, die jedoch haltlos war.«

»Und wie ist das an die Zeitung gekommen?«

»Max hat es Louisa anvertraut, die wiederum Dorothea, und deren Verlobter hat es in die Zeitung gesetzt.«

Bestürzung überschattete Mathildas Gesicht. »Das ist ja eine üble Geschichte.«

»Ja, ich verstehe Louisa nicht.«

»Na ja, sie wird gedacht haben, sie vertraue es ihrer besten Freundin an.«

Beste Freundinnen waren sie nach der Geschichte vermutlich die längste Zeit gewesen. Dabei war doch zu erwarten gewesen, dass Dorothea sich die Gelegenheit nicht entgehen lassen würde, der Familie Marquardt ordentlich eins vor den Bug zu verpassen. Erstaunlich, dass Louisa so naiv gewesen war, ihr nach dem Streit wieder in diesem Maße zu vertrauen.

Auch nachdem Mathilda gegangen war, ging ihm Louisas Verhalten nicht aus dem Kopf. Und auch Max benahm sich seltsam. Seine Gelassenheit nahm Caspar ihm nicht ab, und Louisa wirkte keineswegs, als sei zwischen ihnen alles in bester Ordnung. Was also war da los, und warum benahmen sich die beiden so närrisch?

Das brachte ihn zu dem Disput mit Sophie und Olga. Mit ihr zu schlafen hatte ihm erstaunlich gut gefallen, und so war es nicht bei dem einen Mal in seinem Bureau geblieben, sondern er suchte sie gelegentlich abends auch in ihrer Wohnung auf. Obwohl sie als Witwe eine erfahrene Frau sein musste, wirkte sie, als entdecke sie die körperliche Liebe zum ersten Mal, mit jenem Staunen, das eine anrührende Verletzlichkeit offenbarte. Obwohl sie kein schlechtes Wort über ihren Ehemann verlor, war doch recht offensichtlich, dass er nicht gerade ein einfühlsamer Liebhaber gewesen war.

Er mochte Olga, er hatte sie immer schon gemocht, aber das hier verlieh ihrer Beziehung eine Innigkeit, von der er noch nicht so recht wusste, wie er sie einordnen sollte. Dass sie nicht auf eine reine Liebschaft aus war, war ihm schon klar, seit er sie kannte. Er hingegen war nicht auf eine Ehe aus, zumindest keine in dem Sinn, die sie anstrebte. Eine

Frau wie Elaina zu heiraten wäre eine Sache, sie teilten dieselben Interessen, und Elaina wollte keine Familie mehr gründen. Bei Olga hingegen wirkte es, als lege sie einen Wegabschnitt in großer Eile zurück, auf dem es galt, so viel wie möglich mitzunehmen, weil sie all das auf dem bisherigen Weg verpasst hatte. Noch wollte ihm keine elegante Lösung für ihre Situation einfallen.

Und dann war da natürlich noch die Sache mit den Diebstählen, die Caspar nicht einfach auf sich beruhen lassen konnte, nicht, nachdem bereits das zweite Mal alles auf Mathilda hindeutete. Er würde eine weitere Detektivin einstellen, die vor allem die Umkleidekabinen im Auge behielt, denn dort war es am leichtesten, an die Taschen der Damen zu gelangen. Wenn er erfuhr, wer dahintersteckte, konnte sich diejenige – er zweifelte nicht daran, dass es eine Frau war, ein Mann konnte sich dort nicht so unauffällig bewegen – auf einigen Ärger gefasst machen. Und sie konnte die Hoffnung begraben, je wieder eine Anstellung zu finden, wenn sie ohne Zeugnis auf der Straße landete.

Caspar seufzte und wandte sich wieder dem Geschäftlichen zu. Wie er es auch finanziell drehte und wendete, die Aktion, kurzzeitig die Preise zu senken, um neben den dauerhaft günstigeren existieren zu können, war mit finanziellen Einbußen verbunden und würde einen großen Teil der Rücklagen fressen, je nachdem, wie lange die Preise so niedrig blieben. Carl Reinhardt hatte vorgeschlagen, sich notfalls über einen Bankkredit zu finanzieren, aber davon wollte Caspar nichts wissen. Und auch von privaten Kreditgebern hielt er nicht viel, im schlimmsten Fall hatte er dann einen Teilhaber im Boot, den er nicht mehr loswurde.

Arjen Verhoeven kannte sich mit Geschäftsstrategien aus. Die Niederlande waren eine Handelsnation, in der sich der Wandel zur Industrienation erst im ausgehenden letzten Jahrhundert entwickelt hatte. Das mochte in mancher Hinsicht nachteilig sein, aber für den Handel war es ein gewaltiger Vorteil, als Warenhausbesitzer nicht ständig von der Politik argwöhnisch beäugt zu werden. Hier gab es Teilregulative und Beschränkungen, zudem unterlagen Kaufleute wie Caspar der preußischen Warenhaussteuer und einer Umsatzsteuer für Großbetriebe. Außerdem sah der Klein- und Einzelhandel in den Warenhäusern immer noch den Feind und versuchte über Verbände, eine Art Standesethos zu schaffen. Es herrschten auch in der Gesellschaft immer noch Vorbehalte gegen Warenhäuser, wenngleich das reale Kaufverhalten der Leute eine andere Sprache sprach.

Er läutete nach Frau Harrenheim und bat sie, Carl Reinhardt zu ihm zu schicken. Wenn sie mit der Rabattaktion pünktlich zur Eröffnung von Arjen Verhoeven an den Start gehen wollten, mussten die finanziellen Planungen allmählich konkreter werden. Wenn sie keinen Kredit aufnahmen, konnte es tatsächlich eng werden, falls die reduzierten Preise nicht den Zulauf fanden, den sie sich erhofften und ihre Einnahmen kaum die Einkaufspreise deckten, aber Caspar beschloss, einmal in seinem Leben auf Risiko zu setzen.

Diesen winzigen Triumph konnte Olga sich nicht verkneifen, und so sah sie auch an diesem Tag im Kaufhaus vorbei, grüßte Louisa mit einem strahlendem Lächeln – bekam jedoch nur ein knappes Nicken zur Antwort, was sich selbst für Louisa ungewöhnlich ausnahm – und stattete Mathilda einen Besuch in der Damenabteilung ab, wo sie sich ausgiebig beraten ließ. Ein besonders elegantes Kleid sollte es werden, und vermutlich würde Mathilda nun rätseln, was es damit auf sich hatte. Dabei gab es gar keinen bestimmten Anlass, Olga wollte lediglich gut aussehen, wenn Caspar das nächste Mal eine Feier in seinem Haus gab oder sie gar abends fragte, ob sie ihn begleitete.

Bedauerlicherweise hatte Olga auch in diesem Monat wieder die Gewissheit erhalten, dass sie nicht schwanger war.

»Lass es dir von einem anderen machen«, schlug ihr eine Freundin vor, »und schieb es ihm unter.«

Das würde Olga natürlich nicht tun. Sie liebte Caspar – jetzt, da sie ihn als so aufmerksamen Liebhaber kennengelernt hatte, umso mehr –, und einen solchen Betrug würde sie selbst sich niemals verzeihen. Nein, das kam nicht infrage. Eine andere Freundin war da hilfreicher.

»Es gibt Kniffe, wie du trotzdem von ihm empfangen kannst. Ein klein wenig muss in deinen Körper gelangen, gleich, wie du es anstellst. Das reicht schon, um schwanger zu werden.«

Das hatte Olga beim letzten Mal versucht, dann jedoch hatte ihr Monat zwei Tage später eingesetzt. Aber sie würde es wieder versuchen, sie wollte ein Kind von ihm, und sie wollte keinesfalls einfach nur eine Geliebte sein, von der man sich irgendwann trennte, wenn es einen nicht mehr nach ihr verlangte.

Olga entschied sich für ein hübsches blaues Abendkleid, ließ es einpacken und zur Kasse bringen, wo es auf ihr Konto angeschrieben wurde. Sie vereinbarte, dass man ihr das Kleid zustellte, und spazierte danach noch ein wenig durch das Kaufhaus. Kurz überlegte sie, Caspar zu besuchen, entschied jedoch, dass es sicher nicht schlecht war, sich ein wenig rarzumachen.

Im Erdgeschoss fiel ihr eine Dame mit einer Gruppe junger Frauen auf, die recht verloren herumstanden. Die Dame sprach die leitende Verkäuferin der Parfumabteilung an, die jedoch wirkte ratlos, sah zur Treppe und sprach dann erneut mit der Dame. Olga ging zu ihnen.

»Stimmt etwas nicht?«, fragte sie.

»Oh, guten Tag, Frau Wittgenstein«, antwortete die junge Verkäuferin. »Das ist Frau ...« Sie sah die Dame fragend an.

»Fräulein Rott«, entgegnete diese.

»Fräulein Rott vom örtlichen Waisenhaus. Sie hatte heute einen Termin mit Herrn Marquardt. Es geht darum, den jungen Frauen Möglichkeiten aufzuzeigen, wie sie nach dem Verlassen des Waisenhauses auf eigenen Beinen stehen können.«

Olga musterte die jungen Mädchen im Alter von fünfzehn bis siebzehn Jahren. Dass Caspar zu einem solchen Termin zu spät kam, sah ihm nicht ähnlich, und sie vermutete, dass er ihn schlicht vergessen hatte. Mit einem Lächeln wandte sie sich an die Dame. »Aber natürlich. Man erwartete Sie bereits. Herr Marquardt ist in einem Termin und verspätet sich. Nehmen Sie doch erst einmal in unserem Café Platz, ich hole derweil seine Tochter, Fräulein Louisa Marquardt.«

Fräulein Rott wirkte erleichtert. »Vielen Dank.«

»Die Treppe hinauf bis ins zweite Obergeschoss, da sehen Sie es dann direkt. Sie sind natürlich auf eine Tasse Kakao oder Tee für die jungen Damen eingeladen.« Olga hoffte, dass Caspar ihr für ihre Eigenmächtigkeit nicht böse war, aber sie brachte es nicht über sich, diese jungen Mädchen, die sich in all der Pracht mit hoffnungsvollen und faszinierten Blicken umsahen, wieder fortzuschicken. Während die Dame ihre Zöglinge zur Treppe führte, eilte Olga durch das Erdgeschoss, hielt Ausschau nach Louisa, ohne sie jedoch entdecken zu können. Als sie sie schließlich sah, war diese in einem so desolaten Zustand, dass Olga sie lieber in Ruhe ließ und direkt zu Caspar ging. Sie betrat den Fahrstuhl, ließ sich hinauffahren und eilte über die Galerie zu Caspars Bureau.

»Er ist gerade in einer Besprechung mit Herrn Reinhardt«, erklärte Frau Harrenheim mit tadelndem Blick.

»Er hat Besuch, den er offenbar vergessen hat«, antwortete Olga.

»Welcher Besuch soll das sein? Warum hat er sich hier nicht angemeldet?«

»Es ist eine Gruppe junger Damen aus dem Waisenhaus.«

Frau Harrenheim lief dunkelrot an. »Allmächtiger! Das habe ich vollkommen vergessen. Von dem Termin heute weiß er nichts. Er hatte gesagt, ich solle etwas vereinbaren, aber ich habe ihm das Datum nicht genannt. Du liebe Zeit, wie konnte mir das passieren? Was machen wir denn jetzt?«

»Ich habe die jungen Damen in ein Café geschickt und so getan, als sei Herr Marquardt noch in einem Termin.«

»Na ja, strenggenommen ist er das ja auch.« Frau Harrenheim erhob sich. »Ich gehe gleich zu ihm.«

Sie klopfte an und betrat Caspars Bureau. Olga hörte sie leise miteinander sprechen, kurz darauf kam die Vorzimmerdame zurück.

»Er kommt in zehn Minuten ins Café. Wären Sie so freundlich, solange Fräulein Louisa oder Fräulein Mathilda hinzuschicken?«

»Was ist mit Herrn Dornberg?«

»Du lieber Himmel, nein! Wir wollen doch nicht, dass sich die Mädchen für eine Arbeit hier aus romantischer Verwirrung heraus entscheiden.«

Olga musste lächeln, dann ging sie hinunter in die Damenabteilung, um Mathilda zu suchen, die gerade in einem Gespräch mit einer Kundin war.

»Kann das jemand übernehmen?«, fragte Olga. »Dein Vater möchte, dass du ins Café kommst.«

Mathilda sah sie fragend an, dann wies sie eine der jungen Verkäuferinnen an, die Kundin weiter zu betreuen, und begleitete Olga hinaus.

»Was gibt es denn?«

Olga erklärte es ihr, und Mathilda stöhnte auf. »Du liebe Zeit, das ist heute? Sind sie arg enttäuscht?«

»Nein, ich habe gesagt, dein Vater sei in einem Termin. Sie warten so lange im Café, und ich habe mir herausgenommen, sie zu Kakao und Tee einzuladen, ich hoffe, das war in Ordnung.«

»Ja, sicher. Danke, dass du dich darum gekümmert hast.«

Olga begleitete Mathilda ins Café und sah ihr zu, wie sie die Damen begrüßte. Vielleicht war Mathilda sogar die bessere Wahl als Louisa, da sich in ihr vermutlich mehr junge Damen wiederfanden. Ein paar Minuten später erschien auch Caspar, legte ihr kurz die Hand auf den Rücken, lächelte sie an, dankte ihr und ging zu Mathilda. Da Olga nun nichts Rechtes mehr mit sich anzufangen wusste, verließ sie das Café. Im Erdgeschoss hielt sie erneut Ausschau nach Louisa. Sie wüsste zu gerne, was der Grund für diese Niedergeschlagenheit gewesen war. Als Sophie seinerzeit nachts bei ihr angerufen hatte, war Caspar hernach außer sich gewesen und nach Hause gefahren. Später hatte er Olga erzählt, das sei nur ein Trick von Sophie gewesen, was Olga ohne weiteres glaubte. Die Beziehung zwischen ihr und Caspar war den Mädchen ohne Zweifel ein Ärgernis, aber Grund für so eine Verzweiflung war sie mitnichten. Da musste etwas anderes vorgefallen sein, und Olga wollte zu gern herausfinden, was es war.

*

Max war an diesem Morgen mit hämmernden Kopfschmerzen erwacht, und im Laufe des Tages wurde es kaum besser. Sein ganzes Leben schien aus dem Ruder zu laufen. Natürlich zog man aus dem Artikel entsprechende Schlüsse, und Max bemerkte die Blicke, die man ihm zuwarf, durchaus. Glücklicherweise war zumindest nichts bis nach Frankfurt gedrungen, aber vermutlich war das nur eine Frage der Zeit. Er hatte überlegt, ob er sich zu der Angelegenheit äußern sollte, aber Caspar riet ihm davon ab, und so saß er die Sache aus. Möglicherweise hatte der Journalist damit gerechnet, dass Max sich offen äußerte und empörte, denn durch seine Zurückhaltung würde der Artikel – hoffentlich! – irgendwann in Vergessenheit geraten.

»Warum bist du so unversöhnlich?«, hatte Louisa ihn einen Tag zuvor gefragt. »Ich habe gesagt, dass es mir leidtut.«

»Du hast ja vielleicht Nerven«, hatte er entgegnet. »Stell dir vor, du vertraust mir etwas unter dem Siegel der Verschwiegenheit an und liest es ein paar Tage später in der Zeitung.«

Dem hatte sie nichts entgegenzusetzen gewusst. Vielleicht war Max zu hart zu ihr, aber er konnte mit niemandem zusammen sein, dem er nicht vertraute. Er wusste ohnehin nicht, wie es weitergegangen wäre, da war es sicher nicht das Schlechteste, es dabei zu belassen.

Am Tag nach Weiberfastnacht war nur wenig los im Kaufhaus, aber laut Caspar war das nicht ungewöhnlich. Louisa und Mathilda hatten noch geschlafen, als Max und Caspar das Haus verlassen hatten, da die drei Schwestern in der Nacht zuvor erst spät nach Hause gekommen waren. Einmal im Jahr gestattete Caspar das, dann gingen sie auf die Feiern in den Häusern von Freundinnen.

»Was ist eigentlich mit Mathilda und Sophie los?«, fragte er Caspar, als sie am späten Nachmittag eine Tasse Kaffee in dessen Bureau tranken.

»Sie interessieren sich offenbar für denselben Mann. Ich habe ihnen verboten, ihn wiederzusehen, und gesagt, sie sollten diese Narretei beenden, aber Mathilda besteht darauf, dass sie nur Freunde seien, und geht weiterhin mit ihm aus. Da sie sich nur tagsüber und dann in Cafés oder Restaurants treffen, lasse ich sie gewähren.«

»Immer noch dieser Kerl aus Amsterdam?«

»Ja. Man soll es nicht für möglich halten.« Caspar schob einige Unterlagen in eine Mappe und legte sie auf den Ablagestapel, der später zum Kopieren an die Kontoristinnen ging. »Wirst du mit meinen Mädchen auf den Rosenmontagszug gehen?« Dieses Jahr fiel er auf den zweiundzwanzigsten Februar.

»Ist das unbedingt notwendig? Bleibst du nicht auch daheim?«

»Ja, denn mir wird man es nachsehen, wenn ich nicht dabei bin. Wenn du hingegen ein Mitglied der Kölner Gesellschaft werden möchtest, darfst du dich von den Karnevalsfeierlichkeiten nicht fernhalten, das könnte als Arroganz ausgelegt werden. Du wirst hier immerhin nicht als Kölner wahrgenommen, sondern als Frankfurter Kaufmann. Du musst also zusehen, dass du Teil der Gesellschaft wirst, wenn du geschäftlichen Erfolg haben möchtest.«

Max seufzte. »Also gut. Ich hatte gehofft, dass ich mich dem Spektakel nur heute Nacht aussetzen muss.«

»Tja, ich befürchte, ich muss dich enttäuschen.«

Die Sonne tastete sich vorsichtig durch die Fenster und malte Lichtflecke auf die Holzdielen, als Max in sein Bureau zurückkehrte. Er sah eine Weile nach draußen, betrachtete die regennasse Straße, die im Sonnenlicht gleißte, die Menschen, die vorbeieilten, die Kutschen und die elektrische Bahn. Er überlegte, ob er sich nicht über kurz oder lang auch ein Automobil zulegen sollte.

Schließlich kehrte er an seinen Schreibtisch zurück, ordnete noch ein paar Unterlagen und entschied dann, dass es an der Zeit war aufzubrechen. Die Feier begann bald, und er musste sich noch umkleiden.

Auf dem Korridor traf er eine übernächtigt aussehende Mathilda, die gerade aus dem Bureau ihres Vaters kam. »Nicht gut geschlafen?«, fragte er feixend.

Sie schnitt ihm eine wenig damenhafte Grimasse. »Wir wollen mal sehen, wie es um deinen Schlaf heute Nacht bestellt ist.«

Da Louisa ihm keine Gesellschaft leisten würde, war in dieser Hinsicht nichts zu befürchten, dachte Max und beließ es bei einem hintergründigen Lächeln.

»Ich hatte es dich bisher nicht gefragt«, sagte Mathilda, während sie über die Galerie gingen, »aber an der Sache in der Zeitung ist nichts dran, nicht wahr?«

»Ja.«

»Und was ist mit dir und Louisa?«

Max blieb stehen und musterte sie. »Woher weißt du davon? Hat sie es dir erzählt?«

»Das musste sie gar nicht.« Mathilda sah zur Treppe, als wolle sie ausforschen, ob es mögliche Mithörer gab. »Du hast mit ihr gebrochen, ja?«

»Warum sollte ich das mit dir besprechen?«

»Sie ist meine Schwester.«

»Warum sprichst du dann nicht mit ihr darüber?«

»Das habe ich versucht, aber sie weicht mir aus.«

»Dann steht es mir nicht zu, mehr darüber zu sagen.«

Ihm fiel auf, dass sich Mathildas Nase krauste, wenn sie die Stirn runzelte. Das hatte was. »Wenn dir an ihrem Ruf gelegen wäre, hättest du nicht die Nacht mit ihr verbracht, nicht wahr?«

Nun war es an Max, sich hastig umzusehen. »Wie gesagt, sprich mit ihr darüber, ich werde nichts sagen.«

Sie fuhren mit dem Aufzug nach unten, wo zu allem Unglück Louisa auf sie wartete. Da Max sich weder ihrer stummen, mit Wut gepaarten Verzweiflung noch Mathildas vorwurfsvollen Blicken aussetzen wollte, überließ er den Schwestern die Kutsche und ging zu Fuß nach Hause.

Ein letzter Blick in den Spiegel bestätigte Louisa darin, dass das Kostüm hinreißend war, dunkel, geheimnisvoll, das Gesicht halb verborgen hinter einer schwarzen Maske, die auf der rechten Seite von langen, gebogenen, goldenen Federn geschmückt war.

»Hinreißend«, bestätigte Sophie, die auf dem Bett saß, bereits seit einer Stunde fertig verkleidet. »Sieht noch besser aus als das gestrige.« Komplimente kamen Sophie immer leicht über die Lippen, wenn sie wusste, dass ihr eigenes Auftreten wohl kaum überstrahlt werden konnte, und ihr Harlekinkostüm in Weiß und Gold war in der Tat schwer zu übertreffen. »Als was geht Olga eigentlich? Als Gewitterhexe?«

Louisa lachte, obwohl ihr nicht danach zumute war. »Wohl eher als Madame Pompadour.« Sie warf noch einen letzten Blick in den Spiegel und wandte sich ab. »Komm, holen wir Mathilda.«

»Lass uns lieber unten auf sie warten.«

»Jetzt hör schon auf.«

»Sie hat mir Arjen abspenstig gemacht.«

»Hättest du ihm wirklich etwas bedeutet, hätte sie das wohl kaum gekonnt.« Ebenso wenig, wie Max sie nicht aufgrund eines dummen Fehlers verlassen hätte, hätte sie ihm etwas bedeutet. Andererseits musste sie gestehen, dass sie an seiner Stelle möglicherweise nicht anders gehandelt hätte, gerade, weil sie sich in ihn verliebt hatte. Jemanden zu lieben und dann so verraten zu werden, konnte die eigenen Gefühle durchaus auf die Probe stellen.

Die Eingangshalle war mit Lampions geschmückt, und die weiche Beleuchtung, die den Marmorboden in einem cremigen Gold glänzen ließ, versprühte mondäne Eleganz.

»Ich frage mich, was geredet worden wäre, hätte ich ein Kostüm mit Hosen gewählt«, sagte Sophie, während sie die Treppe hinuntergingen. »Immerhin tragen Harlekine keine Kleider.«

»Du wärest der Skandal des Abends geworden.«

»Nicht wahr?«, bestätigte Sophie begeistert, und Louisa ahnte Böses für das kommende Jahr.

Louisa stellte sich neben ihren Vater, um die Gäste zu begrüßen, während Sophie in den Saal ging, der erneut durch die Verbindung der beiden Salons geschaffen worden war. Als Max aus seinem Wohntrakt kam, schlug Louisas Herz schneller. Er war überaus elegant gekleidet im Stil eines Piraten aus der Karibik, und sie ertappte sich dabei, wie sie ihn anstarrte. Rasch wandte sie sich ab. Sie benahm sich ja schlimmer als ein Backfisch. Und mit dem Piraten erfüllte er zudem noch jedes romantische Klischee. Ihm würden die Herzen der jungen Damen an diesem Abend zufliegen. Er nickte ihnen freundlich zu, machte Louisa ein Kompliment für ihr Kostüm und ging ebenfalls in den Saal.

»Er scheint nicht nachtragend zu sein«, bemerkte ihr Vater. »Obwohl er wahrlich allen Grund hätte zu grollen.«

»Ja, da ist er uns allen offenkundig überlegen«, entgegnete Louisa spitz.

Ihr Vater antwortete nicht, sie bemerkte aus den Augenwinkeln, dass er sie ansah, reagierte jedoch nicht darauf. Die folgende Stunde widmete sie sich dem ermüdenden Begrüßen der Gäste, und ihr schmerzten die Mundwinkel vom steten Lächeln. Olga kam tatsächlich als französische Dame aus der Zeit des Sonnenkönigs, das reizte Louisa beinahe zum Lachen. Dorothea hingegen hatte den Anstand, nicht zu erscheinen, denn die Einladung wieder zurückzunehmen wäre schlechterdings unmöglich gewesen. Arjen Verhoeven erschien ebenfalls, passenderweise in der Uniform eines niederländischen Kapitäns aus der Zeit der Entdecker, dem Beginn des niederländischen Weltreichs. Das konnte man fast schon ein wenig provokant nennen.

Als Louisa später in den Saal trat, war Max in ein Gespräch mit der hübschen, verwitweten Baronin von Langenfeld vertieft, den Kopf leicht zu ihr hinuntergeneigt, ein Lächeln auf den Lippen. Dieser Anblick war durchaus dazu angetan, ihr den Abend zu verleiden, noch ehe er begonnen hatte.

Ich benehme mich wie eine verliebte Göre. Louisa wollte ihn ignorieren, wollte über derart verwirrten Gefühlen stehen. Als er jedoch die Pflichttänze absolvierte und sie als Erste der drei Schwestern aufforderte, ging ihr das Herz dennoch schneller. Seit jenem hastigen Akt in seinem Bureau war sie ihm nicht mehr so nahe gewesen. Sie hätte gerne mit ihm gesprochen, ganz in Ruhe, ihm erklärt, dass es kein Vertrauensbruch war, den sie begangen hatte – zumindest nicht in dem Maße, in dem er ihn ihr unterstellte. Bisher war nichts von dem, was sie und Dorothea einander anvertraut hatten, jemandem zugetragen worden. Jedenfalls nicht, soweit ihr bekannt war. Vielleicht wurde sie diesbezüglich ja noch überrascht. Dann jedoch war der Tanz vorbei und damit auch der rare Moment, in dem eine Illusion von Nähe bestanden hatte. Max neigte höflich den Kopf und führte sie von der Tanzfläche.

Einen Moment lang schien ihr ganzes Fühlen sich auf die Wärme seiner Finger um die ihren zu konzentrieren. Sie hatte ihm ihren Körper geöffnet – wie hatte sie jemals annehmen können, dies bedeute nichts. Max jedoch schien es gleich zu sein, er hatte von ihrem künftigen Ehemann gesprochen, während sie in seinem Bett lag, und bei der ersten sich bietenden Gelegenheit mit ihr gebrochen. Andererseits hatte auch sie keinen Zweifel daran gelassen, dass die Sache nicht von Dauer war.

Sie ging zum Büfett, denn in Momenten verzweifelter Lebensdramen war Essen nicht die schlechteste Idee. Während sie sich abwechselnd Häppchen mit Lachs, Kressebrote und Orangenspalten in den Mund schob, beobachtete sie die Tanzfläche, wo Max mit der Baronin tanzte. Sie nahm wahllos eines der gefüllten Gläser und kippte den Inhalt in einem Zug hinunter.

»Also wenn ihn nicht beeindruckt, wie du dich hier kugelrund isst, weiß ich auch nicht weiter«, spöttelte Sophie.

»Ach, sei doch still.« Louisa schob sich das nächste Kressehäppchen in den Mund.

Sophie hob kaum merklich die Brauen.

»Siehst du, wie er diese Baronin hofiert?« Louisa wollte nach einem Glas greifen, und Sophie schob ihr Zitronenlimonade in die Hand.

»Sich auf der Tanzfläche zu erbrechen ist peinlich, glaub einer, die Erfahrung hat. Und es imponiert wirklich niemandem, das kann ich dir versichern.«

Louisa zuckte mit den Schultern und trank die Limonade in raschen Zügen aus. In ihrem Magen begann es zu grummeln.

»Vielleicht solltest du den Abend lieber genießen. Schau mal, Bertie Lambertz ist da. Der gefiel dir doch mal ganz gut.«

»Ja, mit zwölf.«

»Du sollst ihn ja auch nicht heiraten. Aber da du ja ohnehin auf eine Ehe nicht viel Wert legst, lenkt dich vielleicht eine Liebesnacht mit ihm ab.«

Louisa stellte das leere Glas abrupt ab. »Willst du mich provozieren?«

»Nein, nur aufmuntern.«

»Lass es lieber, ja? Und nur, weil ich mit Max...«, sie sah sich um, »nur, weil wir... heißt das noch lange nicht, dass ich mit jedem Kerl dasselbe tue.«

»Warum nicht? Mehr als ein Mal kannst du deine Unschuld doch nicht verlieren. Und mit Max war es doch auch nur aus Spaß an der Freude.«

»Vergiss es einfach, ja?« Louisa ließ sie stehen, ging zur Tanzfläche und forderte auf dem Weg dorthin einen verdutzten Bertie auf, ihr zu folgen. Sie verbrachte die folgenden Stunden in angestrengter Fröhlichkeit, obwohl ihr Magen sich inzwischen unangenehm bemerkbar machte. Aber das ignorierte sie, und als es auf Mitternacht zuging, wurde es damit auch besser.

Max tanzte mit einigen Frauen, aber die Baronin Langenfeld genoss den größten Teil seiner Aufmerksamkeit, und als Louisa ihn in einem ruhigen Moment erwischte, stellte sie ihn zur Rede. Sie waren in der Halle, wo sich die Herren einfanden, um zu rauchen, und von wo aus man in das Morgenzimmer gelangte, in dem die Damen sich vom Tanzen ausruhen oder in Ruhe plaudern konnten. Die Halle war nun leer, so dass Louisa auf Zuhörer keine Rücksicht nehmen musste.

»Was soll das?«, fragte sie. »Willst du mich ärgern?«

»Wie das? Wir sind nicht verlobt, soweit ich weiß.«

»Wirst du sie heute Abend begleiten?«

»Das geht dich nichts an, nicht wahr?«

»Und wenn ich mich von irgendeinem anderen Mann ins Bett bringen lasse, lässt dich das dann auch kalt?«

Max gönnte ihr ein knappes Lächeln. »Das scheitert schon an deinem Vater, möchte ich meinen.« Er schob die Zigarre, die er eben hatte anstecken wollen, zurück in seinen rehbraunen Gehrock. »Und nun lass uns das beenden, ich hasse Szenen.«

»Ich habe dir gesagt, dass es mir leidtut.«

»Und ich habe gesagt, ich kann mit keiner Frau zusammen sein, der ich nicht vertraue. Davon abgesehen wolltest du es ohnehin längst beenden, ich bin dir nur zuvorgekommen, und das ärgert dich. Verständlicherweise, schließlich beendet man eine Bettgeschichte lieber selber, anstatt sich abserviert zu fühlen.«

»Ich war für dich nur eine *Bettgeschichte*?«

»Als etwas anderes hast du es selbst nie bezeichnet. Obwohl – du hast recht, im Bett fand es tatsächlich eher selten statt. Nennen wir es eine kleine Kaufhausaffäre.«

Louisa starrte ihn an, er jedoch wandte sich ab und ging in den Saal zurück. Sie ballte die Fäuste, wollte auf ihn losgehen, atmete tief durch und zwang sich zur Ruhe. Diesen Abend musste sie durchstehen, danach würde sie weitersehen.

»Möchten Sie ein wenig an die frische Luft?«, fragte Arjen, als er Mathilda von der Tanzfläche führte. Sie hatten einige Male getanzt an diesem Abend, aber nie mehrmals hintereinander, so dass es keine Fragen und Spekulationen geben würde. Außerdem konnte Mathilda nicht umhin, Sophies Reaktion zu beobachten, aber ihre Schwester ignorierte sie, was einerseits erleichternd, andererseits beunruhigend war. Und Mathilda fragte sich, wie Louisa dazu stand. Normalerweise betraten sie vor dem Fastnachtsball gemeinsam die Halle, plauderten und begutachteten ihre Kostüme, dieses Mal jedoch hatte Mathilda vergeblich gewartet und schließlich bemerkt, dass ihre Schwestern bereits in der Halle standen, als sie die Treppe hinunterging. Das war verletzend, auch wenn Louisa sich ihr lächelnd zugewandt und ihr gesagt hatte, wie hübsch sie in dem Kostüm aussah. Mathilda hatte sich als Schneekönigin verkleidet, ganz in Weiß, das Kostüm besetzt mit silbernen Eiszapfen, die beim Gehen wie silberne Glöckchen klangen.

Als sie in der Kälte die Schultern schaudernd hochzog, fand sie, dass das in Zusammenhang mit ihrem Kostüm einer gewissen Ironie nicht entbehrte, und an Arjens verhaltenem Lächeln bemerkte sie, dass ihm dies nicht entging.

»Hat sich die Sache mit den Diebstählen inzwischen aufgeklärt?«, fragte er.

»Nein, leider immer noch nicht.« Seither war nichts mehr gestohlen worden, aber die Angst davor, der Vorfall könne sich wiederholen, hing wie ein Damoklesschwert über Mathildas Kopf.

»Dann wird das im Sommer wohl in mehr als einer Hinsicht ein Neuanfang, nicht wahr? Bis zu mir wird Ihnen die Diebin gewiss nicht folgen, zumindest möchte ich es ihr nicht geraten haben.«

Mathilda rieb sich die Oberarme. Es war wirklich sehr

kalt, und der Wind schon fast schneidend. Andererseits zog es sie gerade nicht zurück in den Salon, wo sie sich vorkam, als spiele sie inmitten all der ausgelassen feiernden Menschen eine Rolle, deren Text sie verlernt hatte. Sie freute sich auf den Sommer, aber sie hatte Angst vor dem Gespräch mit ihrem Vater. Und dann war da noch Olga…

»Ich werde Sie nach Amsterdam, Paris und London schicken, um zu lernen«, sagte Arjen in die Stille hinein. »Sie sind jetzt schon sehr gut, aber ich denke, mit noch mehr neuen Impulsen können Sie Ihr Talent weiter ausschöpfen.«

Mathildas Mund formte ein stummes O, und es dauerte einen Moment, ehe sie die richtigen Worte fand. »Das wäre… das wäre einfach phantastisch. Ich hoffe nur, mein Vater lässt mich reisen.«

»Es gibt Möglichkeiten, jungen Damen eine sichere Reise zu ermöglichen, und vor Ort komme ich natürlich für alles auf.«

In Mathildas Kopf entstanden Bilder ferner Städte und Länder, die sie bislang nur aus Büchern und von Postkarten kannte. Sie war noch nie über die deutschen Lande hinausgekommen, anders als ihre Schwestern, die in ihrer Jugend mit ihrer Mutter viel gereist waren. Ihr Vater hatte davon gesprochen, sie bei seiner nächsten Reise mit nach Paris zu nehmen, aber das hatte er nie in der Absicht getan, damit sie sich dort als Geschäftsfrau umsah, sondern damit sie sich in der Stadt amüsierte. Beim Sortimentseinkauf hatte sie ohnehin kein Mitspracherecht. Da war das hier etwas ganz anderes, und noch während ihr Herz vor Freude rascher schlug, mischte sich Angst in zähen Schlieren hinein, die Angst zu scheitern, zu versagen, zu wenig zu wissen, um all das

Neue richtig umzusetzen. Hoffentlich enttäuschte sie diesen Mann nicht, der offenbar so viel von ihr hielt.

Arjen lächelte, als wisse er genau, was in ihr vorging. »Sie werden es großartig machen, dessen bin ich mir sicher.«

Etwas hatte sich in seinem Blick verändert, in der Art, wie er sie ansah, und noch während er den Kopf senkte, ahnte Mathilda, was er tun wollte, und ihr sank der Mut. Sie schwieg, ließ zu, dass er sie küsste, erwiderte gar einen Moment den Kuss, dann löste sie sich von ihm. »Bitte nicht«, sagte sie.

»Warum nicht?«

»Weil ich ... ich möchte für Sie ...«

»Zu so viel Förmlichkeit besteht doch kein Anlass mehr, nicht wahr?«

»Weil ich für *dich* arbeiten möchte.«

»Das kannst du auch weiterhin.«

»Als deine Geliebte?«

»Nein, ich dachte vielmehr ...«

Mathilda unterbrach ihn hastig. »Sprich es nicht aus, bitte. Wir sind doch Freunde, ja?«

»Das ist doch keine schlechte Grundlage für eine Ehe.«

Sie schüttelte den Kopf und spürte, wie ihr Tränen in die Augen stiegen. Warum musste er es nur so verkomplizieren, wo es doch Mathildas Schritt in die Unabhängigkeit sein sollte? Wäre es nun vorbei mit all den hochfahrenden Träumen, wenn sie ihn zurückwies?

»Das hat nichts mit deiner Arbeit für mich zu tun«, versicherte er ihr rasch.

»Aber ein Missklang wird dennoch bleiben.«

»Nein. Natürlich hätte ich mir mehr ... hm ... Begeisterung von deiner Seite gewünscht«, sein Lachen hatte etwas Selbstironisches, »aber du hast deinen Standpunkt von Anfang an klargemacht. Deine Arbeit für mich bewerte ich nicht danach, sonst wäre ich ein wahrhaft schlechter Geschäftsmann.«

»Es tut mir leid, wenn ich dich enttäuscht habe.«

»Das hast du nicht. Nur mein Stolz ist ein wenig angekratzt. Ich dachte immer, wenn ich einer Frau gestehe, dass sie mir etwas bedeutet, und ich gar eine Ehe anstrebe, würden der Glücklichen vor Freude die Sinne schwinden.«

Jetzt lachte Mathilda hell auf. »Damit mir die Sinne schwinden, bedarf es mehr als eines Antrags.«

»Mir würde darauf nun die eine oder andere Anzüglichkeit einfallen, aber mit Rücksicht auf deine Unschuld beherrsche ich mich.«

Das quittierte Mathilda lediglich mit einem knappen, tadelnden Blick.

»So hat meine Großmutter mich immer angesehen, wenn ich mich im Ton vergriffen habe. Und danach setzte es in der Regel eine Backpfeife.«

»So weit würde ich nie gehen«, versicherte Mathilda mit einem unterdrückten Lachen.

»Das beruhigt mich außerordentlich.« Er reichte ihr den Arm. »Und jetzt erlaub mir, dich zurück in den Saal zu führen. Mein Antrag im romantischen Mondlicht ist leider gescheitert, es besteht also kein Grund mehr, deinen Ruf länger aufs Spiel zu setzen.«

Olga tupfte sich die Schläfen. Das Kostüm war traumhaft, aber beim Tanzen geriet man schnell ins Schwitzen, und es wog so viel, dass sie sich ernsthaft fragte, wie die Frauen damals damit durchs Leben gehen konnten. Aber gut, so lange war es noch nicht her, da liefen die Damen auch hier in schweren Kleidern herum, ihre Mutter hatte in ihren jungen Jahren noch voluminöse Reifröcke und ausladende Kleider getragen. Caspar zumindest gefiel es, und wenn sie die geflüsterte Andeutung richtig verstanden hatte, freute er sich insbesondere darauf, sie später am Abend davon zu befreien. Olga lächelte zufrieden und wollte zurück in den Saal, als sie Stimmen hörte und innehielt. Eigentlich war ihr heimliches Lauschen ein Gräuel, aber nun siegte die Neugierde.

»Was soll das? Willst du mich ärgern?«, rief Louisa.

»Wie das?« Max' Stimme. »Wir sind nicht verlobt, soweit ich weiß.«

»Wirst du sie heute Abend begleiten?«

»Das geht dich nichts an, nicht wahr?«

»Und wenn ich mich von irgendeinem anderen Mann ins Bett bringen lasse, lässt dich das dann auch kalt?«

Olga legte die Hand an den Türrahmen, neigte sich leicht vor, um kein Wort zu verpassen.

»Das scheitert schon an deinem Vater, möchte ich meinen.« Schweigen. »Und nun lass uns das beenden, ich hasse Szenen.«

»Ich habe dir gesagt, dass es mir leidtut.«

»Und ich habe gesagt, ich kann mit keiner Frau zusammen sein, der ich nicht vertraue. Davon abgesehen wolltest du es ohnehin längst beenden, ich bin dir nur zuvorgekommen, und das ärgert dich. Verständlicherweise, schließlich beendet man eine Bettgeschichte lieber selber, anstatt sich observiert zu fühlen.«

»Ich war für dich nur eine *Bettgeschichte*?«

»Als etwas anderes hast du es selbst nie bezeichnet. Obwohl – du hast recht, im Bett fand es tatsächlich eher selten statt. Nennen wir es eine kleine Kaufhausaffäre.«

Danach waren nur rasch forteilende Schritte zu hören, und Olga wartete, bis auch Max sich entfernte, ehe sie ihren Lauschposten aufgab. Hatte sie ihr Gefühl doch nicht getrogen, wenngleich sie mit einer derart pikanten Enthüllung nicht gerechnet hatte. Langsam ging sie zurück in den Saal und überlegte, was sie mit diesem Wissen nun tun sollte. Abwarten war sicher erst einmal das Beste. Abwarten und sehen, wie sich die Dinge entwickelten. Es war nicht klug, sein Pulver allzu früh zu verschießen.

Sie ließ sich von einem Herrn zum Tanz auffordern und genoss es, sich über die Tanzfläche wirbeln zu lassen. Ob es an ihrem Kostüm lag oder an Caspars vermehrter Aufmerksamkeit, wusste sie nicht, aber es schien, als würde sie inzwischen anders wahrgenommen, als gelte sie gar als begehrenswerte Frau, die man gerne zum Tanzen aufforderte, weil man mit ihr tanzen wollte, und nicht, um sie von ihrem Mauerblümchendasein zu erlösen.

Wann immer Olga nicht tanzte, beobachtete sie Max. Er widmete sich in der Tat intensiv dieser verwitweten Baronin, und Olga vermeinte, genau herauszulesen, worauf die Nacht für beide herauslaufen würde. Das war natürlich auch für eine Witwe, die etwas auf sich hielt, nicht annehmbar, denn die Baronin von Langenfeld war noch jung und würde sich vermutlich über kurz oder lang wieder verheiraten. Diese Möglichkeit würde sie durch eine unbedachte Liaison unnötig aufs Spiel setzen. Andererseits –

wenn sie diskret vorging, war es möglich, dass kein Wort darüber laut wurde.

Irgendetwas war auch zwischen Mathilda und diesem Niederländer im Busch, sie kamen mit roten Wangen aus dem Garten zurück, Mathilda mit einem Lächeln auf den Lippen, als hüte sie ein Geheimnis. Das war wirklich interessant. Sollte sich da etwas anbahnen? Dann wäre Olga wenigstens diese Sorge los, wenn sie Caspar heiratete. Der wäre allerdings imstande, Mathilda eine solche Verbindung zu untersagen. Das wiederum wäre eine gute Möglichkeit, eine Allianz mit ihr zu bilden. Dann wäre Olga nicht die unerwünschte Stiefmutter, sondern ihre Verbündete auf dem Weg in eine Ehe mit Arjen Verhoeven.

Caspar trat zu ihr, legte ihr die Hand leicht auf den Rücken. »Amüsierst du dich?«

»Bestens, mein Lieber.« Sie hätte gerne geholfen, die Feier vorzubereiten, aber das hatten sich Louisa, Sophie und Mathilda nicht aus der Hand nehmen lassen. Momentan schien zwar zwischen ihnen nicht alles zum Besten zu stehen, aber in dieser Sache herrschte Einigkeit.

In den frühen Morgenstunden brachen die ersten Gäste auf, und bald folgten die übrigen, bis als Letzte die Baronin von Langenfeld das Haus verließ – mit Max an ihrer Seite. Caspar wirkte etwas irritiert, als er sich von ihr verabschiedete. Louisa, die ebenfalls in der Halle stand, wandte sich rasch ab und lief die Treppe hoch in ihr Zimmer. Caspar müsste ein Narr sein, um nicht zu bemerken, was da vor sich ging. Angesichts der Art, wie er Louisa nachsah, schien es ihm jedoch zu dämmern, obschon er unmöglich ahnen konnte, wie weit die Angelegenheit gediehen war. Olga zog seine Aufmerksamkeit auf sich, indem sie diesen kurzen Moment des Alleinseins dazu nutzte, seinen Kopf zu sich zu ziehen, und ihn auf den Mund küsste.

»Bringst du mich heim?«, fragte sie.

Er lächelte, und in seinen Augen glomm tatsächlich Begehren auf. »Aber unbedingt.«

Als sie das Haus verließen, bemerkte Olga Sophie, die die Hand an das Treppengeländer gelegt hatte und nun innehielt, um sie anzusehen. Olga gönnte sich über die Schulter hinweg ein triumphierendes kleines Lächeln, ehe sie mit Caspar das Haus verließ.

10

Mai 1909

Der große Erfolg der Kinderabteilung, der sich bereits am Tag der Einweihung andeutete, war ein Triumphmoment für Louisa. Auch die Aktion mit dem Werbegesicht, die nach der Fastenzeit gestartet worden war, fand großen Anklang, und die erste Dame wurde im April gekürt. Die Gewinnerin war die verwitwete Gattin eines Advokaten, zweiundfünfzig Jahre alt, mit einem asketisch wirkenden Gesicht und einer Fülle silberblonden Haars, das durch den richtigen Schmuck und die passende Kleidung wunderbar zur Geltung gebracht wurde. Nur geschminkt werden wollte sie nicht, nicht einmal diskret.

»Man wird mich für lasterhaft halten«, erklärte sie und war nicht vom Gegenteil zu überzeugen. Dennoch wurden es wunderschöne Bilder, und als diese groß im Schaufenster und in den Abteilungen für Damenmode präsentiert wurden, konnte die Dame – die die ganze Zeit über höchst zurückhaltend erschienen war – ihre Freude nicht verbergen.

Für Louisa bedeutete der Erfolg ihrer und Mathildas Ideen nun einen Auftrieb, und sie rechnete fest damit, dass man sich ihren Vorschlag mit dem Einkauf günstigerer Waren für weniger Betuchte wohlwollend anhören würde. Allerdings war Max der Erste, der sich dagegen aussprach, und die anderen folgten ohne Zögern.

»Wenn wir das tun«, sagte Herr Hoffmann, »verlieren wir womöglich unsere wohlhabenden Kunden. Es sollte unser Ziel sein, die Reichsten des Landes in unsere Häuser zu locken, denn die schauen immer noch auf uns herab. Wenn wir stattdessen dem Pöbel die Türen öffnen, gelten wir bald als Ramschwarenladen und können über kurz oder lang schließen.«

»Es geht doch gar nicht darum, dass hier nur verlottertes Volk durchläuft«, verteidigte Louisa ihre Idee. »Wir haben die Kleidermodelle doch jetzt schon von hochpreisig bis günstig sortiert. Es käme nur eine Kategorie hinzu.«

»Und du denkst«, wandte Max ein, »eine Baronin möchte neben der Ehefrau ihres Fleischers einkaufen?«

»Eine *Baronin*«, zischte Louisa, »zieht es ohnehin nicht hierher. Und dass sie den Fleischer, geschweige denn seine Ehefrau persönlich kennt, halte ich für abwegig. Das wüsstest du, würdest du unsere Kreise schon so lange kennen wie ich.«

»Louisa«, ging ihr Vater dazwischen, »das ist gänzlich unangebracht. Deine Enttäuschung in Ehren, aber hier geht es ums Geschäftliche, da haben persönliche Angriffe nichts zu suchen.«

»Tut mir leid«, murmelte Louisa halbherzig.

Es wurde hin und her diskutiert, aber Max sprach sich vehement gegen den Plan aus, und mochte der eine oder andere noch unentschlossen sein, so hieß die einhellige Antwort bald Nein. Louisa akzeptierte das schweren Herzens, wenngleich es in ihr brodelte. Sie wartete jedoch, bis sie nach der Besprechung mit Max in seinem Arbeitszimmer war und die Tür hinter sich geschlossen hatte.

»Das ist absolut erbärmlich!«, fauchte sie.

Max blieb ungerührt. »Es ist nichts Persönliches, die Idee überzeugt einfach nicht.«

Sie stieß ein höhnisches Lachen aus. »Aber natürlich!«

»Die Kinderabteilung hat mich überzeugt, erinnerst du dich? Es liegt an dem, was du präsentierst, nicht an dir. Und damit, ob ich mit dir ins Bett gehe oder nicht, hat das erst recht nichts zu tun.«

»Du grollst mir noch wegen der Sache mit Dorothea, obwohl ich gesagt habe, es tut mir leid. Ich wusste nicht, dass sie...«

»Nein, ich grolle dir nicht mehr, ja? Ich schlafe nur nicht mehr mit dir, das ist alles.«

»Dafür hast du ja immerhin recht schnell Ersatz gefunden.« Obwohl Louisa das Thema bisher gemieden hatte, ebenso wie sie Max seither weitestgehend aus dem Weg ging, brach es nun aus ihr heraus. »Bist du bei der Baronin wenigstens auf deine Kosten gekommen?«

»Das kommt auf den Standpunkt an.«

»War sie nicht zufriedenstellend im Bett?«

»Bis dahin sind wir nicht gekommen.«

Louisa wollte nichts mehr hören und wandte sich ab.

»Ich bin mit ihr zu ihrer Villa spaziert und habe mich vor der Tür höflich von ihr verabschiedet.«

Langsam drehte Louisa sich zu ihm um, eine spöttische Antwort auf der Zunge. »Nicht ernsthaft«, sagte sie dann aber.

»Doch. Und nun hält sie mich für so anständig, dass sie erst recht für mich entflammt ist.« Max zog eine komische Grimasse, und obwohl Louisa nicht danach war, musste sie lachen.

»Ich wollte es eigentlich«, gestand er, »aber ich habe es nicht getan, weil du so offenkundig eifersüchtig warst.«

»War ich nicht.«

Das war ihm nur ein spöttisches Lächeln wert.

Louisa fühlte sich mit einem Mal zutiefst erschöpft und ließ sich in seinen Besucherstuhl sinken. »Ich war bei Dorothea«, sagte sie, »an dem Tag, an dem der Artikel erschienen ist. Ich habe ihr gesagt, dass ich mit dir schlafe, dann könne sie das ja als Nächstes in die Zeitung setzen.«

Unverhohlenes Erstaunen zeichnete sich in Max' Gesicht. »Das hast du ihr wirklich gesagt?«

»Ja.«

»Und was hat sie darauf erwidert.«

»Sie hat mich nur entgeistert angestarrt, danach bin ich gegangen, und wir haben uns seither nicht mehr gesehen.« Louisa entdeckte an ihrem Kleid einen losen Faden und zog daran. »Ich möchte nicht, dass es vorbei ist.« Jetzt war es endlich heraus.

Max, der bislang noch hinter seinem Schreibtisch gestanden hatte, setzte sich nun ebenfalls. »Ich auch nicht«, gestand er. »Aber so, wie es bisher lief, kann es nicht weitergehen.«

»Ja, das stimmt wohl.« Sie zupfte mechanisch an dem Faden.

»Lass uns warten«, sagte er schließlich, »und sehen, wohin uns das alles führt.«

Louisa nickte nur, obwohl sich ihr das Eingeständnis ihrer Gefühle für ihn in der Kehle ballte. Sie wollte ihm sagen, was sie empfunden hatte, als sie das letzte Mal zusammen gewesen waren, aber sie blieb stumm. Ihr fiel ein Sprichwort ein. *Der Narr trägt das Herz auf der Zungenspitze.* Vielleicht war Schweigen in manchen Fällen wirklich die bessere Wahl.

»Ich war seither mit keiner anderen Frau zusammen«, sagte Max, »und es wird auch keine andere geben, ehe wir wissen, was aus uns beiden wird.«

Wieder nickte Louisa.

»Was das Ablehnen deiner Idee angeht, hat das in der Tat nichts damit zu tun, wie es zwischen dir und mir steht.«

»Aber es war eine gute Idee. Warum können wir nicht offener sein für Neues? Und warum glaubt mir keiner, dass ich ein Gespür dafür habe? Meine bisherigen Ideen waren gut.«

»Aber diese hat niemanden überzeugt.«

»Allen voran dich nicht, daher sind die anderen mitgezogen.«

»Dein Vater war ebenfalls nicht angetan.«

»Weil er auch noch alten Ideen anhängt.« Wieder war da diese hilflose Wut, weil sie im Kaufhaus so wenig zu sagen hatte. Aber wie sie es auch drehte und wendete, ihr Vater würde sie niemals als Erbin einsetzen, Kaufhäuser wurden an Männer aus der Familie vererbt, und wenn keiner da war, gingen sie in Körperschaften über. Eine Frau an der Spitze eines Kaufhauses – das wäre aus Sicht vieler unvorstellbar. Dabei war Louisa sich sicher, dass sie es schaffen konnte, wenn ihr die richtigen Leute zur Seite standen. Das war es wohl auch, was Max zurückhielt – dass er ebenso wie sie daran zweifelte, dass ein Zusammenleben unter diesen Voraussetzungen funktionieren konnte. Das Kaufhaus wäre immer ein Zankapfel zwischen ihnen, und auch wenn Louisa die Diskussionen oft genoss, so waren die Momente der Frustration, wenn man ihre Vorschläge lapidar abtat, zu schmerzlich und frustrierend. Sie stellte sich vor, wie sie ihr Leben in den Dienst des Kaufhauses stellte, Töchter bekam und wusste, dass diese von all dem, wofür sie kämpfte, nicht einmal die Brosamen abbekamen. Lange hatte Louisa geglaubt, in ihrem Fall wäre alles anders, ihr Vater würde begreifen, dass sie vom Kaufhaus ebenso viel verstand wie ein Sohn, dass sie hart arbeitete, und er würde das honorieren, indem er es ihr überließ.

»Und wenn ich einen Kostenplan erstelle wie beim letzten Mal?«, startete sie einen letzten Versuch.

»Das ändert nichts daran, dass das Konzept nicht funktioniert. Wir bieten keine Billigware an.«

Wir. Louisa schluckte den Zorn runter, erhob sich und verließ das Bureau.

»Das darf doch nicht wahr sein!« Caspar war von seinem Stuhl aufgesprungen. »Und man hat es wieder bei dir gefunden?«

»Ja«, antwortete Mathilda, den Tränen nahe. »Und dieses Mal hat Marie Schwanitz es vermutlich gemerkt. Die Börse war wieder in meiner Manteltasche und ist rausgefallen, als ich meine Tasche geholt habe. Ich konnte mich irgendwie herausreden, aber ich weiß nicht, ob sie mir geglaubt hat.«

»Und Frau Gräf hat auch nichts bemerkt?«

Mathilda schüttelte den Kopf.

Caspar stieß in einem ungeduldigen Schnauben den Atem aus. »Ich kümmere mich darum, mein Liebes. Vielleicht ziehst du dich erst einmal aus der Abteilung zurück und gehst Herrn Falk zur Hand.«

Das wurde mit weniger Begeisterung aufgenommen, als er erwartet hatte. »Dann würde Marie doch erst recht denken, dass ich etwas verberge.«

»Aber wir müssen eine Lösung finden.«

Mathilda wirkte niedergeschlagen. »Und wenn wir es an die Verkäuferinnen kommunizieren? Wenn wir sie darauf ansprechen, ob sie etwas beobachtet haben?«

»Damit könnte man den Spekulationen den Wind aus den Segeln nehmen. Es könnte allerdings auch nach hinten losgehen und wirken, als wolltest du dich herausreden, nachdem Fräulein Schwanitz dich gesehen hat. Und wie erklären wir dann außerdem, dass es bereits zwei Mal vorgekommen ist und wir jedes Mal so getan haben, als seien die Sachen zufällig wieder aufgetaucht? Wir machen uns vor dem Personal unglaubwürdig, und das wäre keine gute Ausgangsposition.«

»Fällt dir etwas Besseres ein?«

»Nein«, gestand Caspar. »Allerdings werde ich eine weitere Detektivin einstellen, deren alleinige Aufgabe es ist, die Damenabteilung im Auge zu behalten, insbesondere das Lager.«

Mathilda nickte verzagt.

Die Tür wurde geöffnet, und Sophie trat ein. »Papa, ich wollte dich fragen, ob du mit mir einen Kaffee trinkst. Blanche hat keine Zeit, und allein ist es furchtbar langweilig.«

Caspar lächelte. »Später, Liebes. Wir haben hier gerade noch etwas zu klären.«

Sophie schloss die Tür hinter sich und kam näher. »Ich hoffe, nichts Schlimmes.« Sie sah Mathilda an, als hoffe sie auf das Gegenteil, was Caspars Geduld mit ihr rasch erschöpfte. Es konnte doch wohl nicht wahr sein, dass sie immer noch um diesen Kerl stritten.

»Es gab wieder einen Diebstahl«, erklärte er ihr. »Und offenbar hat jemand versucht, Mathilda das Diebesgut unterzuschieben.«

Eine Falte trat zwischen Sophies Brauen. »Wie das?«

»Indem diejenige erst die Kundin bestohlen hat und später ins Lager gegangen ist, um mir das Diebesgut in die Tasche zu stecken. Und es war nicht das erste Mal.«

Sophie wirkte bestürzt. »Meinst du die Diebstähle in der Damenabteilung in den letzten Monaten? Die sich nicht als Diebstähle, sondern Unachtsamkeit herausstellten?«

»So haben wir es aussehen lassen, damit ich nicht als Diebin gelte.«

Nachdenklich sog Sophie die Unterlippe ein, sah auf Caspars Tisch, schien etwas sagen zu wollen.

»Was ist los, Sophie?«

»Ich … ich irre mich vermutlich, und das hat überhaupt nichts damit zu tun.«

»Wenn du etwas weißt, sag es bitte. Ob es relevant ist, können wir dann ja feststellen.« Wenn Caspar etwas nicht ausstehen konnte, dann, wenn um den heißen Brei herumgeredet wurde.

»Olga war heute beim Lager, sie kam heraus und hat sich dann Kleider angesehen, die direkt daneben ausgestellt waren.«

»Wie bitte?« Caspar konnte sich so einiges vorstellen, aber nicht das.

»Sie kam aus dem Lager«, beharrte Sophie. »Und ich kann

mir nicht vorstellen, was sie dort zu suchen gehabt hat. Erst habe ich mir nicht viel dabei gedacht, sie läuft hier ja ohnehin herum, als gehöre ihr das Kaufhaus bereits.« Diese kleine Spitze konnte sie sich offenbar nicht verkneifen. »Aber da sie dort im Grunde genommen nichts zu suchen hat, wüsste ich nicht, was sie sonst dorthin geführt haben könnte.«

»Warum sollte Olga das tun?«, fragte Caspar.

»Weil sie uns nicht ausstehen kann? Weil sie vielleicht alles daransetzen würde, uns zu verunglimpfen?«

»Im Grunde genommen«, fügte Mathilda zögernd hinzu, »könnte Sophie recht haben.«

Caspar sah seine Töchter an, die für diesen Moment wieder geeint waren. »Du hast sie ebenfalls herauskommen sehen?«

»Nein, aber sie war jedes Mal da, wenn etwas gestohlen wurde.«

Grundgütiger, dachte Caspar. Hatte er sich mit einer Frau eingelassen, die auf dem Weg in sein Haus nicht einmal davor zurückschreckte, seine Töchter zu diffamieren? Wieder sah er sie beide an, und seine Brust schien sich zusammenzuziehen. Er hatte Olga inzwischen sehr gern, und die körperliche Liebe fühlte sich mit ihr tatsächlich auf eine längst vergessene Weise wunderbar an, auf eine Weise, die über reines Verlangen hinausging.

»Du bist dir sicher, dass sie *im* Lager war?«, fragte er. »Sie stand nicht vielleicht einfach davor?«

Nun wirkte Sophie verletzt. »Es fiel mir schwer genug, das überhaupt zu erzählen.«

Caspar rieb sich die Augen, überlegte. »Also gut. Ich werde mit ihr sprechen.«

»Soll jemand sie hochschicken?«, fragte Mathilda.

»Nein, sie wird sich sicher später ohnehin bei mir im Bureau blicken lassen, dann rede ich mit ihr darüber.« Und bis dahin hatte er Zeit, sich zu überlegen, wie er die Angelegenheit anging.

Olga war gespannt auf die in Kürze stattfindende lange Einkaufsnacht für Frauen. Wenn man Mathilda eines lassen musste, dann, dass sie wirklich gute Ideen hatte. Nachts einkaufen zu gehen hatte gleichzeitig etwas Aufregendes und Verruchtes an sich, und die Werbung dafür war unter den Damen sehr gut angenommen worden. Viele lockte die Vorstellung, von den Männern unbeobachtet Wäsche und Kosmetik anzusehen, alles frei ausgestellt.

Sie hatte einen Abstecher in die Damenabteilung gemacht, war hernach noch ein wenig herumgeschlendert und saß schließlich bei einem Tee im Café, blätterte in einem Magazin und versuchte, die Nervosität, die im Wechsel mit überbordender Freude und Angst in ihr rang, niederzukämpfen. Sie würde Caspar aufsuchen, zu sich einladen. Und wenn sich dann der passende Moment ergab, würde sie es ihm erzählen.

Die letzten Wochen über war es nur ein Verdacht gewesen, den sie aus Angst vor Enttäuschung immer wieder beiseitegeschoben hatte. Heute jedoch war sie beim Arzt gewesen, und der hatte ihr bestätigt, was das Ausbleiben ihres Monats im März und April bereits ahnen ließ, und Olga war es, als berste ihr die Brust vor Glück. Gleichzeitig beschlich sie die Furcht, was Caspar dazu sagen würde. Es gab Männer, die unleidlich auf die offenkundigen Folgen ihrer Liebschaften reagierten. Würde er sie heiraten? Oder würde er lediglich anbieten, sie und das Kind zu versorgen? Damit, das würde Olga klarstellen, konnte er sie nicht abspeisen. Sie war schließlich keine Lebedame von der Straße, sondern kam aus einer gutbürgerlichen Familie und wollte dieser auch künftig unter die Augen treten können. Etwas anderes als eine Ehe kam nicht infrage.

Als Olga ihren Tee getrunken hatte, zahlte sie und verließ das Café, um Caspar einen Besuch abzustatten. Obwohl die Enthüllung ihres Geheimnisses noch nicht unmittelbar anstand, hämmerte ihr das Herz in schmerzhaften Stößen gegen die Rippen. Sie öffnete die Tür zu seinem Bureau und lächelte ein wenig scheu, als sie eintrat.

»Ah, guten Tag, Olga.« Caspars Lächeln wirkte etwas angestrengt.

»Ich hoffe, ich störe nicht.«

»Nein, gar nicht. Komm doch rein.«

Sie schloss die Tür hinter sich und ging zu seinem Schreibtisch, ließ sich auf einem der Besucherstühle nieder.

»Tee?«, fragte er.

»Danke, aber ich war schon oben im Café.« Sie sah ihn aufmerksam an, versuchte, seine Miene zu deuten, die seltsame Art, in der er sie ansah. Ob er etwas ahnte?

»Es hat schon wieder einen Diebstahl gegeben.«

Daher der Ernst? Wegen etwas so Banalem? »Wurde denn etwas Großes gestohlen?«

»Nein, eine Geldbörse, wie beim letzten Mal.«

»Beim letzten Mal?« Olga runzelte die Stirn.

»Ja, hattest du das nicht mitbekommen? Sie tauchte unter einem Kleiderständer wieder auf. Was seltsam war, da die Kundin dort nicht gewesen ist.«

»Ah ja.« Olga zuckte die Schultern. »Vielleicht hat sie es einfach vergessen.«

»Möglich. Tatsache war, sie hat die Börse dort nicht verloren. Jemand hat sie Mathilda untergeschoben. Es war bereits der dritte Diebstahl, bei dem versucht wurde, Mathilda als Diebin hinzustellen.«

»Und was sagt die Detektivin dazu?«

»Die hat nichts gesehen.«

»Das ist natürlich ärgerlich.« Olga bekam nun doch Lust auf Tee und stand auf, um sich eine Tasse von der Anrichte zu nehmen. »Du auch?« Sie hob die Teekanne.

»Nein, danke.«

Olga goss sich Tee ein, rührte Sahne hinein und etwas Zucker, dann ging sie zurück zum Schreibtisch. »Was wirst du nun tun?«

»Überlegen, wem daran gelegen ist, Mathilda schlecht dastehen zu lassen.«

»Die Überlegung allein dürfte nicht reichen, wenn niemand etwas gesehen hat.« Olga setzte die Tasse an die Lippen.

Caspar sah sie auf eine eigenartige Weise an, und wieder fragte sie sich, ob er nicht doch etwas ahnte. »Ich habe vorhin mit Sophie gesprochen, sie hat etwas beobachtet.«

»So?« Olga verstand dieses Herumlavieren nicht, sonst kam er doch auch direkt auf den Punkt. Sie legte die Hand an den Bauch, fragte sich, wann die erste leichte Wölbung zu ertasten wäre.

»Ich ... also, es geht darum ...« Er räusperte sich und hatte nun Olgas Aufmerksamkeit. Ein Caspar, der um Worte rang? »Hör zu, ich muss dich etwas fragen. Sophie erzählte es, und ich muss wissen, ob es stimmt.«

Das Herumgedruckse und die Nennung Sophies ließ eine diffuse Unruhe in ihr aufsteigen. »Nur frei heraus.«

»Sophie sagte, sie habe dich gesehen.«

»Das mag sein, ich habe Kleider angeschaut und...« Olga hielt inne. »Einen Augenblick. Soll das heißen, du verdächtigst *mich* des Diebstahls?«

»Nein, aber nach allem, was Sophie erzählte, warst du jedes Mal vor Ort. Mathilda hat das bestätigt, und da wir alle wissen, dass du und meine Töchter euch als eine Art Gegner gegenübersteht, möchte ich wissen...«

»Ob ich«, fiel Olga ihm kalt ins Wort, »deine Kundinnen bestehle und es Mathilda auf plumpe Weise unterschiebe. Weil mein Spatzenhirn denkt, du würdest ernsthaft Mathilda des Diebstahls verdächtigen, sie verstoßen und mir damit den Weg freigeben.«

»Ich unterstelle dir überhaupt nichts, sondern frage nur.«

»Was du nicht tun müsstest, wenn du nicht glauben würdest, dass etwas daran ist.«

»Warum sollte Sophie mich anlügen?«

Das war Olga nur ein Lachen wert.

»Sie denkt, dass es dir darum geht, nach und nach Zwietracht zwischen mir und meinen Töchtern zu säen.«

»Ah, denkt sie, ja?« Eine heiße Welle des Zorns durchlief Olga. »Und du? Was denkst du?«

»Ich kann doch nicht ignorieren, was sie sagt.«

Das war Antwort genug. Olga erhob sich hastig. »Nun, wenn das so ist, dann sollten sich unsere Wege besser trennen.«

»Das wäre vorübergehend vielleicht das Beste. Zumindest so lange, bis die Sache aufgeklärt ist.«

Ein tumber Schmerz nistete sich in Olgas Brust ein, wuchst dort und drohte, ihr die Rippen zu sprengen. Sie konnte nur kurze Atemzüge tun und schnappte nach Luft.

»Dass du mir das zutraust, Caspar.«

»Nein, ich ...«

»Hör doch auf! Natürlich tust du das.«

»Du warst jedes Mal da, wenn etwas gestohlen wurde.«

Sie lachte, obwohl ihr wahrhaftig nicht danach war. »Ich wollte dich heute einladen, daher bin ich gekommen. Und in der Kleiderabteilung war ich, um ein schönes Kleid dafür auszusuchen, nicht, um deine Kundinnen zu bestehlen. Ich bin schwanger, Caspar.« Sie bemerkte, wie sich sein Blick zu entsetzter Fassungslosigkeit wandelte, gab ihm aber nicht die Möglichkeit zu antworten. »Mach dir keine Sorgen, ich werde es nicht behalten. Ich habe mir so sehr ein Kind gewünscht, aber eher bin ich bereit, es noch in meinem Leib zu töten, als dass ich einen Mann wie dich heirate.«

Sie drehte sich so abrupt um, dass ihr Kleid die Teetasse vom Tisch fegte und diese auf dem Boden mit einem Klirren zersprang. Ohne sich umzusehen durchquerte sie das Zimmer, riss die Tür auf, lief an einer verblüfft dreinblickenden Frau Harrenheim vorbei und bemerkte Sophie, die an der Balustrade stand und auf etwas zu warten schien.

Olga blieb stehen, sah sie an. »Du hast gewonnen, ich bin weg.«

Sophie lächelte mit so einer unverhohlenen Freude und Genugtuung, dass Olga sie am liebsten ins Gesicht geschlagen hätte. Ehe sie wirklich in Versuchung geriet – Konsequenzen durch Caspar musste sie ja nicht mehr fürchten –, wandte sie sich ruckartig ab und ging in raschen Schritten weiter. Sie wollte den Aufzug nehmen, entschied sich dann aber doch für die Treppe. Im ersten Obergeschoss lag die Damenabteilung, und Olga entdeckte Mathilda nach kurzem Suchen.

Diese wirkte befremdet. »Olga? Was ...«

»Ich war es nicht, aber ich vermute, das weißt du und hast die ganze Sache mit deiner Schwester zusammen ausgeheckt, nicht wahr? Egal, ihr habt, was ihr wollt, ich gehe. Dein Vater und ich sind ab jetzt getrennt.«

Die Erleichterung auf Mathildas Gesicht war fast zu viel für Olga. Sie ergriff ihre Hand, legte sie auf ihren Bauch, was Mathilda mit überraschter Miene geschehen ließ. »Du weißt, was es heißt, ein uneheliches Kind großzuziehen, und ich werde keinen Caspar Marquardt hinter mir haben, für den es mir all das wert ist. Ich werde es wegmachen lassen, dein Geschwisterchen. Du und Sophie habt es auf dem Gewissen.«

Nun weiteten sich Mathildas Augen erschrocken. »Aber ich ...«

Olga jedoch drehte sich von ihr weg, eilte aus der Abteilung, und was immer Mathilda ihr sagen wollte, verhallte ungehört.

»Das habe ich doch nicht wissen können.«

Louisa reichte Mathilda ein Taschentuch. »Nein, natürlich nicht, beruhige dich. Du weißt doch nicht einmal, ob die Geschichte stimmt oder ob sie zum Abschied einfach einen dramatischen Auftritt hinlegen wollte.«

»So wirkte es aber nicht.« Mathilda tupfte sich die Tränen ab.

»Wenn sie es abtreibt, hat sie es auf dem Gewissen, nicht

du und Sophie.« Louisa bestellte noch einen Kaffee für sie. »Wart ihr euch denn mit der Beobachtung sicher?«

Mathilda zerknüllte das Taschentuch zwischen den Fingern. »Sophie hatte es ja gesehen, nicht ich. Ich wusste nur, dass sie jedes Mal dort war, wenn es geschehen ist.« Inzwischen fragte sie sich, ob sich Sophie nicht geirrt hatte. Es war ihr schlüssig erschienen, dass Olga auf diese Weise einen Keil zwischen sie und ihren Vater treiben wollte. Mathilda, die uneheliche und gesellschaftlich benachteiligte Tochter, die gewiss auch ein geringeres Erbe zu erwarten hatte, betätigte sich als Diebin. Für ihren Vater war das absurd, aber in Olgas Vorstellung war es das vermutlich ganz und gar nicht. Nun jedoch, wenn sie bedachte, dass Olga schwanger war, erschien ihr das alles nicht mehr ganz so offensichtlich.

»Wenn Olga wirklich schwanger wäre«, sagte Louisa, »würde sie jetzt nicht klein beigeben, sondern sich mit Zähnen und Klauen zur Wehr setzen. Das wäre doch ihre Möglichkeit, sich alles unter den Nagel zu reißen. Sie ist nicht schwanger, glaub mir.«

Mathilda schniefte und nickte, wenig überzeugt. Der Kaffee kam, und sie nahm einen so hastigen Schluck, dass sie sich Lippen und Zunge verbrannte.

»Auf jeden Fall ist sie nun endlich weg«, fuhr Louisa fort, »und wenn sie wirklich so niederträchtig gehandelt hat, tut sie mir kein bisschen leid. Dir einen Diebstahl unterzuschieben und dir danach auch noch zu sagen, du habest nun ihr Kind auf dem Gewissen, ist wirklich niederträchtig.«

»Sie sagt, sie war es nicht.«

»Natürlich sagt sie das. Aber wenn ich die Wahl habe, glaube ich eher Sophie.«

Mathilda nickte, denn im Grunde war es die sinnvollste Erklärung. Man würde ja jetzt sehen, ob sich der Vorfall wiederholte. Und wenn es doch wieder passierte, müssten sie sich eben bei Olga entschuldigen.

»Hat sie Sophie gegenüber die Schwangerschaft erwähnt?«, fragte Louisa.

»Ich weiß es nicht, aber sie hätte es uns sicher erzählt.« Mathilda fuhr mit einer Fingerspitze am Rand ihrer Tasse entlang, verharrte an jener Stelle, wo ein Tropfen Kaffee einen dunklen Fleck auf dem Porzellan bildete, und rieb leicht darüber. »Wir können nur hoffen, dass Sophie sich tatsächlich nicht geirrt hat, das wäre schlimm.«

Louisa blickte auf und an ihr vorbei.

»Womit geirrt?«, hörte Mathilda Sophie fragen.

»Mit dem Diebstahl.«

Sophie ließ sich ebenfalls am Tisch nieder. »Ich habe mich nicht geirrt. Und selbst wenn, sie ist fort, und sie kommt sicher nicht zurück. Konsequenzen hat sie nicht zu befürchten. Sie kann froh sein, dass Papa nur mit ihr gebrochen hat.«

»Sie sagte, sie sei schwanger«, sagte Louisa, und Sophie starrte sie fassungslos an.

»Heißt das, sie wird weiter insistieren? Aber mir sagte sie, sie gehen getrennte Wege. Woher weißt du, dass sie schwanger ist?«

»Sie hat es mir erzählt«, entgegnete Mathilda. »Und sie sagte, sie wird abtreiben.«

»Na, bestens.« Sophie winkte den Kellner herbei.

»Ist das dein Ernst?«

»Ja. Oder möchtest du, dass sie Papa mit ihrem Bastard

ködert? Wenn er überhaupt von ihm ist. Wer weiß, wie viele Eisen sie im Feuer hatte.«

»Also das traue ich ihr nun wiederum nicht zu«, verteidigte Louisa sie.

»Nein, ich auch nicht«, fügte Mathilda hinzu.

Sophie verdrehte die Augen und bestellte Tee und Gebäck. »Feiern wir, dass sie weg ist. Und bitte, seid nicht so naiv. Ihr wisst doch, dass Frauen wie sie alles daransetzen, eine gute Partie zu bekommen.«

Da Mathilda nach dieser Art von Gespräch nicht der Sinn stand, trank sie ihren Kaffee aus und erhob sich. »Ich muss zurück. Bis später.«

»Bis später«, antwortete Louisa, während Sophie ihr nur zunickte. Am liebsten hätte Mathilda von ihrem abgelehnten Heiratsantrag erzählt, aber Sophie würde ihr dann womöglich vorwerfen, Arjen ihr erst abspenstig gemacht und dann zurückgewiesen zu haben.

Anstatt in die Damenabteilung ging sie zu ihrem Vater. Die Sache mit Olgas Kind ließ ihr einfach keine Ruhe.

»Was gibt es?« Caspar Marquardt klang unleidlich, als sie sein Bureau betrat.

»Olga war vorhin noch bei mir und hat mir gesagt, ihr seid getrennt.«

»Wir waren nie offiziell ein Paar, daher stimmt das nur bedingt.« Er sah kaum auf. »War es das?«

Mathilda ging näher zu seinem Schreibtisch, schluckte. »Stimmt es«, fragte sie zaudernd, »dass sie schwanger ist?«

Nun hob er doch den Kopf und blickte sie an. »Wie kommst du darauf?«

»Sie war bei mir und hat es mir gesagt. Sie sagte…« Ihr

Vater wäre furchtbar wütend, wenn sie Olgas Worte wiederholte, und es war nicht auszuschließen, dass er zu ihr fuhr und sie zur Rede stellte.

»Ja, was hat sie gesagt?« Er tippte ungeduldig mit dem Stift auf den Tisch.

»Nichts, nur, dass sie schwanger ist.«

»Und warum erzählt sie dir das? Damit du Mitleid bekommst und Fürsprache für sie einlegst?«

»Nein, ich denke, das war es nicht. Sie sagte, sie hätte nichts gestohlen.«

»Habt ihr beide, du und Sophie, euch die ganze Sache nur ausgedacht?«

»Natürlich nicht!«

»Na also.« Er wandte sich wieder seinen Notizen zu, bemerkte dann, dass Mathilda immer noch ein wenig unschlüssig vor seinem Schreibtisch stand, und sah wieder auf. »Ist noch etwas?«

Da sein barscher Ton sie befremdete, schüttelte Mathilda nur den Kopf.

»Gut, dann lass mich arbeiten.«

Ohne eine Antwort zu geben, wandte Mathilda sich ab und verließ das Bureau wieder. Sie klopfte an Max' Tür, aber es kam keine Antwort.

»Herr Dornberg ist zur Mittagspause«, sagte Frau Harrenheim.

Mathilda bedankte sich und ging zur Treppe. Wenn ihr Vater schon so verärgert war, weil er sich von Olga verraten fühlte – anders war seine Stimmung nicht zu begründen –, wie würde er dann reagieren, wenn er von Mathildas Plänen erfuhr? Sie ging zurück zum Café, um zu sehen, ob Louisa noch da war. Irgendjemandem musste sie sich anvertrauen, und da war Louisa die Einzige, auf deren Verschwiegenheit sie vertraute.

*

»Sie müssen sich über die Konsequenzen im Klaren sein«, erklärte der Arzt, nachdem er Olga untersucht hatte. »In der Regel ist ein künstlich herbeigeführter Abort zu diesem Zeitpunkt zwar schmerzhaft, aber nicht gefährlich. Doch es kann natürlich zu Komplikationen kommen, die im schlimmsten Fall eine Unfruchtbarkeit zur Folge haben kann.«

»Dessen bin ich mir bewusst.« Olga wrang das Taschentuch zwischen ihren behandschuhten Fingern zu einer Wurst, glättete es, wrang es erneut zusammen. »Ich bin Mitte dreißig, die Wahrscheinlichkeit, zu heiraten und Mutter zu werden, ist eher gering.«

»Aber nicht ausgeschlossen.«

Olga schüttelte den Kopf. »Ich kann es nicht behalten.«

»Bei unserem letzten Gespräch wirkten Sie nicht unglücklich über die Schwangerschaft.«

»Ja, da bin ich von anderen Voraussetzungen ausgegangen.« Es war so leicht, den Blick zu deuten, das Mitleid, das Verstehen. Geschwängert und sitzengelassen, wie so viele vor ihr, sagte sein Blick.

»Gut, wir sollten das so schnell wie möglich in Angriff nehmen, ehe die Schwangerschaft zu weit fortgeschritten ist.« Er notierte einen Termin und reichte ihr den Zettel. »Sie haben die Gelegenheit, noch drei Nächte darüber zu schlafen. Wenn Sie es sich anders überlegen, reicht ein Anruf, ansonsten erscheinen Sie zu diesem Termin bei mir. Wir machen das frühmorgens, dann können Sie, wenn alles gut geht, vormittags wieder nach Hause. Und was die Diskretion angeht, so bleibt es bei dem, was ich gesagt habe. Ich helfe Frauen wie Ihnen, aber ich darf nicht riskieren, meine Zulassung zu verlieren. Sollte ein Wort darüber laut werden, wird es Ihr Ruf sein, der leidet, nicht meiner. Ich werde alles leugnen, Sie jedoch stehen mit der Schwangerschaft und dem illegalen Abbruch in der Öffentlichkeit.«

»Sie brauchen mir nicht zu drohen.«

»Ich drohe Ihnen nicht, aber ich muss mich schützen. Ebenso wie Sie sich.«

Sie faltete den Zettel, steckte ihn in ihr Täschchen und erhob sich. »Gut, bis dahin.«

Er brachte sie persönlich zur Tür und verabschiedete sich von ihr. Auf der Straße tat Olga mehrere tiefe Atemzüge, um innerlich zur Ruhe zu kommen. Wären die Umstände anders, würde sie für dieses Kind, das sie sich so sehnlichst gewünscht hatte, kämpfen. Aber sie hatte keine Wahl. Noch schlimmer als ihre jetzige Situation wäre zusätzlich die mit einem unehelichen Kind. Sie wäre geächtet. Mochte man sie derzeit auch belächeln, so war sie doch ein Mitglied der Gesellschaft, verwitwet und respektabel. Die Beziehung zu Caspar hatte sie diskret geführt, daraus würde ihr niemand einen Strick drehen können. Aber mit einem unehelichen Kind sah das anders aus. Dabei ging es nicht einmal nur um sie selbst – was würde sie dem Kind denn für eine Zukunft bieten können? Sie hörte bereits, wie man es hänselte, und ihr brach das Herz bei dem Gedanken daran, wie es weinend nach Hause kam, weil man es in der Schule schon wieder als Bastard beschimpft hatte. Und das Herz brach ihr auch bei der Vorstellung, dass es dieses Kind, das sich trostsuchend an sie schmiegte, niemals geben würde.

»Ah, na, so was?«

Olga blickte auf und unterdrückte ein Stöhnen, als sie Amelie Wittgenstein bemerkte. Ihr Ehemann hatte zwei Söhne und zwei Töchter gehabt. Mit den Söhnen war sie einvernehmlich auseinandergegangen. Dass sie sich anstandslos gefügt hatte, als klar wurde, dass sie kein großes Erbe zu erwarten hatte, sondern nur eine kleine Wohnung und eine ebensolche Rente bekam, hatte ihnen eine gewisse Anerkennung abgerungen. Wenn sie ihnen auf der Straße begegnete, grüßten sie in der Regel freundlich und gingen ihrer Wege. Die ältere Tochter war ein Jahr nach dem Tod von Olgas Mann nach München gegangen, wo ihr Ehemann lebte. Nur Amelie hegte nach wie vor einen unerklärlichen Groll gegen sie.

»Guten Tag, Amelie.« Olga wollte weitergehen.

»Ich habe gehört, man sieht dich gar nicht mehr im Hause Marquardt.« Amelie lächelte. »Offenbar ist er klüger als mein Vater.«

Irgendwann war es einfach genug, und bei Olga war dieser Punkt nun gekommen. »Amelie, Liebes, ich weiß, dass es furchtbar frustrierend sein muss, sich mit Sophie Marquardts abgelegtem Galan zufriedenzugeben, und ich weiß aus Erfahrung, wie schlimm es ist, nur zweite Wahl zu sein. Aber warum denkst du, dass ich diese Herablassung verdient habe? Immerhin habe ich dich verzogenes Gör nur um deines Vaters willen ertragen. Und ich habe *ihn* ertragen mit all seinen Launen. Ich habe ertragen, wie er sich schnaufend auf mir abgemüht und das später eine Liebesnacht genannt hat.«

»Das ist abscheulich!«, fiel Amelie ihr ins Wort.

Olga fuhr unbeirrt fort. »Ich habe ertragen, dass er mich um ein Kind betrogen hat. Ich denke, ich habe deinen Groll nicht verdient, vor allem angesichts dessen, dass ich dir nichts weggenommen habe, denkst du nicht auch?«

Amelie presste wütend die zitternden Lippen zusammen. »Mein Vater muss einen überaus vulgären Geschmack gehabt haben, dich zu heiraten«, stieß sie schließlich hervor.

Diese hilflose Replik war Olga jedoch nur ein Lächeln wert. »Einen guten Tag, Amelie.« Sie nickte ihr freundlich zu und setzte ihren Weg fort.

Sie war kaum ein paar Schritte gegangen, als die mühsam errungene Haltung von ihr abfiel, und sie beeilte sich, in die Abgeschiedenheit ihrer Wohnung zu gelangen, die ihr nie willkommener gewesen war als jetzt. Im Hausflur empfing sie Stille, und ihre Schritte klackerten auf dem Mosaikboden, als sie zur Treppe ging, deren Geländer sich glatt und kühl unter ihrer Hand anfühlte. Langsam nahm sie Stufe um Stufe, grüßte im Vorbeigehen eine Nachbarin, eine Witwe in den mittleren Jahren, und war schließlich an ihrer Wohnung angelangt, in der sie Stille empfing.

Aber sie hatte es ja in der Hand, sie konnte von Caspar Unterstützung verlangen für sich und ihr Kind, und gewiss würde er diese auch gewähren. Dann wäre Kinderlachen hier zu hören, und einen Moment lang gab sich Olga der Vorstellung hin, wie sie dem Kind bei den ersten Schritten auf der Treppe half, es lobte, wenn es stolz war, weil es die

Stufen allein bewältigt hatte, mit ihm die Wohnung betrat, auf dem Boden saß und spielte... Und dann stellte sie sich vor, wie die Nachbarn sie ansahen, wie sie einen Bogen um sie und das Kind schlugen. Stellte sich vor, wie Caspar erschien und das Kind in seine Obhut nahm, vor allem, wenn es ein Sohn und Erbe würde. Und niemand würde ihm widersprechen, sie war eine ledige Mutter und als solche kein moralisches Vorbild. Einerseits konnte sie sich nicht vorstellen, dass Caspar wirklich so etwas tun würde, andererseits traute er ihr ja auch zu, zu stehlen und seiner Tochter das Diebesgut unterzuschieben.

Der Gedanke daran schmerzte unerträglich. Und Caspar hatte sich seither nicht wieder bei ihr gemeldet, nicht nur sie war ihm gleich, auch ihr gemeinsames Kind war ihm nicht wichtig genug, um es am Leben zu erhalten. Vielleicht war er insgeheim sogar froh darüber, dass sie ihm die Verantwortung dafür abnahm, und er musste sich nicht einmal mit der Bürde belasten, eine so schwerwiegende Entscheidung getroffen zu haben. Olga ging in die Küche und setzte Teewasser auf, und während sie den Tee abmaß, fragte sie sich, ob sie womöglich doch zu schnell mit Caspar gebrochen hatte. Aber konnte sie mit einem Mann zusammen sein, der ihr nicht traute? Der es für möglich hielt, dass sie derart durchtrieben war? Gar seine Kundinnen bestahl? Konnte man tiefer sinken? Zudem war ihm ihr Ansinnen, sich nicht mehr zu sehen, ja durchaus recht gewesen. Sie mochte ihre Fehler haben, aber sie war keine Närrin. Und sie wusste, wann es Zeit war, einen Traum aufzugeben.

Die Angestellten schienen ebenso aufgeregt zu sein wie Mathilda und ihre Schwestern. Selbst Sophie schien ungewöhnlich aufgeräumt.

»Junge, was für ein Riesenspaß«, rief sie, während sie nach dem offiziellen Geschäftsschluss zusahen, wie die Kunden das Kaufhaus verließen.

»Richtig spannend wird es, wenn es draußen dunkel ist«, sagte Louisa, die zwischen Mathilda und Sophie auf der Empore im ersten Obergeschoss stand.

»Wir hätten uns etwas Gruseliges einfallen lassen sollen«, kam es von Sophie. »So als kleiner Scherz um Mitternacht.«

»Das könnte nach hinten losgehen«, antwortete Mathilda verhalten. »Stell dir nur einige der etwas hysterischeren Damen vor. Am Ende lösen die noch eine Panik aus.«

»Tja, bedauerlich«, entgegnete Sophie mit einem Seufzen.

Die Verkäuferinnen begannen in der Zeit zwischen Ladenschluss und erneuter Öffnungszeit für die Damen, die Modeartikel neu zu arrangieren. Miederwaren und feine Wäsche wurden über die Schaufensterpuppen drapiert, Kosmetik ausgelegt, Strumpfbänder und Strumpfhalter, feine Seidenstrümpfe, alles, was sich sonst nicht so offen begutachten ließ. Aber auch die anderen Abteilungen im ersten Obergeschoss waren geöffnet. Da sie einen Überblick brauchten, wie viele Damen das Kaufhaus betraten und hernach auch wieder verließen, hatte der nächtliche Einkauf angemeldet werden müssen. Das verlieh dem Ganzen einen Anschein der Exklusivität, da sie die Zahl der Übersichtlichkeit halber auf hundert begrenzen wollten. Da die Liste bereits nach einem Tag voll gewesen war, erweiterten sie sie um weitere zwanzig und vertrösteten die enttäuschten Damen, die zu spät waren, auf das nächste Mal.

Mathilda hatte bereits einige Ideen. Man konnte die Mode der kommenden Saison bereits einem kleinen Kreis in einer Einkaufsnacht für Damen vorstellen. Auch Sophies Vorschlag war auf fruchtbaren Boden gefallen, wenngleich Mathilda nicht vorhatte, die Damen zu erschrecken, sondern vielmehr dachte sie, man könnte an Karneval etwas planen, eine Art erlebbaren Schauerroman. Sie würde ihren Vater… Mathilda hielt in dem Gedanken inne. Nein, nicht ihren Vater, sie würde Arjen danach fragen. Eineinhalb Monate noch, und ihr Vater wusste weiterhin von nichts. Bei dem Gedanken daran durchfuhr sie ein Schauer von mit Furcht durchmischter Vorfreude. Er war derzeit ohnehin furchtbar unleidlich, eigentlich, seit er Olga nicht mehr traf, und Mathilda begann sich zu fragen, ob die Sache wirklich so einseitig gewesen war. Der Gedanke daran brachte sie wieder zu dem Kind und ihrem schlechten Gewissen. Mochte Louisa sagen, was sie wollte, Mathilda fühlte sich schuldig. Entschlossen verdrängte sie die Erinnerung an die letzte Begegnung mit Olga. Wenn dieser Abend vorbei war, würde sie sich überlegen, was zu tun war und wie sie damit umgehen sollte.

Ihr stand ja auch noch das Gespräch mit ihrem Vater bevor, aber daran wollte Mathilda noch weniger denken als an Olga. Louisa hatte weniger schockiert auf die Eröffnung, für Arjen zu arbeiten, reagiert, als erwartet, vielmehr schien es, als bewundere sie sie sogar ein wenig um den Schritt in die Unabhängigkeit. Nun blieb nur noch die Hoffnung, dass Caspar Marquardt es ebenso pragmatisch sah wie seine älteste Tochter, die ihm von allen am meisten glich.

Mathilda stand auf der Balustrade und sah hinunter in den Eingangsbereich, wo in Kürze die Türen geöffnet würden. Sobald alle Kundinnen im ersten Obergeschoss waren, würde man die Treppen hinunter mit Kordeln verhängen und je eine Aufpasserin abstellen, die sicherstellte, dass niemand unbemerkt hinunterging. Auf diese Weise sollte verhindert werden, dass in den nicht überwachten Bereichen Diebstähle stattfanden. Das Café war geöffnet, und auch oben standen zwei Damen und passten auf, dass die Kundinnen nur ins Café gingen und keine Streifzüge durch andere Abteilungen unternahmen. Die beiden Kellner im Café hatten Anweisung, es nicht zu verlassen, damit die Damen ungestört stöbern und einkaufen konnten. In jeder Abteilung im ersten Obergeschoss standen Verkäuferinnen, die Kassendamen waren ebenfalls anwesend. Es war alles so wie an jedem Verkaufstag auch, nur, dass die Männer in den Abteilungen von Frauen ersetzt worden waren.

»Wie aufregend das alles ist«, sagte Louisa, als die Eingangsportale endlich geöffnet wurden. Zwei Liftdamen waren in dieser Nacht dafür zuständig, sie zu öffnen und hernach zu schließen.

Die Damen strömten in das Kaufhaus, blieben stehen und sahen hoch zur Decke, wo sich das rotgoldene Dämmerlicht durch die Glaskuppel ergoss, über die Galerie hinunter auf den schimmernden Marmorfußboden tropfte, Tupfer und Schlieren zeichnete. Die Damen gingen langsam die Treppe hinauf, teilten sich am ersten Absatz, strebten in die Abteilungen, ein buntes Farbenspiel von Kleidern für eine Frühjahrsnacht.

»Also dann«, sagte Mathilda, »es kann losgehen.« Sie

drückte Louisas Hand und ging in die Damenabteilung, wo sich bereits Kundinnen eingefunden hatten und vor den Miederwaren standen, feine Spitze befühlten, sich Zeit nahmen, von Puppe zu Puppe zu gehen und die Unterwäsche anzusehen.

Mathilda schritt langsam durch die Abteilung, mit jenem ambivalenten Gefühl, der Traurigkeit, kein Teil mehr dieses Kaufhauses zu sein, und gleichzeitig der Freude, etwas Neues zu beginnen. Wie sehr sie all das hier vermissen würde. Für einen Moment wurde ihr das Herz so schwer, dass sie sich fragte, ob sie die richtige Entscheidung getroffen hatte. Dann wiederum überkam sie eine unbändige Leichtigkeit und die Gewissheit, Teil von etwas Großem werden zu dürfen. Sie lächelte, während sie sich umsah, und spürte dabei, wie ihr die Tränen in die Augen stiegen.

»Fräulein Lanters?«

Mathilda drehte sich um, blinzelte, wischte sich rasch die Nässe aus den Wimpern. »Frau von Beltz. Wie reizend, dass Sie gekommen sind.«

»Ist Ihnen nicht gut?«

»Doch, alles bestens. Wie geht es Ihnen?«

Nina von Beltz musterte sie aufmerksam, dann lächelte sie ebenfalls. »Sehr gut, vielen Dank. Ich habe lange über alles nachgedacht und bin vor zwei Tagen zu ihm zurückgekehrt. Seine Söhne saßen inzwischen wie auf glühenden Kohlen, sahen sie sich doch enterbt und verstoßen. Aber diese kleine Genugtuung musste ich mir einfach gönnen.«

Das waren ja ganz neue Töne. Mathilda hob fragend die Brauen, und Frau von Beltz lachte.

»Es war gemein, ich weiß. Aber sie waren so garstig zu

mir, und ich war mir in der Tat nicht sicher, ob ich mich dem erneut aussetzen möchte und ob ich es Johann antun kann, wieder von der Gesellschaft geschnitten zu werden. Und dann war er so glücklich bei meiner Rückkehr in sein Haus, dass ich wusste, ich habe mich geirrt. Wir haben uns, und wem das nicht gefällt, der kann uns gestohlen bleiben.« Ihr Lächeln war offen und strahlend.

»Das freut mich so sehr.« Mathilda drückte ihre Hände. »Sie sind so ein schönes Paar.«

»Danke, das hören wir leider viel zu selten.«

»Ich wusste gar nicht, dass Sie heute Abend kommen.«

»Johann hat es kurzfristig mit Ihrem Vater am Telephon geregelt, daher wurde mein Name erst gestern noch hinzugefügt.« Nina von Beltz sah sich um. »Was für eine wundervolle Idee!« Dann wandte sie sich wieder an Mathilda. »Würden Sie es vermessen finden, wenn ich Sie einmal zu einem Tee einlade?«

»Aber ganz und gar nicht.«

»Gut, dann habe ich das hiermit offiziell getan. Samstagnachmittag um drei? Wenn das Wetter es erlaubt, können wir uns in den Garten setzen.«

Mathilda sagte zu und betonte noch einmal, wie sehr sie sich darauf freue. Und das war nicht nur eine Floskel, hatte sie doch insgeheim schon länger darauf gehofft, diese junge Frau näher kennenlernen zu dürfen. Offenbar war dies die Zeit der Neuanfänge.

Sie verließ die Abteilung und ging hinüber zu den Accessoires, wo Sophie stand. Vielleicht war auch in dieser Hinsicht ein Neuanfang möglich. Sie hatten sich doch vorher immer gut verstanden, konnte da wirklich ein Mann zur

Entzweiung führen? Am kommenden Tag, das nahm Mathilda sich fest vor, würde sie ein offenes Gespräch mit ihrer Schwester führen. Vielleicht machte Liebe ja wirklich blind, und Sophie sah tatsächlich nicht, dass Arjens mangelnde Erwiderung nicht an Mathilda lag.

Sophie schien sie nicht zu bemerken und verließ die Abteilung, während Mathilda weiterschlenderte. Überall war Geplauder und Lachen zu hören, und die ersten Waren wurden bereits zur Kasse getragen. Das ließ sich wirklich blendend an. Die ersten Damen strebten bereits ins Café, das nur von Kerzen erleuchtet war, um eine heimelige Atmosphäre zu schaffen.

Mathilda hob den Blick hoch zur Glaskuppel, die nun in nächtliches Dunkel getaucht war. Die Einkaufsnacht würde bis drei Uhr in der Früh dauern, dann war noch genug Zeit, alles aufzuräumen, damit am kommenden Tag pünktlich geöffnet werden konnte. Für die Mitarbeiter würde das eine kurze Nacht werden, aber sie wurden entsprechend finanziell entschädigt, das würde sie über den mangelnden Schlaf hinwegtrösten. Zudem durften die Verkäuferinnen, die in dieser Nacht da waren, am kommenden Tag zwei Stunden später erscheinen.

»Papa wird zufrieden sein«, bemerkte Louisa, die sich zu ihr gesellte. »Wir sollten das in der Tat jedes Jahr machen, als Aktion, um unsere neue Kollektion zuerst einer Auswahl an Kundinnen vorzustellen. Die Leute werden sich darum reißen, diesen exklusiven Einblick zu bekommen.«

»Wenn es heute weiterhin so gut läuft, wird Papa sicher ein offenes Ohr dafür haben.«

»Wirst du diese Idee mit zu Arjen Verhoeven nehmen?«

»Nein, ich werde keine Idee kopieren, alles, was ich für Papa geplant und entworfen habe, bleibt hier.«

Sie waren im Begriff, die Treppe hochzugehen, um zu sehen, wie zufrieden die Kundinnen im Café waren, als das Licht zu flackern begann. Louisa hielt inne, sah zu den Lampen hoch. »Was…«

In diesem Moment ging das Licht komplett aus, kam für einen winzigen Augenblick zurück und erlosch gänzlich. Überraschtes Raunen war zu hören, eine Frau schrie auf, Laute des Schreckens kamen aus den Abteilungen.

»Kein Grund zur Sorge!«, rief Louisa in die Finsternis. »Bleiben Sie, wo Sie sind, damit sich niemand verletzt.« Die Angestellten gaben die Anweisung weiter, und Mathilda wandte sich an Louisa. »Und jetzt?«

»Ich hole Kerzen aus dem Café, und dann sehen wir weiter.«

Behutsam tastete Louisa sich die Treppe hoch, und als sie oben war, hatten ihre Augen sich allmählich an die Dunkelheit gewöhnt, und sie konnte Konturen wahrnehmen.

»Was ist passiert?«, fragte eine der Angestellten.

»Ich weiß es nicht. Wir sehen jetzt erst einmal zu, dass wir die Abteilungen mit Kerzen ausstatten, dann gehe ich zur Schalttafel und sehe nach, was los ist.«

Im Café hatte man nur insofern etwas bemerkt, als dass die Geräte auf einmal nicht funktionierten. Also ein Ausfall des Stroms und nicht nur des Lichts. Louisa nahm einen Kerzenleuchter, verließ das Café und wies die Angestellten an, sich mit Kerzen zu versorgen, um Licht in die Abteilungen zu bringen.

»Nehmt Leuchter aus der Einrichtungsabteilung, wenn unsere nicht reichen«, sagte sie.

»Zu Ihrer Unterhaltung«, hörte Louisa Sophie sagen, als sie die Treppe hinunterschritt, »spielt Fräulein Marquardt jetzt das Schlossgespenst.«

Verhaltenes Kichern war zu hören, und Louisa setzte ihren Weg fort, erleichtert, dass die Stimmung nicht in Panik umschlug. Das Erdgeschoss wirkte seltsam fremd in der kerzenerleuchteten Finsternis, und selbst Louisa, die so vertraut mit dem Kaufhaus war, wurde es ein wenig unheimlich zumute. Schatten tanzten flackernd vor ihr, Silhouetten schälten sich aus der Dunkelheit, das ganze Kaufhaus wirkte auf eine bizarre Weise verzerrt. Louisa beschleunigte ihre Schritte und gelangte schließlich an der Schalttafel an.

Sie betrachtete sie in der Hoffnung, einfach nur einen Schalter umlegen zu müssen, fand jedoch alles in bester Ordnung vor. Der Hauptschalter war, wie er sein musste, ebenso die kleineren Schalter für die Abteilungen. Das Problem musste also beim Strom an sich liegen. Da sie sich damit überhaupt nicht auskannte, schloss sie die Tür zur Stromanlage wieder und ging zurück ins erste Obergeschoss. Die Techniker würden sich am kommenden Tag darum kümmern müssen.

Inzwischen waren die Abteilungen mit Kerzen versorgt, und es herrschte eine recht romantische Atmosphäre. Eigentlich war es sogar noch schöner als mit dem elektrischen Licht, und die Damen empfanden wohl nun auch den Reiz des Geheimnisvollen, denn ihre Kauflust war nun, da sie wieder etwas sehen konnten und keiner beunruhigt schien, ungebrochen. Louisa ging durch die Abteilungen, vergewisserte sich, dass alle zufrieden waren, und machte sich wieder auf den Weg ins Café.

»Heiße Getränke können wir nicht anbieten«, erklärte einer der Kellner.

»Nein, natürlich nicht. Bleiben Sie bei Erfrischungen und Gebäck.«

»Ja, gnädiges Fräulein.«

Als Louisa zurück in das erste Obergeschoss kam, sah sie Sophie, die sich mit Blanche unterhielt. Beste Freundinnen – dieser Anblick erinnerte sie an Dorothea. Diese hatte sich seit jenem verhängnisvollen Artikel einmal telephonisch gemeldet und danach – da Louisa das Gespräch nicht annehmen wollte – einen Brief geschrieben. Louisa hatte ihn ungelesen verbrennen wollen, aber dann war ihr das kindisch erschienen, und sie hatte ihn geöffnet. Außer einem Haufen Erklärungen, warum sie so habe handeln müssen, hatte der Brief jedoch nichts hergegeben. Nachdem Louisa nicht auf das Schreiben reagiert hatte, verfiel auch ihre ehemalige beste Freundin in Schweigen.

Louisa dachte an Max und daran, wie es nun mit ihnen weitergehen würde. Im Moment konnte man von einer vorsichtigen Annäherung sprechen, von der sie beide nicht sicher waren, wohin sie sie führen würde. Und seltsamerweise lag darin für Louisa weitaus mehr Gefühl als in den Liebesakten. Zu denen war es nicht mehr gekommen, was Louisa weitere Gewissensnöte ersparte und ihr die Zeit gab, in Ruhe über alles nachzudenken.

An der Treppe nahm sie einen seltsamen Geruch war, schnupperte, brauchte einen Moment, ihn erneut zu erhaschen. »Riecht es hier verbrannt?«, fragte sie eine der Angestellten.

»Kam mir auch so vor«, sagte diese. »Aber es ist zu vage, um es genau zu sagen.«

»Ich schaue lieber nach, nicht, dass eine der Kerzen umgekippt ist.« Louisa ging rasch von Abteilung zu Abteilung, aber nirgendwo war ein Feuer zu sehen oder zu riechen. Sicherheitshalber sah sie auch noch im Café nach, doch auch dort war alles in bester Ordnung. Louisa ging zurück, schnupperte erneut, konnte aber nichts ausmachen.

Kurz darauf kam Mathilda zu ihr. »Verkokelt da irgendwas?«

»Habe ich mich auch schon gefragt, aber in den Abteilungen ist nichts.«

»Da war ich gerade auch schon und habe nachgesehen.«

»Vielleicht kommt es von der Straße. Man würde es doch sehen, wenn da was wäre.«

Man sah es eine halbe Stunde später. Louisa hätte im Nachhinein nicht mehr zu sagen vermocht, wer es zuerst bemerkt hatte, sie, die Angestellten, die Kundinnen oder alle gleichzeitig, auf jeden Fall setzte sich der Schrei »Feuer« ebenso rasch durch das Obergeschoss fort, wie die Flammen sich durch das Erdgeschoss fraßen. Schreie waren zu hören, die Frauen kamen aus den Abteilungen geströmt, liefen zur Treppe, indes das Feuer sich die Tapeten hochzüngelte, an der Galerie leckte. Louisa wollte zur Mäßigung rufen, aber sie blieb ungehört. Die ersten Frauen wollten die Treppe hinunter, stießen die Angestellte zur Seite, stolperten über die Kordel, andere strömten hinterher, trampelten über die erste Frau, die die Stufen hinunterfiel, hinweg. Auch die Angestellten flohen aus den Abteilungen, und Louisa, die in die entgegengesetzte Richtung lief und dabei mehrmals fast umgerannt wurde, sah, wie Kerzen umgestoßen wurden, ausgestellte Kleider und Stoffe Feuer fingen.

»Grundgütiger!«

Mathilda kam zu ihr gerannt. »Die Gäste oben im Café wissen es noch nicht.«

»Geh runter, ich hole sie«, sagte Louisa.

Einige der Angestellten behielten die Nerven, darunter Johanna Sandor und Wilhelmina Haas. Sie halfen den gestürzten Frauen auf der Treppe, während eine Verkäuferin aus den Accessoires durch die Abteilungen lief und nachsah, ob dort noch Kundinnen waren. Kurz darauf kamen auch die Damen und die beiden Kellner die Treppe heruntergerannt, keuchend, sichtlich in Panik. Inzwischen brannte die Damenabteilung lichterloh.

»Überall wurden Kerzen umgestoßen«, schrie eine weitere Angestellte, die ebenfalls nach zurückgebliebenen Kundinnen Ausschau gehalten hatte.

Kühle Luft drang durch die geöffneten Flügeltüren des Kaufhauses, und diese fachte die Flammen noch weiter an.

»Raus hier!«, rief Mathilda. »Louisa, komm jetzt!«

»Wo ist Frau Weiß?« Louisa blickte sich hastig um. Die Angestellte aus den Accessoires war nicht zurückgekommen.

»Vermutlich ist sie auf der anderen Seite runter.« Mathilda hustete, als der Qualm nach oben drang. Glas klirrte, Geschrei übertönte das Tosen der Flammen. Sirenen waren zu hören, Männerstimmen.

»Mathilda!« Arjen Verhoeven erschien auf der Treppe. »Raus hier, schnell!«

»Ich muss nach Frau Weiß suchen, geht ihr schon mal. Ehe alles brennt.« Louisa machte Anstalten, sich abzuwenden, aber Arjen Verhoeven umfasste ihren Arm, zog sie zurück. »Ich sehe nach. Laufen Sie.«

»Ich …«

»Wenn Ihre Röcke hier Feuer fangen, brennt es wie Zunder. Und jetzt hören Sie auf zu diskutieren, verdammt noch mal. Wo ist sie? Hier im Obergeschoss?«

»Ja.«

Er wandte sich ab und rannte los, während Mathilda Louisa mit sich die Treppe hinunterzog. Auf der Straße erwartete sie eine Menschenmenge. Louisa fragte sich, wo die alle zu dieser späten Stunde herkamen.

»Allmächtiger«, schrie Mathilda, »da ist Frau Weiß.« Sie lief zurück zum Eingangstor, und dieses Mal war es Louisa, die sie festhielt. »Bleib hier.«

»Arjen sucht sie doch.«

»Bleib, ich hole ihn.« Ohne eine Antwort abzuwarten, lief Louisa zurück in das Kaufhaus. Der Qualm nahm ihr die Sicht, so dass sie die Treppe nur konturenhaft ausmachen konnte. Sie rannte zum ersten Absatz, wo sich die Treppe teilte, und blieb stehen. »Herr Verhoeven!«, rief sie und ging dann zum kürzeren »Arjen!« über, schrie seinen Namen hustend wieder und wieder und sah schließlich eine Silhouette durch den Rauch kommen. Ohne Worte zu verschwenden, packte er sie am Arm und lief mit ihr aus dem Kaufhaus. Draußen empfing sie eine weinende, aufgelöste Mathilda.

»Ich konnte sie nicht finden«, sagte Arjen.

»Sie ist hier draußen«, antwortete Mathilda und umarmte erst ihn, dann Louisa.

Die Feuerwehr traf ein, die Menge machte Platz, während die Feuerwehrleute den vergeblich scheinenden Kampf gegen die Flammen aufnahmen.

»Sind alle rausgekommen?«, fragte Louisa. »Hunderteinundzwanzig und sechzig Angestellte?«

»Hundertzwanzig«, korrigierte Mathilda. »Olga ist nicht gekommen.« Aber sie hatten sie unmöglich alle zählen können in dem Chaos.

Sophie trat zu ihnen und umfasste Louisas Hand so fest, dass es schmerzte, aber Louisa ließ sie gewähren. Stumm starrten sie auf das Kaufhaus, das von geisterhaftem Licht erhellt war und in dem Schatten und Flammen einen bizarren Tanz aufführten.

»Es waren die Kerzen«, sagte jemand.

»So eine dumme Idee.«

»Ich hätte sterben können.«

Schluchzen war zu hören, Zorn, angstvolle Hysterie. Louisa wandte sich um, sah einen Mann angerannt kommen, das Gesicht bleich im Licht der Straßenlaternen.

»Papa«, murmelte sie.

Auch am kommenden Morgen, nachdem das Feuer gelöscht worden war, stieg Rauch auf, und die Feuerwehrleute warnten nachdrücklich davor, das Gebäude zu betreten. Doch auch von außen war das Ausmaß der Verheerung vollumfänglich zu sehen. Das einstmals prachtvolle Kaufhaus glich einem schwarzen Gerippe, und durch die leeren Fensterhöhlen quoll der Rauch gespenstergleich in den blauen Himmel. Das Glas der Schaufenster war geborsten, Reste glitzerten wie Kristall in der Sonne eines herrlichen Maimorgens.

Caspar wusste, dass man ihn beobachtete, wie er dastand, buchstäblich vor den Trümmern seiner Existenz. Er hörte mitfühlende Worte, man war erschüttert und gleichzeitig erleichtert, dass das Feuer nicht auf andere Gebäude übergegriffen hatte. Wenigstens war niemand ernsthaft verletzt worden. Prellungen, Schnittwunden, die im Getümmel entstanden waren, mehr gab es nicht. Niemand war gestorben, seine Mädchen wohlbehalten heimgekehrt. Wieder stand ihm jener Moment vor Augen, als Erich ihn aus dem Schlaf gerissen hatte. *Das Kaufhaus brennt!* Caspar schloss einen Moment lang die Augen.

»Ich bedaure das sehr«, hörte er eine Männerstimme sagen und drehte sich langsam um.

»*Sie?*«

Arjen Verhoeven war zu ihm getreten, und seine Miene zeigte in der Tat eine Betroffenheit, von der Caspar sicher war, dass sie nur geheuchelt sein konnte. »Warum waren Sie eigentlich letzte Nacht so schnell zur Stelle?«

»Ich war in meinem Kaufhaus und habe einiges an Bureaukram abgearbeitet. Immerhin eröffne ich bald, wenn ich das trotz der Umstände erwähnen darf.«

»Und passenderweise wird es keine Konkurrenz schräg gegenüber geben.«

Arjen Verhoeven hob die Brauen. »Was möchten Sie mir unterstellen? Denken Sie, ich hätte in Ihrem Kaufhaus ein Feuer gelegt? Warum hätte ich das tun sollen?«

»Um Konkurrenz auszuschalten? Sie sind der Einzige, der einen Grund dafür hat.«

»Wenn ich als Geschäftsmann nicht mehr vorzuweisen habe, um zum Erfolg zu kommen, als ein Kaufhaus mit über hundert Frauen darin in der Nacht abzubrennen, dann wäre es um mich sowohl charakterlich als auch geschäftlich übel bestellt. Im Übrigen ist mir gleich, ob Sie neben mir existieren oder nicht, ich habe meine eigenen Methoden zum Erfolg.«

Caspar wusste, dass er übers Ziel hinausschoss, aber er brauchte einen Schuldigen, und hier bot sich nun praktisch einer an, der jedes Motiv dazu hatte. »Warum sollte das Kaufhaus auf einmal Feuer fangen? Von den Damen war es gewiss keine.«

»Selbst wenn ich dergleichen vorgehabt hätte, hätte ich es niemals getan, solange Mathilda darin ist.«

Das nun auch noch. »Lassen Sie die Finger von meiner Tochter.«

»Ich habe ihr einen Antrag gemacht, und sie hat abgelehnt, hat sie Ihnen das erzählt? Aber sie wird für mich arbeiten, im Juli fängt sie an. Das hier sollte ihre Abschiedsvorstellung werden. Sie sehen, ich hatte wahrhaftig keinen Grund, Ihr Kaufhaus in Brand zu setzen, ich habe – wie gesagt – meine eigenen Methoden.« Er tippte sich an den Hut, neigte den Kopf und ging.

Wie vom Donner gerührt starrte Caspar ihm nach, dann drehte er sich um und eilte nach Hause. Dieser Moment, dachte er, dieser Moment, in dem einem das ganze Leben entglitt und in Trümmern vor den Füßen zerschellte.

In seinem Haus lief er grußlos an Erich vorbei, nahm die Treppe bis zum ersten Absatz in raschen Schritten und blieb stehen. »Mathilda!«, brüllte er. Seine Wut hatte ein Ventil gefunden. Er warf Erich, der irritiert schien, einen warnenden Blick zu, und dieser sah zu, die Halle zu verlassen.

»Mathilda!«

Als Erste erschien Louisa, die aus dem Salon gelaufen kam, eine stumme Frage in den geweiteten Augen.

Mathilda kam oben zeitgleich mit Sophie an der Treppe an. »Was...«

»In die Bibliothek, sofort.« Ohne auf eine Antwort zu warten, drehte er sich um. »Ihr nicht!«, blaffte er Louisa an, die mit Sophie Anstalten machte zu folgen. Er wartete, bis Mathilda an ihm vorbei war, und warf die Tür mit einem Knall ins Schloss.

Mathilda war sichtlich erschrocken und bestürzt. »Was...«

»Ich habe Arjen Verhoeven getroffen«, fiel er ihr rüde ins Wort.

Ihre Augen weiteten sich kaum merklich.

»Er sagte, dass du künftig für ihn arbeitest und mit dieser unglückseligen Nacht deinen Abschied bei mir einläuten wolltest.«

»Ich...«

»Und ein Abschied«, seine Stimme wurde mit jedem Wort lauter, »war es ja nun im wahrsten Sinne des Wortes. Ich verwünsche den Moment, in dem ich diesem dummen Einfall nachgegeben habe.«

»Ich wollte es dir erzählen.«

»Du wolltest es mir erzählen? Na, das beruhigt mich ja außerordentlich.«

»Den Ausgang hat doch niemand vorhersehen können«, antwortete sie verzagt. »Und was Arjen angeht...«

»Dessen Antrag du mir darüber hinaus verschwiegen hast.«

Ihre Brust hob und senkte sich in tiefen Atemzügen. »Ich ... ich war enttäuscht, weil du mir nicht die Dekoration übergeben hast, obwohl ich besser bin als Herr Falk. Arjen hat mir bereits vor Monaten angeboten, für ihn zu arbeiten, weil er der Meinung war, dass du mein Talent verkennst.«

Caspar stieß ein verächtliches, bitteres Lachen aus, ein kurzer, bellender Laut.

»Ich habe jedes Mal abgelehnt«, fuhr sie unbeirrt fort. »Aber dann habe ich gemerkt, dass ich in deinem Kaufhaus nicht vorankomme. Ich würde immer nur Kleider verkaufen oder die Assistenz des Dekorateurs sein. Also habe ich Arjens Angebot angenommen.«

Caspar massierte sich die Schläfen mit den Fingerspitzen. Ein dumpfer Druck baute sich hinter der Stirn auf, der Vorbote mörderischer Kopfschmerzen, die ihn vermutlich für den Rest des Tages lahmlegen würden. »Du bist undankbar«, sagte er schließlich.

»Undankbar? Warum um alles in der Welt? Ich arbeite doch nur für ihn. Er bezahlt mich dafür.«

»Du gehst mit deinen Ideen zu ihm und hilfst ihm, seinen Umsatz zu steigern, was auf meine Kosten gegangen wäre.«

»Meine Ideen waren doch für dein Kaufhaus ohnehin nicht gut genug, du denkst ja, Herr Falk könnte es besser.«

»Und als Strafe dafür wolltest du Arjen Verhoeven helfen, mich in den Ruin zu treiben?«

»Als wärest du an seiner Konkurrenz zerbrochen! Du hättest ihm ohne weiteres die Stirn geboten, auch ohne mich.«

»Warum hast du seinen Antrag abgelehnt?«

»Weil ich nicht heiraten möchte. Noch nicht.«

Caspars Wut auf sie fiel in sich zusammen, und er fühlte

sich leer und ausgelaugt. Sein Kaufhaus gab es nicht mehr, Mathilda ging zur Konkurrenz, und dann war da noch Olga und das ungeborene Kind... Caspar rieb sich die Augen.

»Geh bitte. Ich will dich heute nicht mehr sehen.«

»Aber Papa.«

»Geh!«

Er wusste, dass er ungerecht war, und das fachte seinen irrationalen Zorn nur noch weiter an. Mathildas Abschiedsvorstellung, ehe sie zu Arjen Verhoeven ging, hatte ihn sein Kaufhaus gekostet. Mochte er es drehen und wenden, wie er wollte, und sich noch so oft sagen, dass Mathilda diese Katastrophe unmöglich hatte vorhersehen können, so war sie doch der Auslöser dieses Unglücks.

»Was ist mit Mathilda, Papa?« Louisa hatte die Tür zaghaft geöffnet.

»Hast du es gewusst?«, fragte er nur.

Sie zögerte, wollte sichtlich nichts Falsches sagen. »Hast du mit Arjen Verhoeven gesprochen?«, fragte sie schließlich vorsichtig.

»Verdammt noch mal!«, brüllte er, und sie fuhr zusammen. »Von meinen eigenen Kindern verraten und verkauft!«

»Niemand hat dich verraten.« Louisa blieb unbeirrt an der Tür stehen, und Caspar vermutete Sophie in der Nähe auf einem Lauschposten. »Sie wollte nur ihr Talent ausschöpfen, mehr nicht. Würdest du das an ihrer Stelle nicht tun?«

»Bei der Konkurrenz?«

»Wo denn sonst?«

Nun erschien auch Max. »Was...«

»Wusstest du es auch?«, wandte Caspar sich an ihn.

»Lass ihn da raus.«

Und da begriff Caspar, was er bisher nur geahnt hatte. Die Art, wie sie einen flüchtigen Blick tauschten, wie Louisa sich halb vor Max stellte, als wolle sie ihn vor dem väterlichen Zorn schützen. Dann war der Moment vorbei, als er sich an ihr vorbeischob und in die Bibliothek kam.

»Eigentlich bin ich gekommen, um dir von meinem Gespräch mit dem Brandermittler zu erzählen. Sie konnten das Gebäude noch nicht genauer in Augenschein nehmen, aber da das Feuer sich von unten her ausgebreitet hat, spricht einiges dafür, dass es ein Kurzschluss war. Ich habe ihm erzählt, dass das Licht ausgefallen ist, und er meinte, das passe zu seiner Theorie, dass das Feuer seinen Ursprung an der Schalttafel genommen hat.«

»Warum hast du es ihm erzählt?« Mathilda war den Tränen nahe, als sie in Arjens Bureau stand, das bereits weitgehend eingerichtet war.

»Er hat mir vorgeworfen, ich hätte sein Kaufhaus in Brand gesteckt, und ließ sich von diesem Gedanken auch nicht abbringen. Und da habe ich ihm erklärt, dass ich, selbst wenn ich so perfide handeln würde, das nicht tun würde, solange du im Gebäude bist. Daraufhin wollte er wissen, warum.«

»Und warum hast du ihm von dem Antrag erzählt, der nicht einmal einer war?«

»Damit er nicht denkt, dass du ihm auch privat abtrünnig wirst.«

Mathilda räumte einen Stapel Bücher zur Seite und setzte sich auf das Besuchersofa. »Er war furchtbar wütend.«

»Das war zu erwarten, nicht wahr?«

Ihr steckte der Schreck der vorherigen Nacht immer noch

in den Knochen, und die ganze Nacht hatte sie, wann immer sie die Augen geschlossen hatte, das Wüten des Feuers vor sich gesehen. »Es war so furchtbar«, sagte sie unvermittelt. »Letzte Nacht. Ich dachte ...« Sie ließ offen, was sie gedacht hatte, unfähig, die Angst in Worte zu fassen. Mit einer abrupten Bewegung stand sie auf, ging zum Fenster, sah auf die gegenüberliegende Straßenseite, auf die qualmende Ruine des Kaufhauses, und brach in Tränen aus.

Arjen trat zu ihr, legte ihr die Hand auf den Rücken, zog sie behutsam an sich, und sie barg ihr Gesicht an seiner Schulter, während Schluchzer ihren Körper schüttelten. Er sagte nichts, sprach nicht irgendwelche sinnlosen Trostworte, sondern stand nur da und wartete, bis sie sich wieder etwas beruhigt hatte. Dann reichte er ihr ein Taschentuch, und sie wischte sich die Tränen ab und putzte sich die Nase.

»Schrecklich«, sagte sie. »Ich hasse Geheule.«

»Du warst bisher erstaunlich gefasst, angesichts der Umstände.«

»Es bringt ja auch nichts, in lautes Geflenne auszubrechen.« Mathilda steckte das Taschentuch ein.

»Nein, aber all diese in Flammen aufgegangene Pracht darf man ruhig beweinen, nicht wahr?«

Mathilda sah erneut zu dem Kaufhaus, in dem so viele Träume und Wünsche steckten. »Es ist nicht nur das allein.«

»Was wird dein Vater jetzt tun?«

Sie hob in einer ratlosen Geste die Schultern. »Er wird die Versicherungssumme ausgezahlt bekommen, die wird vermutlich recht hoch sein. Ich weiß nicht, ob er alles neu aufbaut oder sich mit dem Geld zur Ruhe setzt. Die Geschäftsunterlagen hat er jedes Mal kopieren lassen von den

Kontoristinnen und daheim aufgewahrt, die sind also nicht verloren.«

»Das ist doch schon einmal ein Anfang.« Arjen lehnte sich halb mit der Hüfte an seinen Schreibtisch. »Ich bin mir sicher, wenn der erste Schreck vorbei ist, wird deinen Vater der Tatendrang packen, und er baut etwas Neues auf.«

»Ich hoffe es. Momentan ist er furchtbar wütend und niedergeschlagen. Und natürlich ist er mir böse. Für ihn bin ich wohl auf eine verdrehte Art mitschuldig.«

»Er wird selber merken, dass das Unsinn ist. Aber es ist normal, dass man einen Schuldigen sucht, und in dem Fall bekommst du es leider ab. Aber in jedem Unglück steckt auch ein Hoffnungsschimmer, nicht wahr?«

Der Anblick des ausgebrannten Kaufhauses indes barg nichts anderes mehr als die Erinnerung an eine grauenvolle Nacht. »Welcher könnte das in diesem Fall wohl sein?«

»Es steht zu Hunderten gut geschultes Personal auf der Straße, und ich stelle gerade ein.«

11

Juni 1909

Nach dem Gespräch mit den Brandermittlern und den Angestellten, die in jener verhängnisvollen Nacht die Treppe bewacht hatten, kehrte Caspar heim. Das Feuer war nicht mit Absicht gelegt worden, sondern man ging von einem Bedienungsfehler oder einem Defekt an der Schalttafel aus, durch den das Feuer entstanden war. Man nannte das Kabelbrand, wurde ihm erklärt, und nachdem die Schalttafel Feuer gefangen hatte, hatte dieses auf die brennbaren Materialien übergegriffen. Man konnte ihm den Verlauf nachzeichnen, wie sich das Feuer über die kurze Distanz in die Abteilung für Gardinen und Vorhänge gefressen hatte.

Die Techniker waren in der Nacht des Brandes nicht mehr im Haus gewesen, aber da Louisa wusste, wie die Lichter zu löschen waren, war das auch nicht notwendig gewesen. Im Notfall hätte sie Caspar telephonisch erreicht, der kannte sich damit ebenfalls aus. Nun hatte sich die Frage gestellt, wer an der Schalttafel gewesen war. Einen Defekt schlossen die Techniker aus. Sie überprüften alles regelmäßig und versicherten, die Stromleitungen seien einwandfrei gewesen. Allerdings sprach der plötzliche Ausfall dagegen, vor allem angesichts dessen, dass der Strom eingeschaltet gewesen war. Louisa hatte das ja in der Hoffnung geprüft, wieder Licht machen zu können.

»Vielleicht hat Ihre Tochter versehentlich einen Kurzschluss ausgelöst«, hatte einer der Ermittler gemutmaßt. »Oder hat sich sonst noch jemand daran zu schaffen gemacht?«

Caspar hatte dies zunächst verneint, dann jedoch hatte er mit einer der Damen gesprochen, die die Treppe bewacht hatten. Als er nun heimging, erschien ihm die Sache so sinnig, so erschreckend nachvollziehbar. Arjen Verhoeven hatte sein Kaufhaus natürlich nicht in Brand gesetzt, niemand hatte es in Brand setzen wollen. Und doch war er in gewisser Weise schuld daran. Verwünscht sei der Tag, dachte Caspar, an dem Arjen Verhoeven seiner Tochter das erste Mal begegnet war.

»Sind meine Töchter daheim?«, fragte er, als er sein Haus betrat.

»Fräulein Louisa ist ausgegangen«, antwortete Erich. »Fräulein Mathilda und Fräulein Sophie sind in ihren Zimmern.«

»Schicken Sie Fräulein Sophie bitte in die Bibliothek.«

»Sehr wohl, gnädiger Herr.«

Caspar ging in seinen Lieblingsraum, sah die ledernen und leinenen Buchrücken, die geprägten Schriftzüge, ließ den Blick weiterwandern in den Garten, der in verschwenderischer Pracht knospte und blühte. Er ging zum Fenster, stützte sich mit einer Hand am Rahmen ab, leicht vornübergebeugt, als drücke ein Gewicht auf den Schultern ihn nieder. Er hörte, wie die Tür geöffnet wurde, und drehte sich um. Sophie verliehen die Blässe und die umschatteten Augen eine fast schon ätherische Schönheit. Seit dem Kaufhausbrand wirkte sie in einer Art niedergeschlagen, die an

Verzweiflung grenzte. Angesichts der Umstände war ihm das nicht merkwürdig vorgekommen, und er war durch die Ereignisse und auch durch Mathilda zu sehr abgelenkt gewesen, um sich weiter darum zu kümmern.

Nachdem er seinen Töchtern erzählt hatte, dass der Brand von der Schalttafel ausgegangen war, war Sophie erschrocken gewesen und hernach seltsam still, und wieder hatte er ihr kaum Beachtung geschenkt. Aber hatte er das nicht generell getan, schon vor dem Brand? Hatte er Sophie nur beachtet, wenn es darum ging, sie zu tadeln? Während Louisa und Mathilda stets ein Teil seines Lebens auch außerhalb der Familie gewesen waren, war die kapriziöse Sophie das Kind gewesen, mit dem er am wenigsten hatte anfangen können.

»Schließ die Tür«, sagte er, und sie kam der Aufforderung schweigend nach. »Ich habe heute mit den Brandermittlern gesprochen und den Damen, die an den Treppen standen. Die Einzige, die in dieser Nacht ins Erdgeschoss gegangen ist, warst du.«

Sophie schwieg, und er bemerkte an der Bewegung ihrer Kehle, wie sie schluckte. Der letzte Funke Hoffnung, sie könne es nicht gewesen sein, erlosch.

»Warum?«, fragte er.

Sie blieb weiterhin stumm, schien verzweifelt nach einem Weg zu suchen, aus dieser Situation herauszufinden. Caspar ging auf sie zu, hob die Hand, um ihr unter das Kinn zu fassen und sie dazu zu bringen, ihn anzusehen. Doch sie hob abwehrend die Hände und zuckte zurück. Grundgütiger, dachte er. Nun jedoch sah sie ihn an, den Blick herausfordernd, als wolle sie ihm zeigen, dass es ihr gleich war, wenn er erneut versuchte, sie zu schlagen. Tränen traten ihr in die Augen, und sie ballte die Fäuste um den Stoff ihres Kleides.

»Ich wollte dich nicht schlagen.«

»Ach nein? Obwohl ich schuld daran bin, dass dein gesamtes Kaufhaus in Schutt und Asche liegt?« Und nun, als sei mit diesem Geständnis der Damm gebrochen, brach sie in haltloses Schluchzen aus. »Ich wollte das nicht, ich wollte nur...«

»Dass Mathilda diese Nacht verleidet wird, weil du eifersüchtig warst.«

Sie nickte und presste sich eine Hand vor die Augen. »Es sollte lediglich kein Licht da sein, mehr nicht. Ich dachte...«

»Wie hast du es gemacht? Du hast doch von der Schalttafel und dem Strom überhaupt keine Ahnung.«

»Ich wusste, dass die Schalter umgelegt werden müssen. Und weil ich nicht wollte, dass jemand das Licht wieder einschaltet, habe ich den Hauptschalter gelassen, wie er war, und mit einem Streichholz so lange dahinter herumgedrückt, bis das Licht weg war. Mit dem Streichholz habe ich den Schalter dann auch blockiert.«

»Dabei hast du vermutlich etwas beschädigt oder dafür gesorgt, dass sich die falschen Kontakte berühren oder was auch immer. Der Strom war offenbar komplett lahmgelegt.«

Sophie biss sich auf die Unterlippe, und eine Träne rann ihre Wange hinab.

»Wusstest du, dass sie Arjen Verhoevens Antrag abgelehnt hat?«

Sie blickte auf, sah ihn aus glasigen, von feuchten Wimpern umrahmten Augen ungläubig an.

»Und sie hatte vor, mein Kaufhaus zu verlassen und für

ihn zu arbeiten. Selbst wenn die Einkaufsnacht aus rein geschäftlicher Sicht ein Reinfall gewesen wäre, hätte ihr das nicht geschadet.«

Sophie tat einen zitternden Atemzug. »Was wirst du jetzt tun?«

»Ich weiß es nicht. Meine gesamte Existenz wurde zerstört, und du hast dich mit deiner Schwester entzweit. Dieses Opfer ist kein Mann wert.« Dann kam ihm ein anderer Gedanken. »Die Diebstähle…« Er ließ den Satz offen, und als Sophie erneut die Tränen kamen, war ihm dies Antwort genug. »Warum Olga?«

»Weil keiner von uns sie hier haben wollte.«

»Soll ich allein bleiben, wenn ihr einmal aus dem Haus seid? Ist das das Leben, das ihr mir zugedacht habt?«

Darauf wusste sie offenbar keine Antwort.

»Es ging also nur um Olga, nicht um Mathilda?«

»Erst wollte ich Mathilda eins auswischen. Und dann dachte ich, du würdest sie niemals für eine Diebin halten und immer versuchen, es zu ihren Gunsten zu drehen. Als Olga dann Kleider neben dem Lager angesehen hat, kam mir die Idee spontan.«

Während ihn zunächst Ratlosigkeit und Bestürzung beherrscht hatten, überkamen ihn nun eine abgründige Wut und der Drang, Sophie an den Schultern zu packen und zu schütteln. Er ballte die Fäuste und entspannte sie wieder, rang um Beherrschung. »Sie war schwanger, wusstest du das?«

»Ja, sie hat es Mathilda erzählt.«

»Und trotzdem hast du mir nicht die Wahrheit gesagt?«

Jetzt zuckte sie nur die Schultern.

»Mehr hast du dazu nicht zu sagen?«

Sie schwieg.

»Also gut. Geh auf dein Zimmer, bis ich weiß, was ich jetzt mit dir mache.«

»Das mit dem Feuer tut mir von ganzem Herzen leid.«

»Und das mit Olga?«

»Ich würde lügen, wenn ich sage, dass ich es bereue.«

Er nickte und wies ihr mit der Hand die Tür. Nachdem sie gegangen war, kehrte er zurück ans Fenster, blickte hinaus in den Garten und überlegte, was er nun tun sollte.

Alles hatte sich geändert, von einem Tag auf den anderen war aus Max Dornberg, dem Kaufhauserben, Max Dornberg, der mittellose Verwandte, geworden. Über seine Zukunft im Hause Marquardt machte Max sich keine Illusionen. Caspar würde ihn gewiss nicht aus dem Haus werfen, aber er würde von Max den Anstand verlangen, selbst zu gehen. Als Caspar ihn vormittags zu einem Gespräch bat, glaubte Max den Moment gekommen, in dem sein ehemaliger Förderer ihm andeutungsweise zu verstehen geben würde, dass er sich langsam nach einer anderen Bleibe und einem neuen Beruf umsehen sollte.

»Hast du schon konkrete Pläne für die Zukunft?«, fragte Caspar, als sie bei einer Tasse Kaffee in der Bibliothek saßen, und Max sah sich in seiner Annahme bestätigt.

»Nein, bisher noch nicht. Ich werde vermutlich nach Frankfurt zurückgehen.« Wenn es wie auch immer geartete Pläne geben würde, wäre Louisa ein Teil davon, dessen war sich Max gewiss. Aber angesichts der Umstände wäre es geradezu vermessen, die Beziehung zu ihr wiederaufzunehmen. Er würde wirken wie ein Mensch, der charakterlos handelte, der eine Entscheidung ohne Rücksicht auf Konsequenzen und Wertvorstellungen traf, nur, weil es gerade so gut passte. Und es dürfte ihm sehr schwerfallen, Louisa vom Gegenteil zu überzeugen, nachdem er sie die ganze Zeit über hingehalten hatte.

»Lass dir ruhig Zeit. Keiner hier weiß so recht, wie es weitergehen wird, und du bist nicht der Einzige, der praktisch über Nacht kein Einkommen mehr hat.«

Max nippte schweigend an seinem Kaffee.

»Es ist etwas anderes, worüber ich mit dir sprechen möchte. Ich kenne die Ursache für das Feuer und weiß, ehrlich gesagt, nicht weiter.«

»Sagten die Ermittler nicht, es hätte an der Schalttafel gelegen?«

»Richtig. Aber es war kein Defekt, sondern jemand hat daran herumgespielt.«

»Und du weißt, wer es war?«

Caspar Marquardt nickte und wirkte, als falle es ihm schwer zu sprechen. »Sophie.«

»Das kann ich nicht glauben.«

»Sie hat es gestanden. Es war nicht ihre Absicht, sie wollte nur, dass das Licht ausfällt.«

»Warum?«

»Aus Eifersucht, um Mathilda dumm dastehen zu lassen. Sie ist in einen Mann verliebt, der Mathilda bevorzugt.« Caspar stieß ein bitteres Lachen hervor. »Dabei hat Mathilda nicht einmal Interesse an ihm.«

»Und was wirst du nun tun?«

Caspar erhob sich, öffnete die Fenster, um die frühsommerliche Luft einzulassen, die den Duft nach Gras und Blüten trug. »Wenn ich das nur wüsste.«

»Wirst du sie bestrafen?«

»Die Konsequenzen ihres Tuns mögen ihr Strafe genug sein, möchte ich annehmen.«

Max überlegte. Zu Sophie hatte er ein eher distanziertes Verhältnis gepflegt, und er wusste sie nicht so recht einzuschätzen.

»Ich hatte daran gedacht, sie eine Weile fortzuschicken«, sagte Caspar. »Damit sie Abstand zu all dem hier gewinnt.«

»Und wohin?«

»Das weiß ich noch nicht.«

Ein Schmetterling kam durch das offene Fenster, flatterte an den Büchern entlang, ließ sich auf Oscar Wildes *The Canterville Ghost* nieder und flog wieder hinaus. Ein kapriziöses Geschöpf, das an Sophie erinnerte. »Warum schickst du sie nicht zu meiner Mutter?«

Caspar runzelte die Stirn. »Zu Greta? Wie kommst du darauf, dass sie Sophie bei sich aufnehmen möchte?«

»Du kennst sie doch, sie hat sich immer Töchter gewünscht, und im Grunde genommen sind sie sich in einigen Dingen gar nicht so unähnlich. Auch wenn Sophie charakterlich offenbar nach ihrer Mutter schlägt.«

»Das tut sie. Äußerlich eine Marquardt, innerlich eine Ahlersmeyer.«

»Ich kann es meiner Mutter vorschlagen, wenn du möchtest. Die Saison in Frankfurt wird Sophie gefallen, und meine Mutter lebt zwar in einfacheren Verhältnissen, als sie es gewöhnt ist, aber am Gesellschaftsleben nimmt sie rege teil.«

»Für alle Kosten komme natürlich ich auf.«

Max winkte ab. »Darüber könnt ihr später reden.«

»Wir klären das lieber direkt, ich möchte nicht, dass Missverständnisse zu langen Disputen führen.«

»Wie du möchtest. Ich rufe sie heute Abend an, dann spreche ich mit ihr darüber.«

Caspar goss sich eine weitere Tasse Kaffee ein. »Ich danke dir. Ach ja, und eins noch. Der Anteil, den Sophie an den Vorfällen hier hat, wird dieses Haus nicht verlassen, ja? Es war ein Unfall, kein Grund, dass ihr das ein Leben lang anhängen muss.«

»Natürlich.« Vogelgezwitscher drang in den Raum, und normalerweise säße Max nun in seinem Bureau und würde bei offenem Fenster der Kakophonie aus Stimmen, dem Rattern der Kutschräder und dem gelegentlichen lauten Motor eines Automobils lauschen, während er seine Arbeit erledigte. »Wie wird es nun bei dir weitergehen?«, fragte er.

Caspar schwieg und trank langsam den Kaffee aus. »Ich wünschte wirklich, ich wüsste es. Momentan ist mir nichts ferner als der Gedanke, wieder von vorne anzufangen, alles neu aufzubauen. Bis jetzt bringe ich es nicht einmal über mich, das, was von meinem Kaufhaus übrig ist, zu betreten.«

Das konnte Max verstehen, ihn selbst schmerzte es zu sehen, was von der einstmals luxuriösen Pracht übrig war, und er hatte dazu eine weniger innige Bindung gehabt als Caspar. Wäre dies sein Lebenswerk gewesen, das aus so nichtigen Gründen in Flammen aufgegangen war, er hätte nicht gewusst, ob er mit dieser vergebenden Nachsichtigkeit reagiert hätte. Aber er war auch kein Vater. Nichtsdestotrotz musste Max sich nun darum kümmern, wie es mit ihm weiterging.

Louisa stand vor dem leerstehenden Geschäft, betrachtete die stuckverzierte Jugendstilfassade, die blinden Schaufenster, malte sich all die Möglichkeiten aus, die es barg. Sie hatte auf ihrem Spaziergang nicht die Absicht gehabt hierherzukommen, sondern war ohne ein bestimmtes Ziel drauflosgelaufen. Dann hatten ihre Schritte sie zu der ausgebrannten Ruine des Kaufhauses geführt, deren Anblick sie nach wie vor nur schwer ertragen konnte. Und nun stand sie hier.

»Einen schön guten Tag, Fräulein Marquardt«, hörte sie eine Männerstimme sagen. »Denkt Ihr Vater an einen Neuanfang in kleinerem Rahmen?«

»Nein.« Louisa streifte Arjen Verhoeven mit einem kurzen Blick. »Ich denke an einen Neuanfang in größerem Rahmen.«

»Für ein Kaufhaus ist das eine sehr kleine Lokalität.«

»Ich möchte kein Kaufhaus eröffnen.« Sie zögerte, den Gedanken, der in ihr keimte, in Worte zu kleiden. Dass er nicht insistierte, sondern sie nur in interessiertem Schweigen ansah, gab den Ausschlag. »Ich dachte an ein Modehaus, und ich möchte all das darin umsetzen, woran man mich bisher gehindert hat.«

Arjen Verhoeven nickte nachdenklich. »Ich möchte Sie nicht entmutigen, aber glauben Sie wirklich, die Gesellschaft ist bereits so weit?«

»Sie selbst bieten Mathilda doch diese Möglichkeit.«

»Ja, aber Mathilda leitet nicht das Kaufhaus, das tue ich. Und mich akzeptiert man in dieser Rolle.«

»Weil Sie ein Mann sind.«

»Ganz recht.«

»Mit einem Mann an der Spitze werde ich wieder nichts zu sagen haben.«

»Sie können den Mann ja heiraten.«

Louisa musste lachen. »Aber ja doch.«

»Es würde Ihre Position maßgeblich stärken.«

»Ich weiß nicht, wie das bei Ihnen in den Niederlanden ist, aber hier hat man auch als Ehefrau nicht viel zu sagen.«

»Sie müssen es nur richtig angehen.« Er grinste. »Als seine Ehefrau können Sie ihm das Leben auf eine Art schwermachen, von der jeder Vorgesetzte nur träumen kann. Er wird sich rasch auf Kompromisse einlassen, glauben Sie mir.«

Das Lachen brach so hell aus Louisa heraus, dass vorbeiflanierende Passanten sich zu ihr umdrehten. »Ich kann einfach nicht glauben, dass ich hier stehe und mich von Ihnen zu einer möglichen Ehe beraten lasse.«

»Strenggenommen berate ich Sie geschäftlich.«

»Die Ehe als Geschäft?«

»In unseren Kreisen ist sie das, nicht wahr?«

»Haben Sie eine Ehe mit Mathilda auch unter diesen Gesichtspunkten angestrebt?«

Er lächelte. »Ah, jetzt wird es diffizil.«

Sie wartete auf eine Antwort, die er offenbar nicht zu geben gedachte, dann wandte sie sich wieder dem leerstehenden Gebäude zu. Ihrer beider Abbild spiegelte sich durchscheinend in den Schaufensterscheiben, und Louisa starrte darauf, bis ihr Blick verschwamm und ein anderes Bild sich davorschob. Wieder sah sie die Flammen, die sich durch das Kaufhaus fraßen, und ein überwältigendes Verlustgefühl machte ihr die Brust eng. Sooft sie sich auch zu sagen versuchte, dass es nur Materielles war, das sie verloren hatten, dass ihr Vater Geld hatte und neu anfangen konnte, es nützte nichts. Es würde nicht mehr dasselbe sein, nicht jenes Kaufhaus, das sie von klein auf kannte. Es würde etwas Neues sein, mit neuen Angestellten, und sie wäre eine Fremde darin.

Louisa hatte sich seit dem Brand oft Vorwürfe gemacht, weil sie in der Schicksalsnacht nicht sofort jemanden geholt hatte, der sich mit Strom auskannte. Aber woher hätte sie das wissen sollen? Sie war von einem simplen Ausfall ausgegangen. Doch sie konnte sich das wieder und wieder sagen, das Schuldgefühl blieb.

»Sie werden Geld brauchen«, sagte Arjen Verhoeven.

»Ja, ich weiß. Ich bitte meinen Vater um einen Kredit.«

»Sie können auch mich bitten. *Verhoeven und Marquardt Moden*. Wie klingt das?«

»Fast so gut wie *Marquardt und Verhoeven Moden*. Aber am besten gefällt mir *Marquardt Moden*. Ich danke Ihnen trotzdem.«

Er lachte. »Keine Ursache. Melden Sie sich bei mir, falls Ihr Vater sich querstellt.«

»Das wird er nicht.«

»Na dann, alles Gute.« Er neigte den Kopf und verabschiedete sich.

Auf dem Weg nach Hause ging Louisa ihre Möglichkeiten durch, und je näher sie der väterlichen Villa kam, umso schneller schlug ihr Herz vor erwartungsvoller Erregung. Es könnte klappen, dachte sie. Zu Hause angekommen durchquerte sie die Halle und ging zu Max' Räumen. Sie öffnete die Tür, betrat seinen Korridor und ging zielstrebig in den Salon, da sie ihn da am ehesten vermutete. Als sie den Raum betrat, saß Max in der Tat dort, hatte ein Buch auf dem Schoß, starrte aber darüber hinweg durch die Verandatür in den Garten.

»Weiß dein Vater, dass du hier bist?«, fragte er, ohne sie anzusehen.

»Nein.« Sie betrat den Raum. »Und wenn er es merkt, ist es mir gleich.«

Max löste sich von dem Blick in den Garten und sah sie nun an. »Was hat zu diesem Stimmungsumschwung geführt?«

Sie zuckte mit den Schultern.

»Na ja, momentan hat er ohnehin andere Sorgen als den Verlust deiner Unschuld. Während du fort warst, hat er herausgefunden, wer an dem Brand schuld ist.«

Langsam durchquerte Louisa den Raum, ging zu Max und ließ sich auf dem Sessel ihm gegenüber nieder, den Kopf fragend geneigt.

»Es war Sophie.«

Einen Moment lang ergriff sie eine seltsame Starre, ein Erschrecken, das es ihr schwermachte, sich zu rühren. »Ihr müsst euch irren.«

»Sie hat es bereits zugegeben.«

»Aber ... warum um alles in der Welt?«

»Man muss zu ihren Gunsten anführen, dass sie nicht wollte, dass es brennt. Es ging ihr nur darum, dass das Licht ausfällt und Mathildas Einkaufsnacht ein Reinfall wird. Und das hat nicht mal funktioniert, weil ihr euch mit Kerzen beholfen habt.«

»Aber ich war an der Schalttafel, da sah alles einwandfrei aus.« Das hatte sie den Brandermittlern auch so erzählt. War ihr etwas entgangen?

»Man konnte es wohl auch nicht sehen, sie hat da so herumgefummelt, dass der Strom eingeschaltet bleibt, aber trotzdem nicht mehr läuft. Irgendwas ist dadurch wohl überhitzt, keine Ahnung, ich kenne mich damit auch nicht aus.«

»Und was passiert jetzt?«

»Es war ein Unfall, nicht wahr? Und wir werden Sophies Namen natürlich nicht offiziell ins Spiel bringen. In der Öffentlichkeit wird es als Fehler an der Schalttafel bezeichnet werden, die Leute denken ja immer noch, es waren die Kerzen, obwohl das Feuer unten ausgebrochen ist.«

Louisa schwieg erschüttert und rief sich Sophies Benehmen in jener Nacht in Erinnerung. Sie konnte sich an nichts Auffälliges erinnern, hatte allerdings auch wenig auf sie geachtet. »Geht es immer noch um diesen Niederländer?«

»Ja.«

Louisa schüttelte ungläubig den Kopf und musste an ihr Gespräch mit ihm denken. Er war anziehend und auf eine weltmännische Art attraktiv, aber das waren viele andere Männer auch, Männer, die sich um Sophies willen fast zerrissen hatten. Während sie sich für den einen Mann, den sie nicht haben konnte, zu einer törichten Närrin machte. »Ich bin ihm heute begegnet.«

»Ah ja? Wirst du nun ebenfalls für ihn arbeiten?«

»Nein, ich möchte nicht für ihn arbeiten, es geht um etwas anderes.« Sie sog die Lippen ein, fuhr mit der Zunge darüber und musterte Max einige Augenblicke lang. »Ich bin nun wieder die reiche Erbin, du der mittellose Frankfurter Kaufmann.«

»Ich bevorzuge die Bezeichnung aufstrebender Geschäftsmann.« Sein Lächeln war nur ein blasser Abglanz. »Aber es stimmt, was das Geld und die Möglichkeiten für die Zukunft angeht, stehst du besser da als ich. Danke, dass du mich noch einmal daran erinnert hast.«

»Du kannst meinem Vater helfen, das Kaufhaus wiederaufzubauen.«

»Kann ich, ja. So er es denn will, und momentan sieht es nicht so aus. Und da ich kein Einkommen habe, lebe ich derzeit hier auf seine Kosten, ein Zustand, den ich nicht beibehalten möchte.«

»Wenn du mir jetzt einen Heiratsantrag machen würdest, könnte man dich für einen Mitgiftjäger halten.«

Er wirkte erst irritiert, dann lachte er. »Vermutlich würde man das, ja.«

Louisa streifte sich die Schuhe ab und zog die Beine an. »Hast du nie darüber nachgedacht?«

»Doch«, gestand er nach kurzem Zögern. »Angesichts dessen, dass ich mit dir geschlafen habe, kannst du annehmen, dass mir der Gedanke durchaus gekommen ist.«

»Und warum hast du nie darüber gesprochen?«

»Weil du es ganz offensichtlich nicht wolltest.«

»Ich habe die Probleme, die eine Ehe zwischen uns mit sich bringen würde, eben erkannt.«

»Das habe ich auch.«

Louisa wickelte sich eine Haarsträhne um den Finger. »Aber nun liegen die Dinge anders, nicht wahr?«

»Ich würde von einer Ehe mit dir immens profitieren, das hat sich geändert.«

Mit einer ungeduldigen Geste wischte sie den Einwand beiseite. »Das meine ich nicht. Du bist ein Geschäftsmann, aber kein bisschen kreativ. Ich bin kreativ, habe aber keine Ahnung vom Geschäft.«

Er gab keine Antwort, ermutigte sie jedoch mit einem Nicken fortzufahren.

»Wie wäre es, etwas Gemeinsames aufzubauen?«

»An was dachtest du? Ein Kaufhaus?«

»Nein.« Sie erzählte ihm von dem leerstehenden Gebäude und von der Idee, die ihr dabei gekommen war.

Max schwieg. Schwieg so lange, dass Louisa bereits dachte, er würde rundheraus ablehnen. »Und wie willst du das finanzieren?«, fragte er schließlich.

»Ich bitte meinen Vater um ein Darlehen.«

»Denkst du nicht, wir würden bei der Umsetzung heftige Dispute ausfechten?«

»Befruchtende Dispute.« Sie schenkte ihm ein hintergründiges Lächeln. »Und hernach werden wir uns ausgiebig vertragen.« Sie wurde wieder ernst. »Es ist etwas anderes als bei dem Kaufhaus. Hier würden wir von vorne beginnen, ein Konzept ausarbeiten. Ich bringe die Ideen ein, du kümmerst dich um die finanzielle Umsetzung.«

»Denkst du, dein Vater wäre einverstanden?«

»Warum nicht?«

»Man könnte es als ungehörig empfinden, wenn wir gemeinsam ein Geschäft führen, ohne verheiratet zu sein. Und wenn wir heiraten, stehen wir vor demselben Problem wie seinerzeit. Dein Anteil ginge in meinen Besitz über.«

»Daher wärest du auch so anständig, mir meinen Anteil zur Hochzeit zu schenken.«

Ein Feixen glitt über Max' Gesicht. »Sollte es nicht so laufen, dass ich dir einen Antrag mache und du dir Bedenkzeit erbittest?«

Louisa stand auf, ging zu ihm und setzte ein Knie auf seinen Schoß. »Über dergleichen alberne Spielchen sind wir doch hinweg, nicht wahr?« Sie senkte den Kopf und küsste ihn. »Wir entscheiden das vernünftig und pragmatisch.«

*

Sophie kam es vor, als führe sie ein Schattendasein. Niemand machte ihr Vorwürfe, aber so richtig vorhanden schien sie ebenfalls für niemanden zu sein. Während sie nun am Fenster ihres Zimmers stand und sich einen einzigen Moment ihres Lebens zurückwünschte, um sich in diesem einen Moment anders zu entscheiden, hörte sie, wie die Tür geöffnet wurde, und drehte sich um. Ihr Vater betrat das Zimmer.

»Wie geht es dir?«, fragte er.

Sie zuckte mit den Schultern.

»Ich würde gerne mit dir sprechen.«

»Bist du dir nun über das Strafmaß im Klaren?«

Er seufzte. »Ach Sophie...«

Als sie vor einigen Tagen einen Spaziergang gemacht hatte, war ihr Arjen begegnet, und sie hatte sich gefragt, ob er wusste, dass sie für ihn ein ganzes Kaufhaus niedergebrannt hatte. Vermutlich nicht, denn es war anzunehmen, dass die Familie damit nicht hausieren ging. Was Sophie jedoch am meisten irritierte, war die Tatsache gewesen, dass sie nichts mehr für ihn empfand. Keine Liebe, keine Abneigung, nicht einmal Freundschaft. Einfach nichts. Er war wie jeder Bekannte, den man im Vorbeigehen grüßte. Warum nur war diese Erkenntnis nicht früher gekommen? Aber hätte sie diese überhaupt zugelassen? Vielleicht war es die Tatsache gewesen, dass Mathilda seinen Antrag abgelehnt hatte. *Ich nehme doch keinen Mann, den selbst die langweilige Mathilda ablehnt.* Der Gedanke war so absurd, dass Sophie trotz ihres desolaten Zustands am liebsten gelacht hätte.

»Bist du amüsiert, ja?«, fragte ihr Vater.

»Nein. Wenn ich eines nicht bin, dann das.«

»Möchtest du dich setzen?«

»Nein, wie jeder Delinquent erwarte ich das Urteil im Stehen.«

»Möchtest du mich provozieren?«

»Nein.«

Er taxierte sie für die Dauer mehrerer Lidschläge. »Du wirst fortgehen und eine Weile Abstand zu den Geschehnissen gewinnen.«

»Du meinst damit, du möchtest mich eine Weile loswerden.«

»Ich denke dabei weniger an mich als an dich. Dir würde es guttun, wenn du woanders wärest, weit weg von Arjen Verhoeven und Mathilda.«

»Du wirst mir nie verzeihen, nicht wahr?«

»Du bist meine Tochter, und ich liebe dich.«

»Das habe ich nicht gefragt. Ich fragte, ob du mir verzeihen wirst.«

Ihr Vater hob behutsam die Hand und strich ihr über die Wange. »Ist die Frage nicht vielmehr, ob du dir selbst verzeihen kannst?«

Sie senkte den Kopf, und vor ihren Augen liefen erneut die Bilder des brennenden Kaufhauses ab. Wie alle anderen war sie von einer Kerze ausgegangen, die Feuer gefangen hatte, und zunächst hatte der Schrecken alles beherrscht, die Angst, nicht rechtzeitig hinauszukommen. Dann kam der erste Moment der Genugtuung, für den sie sich hernach zutiefst geschämt hatte. Diese törichte Idee mit den Kerzen war gänzlich schiefgegangen, und Mathilda würde dafür geradestehen müssen. Sie hätten das Gebäude verlassen müssen, als das Licht ausgefallen war, anstatt mit Kerzen zwischen den Kleidern zu hantieren. Und dann kam die Nachricht, dass das Feuer ausgelöst worden war, weil womöglich jemand einen Bedienungsfehler an der Schalttafel gemacht hatte... Die Wucht der Erkenntnis hatte dazu geführt, dass Sophie kurz darauf ihr gesamtes Frühstück wieder erbrach. Mit der Erkenntnis kam das Gefühl, vollumfänglich an allem schuld zu sein. Wäre jemand gestorben, hätte sie auch das auf dem Gewissen.

»Ich weiß nicht, ob ich es mir verzeihen kann«, gestand sie schließlich.

»Deshalb musst du fort, verstehst du? Solange du hierbleibst, wirst du dich stummen Vorwürfen ausgesetzt sehen, auch da, wo keine sind. Du wirst das Kaufhaus sehen und an diesen einen Fehler, den du begangen hast, erinnert werden.«

»Und wie lange soll ich fortgehen?«

»Solange du möchtest.«

»Und wenn ich es dort, wo du mich hinschickst, nicht aushalte? Darf ich selbst entscheiden, wann ich heimkehre?«

»Jederzeit, mein Liebes.«

Sophie schlang die Hände ineinander, presste sie zusammen, bis ihre Fingerknöchel weiß hervorstanden. Dann nickte sie. »Also gut. Und wohin soll ich fahren?«

»Zu Max' Mutter nach Frankfurt.«

Sie hob ruckartig den Kopf. »Ist das dein Ernst?«

»Warum nicht? Max ist doch recht gut geraten.«

»Soll sie deine Versäumnisse in meiner Erziehung nachbessern?«

Nun musste er trotz allem schmunzeln. »Sie wird dir gefallen, da bin ich sicher, und vermutlich bist auch du nach ihrem Geschmack. Sie hat sich immer eine Tochter gewünscht. Vielleicht gefallen dir sogar die Frankfurter Geschäftsmänner, und du machst eine gute Partie.«

Und das war es wohl, worauf es letzten Endes ankam.

»Ich hoffe, du hast dir den Schritt gut überlegt«, sagte Caspar, während er Louisa in seinem Arbeitszimmer gegenübersaß.

»Denkst du, ich könnte es nicht schaffen?«

»Ganz und gar nicht. Und du hast ja Max und Carl Reinhardt an deiner Seite.« Alle anderen Angestellten, die Louisa gerne in ihrem Haus gehabt hätte, hatten bereits Verträge bei Arjen Verhoeven unterschrieben. Aber gut, dann wurde es eben auch in dieser Hinsicht ein Neuanfang. »Und du weißt«, fuhr ihr Vater fort, »dass ich dir jederzeit zur Seite stehe, wenn du das möchtest.«

»Ja, und ich bin dir sehr dankbar dafür. Und wie gesagt, das Darlehen zahle ich dir zurück, indem ich dich am Gewinn beteilige.«

Caspar nickte. Die nächste seiner Töchter, die flügge wurde, wenngleich auf gänzlich andere Art als gedacht. Aber was war schon in letzter Zeit so gelaufen wie gedacht? Anstatt sich auf seinen Lebensabend vorzubereiten und seinen Erben einzuarbeiten, stand er vor dem Zusammenbruch seines Lebenswerks und vor der Entscheidung, von vorne anzufangen. Und anstatt seine Töchter der Reihe nach zum Altar zu führen, ging Sophie nun, da sie sein Kaufhaus niedergebrannt hatte, nach Frankfurt. Louisa eröffnete ein Geschäft, und Mathilda ging zur Konkurrenz. Und auf einmal kam Caspar all das gar nicht mehr so furchtbar falsch vor, sondern als ginge alles konsequent seinen Weg. Hätte er es anders haben wollen, dann – das war ihm klar – hätte er seine Mädchen von Anfang an anders erziehen müssen. Aber dann wären sie nicht, wer sie nun waren, und das wäre in der Tat ein Verlust.

Was Louisa anging, wartete er noch darauf, dass sie ihm gestand, von welcher Art ihre Beziehung zu Max war. Dass sie sich mit ihm zusammenschloss und etwas Gemeinsames aufbaute, weil er mehr vom Geschäft verstand als sie, mochte sie einem Narren auf die Nase binden, aber nicht ihm. Dass sie verrückt nach ihm war, bezeugten so viele Kleinigkeiten, derer sie sich vermutlich nicht einmal bewusst war. Ihre Reaktionen auf das, was er sagte, die Art, wie sie ihn ansah, diese seltsame Situation zwischen ihnen nach diesem unseligen Artikel, ihre Flucht aus der Halle, nachdem Max das Haus mit der Baronin verlassen hatte… Aber Caspar schwieg und wartete darauf, dass sie sich von sich aus erklärte, was – daran zweifelte er nicht – über kurz oder lang erfolgen würde.

»Arjen Verhoeven hat mir übrigens eine Partnerschaft angeboten«, sagte Louisa.

»Ach was?«

»Ich habe ihn getroffen, als ich mir das Haus angesehen habe.«

»Du hast mit ihm über deine Idee gesprochen?«

»Ja, weil er dachte, du wolltest das Gebäude erwerben für einen Neuanfang. Ich weiß, du magst ihn nicht, aber er ist wirklich angenehm, und er versteht etwas vom Geschäft. Er hat mich direkt ermutigt, meinen Plan in die Tat umzusetzen, und bot sich an, falls meine angedachte Finanzierung scheitern sollte.«

»Also mit anderen Worten, falls ich zu geizig bin oder dir dergleichen nicht zutraue.«

»Seine Vermutung, nicht meine.« Louisa zwinkerte ihm zu. »Aber ich möchte keinen Geschäftspartner außerhalb der Familie ins Boot holen, am Ende stehe ich wieder da und habe nichts zu sagen.«

»Du hast richtig entschieden.«

Louisa war sichtlich glücklich über diese Art der Anerkennung. »Ich werde morgen den Besitzer des Hauses kontaktieren.«

»Lass Max das machen. Ich weiß, du hörst es nicht gerne, aber Frauen werden allzu oft übervorteilt oder gar nicht erst ernst genommen.«

Sie zauderte, dann nickte sie kaum merklich. »Vermutlich hast du recht. Und ja, es gefällt mir tatsächlich nicht. Es soll uns beiden gehören.«

»Den Vertrag kann man ja entsprechend aufsetzen.« Und Caspar würde unauffällig ein Auge darauf haben, dass Louisa in der Tat zu ihrem Recht kam.

Nachdem sie sein Arbeitszimmer verlassen hatte, widmete sich Caspar einigen Unterlagen. Die fälligen Gehälter für den Mai hatte er nun ausgezahlt. Glücklicherweise hatte sich, abgesehen von den Einnahmen aus der Einkaufsnacht, kein Geld mehr im Kaufhaus befunden, da Caspar dieses jeden Tag zur Bank bringen ließ.

Wenn man bedachte, dass er bis vor kurzem noch über mögliche Finanzierungen nachgedacht hatte, um konkurrenzfähig zu sein, war er nun, da er neben seinem privaten Vermögen und dem des Kaufhauses auch noch die Versicherungssumme erhielt, fast unvorstellbar reich. Zumindest so lange, bis er sich entschied, das Geld zu investieren und somit wieder in Umlauf zu bringen. Caspar hielt nicht viel davon, sich auf gehortetem Reichtum auszuruhen, diese Zeiten waren vorbei, und nicht umsonst versuchte der Adel so vehement, daran festzuhalten. Allerdings wusste Caspar nicht so recht, wie es nun weitergehen sollte, da er sich nach wie vor wie erstarrt fühlte im Gedanken an den Verlust all dessen, was er über so viele Jahre und mit so viel Herzblut aufgebaut hatte.

Und es war nicht nur der Verlust des Kaufhauses, den er Sophie zu verdanken hatte – und ja, er machte ihr insgeheim durchaus Vorwürfe, wenngleich er es vermied, diese laut werden zu lassen, denn sie war und blieb sein Kind –, er hatte auch Olga verloren, weil er seiner Tochter mehr geglaubt hatte als ihr. Und das warf er Sophie durchaus vor, diese Hinterhältigkeit, mit der sie gelogen hatte, und die Gleichgültigkeit, was das Ungeborene anging.

Er musste mit Olga sprechen. Ob sie ihm verzieh, stand auf einem anderen Blatt, aber er konnte die Dinge nicht einfach so belassen, wie sie waren. Er war ihr die Bitte um Verzeihung schuldig. Aber erst einmal galt es, noch ein anderes Gespräch zu führen.

Noch zehn Tage, dachte Mathilda, dann war ihr erster Tag in ihrem eigenen Bureau und ihrem Atelier. Sie würde die Schaufenster einrichten, Werbemaßnahmen mit Arjen besprechen und alles für den großen Tag der Eröffnung vorbereiten. Das Einzige, was ihre unbändige Freude trübte, war die Tatsache, dass ihr Vater immer noch nicht mit ihr sprach. Dafür hatte Sophie sich mit ihr ausgesöhnt, beteuert, wie leid ihr alles tue. Dass sie an dem Brand schuld war, war ein Schock, aber Mathilda machte ihr keine Vorwürfe. Innerlich schon, aber sie mied es, diese in Worte zu kleiden. Sophie litt ohnehin schon genug an ihren Schuldgefühlen, was half es, ihr weiter zuzusetzen? Das Kaufhaus brachte das nicht zurück. Was Mathilda allerdings weitaus mehr schockiert hatte, war die Geschichte mit Olga und die mangelnde Reue, die Sophie diesbezüglich empfand. Aber vielleicht tat sie auch nur so, um nicht gänzlich das Gesicht zu verlieren.

Louisa hatte ihr von ihren Plänen erzählt und davon, welche Rolle Max inzwischen wieder in ihrem Leben spielte.

»Weiß Papa davon?«, hatte Mathilda gefragt.

»Nein, wir warten den passenden Moment ab. Max will nicht wie ein Mitgiftjäger dastehen, also kümmern wir uns erst einmal um das Modenhaus.«

»Modenhaus Dornberg?«

»Nein, *Marquardt und Dornberg Moden*. Ansonsten hätte ich das Gefühl, dass es nicht meins ist, sondern nur Max', selbst wenn ich eines Tages seinen Namen trage. Außerdem hoffe ich, der Name Marquardt erweckt Vertrauen und zieht die Kunden an. Immerhin waren unsere Modeabteilungen immer gut besucht.«

In Momenten wie diesen, wenn sie so selbstverständlich von dem Kaufhaus sprachen, konnte Mathilda es nicht fassen, dass es nicht mehr da war. Ein Trost war, dass sie bei Arjen viele bekannte Gesichter wiedersehen würde. Sie fragte sich, ob ihr Vater das wusste. Dass die Leute arbeitslos blieben, bis sein Kaufhaus wieder stand – falls das je der Fall sein sollte –, würde er sicher nicht erwarten.

Mathilda lehnte den Kopf zurück und sah hoch in die Baumkrone, unter der sie auf einer Bank saß. Louisa war inzwischen ins Haus gegangen, und Mathilda genoss die Mußestunden.

»Deine Mutter mochte Kirschbäume immer sehr«, hörte sie ihren Vater sagen und senkte den Blick von der Baumkrone zu ihm.

»Ich weiß.«

»Du bist ihr sehr ähnlich, auch in der Zielstrebigkeit, dein Leben in die Hand zu nehmen. Wäre sie noch bei uns, hätte sie mir für mein Verhalten in den letzten vier Wochen wohl gründlich den Kopf zurechtgerückt.«

Ein Lächeln flatterte über Mathildas Lippen, ehe sie wieder ernst wurde. »Ich wünschte, du hättest mich nicht in all der Zeit geschnitten. Der Verlust des Kaufhauses trifft mich ebenfalls, auch wenn ich vorhatte, woanders zu arbeiten. Ich habe viel Zeit und Arbeit investiert und bis zum Schluss daran gedacht, über gute Werbung mehr Kunden anzuziehen. Und du stößt mich zurück, weil ich eine Möglichkeit ergreife, die du mir nie bieten wolltest.«

»Diesen Groll habe ich verdient, nicht wahr?«

Mathilda neigte schweigend den Kopf.

»Warum möchtest du Arjen Verhoeven nicht heiraten?«, fragte ihr Vater übergangslos. »Du könntest es schlechter treffen.«

»Ich soll einen Mann heiraten, weil ich es schlechter treffen könnte?«

»Offensichtlich denkt ihr ähnlich und scheint zueinander zu passen.«

»Ich dachte, du kannst ihn nicht ausstehen.«

»Das stimmt, aber du offenbar.«

Mathilda beobachtete eine dicke Hummel, die brummend von Blüte zu Blüte flog. »Ich mag ihn, aber ich bin noch nicht bereit, mich auf diese Weise zu binden. Vielleicht heirate ich sogar erst, wenn meine gebärfähigen Jahre vorbei sind, wer weiß.« Sie lächelte, als sie das verständnislose Gesicht ihres Vaters sah. »Mir war an der Mutterschaft nie gelegen. Wobei sich das durchaus ändern kann, wer weiß. Zuerst einmal möchte ich jedoch arbeiten und sehen, wohin mich das führt.«

»Das ist eine sehr ernüchternde Feststellung.«

Mathilda stieß ein kleines Lachen aus. »Warte es ab, Papa. Man weiß ja nie. Vielleicht überkommt mich eines Tages der Wunsch, auch dieses Abenteuer zu meistern. Aber noch ist ja Zeit, nicht wahr?«

»Ja«, antwortete er, »noch ist Zeit.«

Nichts hätte Olga an diesem Tag mehr in Verblüffung versetzen können als Mathildas Anruf. Sie hatte sich entschuldigt, und es hatte aufrichtig geklungen und nicht, als sei sie dazu genötigt worden. Außerdem hatte sie Olga erzählt, dass ihr Vater an diesem Nachmittag zum ersten Mal das ausgebrannte Kaufhaus betreten wolle.

»Er hat es all die Zeit gemieden?«, hatte Olga gefragt.

»Ja. Offenbar ist heute der Tag, an dem er sich der Vergangenheit stellen möchte.«

Olga verstand die Anspielung und verließ ihre Wohnung, um zum Kaufhaus zu gehen. Er hatte sich seit jener ungeheuerlichen Anschuldigung nicht mehr bei ihr gemeldet, und sie wollte wissen, warum. Weil er sie für schuldig hielt? Weil sie ihm gleichgültig war? Oder weil er sich schämte und nicht über seinen Schatten springen konnte?

Am Tag nach dem Brand war sie hierhergekommen, hatte davorgestanden, fassungslos und den Tränen nahe. So viele Träume, hatte sie gedacht, so viele verlorene Hoffnungen. Inzwischen war der Anblick nicht mehr schmerzhaft, es lag eine Ruhe darüber, als habe selbst das Haus seinen Frieden mit der Situation gemacht. Dennoch zögerte Olga, es zu betreten, sich dem zu nähern, was aus den einstmals so vertrauten Hallen geworden war. Inzwischen blieben die Passanten nicht mehr stehen und betrachteten die Ruine, sie war keine Sensation mehr, nicht mehr der Überrest einstmaliger Pracht, sondern glitt langsam in eine Hässlichkeit über, die keine Erinnerung mehr barg. Es war ein Gerippe inmitten einer pulsierenden Metropole, und schon bald würden die ersten Stimmen fordern, dass es fortmüsse.

Langsam ging Olga hinein, trat auf Mörtel und Schutt, hörte kleine Steinchen unter den Füßen knirschen, umrundete eine noch aufrecht stehende Säule inmitten der Überreste des Glaskuppeldachs, die funkelten und glitzerten.

Scherben splitterten unter ihren Schuhen, und Olga ging vorsichtig weiter, sah die Überbleibsel von Treppen, die ins Nichts führten.

Sie legte den Kopf zurück, ließ den Blick hochwandern zu dem blauen Himmel, bemerkte Sonnenstrahlen, die sich langsam über die Bruchkanten der Mauern tasteten, an den Resten rußig-schwarzer Säulen und Treppen leckten, buttergelbe Tupfer auf den Schutt malten, zwischen denen etwas zu sehen war, das wie geblümter Stoff wirkte.

»Draußen stehen Wachleute, um die Plünderer davon abzuhalten, nach Verwertbarem zu suchen. Die Einnahmen des Tages sind hier irgendwo.« Caspars Stimme war ein bizarrer Missklang zwischen den verkohlten Wänden, und Olga senkte den Blick wieder, ließ ihn suchend umherschweifen, bis sie Caspar entdeckte. Er stand da, die Hände hinter dem Rücken verschränkt, und beobachtete sie.

»Woher wusstest du, dass ich hier bin?«, fragte er.

Sie ging zu ihm. »Mathilda.«

»Hast du sie angerufen?«

»Nein, sie mich.«

Das verwunderte ihn sichtlich, aber er kommentierte das nicht. »Ich wäre zu dir gekommen.«

»Vielleicht wärest du das. Aber es spielt keine Rolle mehr.« Olga ging an ihm vorbei und bückte sich nach etwas Glitzerndem. Erst dachte sie, es sei eine Scherbe, dann jedoch zog sie ein Goldkettchen mit einem Anhänger aus Saphirsplittern hervor. Sie hob es ins Licht, wo es zwischen den rußigen Fingerspitzen ihres Handschuhs hin- und herbaumelte.

Caspar streckte die Hand aus, und sie ließ das Kettchen

hineinfallen. Dieses Mal war sein kurzes Auflachen frei von Bitterkeit und allein von Erstaunen gefärbt, wurde zu einem Lächeln, das kurz darauf wieder zerfiel. Er nahm ihre Hand, legte das Kettchen hinein und schloss ihre Finger darum.

»Du musst mir kein Geschmeide schenken«, sagte sie.

»Ich weiß, aber nimm es bitte trotzdem an.«

Sie öffnete die Finger und sah das Kettchen in ihrer Hand glitzern. »Und damit ist alles abgegolten?«

»Nein, es ist ein Geschenk, mehr nicht. Es wird vermutlich nie abgegolten sein.«

Sie ließ das Kettchen in ihre Handtasche gleiten. »Warum fragst du nicht einfach?«

Einen Moment lang wich sein Blick dem ihren aus, dann jedoch sah er sie geradeheraus an. »Was ist mit dem Kind?«

Sie tat einen tiefen Atemzug, ließ die Hände sinken, öffnete die seidene Stola, die über ihren Schultern lag, und ließ ihn die bisher noch kaum sichtbare Wölbung ihres Bauches sehen. »Ich stelle keine Forderungen an dich«, sagte sie. »Meine Familie wird mich verachten, die Gesellschaft ebenfalls, und ich habe lange darüber nachgedacht, ob ich meinem Kind ein solches Leben zumuten darf. Aber es ist immerhin ein Leben, nicht wahr? Und es kommen wahrhaftig Kinder zur Welt, die weniger Liebe zu erwarten haben als meines, denn wenn es sich einer Sache gewiss sein darf, dann dieser.«

»Olga«, in seiner Stimme zitterte Bestürzung, »ich werde natürlich für euch sorgen.«

Sie wandte sich von ihm ab, ging langsam durch das, was einmal ein großzügiger Verkaufsraum gewesen war. »Ich war kurz davor, es zu tun, hatte sogar schon einen Termin beim

Arzt. Und dann wurde mir klar, dass dieses Kind, so es geboren wird, mir mehr wert ist, als ich selbst meiner Familie je sein werde. Und ich brauche weder dich dafür noch sonst einen Mann, der sich erbarmt und sich meiner annimmt.« Sie drehte sich zu ihm um, wollte ausloten, ob er verstand, was sie sagte. »Ich war gut genug, um für ein wenig Genuss zu sorgen, dir die Nächte zu vertreiben. Und dann lässt du mich fallen, weil ich mir zur falschen Zeit in deinem Kaufhaus ein Kleid kaufen wollte.«

»Sophie hat inzwischen gestanden, dass sie es gewesen ist.«

Olga zuckte nur mit den Schultern. »Selbst das ist mir inzwischen gleichgültig. Das Einzige, was mir nicht gleich ist, ist der Grund für dein Schweigen in den letzten Wochen.«

»Welche Möglichkeiten standen seinerzeit offen? Ich hätte zu dir kommen, dir sagen sollen, dass ich keinen Anlass sehe, warum Sophie lügen sollte, ich aber das Kind versorge. Aber das wäre nicht das gewesen, was du hören wolltest. Und eine Ehe schien mir zu der Zeit schlechterdings unmöglich, nicht, solange der Verdacht im Raum stand. Ja, es tut mir leid, und mit dem Wissen von heute hätte ich wahrhaftig anders gehandelt.«

»Ich war deine Geliebte.«

»Ja, und Sophie ist meine Tochter, und die eigenen Kinder sind einem immer näher als jeder andere. Ich hätte Sophie unterstellen können, dass sie lügt – und mehr als eine Unterstellung wäre es zu diesem Zeitpunkt nicht gewesen –, aber wenn sie die Wahrheit gesagt hätte, wäre unser Zusammenleben, deines und meines, immer davon überschattet gewesen, dass mein Kind kein Vertrauen mehr zu mir hat.«

»Du hast nicht versucht, mich von einem Abbruch abzubringen?«

»Nein, habe ich nicht. Denn mit den Konsequenzen, gleich, wie du dich entscheiden solltest, musst du leben, nicht ich. Ich hätte insistieren können, aber mit welchem Argument?«

»Und später? Nachdem Sophie es gestanden hat?«

»Habe ich mich zu sehr geschämt, um dir unter die Augen zu treten.«

Olga stieß den angehaltenen Atem langsam aus, spürte, wie ihr Herzschlag sich beschleunigte.

»Es lag so viel im Argen danach. Es galt, Lösungen zu finden. Sophie wird für eine Weile nach Frankfurt gehen, Louisa eröffnet mit Max ihr eigenes Geschäft...«

»Sie hat es dir gestanden?«

Er hielt inne. »Was meinst du?«

Olga dachte an den Karnevalsball.

»Ich war für dich nur eine Bettgeschichte?«

»Als etwas anderes hast du es selbst nie bezeichnet. Obwohl – du hast recht, im Bett fand es tatsächlich eher selten statt. Nennen wir es eine kleine Kaufhausaffäre.«

»Ich hatte den Eindruck«, sagte sie zögernd, »dass zwischen ihnen eine Art... Einvernehmen bestand.«

Die Art, wie er sie taxierte, legte nahe, dass er ihr nicht glaubte und vermutete, sie wisse mehr. Aber gleich, wie sie zu Louisa stand, dies war deren Geheimnis, nicht ihres.

»Offenbar muss ich die Sache doch etwas intensiver im Auge behalten«, sagte Caspar.

Olga schwieg und neigte nur den Kopf. Sollte er da hineindeuten, was er wollte. Sie setzte ihren Weg durch das leere Gebäude fort, legte die Hand auf den Bauch, wo das Kind wuchs, seines, vor allem aber ihres. Die Stille schien zu atmen, ließ den Staub in den Sonnenstrahlen tanzen und das Licht flirren. Dann Wandte Olga sich zu Caspar um, der sich nicht von der Stelle gerührt hatte.

»Es schmerzt, nicht wahr? Der Verlust von Träumen und Hoffnungen.« Sie erwartete keine Antwort und drehte sich langsam um sich selbst, versuchte, in die verrußten Reste das Abbild einstigen Glanzes zu malen. Es gelang ihr jedoch nicht, die Erinnerung darüberzulegen, stattdessen entstand etwas Neues, das seinen eigenen Reiz hatte. Und nicht nur Caspars Leben formte sich neu vor ihren Augen, sondern auch ihres. Es war wohl an der Zeit, dass sie beide sich neue Träume und neue Hoffnungen schufen, aber auch diese würden sich berühren, vielleicht eines Tages miteinander verschmelzen, wenn die Vergangenheit aufhörte, sich wie Schlieren in die Gegenwart zu ziehen und sie des Alleinseins überdrüssig geworden waren. Denn niemand war eine Insel.

Epilog

September 1909

Es war prachtvoll geworden, und Mathilda wartete zusammen mit Arjen auf der Empore auf den Moment der Eröffnung. Ihr Vater hatte versprochen zu kommen, ebenso Louisa und Max, die selbst mit den Vorbereitungen für ihr Modenkaufhaus alle Hände voll zu tun hatten. Sie hatten schon am Tag zuvor die Schaufenster angesehen – allesamt Mathildas Werk.

Das Kaufhaus war raffiniert beleuchtet mit versteckten Lichtgirlanden, die neben den Kronleuchtern für Helligkeit sorgten, so dass man den Lichthof nicht vermisste. Unzählige kleine Glühbirnen verbargen sich in Bögen mit ornamentalen Ranken. Die Wand am Treppenaufgang schmückten Marmorintarsien, an den Säulen verlief vergoldeter und versilberter Reliefschmuck. Ein Teil des Kaufhauses war galerieartig angelegt, und zwei Brücken mit marmornen Balustraden führten über das Erdgeschoss, an der Unterseite mit einem feinen Relief verziert, in dem sich ebenfalls Glühbirnen verbargen.

Im Erdgeschoss gab es ein Reisebureau mit Bildern und Dekorationen aus den exotischsten Ländern, angelegt in dem Gedanken, die Welt in einem Raum erfahrbar zu machen. Es gab eine große Bibliothek, einen Leseraum, einen Barbier, einen Damenfriseur, ein Café, einen englischen Tea

Room, ein Restaurant, ein Geschäft nur für Kaffee, das sich neben den Kolonialwaren befand, und im Erdgeschoss sogar eine kleine Zoologieabteilung. In der Damenabteilung gab es einen hübschen, kleinen Salon, in dem ausschließlich Wäsche und Miederwaren verkauft wurden und zu dem Männern der Zutritt nicht gestattet war, ein ganzer Bereich angelegt wie eine Flaniermeile für Damen. Über hundert Abteilungen auf fünf Stockwerken – es gab alles zu kaufen, was das Herz begehrte.

»Bist du aufgeregt?«, fragte Mathilda.

»Nein«, antwortete Arjen und gab sich nonchalant, die Hände hinter dem Rücken verschränkt. Das leichte Vibrieren in seiner Stimme jedoch deutete darauf hin, dass er bei weitem nicht ganz so gelassen war, wie er den Anschein zu geben suchte.

»Du kannst es ruhig zugeben, ich verrate es nicht.«

Er sah sie in gespieltem Ernst an. »Ich bin durch und durch Geschäftsmann, ruhig und souverän.« Dann grinste er. »Und ich bin in der Tat so nervös, dass ich vorhin Kräutertee für den Magen trinken musste.«

Mathilda lachte. »Ich auch.«

Sie hatte seit Juli Tag und Nacht gearbeitet, und noch nie zuvor hatte sie sich so erfüllt gefühlt. Die Zeit, in der sie im Kaufhaus ihres Vaters die Dekoration übernommen hatte, hatte sich so ähnlich angefühlt, allerdings getrübt durch die Sorge, dass dies nicht von Dauer sein würde. Als sie im Juli hier angefangen hatte, war sie voller Tatendrang und gleichzeitig von Furcht erfüllt gewesen, den Anforderungen nicht zu genügen, nicht überzeugend zu sein, nicht kreativ genug. Arjen jedoch hatte sie von Anfang an ermutigt, hatte sich von ihren Entwürfen sehr angetan gezeigt und stand ihr bei Fragen jederzeit zur Verfügung.

Was Mathilda ebenfalls mit Freude erfüllte, war die Tatsache, dass Olga das Kind behalten hatte. Es würde im November zur Welt kommen, und auch wenn weder sie noch Louisa wussten, von welcher Art die Beziehung zwischen Olga und ihrem Vater inzwischen war, waren sie übereingekommen, dass sie als Schwestern für das Kind da sein wollten. Und eines musste man Olga lassen – sie war kein bisschen verbittert oder nachtragend, dabei hatte keine von ihnen je ein Geheimnis daraus gemacht, wie wenig sie sie mochten. Allerdings waren ihre Absichten auf das Kaufhaus auch so offensichtlich gewesen, dass die Töchter seinerzeit vermutlich zu Recht besorgt gewesen waren. Nun lagen die Dinge anders, und heraus schälte sich eine Olga, die in stiller Vorfreude auf die Mutterschaft war, aber auch eine, die den Blicken und dem Getuschel mit erhobenem Haupt trotzte.

»Sind wir so weit?«, fragte Arjen, und in diesem Moment konnte er die Nervosität nicht mehr verleugnen. Sie flatterte in seinem Blick, bebte in seiner Stimme.

Mathilda umfasste seine Hand, lächelte, und ihre Blicke trafen sich. Für einen Moment war da etwas anderes als die Vorfreude und die aufgeregte Spannung, ein leises Kribbeln, das in ihrem Bauch aufstieg und in ihrer Brust zerstob, zum Lachen reizte und dazu zu tanzen.

»Ja, wir sind so weit«, antwortete sie, und das Kaufhaus öffnete die Pforten.

Autorin

Nora Elias ist das Pseudonym einer im Rheinland lebenden Autorin historischer Romane. Zum Schreiben kam sie bereits als Studentin und widmet sich nun vermehrt der Geschichte ihrer Wahlheimat. Sie liebt Reisen und lange Wanderungen. Weitere Titel der Autorin sind bei Goldmann in Vorbereitung.

Nora Elias im Goldmann Verlag:
Antonias Tochter. Roman
Die Frauen der Familie Marquardt. Roman
(beide auch als E-Book erhältlich)

Unsere Leseempfehlung

640 Seiten
Auch als E-Book erhältlich

816 Seiten
Auch als E-Book erhältlich

795 Seiten
Auch als E-Book erhältlich

London 1904: Lady Celia Lytton betört die englische Society mit ihrer Intelligenz und Schönheit zugleich. Sie ist die perfekte Gastgeberin, veröffentlicht im eigenen Verlag einen Bestseller nach dem anderen und genießt ihr junges Familienglück – ein privilegiertes Leben. Doch dramatische Ereignisse kündigen sich an, und als ihr Mann Oliver in den Krieg eingezogen wird, können die Lyttons nicht mehr die Augen vor der Realität verschließen. Die makellose Fassade bekommt erste Risse, und Celia beginnt zu verstehen, dass sie einen Preis zahlen muss, für die Entscheidungen, die sie getroffen hat, und die Geheimnisse, die sie bewahrt …

www.goldmann-verlag.de
www.facebook.com/goldmannverlag

GOLDMANN
Lesen erleben

Unsere Leseempfehlung

680 Seiten
Auch als E-Book
und Hörbuch
erhältlich

Als der berühmte Schauspieler Sir James Harris in London stirbt, trauert das ganze Land. Die junge Journalistin Joanna Haslam begegnet auf der Beerdigung einer alten Dame, die ihr ein Bündel vergilbter Dokumente übergibt – darunter auch das Fragment eines Liebesbriefs voller mysteriöser Andeutungen. Doch wer waren die beiden Liebenden? Joanna beginnt zu recherchieren, doch noch kann sie nicht ahnen, dass sie sich damit auf eine gefährlich Mission begibt, die auch ihr Herz in Aufruhr versetzt – denn Marcus Harris, der Enkel von Sir James Harris, ist ein ebenso charismatischer wie undurchschaubarer Mann ...

www.goldmann-verlag.de
www.facebook.com/goldmannverlag